KB123306

1900-1920년대
시집 서·발문

1900-1920년대
시집 서·발문

–

김정훈 외 공편

보고사
BOGOSA

서문

    학문 후속세대의 연구에 도움이 될 수 있는 근·현대 문학 기초 연구 자료 정리를 염두에 두고 '연구모임 준비 모임'을 만들어 첫 작업으로 시작한 것 중 하나가 1년 여만에 비로소 빛을 보게 되었다.

    시집의 앞뒤에 자리한 서(序)·발문(跋文)은 본격적인 평론과는 다른 시인의 내밀한 감회나 창작동기, 문학관 등을 엿볼 수 있는 창을 제공한다. 시집을 펴낸 계기에 대한 시인의 짤막한 해설과 동료 문인·비평가의 의례적인 시평(詩評)이 실리는 요즈음의 시집과는 달리 남다른 정성이 깃들인 1910-1950년대 시집의 서·발문을 통해 시사(詩史)의 이면을 점검해 볼 수 있다. 서·발문에는 당대의 사회상 뿐 아니라 작가들의 시대적 고민, 존재의식 등이 고스란히 반영돼 있다. 서문은 작가의 출사표이자 자기 고백의 글인 동시에 작품의 얼개를 미리 보여주는 역할을 한다. 발문의 경우도 본문의 중심적인 내용을 간략하게 정리하거나 책의 간행 경위 등을 밝혀 독자들이 책을 이해하는데 도움을 준다. 그러나 요절한 작가의 유고집에서 서·발문은 제문이나 추도문이 되기도 한다.

    여기에는 일차적으로 1900-1920년대에 발간된 근·현대 시집 서·발문을 담았다. 1900-1920년대에 발간·유통한 시집의 서·발문의 경우, 시집 자체가 희귀한 경우도 많고 소재가 불분명한 경우도 많다. 연구자 개인이 개별적으로 일일이 찾아보기도 어려울 뿐더러, 애써 찾았다 하더라도 보존 상태가 좋지 않아 정확한 판독에 어려움을 겪는 때가 많다. 그 중 외국어(일본어·영어·한문 등)로 쓴 서·발문도 있어 불편함이 가중된다. 일부는 영인본으로 만들어 유통되기도 하나, 책 전체를 온전히 담지 않아 부분부분 누락된 상태로 유통한 경우도 종종 있다. 이러다 보니 자신이 당장 관심을 갖는 작가의 시집에 수록된 서·발문을 제대로 읽어내기에도 벅찬 노릇이다. 나아가 동시대 서·발문들의 검토와 상호 비교를 통해 시인 상호간의 관계나 그들 사이의 교류, 동시대에 대한 내밀한 속내 및 시대별 경향 등을 읽어낸다는 것은 지난한 일이 아닐 수 없다. 이러한 어려움을 해소하는데 미력이나마 보태고자 근대 시집에 수록된 서·발문을 한데 모으고, 한문 또는 일문으로 된 글은 번역하고, 어려운 문구와 오식 등에 주석을 달아 관련 연구자들과 관심 있는 이들이 편하게 살펴볼 수 있도록 요즘 방식으로 새로이 조판하여 내놓는다.

이 책에 수록한 자료의 수집, 정리, 입력, 번역 그리고 이에 소용되는 비용은 참여한 공동저자의 십시일반으로 이루어졌다. 공동저자가 전국에 산재한데다 검토할 분량이 많아 처음 예상보다 많은 시간이 걸렸다. 더욱이 수집한 원본 상태가 좋지 않은 것이 여럿 있었던 점 또한 이에 한몫을 했다. 그럼에도 일자이구(一字一句)를 소홀히 하지 않고 기록된 그대로 옮기려 힘쓰고 수차례 점검했으나 사람이 하는 일이라 오기(誤記)도 없지 않으리라고 생각한다. 게다가 가능한 한 해당 기간(1900-1920년대)에 발간된 모든 시집의 서·발문을 수록하고자 했으나, 여전히 몇 권의 시집은 원본을 찾지 못해 이 책에 넣지 못한 것은 끝까지 아쉬움으로 남는다. 이번에 누락된 것은 확인·수집하는대로 추후 보완할 예정이다. 한갓 미력이나마 기울여 최대한 모아서 옮긴 것이 하다 못한 자위며 변명이다.

끝으로, 근대 시집 서·발문 자료 모음집의 중요성을 일깨워준 이복규 교수와 입력한 원고에 오·탈자가 없는지 수시로 검토해준 박은미·김희주 두 분 교수, 한문 번역 자문에 응해 준 동국대 김종진 교수, 일본어 입력과 초벌 번역에 도움을 준 조선대학교 박사과정 오오야마 미요 선생, 특히 어려운 상황에도 흔쾌히 이 책을 세상에 알릴 수 있도록 출판을 맡아주신 보고사 김홍국 대표와 이순민 편집자에게 고마움을 전한다.

일러두기

1. 이 책은 1900-1920년대에 발간·유통한 한국 근·현대 시집(동시집·동요집·번역시집 포함) 42권의 서·발문을 모두 담은 책이다. 전체 수록작품이 악보에 포함되어 있는 순수 동요집이나 기존의 고전 시가집을 단순히 재발간한 것은 제외했다. 다만 고전시가집을 재발간한 것이라 하더라도 근·현대문학적 인식을 가지고 출판된 것은 이 책에 수록했다. 이런 기준에 의해 윤극영의 동요집 『반달』(서울마리아회, 1926)과 최남선이 편찬한 『가곡선』(新文館, 1913.6.5)은 제외하고 『시조유취』·『조선고가요집』·『조선민요집』은 포함했다.

2. 이 시기에 출간된 시집 중 다음 9권의 시집은 현존하는 실물을 확인하지 못하여 부득이 이 책에 담지 못했다.

   ① 조선현대동요선집 『햇님』
   ② 진장섭 외, 『성군』, 녹파회, 1924.
   ③ 이학인, 『無窮花』, 희망사, 1924.6.10; 1925.1.10. 재판
   ④ 김억, 『民謠詩集 금모래』, 한성도서주식회사, 1924.10.4.
   ⑤ 김기진, 『愛戀慕思』, 박문서관, 1924.11.30.
   ⑥ 김소운, 『出帆』, 友文館, 1925.9.
   ⑦ 강성주, 『하이네 시선집』, 평화서점, 1926.4.8.
   ⑧ 문병찬(文秉讚), 『세계일주동요집』, 영창서관, 1927.
   ⑨ 정창원(鄭昌元), 『동요집』, 삼지사, 1928.

3. 이 책에서 서·발문이라 함은 시집 내에 수록한 내용 중 본 내용이 되는 시를 제외한 표지 장정, 헌사, 서시, 서문, 표지문, 발문(편집후기·회고·비평 등 포함), 발간 내력을 모두 포함한다. 서·발문이 없는 경우라도 시집의 기본 정보를 알 수 있도록 하기 위해, 해제를 붙인다. 이 경우 시집 내에 시집 명과 일치하는 제목의 시(표제시)가 있다면, 참고를 위해 제시한다.

4. 수록 대상이 되는 시집은 초판의 서·발문을 담는 것을 기본으로 하고, 한국전쟁 이전에 발간된 재판 이후에서 서·발문의 변동이 있는 경우에는 비교를 위해 함께 수록한다.

5. 편집 순서는 각 시집의 발간연도에 따라 배치하며, 각 시집별로 대상 시집의 서지사항과 해제, 서·발문 순으로 정리한다. 또한 각 시집 내의 서·발문 수록은 게재 순서를 따른다.

6. 한문이나 외국어(일본어 및 서구어)로 된 내용은 원문을 제시하고, 원문에 바로 붙여 번역문을 싣는다. 이때 번역문은 가급적 원문에 가깝게 번역함을 원칙으로 한다.

7. 세로쓰기와 예전 방식 가로쓰기(오른쪽 가로쓰기)의 경우 현재의 글쓰기(가로쓰기)로 바꾼다. 이 경우 세로쓰기에서 사용하는 쉼표와 마침표 역시 현재의 문장부호로 대체한다. 나머지는 발간 당시의 편집 형태를 보존하고, 당시의 실상을 되도록 정확하게 전달하기 위하여, 여백과 띄어쓰기를 포함한 원문의 표기를 그대로 살린다. 때문에 인쇄 잉크의 탈색으로 의심되거나 명백히 오타인 경우에도 현존 원본 상태대로 옮기고, 뜻을 이해하는데 꼭 필요한 경우에만

주석을 통해 바로잡는다.

8. 보충 설명이 필요한 경우, 주석을 달아 최대한 읽는이의 편의를 돕는다.

9. 해제와 주석을 위해 여러 사전과 인터넷상에 있는 관련 정보를 다수 참조했다. 군데군데 참조한 것이 많아 일일이 관련 정보를 밝히지는 않았으나, 이런 자료들이 없었으면 해제 작성이 지금보다 매우 힘들었으리라 생각한다. 이런 정보를 인터넷상에 공개해주신 분들에게 감사의 뜻을 전한다.

목차

01. 公六, 『경부텰도노래(京釜鐵道歌)』

최남선(崔南善, 1890-1957)[1]의 첫 창가집(新文館, 1908.3.20)이자, 자신이 세운 〈新文館〉의 첫 번째 출판물.[2] 〈신문관〉의 광고에는 "京釜鐵道歌"로 표기하고 있다. 115×190㎜. 본문 34쪽. 표지는 신문관이 줄곧 내세운 태극과 무궁화 무늬로 디자인했고, 경부선 지도 1장과 사진 9장, 악보[3] 등을 함께 수록했다. 경부선 개통(1905.5.28)을 계기로 만든 것으로, 총 67개 마디의 순한글 창가집. 장편 기행체 창가로, 각 마디는 일곱 글자(곡조상으로는 여덟 자로 표시)와 다섯 글자를 한짝으로 하여 맞추어져 있다. 이 창가집의 특성상 고유 명사가 많이 등장하므로 한글 옆에 한자로 토(후리가나[振り仮名], 루비)를 달고, 책 앞부분에는 〈뎐례말〉에 이어 〈정오표(正誤表)〉를 만들어 넣었다. 이 창가집은 오와다 다케키(大和田建樹, 1857-1910)의 『지리교육 철도창가(地理敎育鐵道唱歌)』(1900.5)를 비롯한 일본 철도창가들에 대한 모방이자 대응작이다. 1918년 일제에 의해 발행금지.

1 　자는 공륙(公六), 호는 육당(六堂)·한샘·남악주인(南嶽主人)·곡교인(曲橋人)·육당학인(六堂學人)·축한생(逐閑生)·대몽(大夢)·백운향도(白雲香徒)·일람각주인(一覽閣主人). 한성부에서 태어났다.(아버지는 觀象監 기사 겸 한약방 경영) 강원도 철원과 경상남도 창원에서 잠시 유년기를 보냈다. 내내 무명 바지저고리에 흰 두루마기, 펠트 모자(일명 쳄병 모자), 버선에 미투리 차림으로 다닌 것으로 유명. 독학으로 글을 익히다 일본어 전문교육기관인 경성학당에서 세 달간 수학(1902)한 후 대한제국 황실 특파 유학생으로 일본 유학(1904.10). 도쿄 부립제일중학교(현 도쿄도립 히비야[日比谷] 고등학교)에 입학했으나 한 달 남짓 만에 중퇴하고 귀국(1904.11-12). 재차 도일하여 사비로 와세다 대학(早稻田大學) 고등사범학부 지리역사과 입학(1906.9), 3개월간 다니다 동맹 휴학으로 제적, 복학, 다시 〈모의국회 사건〉으로 반발하는 조선인 학생들의 총동맹 휴학을 주도하다가 한 학기만에 퇴학당하고 귀국.(1907.3)

　　조선인 유학생 회보 『大韓興學會報』 편집인(1906.7)을 하면서, 이 회보에 신체시와 시조 빌표. 유길준(兪吉濬, 1856-1914)이 조직한 〈興上團〉 가입(1907). 이광수(李光洙, 1892-1950)와 함께 종합잡지 『少年』(1907.11.1-1911.5.15, 통권 23호) 창간, 창간호에 자유시 「海에게서 少年에게」 발표. 자택(경성 남부 上犁洞 34통 4호; 현 서울시 중구 삼각동 22-1 청계천 한빛광장)에 인쇄소 겸 출판사인 〈新文館〉(1908.6-1928?. 1922년 여름 이후에는 인쇄소로만 운영. 1914년 후반에 경성부 황금정2정목 21번[중구 을지로2가 11]으로 이전) 설립. 안창호(安昌浩, 1878-1938)와 〈靑年學友會〉(1909.2-1910.11) 결성, 변론과장 역임(1910.3). 〈신문관〉 2층에 조선 고전 간행·연구기관 〈朝鮮光文會〉(1910.10.10-1928?) 설립. 이광수의 도움으로 어린이잡지 『붉은져고리』(1913.1-6, 통권 12호; 반월간), 『아이들보

◁던 례 말▷[4]

● 이 노래는 학도모댜를 쓰고 담바귀를 불느고 택보댜[5]를 씨고 홍띄여라를 노래하난 아해들노 하여곰 시맛(詩趣)과 댜미[6]를 맛보게하고 아

이』(1913.9-1914.8, 통권 12호), 학생잡지 『새별』(1913.1-1915.1, 통권 16호) 등을 발간하였으나 조선총독부의 〈신문지법〉에 의해 모두 강제 폐간. 이어 종합잡지 『靑春』(1914.10-1915.3, 1917.5-1918.9, 통권 15호)을 발간했으나, 역시 일본의 압력으로 폐간. 친목단체 〈漢陽俱樂部〉(1918-1933?; 경성부[서울 종로구] 인사동 152. 조선의 문화·역사 연구단체인 〈啓明俱樂部〉로 개칭[1921.4.16]) 참여. 3·1 만세운동 당시 민족대표 49인의 한 사람으로 참여, 〈己未獨立宣言書〉 작성, 낭독 후 투옥(2년 8개월형, 1919.3.3-1921.10.18 가출옥). 주간잡지 『東明』(1922.9.3-1923.6.3, 통권 40호; 조선총독부 주선으로 조선은행 총재 미노베 다쓰키치[美濃部俊吉]가 발행 자금 지원), 『時代日報』(1924.3.31-1926.8; 『東明』 개제, 후신 『中外日報』 창간, 자금 부족과 반일 논조에 대한 총독부 압력으로 인한 경영난으로 사장직 사임(1924.7.9). 『東亞日報』 및 『朝鮮日報』 객원 논설위원(1925) 역임. 1인 잡지 『怪奇』(1929.5-12; 통권 2호) 발간.

총독부의 연구비와 집 등 생계 지원 유혹으로, 조선총독부가 식민사관 유포를 위해 만든 어용단체 〈朝鮮史編修委員會〉에 참여, 촉탁(1928.10)을 거쳐 〈朝鮮史編修會〉 위원으로 활동(1928.12). 이로 인해 이광수와 절교, 한용운·홍명희 등의 결별 선언이 잇달았다.(한용운은 그의 나무 위패를 새기고 장례식 거행) 다만, 장준하(張俊河, 1918-1975)는 그의 친일 행적이 적극적인 친일이 아니라는 반론을 제기한 바 있다.(장준하, 「六堂 崔南善 先生을 哀悼함」, 『思想界』 53호, 1957.12) 〈靑丘學會〉 평의원(1930.8), 중앙불교전문학교 강사(1932), 〈조선총독부 보물고적경승천연기념물보존회〉 위원(1933.12), 〈조선총독부 임시역사교과용도서조사위원회〉 위원(1935.2), 〈朝鮮禊會〉 고문(1935.4), 조선총독부 중추원 참의(1936.6-1938.3), 〈조선총독부 박물관건설위원회〉 위원(1937.2) 역임. 중일전쟁 발발(1937.7) 이후 『每日申報』와 『京城日報』에 친일 논설 게재. 〈滿蒙日報社〉 고문(1938.4), 建國大學 교수(1939.5-1943.2) 역임. 광복 후 〈반민족행위특별조사위원위〉에 체포(1949.1), 서대문 형무소에 수감, 병보석 출감.(1949.2) 뇌일혈로 사망.(1957.10.10)

2 〈신문관〉은 최남선이 18세(1908년)에 아버지 최헌규를 설득하여 30만 환(지금의 60억 상당)을 받아 일본에서 활판 인쇄 기계를 수입해 자택에 세운 인쇄소이자 출판사. 실제 출판경영은 최남선이 맡되, 발행인은 최남선의 형 최창선(崔昌善, 1888-?)의 명의로 하였다. 최남선이 인쇄 기계 구입을 위해 도일(1908.4.14)한 것과 귀국(1908.6.25. 이후)한 날짜를 생각해 보면, 『경부뎔도노래』의 출간일은 이상한 점이 있다.

3 서양식 악곡인 스코틀랜드 민요 〈Coming through the Rye(밀밭에서)〉의 곡조.

4 책 속표지 뒷장에 붙인 일종의 '범례(일러두기)'

5 책보자기

6 재미

울너 우리나라 남반편(南半區)의 디리ㅅ디식(地理的智識)을 듀기 위
하야 디은것이라.

◐ 이 노래는 예년부터 나려오는 「八ㅅ댜박이」[7] 격됴와다르니 나는 이러
한 격됴를 「八에五」[8]라 일홈코댜 하노라.

◐ 이택 원글은 국문으로 듀인을 삼고 한문(漢文)을 싸로혓스니 이는 우
리가 듀댱하난바 우리나라의 넘난세상(過渡時代)에 한째동안 씨우려
하난 바ㅣ라.

◐ 이택 원글 밋혜는 일홈난 싸의 사딘(寫眞)과 밋 듀[9]를부티엿스니 이
는 원 글을 도와 닑난사람을 열게함이라.

◐ 원글 가운데 왼편에 ──[10]를 부틴것은 뎡거댱일홈이라.

◐ 이택은 교뎡(校正)을 댜서히[11] 못함으로 우리의 국문쓰난 법과 틀님이
만흔둥 또 활ㅅ댜(活字) 연고로하야 되게하는 음(시속에 「된시옷」)과
밋 눌느난 음[12]을 모다 「ㅅ」으로 한것은 나의 심히맛당티 못하게아난바
ㅣ라.

◐ 이 택은 댤된것보다 그릇한것이 만흠은 디은 사람인내가 사례할바를
모르거니와, 대강 이와갓티 바루 댭은것을 아래 긔록[13]하노니 닑난

---

7 8자박(八字拍). 8자배기. 8박자 노래.

8 곡조상으로는 8자·5자, 가사의 글자수로는 7자·5자로 표기하고 있다. 이 창가집은 노래로
   부르는 것을 전제로 하였기 때문에 자수로만 따져 창가가 '7·5조'라고 확정하는 것은 재고
   할 필요가 있다.

9 주는 각주로 하여 각 쪽 하단에 적었다. 예를 들어, 초량역에 대한 각주로 "○草梁 은港末及
   處海岸에잇스니我國의人戶난居半, 此地에잇나니라/ 釜山港까디水線이開道되기前엔此地
   京釜鐵道의終點이되니라."(31쪽)를 붙였다. 다만, 29쪽 56번째 마디에 있는 초량역에 대한
   주가 31쪽에 달린 것처럼, 본문과 주를 제대로 맞춰 놓지는 않았다는 점은 주의할 필요가
   있다.

10 가로쓰기에 있어서 '밑줄'에 해당.

11 자세히

12 'ㄷ', 'ㅌ' 받침.

13 「뎐례말」 다음 쪽에 일종의 '정오표'를 붙였다.

사람은 먼뎌곳틴뒤에 늙을디어다.

삼가 이노래를
어린 학생 여러분 에게
드리옵내다.[14]

---

14 최남선이 마지막 67번째 마디(시집 끝) 뒤에 붙인 헌사.

02. 公六, 『한양노래(漢陽歌)』

최남선(崔南善, 1890-1957)의 창가집(新文舘, 1908.10.15). 〈신문관〉의 광고에
는 "漢陽歌"로 표기하고 있다.
110×175㎜. 14쪽. 최남선이 세운 〈新文舘〉(1908.6-1928?)에서 발간한 두 번째
출판물이다. 인쇄일이 같은 해 2월 16일로 되어 있어, 발행일까지의 공백이 길다.
표지는 붉은색이 도는 단색으로, 가운데 세로로 긴 사각형을 두고 세로 큰글씨로
'한양노래'라 적고 사각형의 네 귀퉁이를 무궁화꽃 문양으로 장식하였다. 창가와
함께 궁궐, 남대문정거장, 노량진철교 등의 사진을 함께 담은 얇은 창가집으로,
각 쪽 위에는 태극 문양 5개와 무궁화 문양 1개, 다시 태극 문양 5개를 일직선으
로 배열하여 꾸몄다. 7·5조를 맞춰 구성한 본문은 한자로 표기한 몇 개의 숫자를
제외하고, 순한글로 적었다. 모두 25개 마디이며, 별도의 곡보(曲譜)는 제시하지
않았다. 1918년 일제에 의해 발행금지.

此書의曲譜는任意로作用함이可하다, 그러나莊嚴하고快暢함[1]을失티안토
록用心할디니이는

帝都의榮光을讚美한걷임일세니라.

故로余는「四分의四拍子」가此에合當할듣하다하노라.[2]

댤 먹고 댤 놀고 댤 공부하고 댤 말삼하고 댤 노래하난것은 하날이 명하신바
우리 소년의 딕택이라.[3]

---

1 쾌창함: 시원시원하고 자유로움
2 속표지 오른쪽 면에 실은 곡조(曲調)에 대한 제언
3 속표지 다음 쪽에 실은, 일종의 경구

뎐례 말

○ 이 택은 우리나라의 머리ㅅ도읍 漢陽(한양)을 노래한걸이니 텨음에
는 그분량(分量)이 너모 만헐스나 소년들의 외오난데 편케하기 위하
야 극히 듀리여[4] 도트러(槪括的) 말삼한곧이 만흐오

○ 이택의 글ㅅ댜는 시속[5]에

       바팀ㅅ은 ㄷ으로

       된시옫은 각기뎨몸으로

  곧티고

       자ㅅ듈은 댜뎌됴듀로

       차ㅅ듈은 탸텨토튜로

한갈갇티 쓰게하니 이는 대개 畿湖音(긔호음)으로써 본보기말(標準
語)을 삼은걸이오

○ 이 글에 사긔ㅅ말(史蹟)이 뎍음은 섭섭한일이나 또한 댱황할[6] 렴려가
읻슬가하야 다른때를 긔약하고 그만함이오

                디은사람 긔록[7]

---

4 줄여
5 時俗: 당시의 풍속
6 장황할
7 1-2쪽. 본 가사에 앞서 적은 일러두기

03. 公六, 『太白山詩集』

『少年』誌에 포함하여 발간한 최남선(崔南善, 1890-1957)의 첫 시집(『少年』 14호, 新文館, 1910.2.15)

150×224㎜. 16쪽. 단행본으로 별도 발간된 것은 아니지만 시집이라 이름 붙여진, 최초의 근대적 시가집. 전면 세로쓰기를 취했다. 표지도 세로쓰기를 하여, 가운데에 "太白山詩集"이라 적고, 오른쪽 끝에 작은 글씨로 「헌사」를 넣고, 왼쪽 끝에는 역시 작은 글씨로 "日本東京에서 公六"이라 적었다.

「太白山歌(其一)」, 「太白山歌(其二)」, 「太白山賦」, 「太白山의四時」, 「太白山과우리」의 5편을 담았다. 「太白山歌(其一)」과 「太白山과우리」는 7·5조의 창가체, 「太白山歌(其二)」는 변형 가사체(4·4조), 「太白山賦」와 「太白山의 四時」는 자유시(산문시체)의 형태를 취하는 등 다양한 양식 실험을 한다. 기존의 '바다'에 집중하던 시각에서 '산'으로 시선을 이동하고 있다는 점도 주목할 만하다.

삼가 이 詩集을 나의 가장 敬仰[1]하난

도산先生 압헤 올녀 海外에 잇서 여러 가지로 思慕하고 念慮하던 情을 表하옵나이다.

日本東京에서   公六[2]

---

1 경앙: 공경하여 우러러봄

2 안창호(安昌浩, 1878-1938)에게 바치는 헌사. 시집 표제 오른쪽 옆에 세로쓰기 작은 글씨로 적었다. '도산(島山)'은 안창호의 호. 당시 『소년』지는 도산이 창설한 〈靑年學友會〉(1909.2-1910.11)의 기관지 역할을 하였다. 최남선이 〈靑年學友會報〉라는 제목하에 「靑年學友會의主旨」와 「會報」를 싣는 것(『少年』 16호, 1910.4.15)이 대표적인 예라 할 수 있다.

04. 公六, 『世界一週歌』

『青春』 창간호(新文舘, 1914.10) 부록으로 위고(Victor-Marie Hugo, 1802-1885)의 『Les Miserables』(1862)을 초역(抄譯)한 「너 참 불상타」와 함께 실은 최남선(崔南善, 1890-1957)의 창가.

153×221㎜. 본문 63쪽(부록 37-101쪽). 앞서 발간한 『太白山詩集』(『少年』 14호, 新文舘, 1910.2.15)과 유사한 부록 형태로 발간한다. 7·5조 4행 2연을 한 매듭으로 한 총 133절의 장가(長歌). 시집 앞머리에는 수록한 창가를 노래로 부르게 하기 위하여 1연의 가사를 토대로 하여 두 종류의 악보(樂譜)를 제시하고 있다. 일부를 제외하고는 대부분 한 면에 가사 2절을 상하 2단으로 싣고 가사에 나오는 지명이나 사적지 등의 해설과 관련 사진(총 65장)을 붙이고 있다. 운문 가사와 삽화(사진)를 덧붙여 운문 가사를 통한 암송식 세계지리교육을 함은 일본 개화사상가 후쿠자와 유키치(福澤諭吉, 1835-1901)의 세계지리 교과서 『世界國盡』(1869)에서 이미 시도한 것으로, 당시 서구에서도 널리 사용되던 방식.

여정은 한양 남대문역을 출발하여 평양역 → 압록강 → 중국(베이징·톈진·상하이·다이렌·하얼빈·창춘) → 연해주 → 러시아(시베리아·모스크바·페테르부르크) → 독일(베를린·함부르크·라이프치히·뮌헨) → 오스트리아(빈) → 헝가리(부다페스트) → 발칸 반도(보스니아·헤르체고비나·몬테네그로·세르비아·루마니아·불가리아·터키·그리스) → 이탈리아(베네치아·나폴리·폼페이·카프리섬·로마·피렌체·제노바·밀라노) → 스위스(제네바) → 프랑스(리옹·마르세유·코르시카섬) → 스페인(바르셀로나·마드리드) → 포르투갈 → 프랑스(보르도·낭트·오를레앙·파리·릴) → 벨기에(브뤼셀·워털루) → 네덜란드(암스테르담) → 영국(런던·옥스퍼드·캠브리지·버밍엄·리즈·맨체스터·셰필드·뉴캐슬·요크셔·랭커셔·리버풀·스탠퍼드) → 스코틀랜드(글래스고·에든버러) → 아일랜드(더블린) → 미국(뉴욕·워싱턴·보스톤·시카고·솔트레이크·샌프란시스코·하와이) → 일본(요코하마·도쿄·나고야·교토·나라·나고야·오사카·고베·시모노세키港) → 부산 → 한양 남대문역 도착으로 이어진다. 대부분 기차로 이동하고, 유럽에서 미국과 일본 및 부산으로 이어지는 여정에서만 기선(汽船)을 이용한다. 여행하는 나라의 수도와 산업도시 및 유서 깊은 사적지 탐방이 그 주요 내용인데, 때로는 세계적 문호나 사상가들의 고향도 대상으로 삼는다. 여행 대상국을 자신이 실제 여행하지 않고 지리서나 역사서, 그리고 지도와 여행안내서 등을 참고하여 쓴 것으로 보이지만, 실제 여행하고 답사하면서 쓴 것처럼 사실적이고 박진감 있게 표현하고 있다.

○此篇은趣味로써世界地理歷史上要緊한知識을得하며아울너朝鮮의世界交通上樞要한[1]部分임을認識케할主旨로排次[2]함 ○此篇은今日世界大勢에逼切한[3]關繫[4]잇는邦國을世界大交通路로由하야次序잇게遊歷[5]하기로함으로經過線이北半球中間一圓에限하얏스니此篇에見漏한[6]部分은他日題를改하야別篇을作하려함 ○邦國都市의盛豐함과人物事蹟의衆多함이百餘句短篇의能히纖悉[7]할배아님은毋論이어니와採棄詳畧[8]에對하야는매오審愼[9]하야士民의不可不知할事項은收載[10]한다하얏스되不備失當[11]이多함은在所難免[12]이라大方의是正을竢하야[13]他日加筆하기를期함 ○本文中難解할듯한句語는거의註解를加하얏스나脈絡上便宜와印刷上事勢를依하아體裁와詳略이齊一[14]치못함 ○地名人名의稱呼는힘써本國音을用하얏스나考正치[15]못한者는아즉或英音或羅甸[16]音을取하고쏘한他日訂正을期함 ○本篇의歷路는實地에一依하얏스나同國或異國의不得不歷往할[17]處를迂回할時에는間或自然치못한路次[18]가업지아니함 ○아모리耳舌에慣熟[19]치

---

1 추요한: 없어서는 안 될 정도로 가장 긴요하고 중요한
2 배차: 차례를 정함. 또는 그 차례
3 핍절한: 진실하여 거짓이 없고 매우 간절한
4 관계: 관련. 역할과 영향
5 유력: 여러 고장을 두루 거쳐 돌아다님
6 견루한: 보고도 놓치고 지나간
7 섬실: 자세하고 상세함
8 채기상략: 올리고 버림과 상세함과 간략함
9 심신: (말이나 행동 따위를) 조심하고 삼감
10 수재: (잡지나 신문 등에 원고 따위를) 모아서 실음
11 불비실당: 제대로 준비하지 못해 게재하지 못함
12 재소난면: 책임을 면하기 어려움
13 사하야: 기다려
14 제일: 똑같이 가지런함
15 고정치: 살펴서 바로잡지
16 나전: '라틴(Latin)'의 음역
17 역왕할: 두루 다녀야 할

못한人地名稱이잇다하야도句調가이러틋平順치못하고文章이이러틋快
暢[20]치못함은實로不才의致라愧汗이褐如하리오다만[21]難澁聱牙한[22]處에
는斟酌하야보시기를統希[23]함 ○原作에는篇末에周遊餘感을長述하얏스나
아즉割愛[24]함[25]

---

18 노차: 도정(道程). 지나는 길의 과정

19 관숙: 익숙함

20 쾌창: 시원시원하고 자유로움

21 괴한이 갈여하리오다만: 부끄러워 땀을 흘릴 지경이지만

22 난삽오아: 어렵고 까다롭고 글이나 말이 매끄럽지 못해 뜻을 이해하기 어려움

23 통희: 간절히 바라다

24 할애: 생략. 일본어 'かつあい'. 아깝지만 과감하게 생략함

25 부록 37쪽. 시집 첫머리에 놓인 일종의 자서(自序) 겸 범례(일러두기)

05. 金億, 『懊惱의 舞蹈』

김억(1895-?)[1]의 첫 번째이자 우리나라 최초의 서양시 번역시집.(廣益書舘, 1921. 3.20; 재판, 朝鮮圖書株式會社, 1923.8.10)

초판은 5·7판(139×199㎜). 본문 167쪽(축시·서문 포함 222쪽). 재판은 126× 187㎜, 222쪽. 최남선부터 끊임없이 모색되어 온 한국 자유시가 그 형태를 갖추는 데 결정적인 역할을 한 시집으로, 시집을 단행본으로 출간한 것도 근대 최초. 초판(광익서관판)은 장정가가 명기된 우리나라 최초의 출판물로, 표지 장정 및 삽화(cut)는 서양화가 김찬영(金瓚永, 1893-1960)이 맡았다. 초판본 표지는 왼쪽 상단에 오선지 위에 주홍색 양귀비꽃들을 음표처럼 그려 넣고, 오른쪽 하단에 역시 주홍색 양귀비꽃 한 송이가 피어 있는 모습을 그리고, 왼쪽 중간에 시집 제목 을 세로쓰기로 놓은 디자인이다. 속표지 윗부분에는 한 여성이 술병을 들고 해골 에게 술을 부어주는 장면을 묘사한 삽화를 넣었다. 재판본(조선도서주식회사판) 표지화는 똬리를 튼 뱀이 입을 벌린 채 혀를 위로 내밀고 있는 그림으로, 화가의 이름은 명기되어 있지 않으나 화풍으로 보아 초판본의 장정가인 김찬영으로 추측 된다. 초판본에는 제목을 한자로 표기하였지만, 재판본에는 에스페란토어 장식체 글씨로 'Dancando/ de Agonio'(오뇌의 무도)라 표기하여 상단에 뱀머리를 가운 데 두고 두 줄로 적었다. 속표지 윗부분에 넣은 삽화는 초판본과 동일하다. 재판에 는 「再版되는 첫머리에」라는 김억의 서문이 추가되었다.

1918-1920년에 『泰西文藝新報』(1918.9-1919.2, 통권 16호), 『創造』(1919.2-1921.5, 통권 9호), 『廢墟』(1920.7.25-1921.1.20, 통권 2호) 등에 발표했던 역시 들을 모은 시집으로, 에스페란토어 시집을 토대로 영어·일어·프랑스어판 시집도 참고한 것으로 알려져 있다. 초판은 〈베르렌의詩〉(21편), 〈꾸르몽의詩〉(10편), 〈싸멘의詩〉(8편), 〈쏘드레르의詩〉(7편), 〈이옛츠의詩〉(6편), 〈懊惱의舞蹈〉(22편), 〈小曲〉(11편)의 7부로 나누고, 〈小曲〉을 제외한 각 부마다 헌사를 붙여 27명의 시 85편을 번역·수록한다. 재판에는 〈쏘르의詩〉(6편)를 추가하여 8부로 나누고, 시먼스(Arthur Symons, 1865-1945)의 시를 비롯한 일부 시인의 작품을 삭제 또는 추가하여 94편을 번역·수록한다. 초판에는 뒤편 판권지 앞에 놓았던 〈目次〉 를 재판본에는 앞부분 표제지 뒤로 옮겼다.

---

1 본명 김희권(金熙權). 호 안서(岸曙). 필명 억생(億生)·안서생(岸曙生)·A.S.·석천(石泉)· 돌샘·김포몽(金浦夢; 대중가요 작사가로 활동할 때 사용). 친일반민족행위자. 평안북도

1920년대 초 우리 시의 체질을 형성하는데 결정적인 영향을 미친 시집이다. 수록된 시들에 드러난 데카당스 시풍과 함께, 김억이 이 시집에서 사용한 '~러라', '~나니' 등의 어말어미는 한 동안 한국 근대 시인들의 모방 대상이 된다.

懊惱의舞蹈에[2]

삶은　죽음을위하야　낫다[3].
뉘　알았으랴, 불갓튼懊惱의속에
울움우는　목숨의부르짓즘을………
춤추라, 노래하라, 또한　그립으라,
오직生命의　그윽한苦痛의線우에서
애닯은刹那의　悅樂의点을求하라.
붉은입살, 붉은술, 붉은구름은

곽산군(郭山郡; 1914년 조선총독부의 행정구역 재편에 의해 인접한 定州郡에 편입)에서 태어났다. 오산학교(五山學校)를 거쳐(1907-1913) 일본 게이오의숙(慶應義塾) 영문과로 유학(1913). 〈在日本東京朝鮮留學生學友會〉 기관지 『學之光』 3호(1914.12)에 시 「離別」을 발표하여 창작활동 시작. 아버지의 갑작스런 죽음으로 학업 중단하고 귀국(1916)한 후 오산학교(1916-1919)와 숭덕학교 교원 역임. 로만주의 성향의 『創造』와 『廢墟』, 『靈臺』(1924.8-1925.1, 통권 5호) 동인. 〈世界語學會〉 조직(1920.7), 회장을 맡아 에스페란토(Esperanto) 보급운동 전개. 〈동아일보사〉 학예부(1924.5-1925.8)와 〈매일신보사〉(1930)에서 기자 생활. 〈全朝鮮記者大會〉 준비위원회 庶務部 위원(1925.3) 시 잡지 『假面』(1925.11-1926.7, 통권 9호) 발간. 〈경성중앙방송국〉에 입사(1934)하여 부국장 역임. 조선총독부가 주도한 〈조선문예회〉(1937.5) 참여. 경성일보사·매일신보사 공동 주최, 조선문예회 후원 〈애국가요대회〉(1937.9)에 시 「從軍看護婦의노래」와 「正義의師」 발표. 〈조선문인보국회〉 발기인(1939.10), 〈국민총력조선연맹〉 문화부 위원(1941.1), 〈조선문인협회〉 간사(1941.8), 〈조선임전보국단〉 발기인(1941.9), 〈조선문인보국회〉 詩部會 평의원(1943.3) 역임. 광복 후 〈도서출판 首善社〉 편집주간(1946). 육군사관학교, 항공사관학교, 서울여상 등에 출강. 한국전쟁 때 서울 계동 자택에서 납북(1950.9.10). 〈재북평화통일촉진협의회〉(평양, 1956) 중앙위원 활동 이후 행적 불명. 평북 철산군 협동농장으로 강제 이주(1958) 설.

2　축시(祝詩).
3　(태어)났다.

懊惱의춤추는   온갓의生命우에

香氣로운南國의   옷다운 「빗」,

「旋律」, 「階調」,⁴ 夢幻의「리씀」⁵을………

오직   취하야, 잠들으라,

乳香놉흔   어린이의幸福의꿈갓치 ―

오직   傳說의世界에서,

神話의나라에서…………

一九二一, 一月   日   惟邦⁶

序

余는詩人이아니라 엇지詩를알리오 그러나 詩의조흠은 알며 詩의必要
함은아노라 이제그理由를말하리라

무릇 사람은 情이大事니 아모리 조흔意志와智巧라도 情을떠나고는 現
實되기어려우니라 곳情으로發表하매그發表하는바가더욱眞摯하야지고 情

<hr>

4   계조: 재판에서는 '諧調'로 되어 있는데, 계조(gradation)는 그림, 사진, 인쇄물 따위에서
     밝은 부분부터 어두운 부분까지 변화해 가는 농도의 단계이니 시의 내용으로 보아 이것은
     음의 어울림을 뜻하는 '해조(harmony)'의 오식으로 판단된다.

5   리듬(rhythm)

6   3쪽. 재판본에는 '懊惱의舞蹈의 미리에'로 개제되면서, 다음과 같이 다소 변화가 있다. "삶
     음은 죽음을 위하야 낫다./ 누가 알앗으랴, 불갓튼懊惱의속에/ 울음우는 목슴의부르짓즘
     을………/ 춤추라, 노래하라, 쏘한 그립어하라,/ 오직生命의 그윽한 苦痛의線우에서/ 애닯
     은利那의 悅樂의点을 求하라./ 붉은입살, 붉은술, 붉은구름은/ 懊惱의춤추는 온갓의生命
     우에/ 香氣로운南國의 옷답은 「빗」,/ 「旋律」, 「階調」, 夢幻의「리씀」을………/ 오직 취하야,
     잠들으라,/ 乳香놉흔 어린이의 幸福의꿈갓치/ 오직 傳說의世界에서,/ 神話의나라에서
     ………"(재판, 3-4쪽). '유방'은 김찬영(金瓚永, 1893-1960)의 필명. 김찬영은 고희동(高羲
     東, 1886-1965), 김관호(金觀鎬, 1890-1959)에 이어 세 번째 근대 유학파 서양화가이다.

으로感化하매그感化하는바가더욱切實하야지는것이라 그럼으로古來엇던人民이던지 이情의發表밋感化를 만히利用하얏나니 그方法中의一大方法은 곳詩라試하야보라 섹스피아[7]가엇더하며 단테[8]가엇더하며 支那의毗經[9]이엇더하며 猶太의詩篇이엇더하며 우리歷代의詩調가엇더하뇨 個人으론個人의性情, 意味와社會는社會의性情, 事業等을 表現또啓發함이크도다

우리文學史를 考하건대 우리의詩로는 確實한것은 高句麗瑠璃王의黃鳥詩[10]가 처음著名하얏나니 그는곳去今約二千年前의作이라 以後로三國, 南北國, 高麗, 朝鮮時代에 漢詩밋國詩(詩調)가만히勃興하얏더라 그러나 近代우리詩는 漢詩밋國詩를勿論하고 다自然的, 自我的이아니오 牽强的, 他人的이니 곳억지로 漢士의資料로 詩의資料를삼고漢士의式으로 詩의式을삼은지라 朝鮮人은朝鮮人의自然한情과聲과言語文字가잇거니 이제억지로他人의情과聲과言語文字를가저詩를지으랴면 그것지잘될수잇스리오 반드시 自我의情, 聲, 言語文字로하여야 이에自由自在로詩를짓게되야 비로소大詩人이 날수잇나니라

지금 우리는 만히國詩를要求할때라 이로써우리의 一切을發表할수잇스며 興奮할수잇스며 陶冶할수잇나니 그엇지深思할바아니리오 그한方法은 西洋詩人의 作品을만히參考하야 詩의作法을알고 兼하야그네들의 思想作用을알아써 우리朝鮮詩를지음에應用함이 매우必要하니라

이제岸曙金兄이 西洋名家의詩集을 우리말로 譯出하야 한書를일우엇스니 西洋詩集이 우리말로 出世되기는 아마 蒿矢라[11] 이著者의苦衷을解

7　셰익스피어(Willam Shakespeare, 1564-1616). 영국 극작가. 재판본에는 '쉑스피어'(5쪽)로 표기하고 있다.

8　단테(Alighieri Dante, 1265-1321). 이탈리아 르네상스기 시인

9　비경: 시경(詩經)

10　황조시: 황조가(黃鳥歌). BC 15년경의 작품

11　호솟라: '嚆矢라'의 오식. '처음이라'의 뜻. 재판본에서는 '蒿矢라'(6쪽)로 인쇄했으나, 역시

하는여러분은 아마 이詩集에서 所得이만흘줄로아노라

辛酉元月下澣　　張　道　斌[12]　謹　識[13]

「懊惱의舞蹈」를위하야

因憊한[14]靈에 쯤임업시 새生命을 부어네호며, 懊惱에 타는절믄가슴에 짜뜻한抱擁을 보냄은 오직 한篇의詩박게 무엇이 쏘잇스랴. 만일 우리에게 詩곳 업섯드면 우리의靈은 졸음에 스러젓을것이며 우리의苦惱는 永遠히 그呼訴할바를 니저바럿을것이 아닌가.

이제 君이 半生의事業을記念하기위ᄒ야 몬저南歐의여려[15]아릿다운歌人의心琴에 다치여[16] 을퍼진珠句玉韻을 모하, 여긔에 이름하야 「懊惱의舞蹈」라하니, 이 엇지 한갓 우리文壇의慶事일짜름이랴. 우리의靈은 이로말미암아, 支離한조름을 깨우게될것이며, 우리의苦悶은 이로말미암아 그윽한慰撫을밧으리로다.

「懊惱의舞蹈」! 끗엄는懊惱에 찟기는가슴을 안고 춤추는 그情形이야말로 임의 한篇의詩가 아니고 무엇이랴. 그러하다, 近代의生을 누리는 이로

오식이 제대로 정정되지 않았다.

12 장도빈(1888-1963). 국사학자. 『대한매일신보(大韓每日申報)』 논설위원. 〈한성도서주식회사(漢城圖書株式會社)〉(1920.3.28-1957) 공동설립자 및 출판부장

13 4-5쪽. 재판본(5-7쪽)은 '쉑스피어'와 '蒿矢라'의 두 단어를 수정한 것 외에 표기와 내용, 띄어쓰기가 초판본과 동일하다. '하한(下澣)'은 '하순(下旬)', '근지(謹識)'는 '삼가 적는다'의 뜻

14 곤비한: '困憊한'의 오식. 아무 일도 할 수 없을 만큼 지쳐서 매우 고단한

15 '여러'의 오식

16 닿아

煩惱, 苦悶의춤을 추지아니하는이 그 누구냐. 쓴눈물에 축인 붉은입살을
覆面아레에 감추고, 아직 오히려, 舞曲의和諧[17]속에 自我를委質[18]하지아
니하면 아니될 검은運命의손에 끌니여가는것이 近代人이 아니고 무엇이
랴. 검고도밝은世界, 검고도밝은胸裏은 이近代人의心情이 아닌가. 그러
나 이것은 決코 人生을戲弄하며 自己를自欺[19]함이 아닌것을 깨달으라.
대개 이는 삶을위함이며, 生을狂熱的으로 사랑함임으로 써니라.

「懊惱의舞蹈」! 이한卷은 實로 그覆面한舞姬의歡樂에 싸힌哀愁의엉그
림[20]이며, 갓튼째에 우리慰安은 오직 이에 永遠히감추엇스리로다.

아―君이여, 나는 君의建確한譯筆로 쒸여메즌 이한줄기의珠玉이 舞
蹈場에 외로히 서잇는 나의가슴에 느리울째의幸福을 간절히기달이며,
쏘한荒寞한 廢墟우에 한쑤리의프른엄[21]의 넓고깁흔生命을 비노라.

　　　　辛酉一月　　　　五山寓居에서

　　　　　　　　　　　　　　　　　廉 尙 燮[22]

　　親愛하는

　　金 億 兄에게[23]

---

17 화해: 어울림. 조화. harmony
18 위질: 투신(投身)
19 자기: 스스로 속이다
20 엉크림. 풀기 힘들 정도로 마구 뒤얽힘
21 '움'의 옛말. 풀이나 나무에 새로 돋아 나오는 싹
22 염상섭(1897-1963). 소설가. 재판본에서는 몇 군데 띄어쓰기를 달리 했을 뿐, 내용과 표기
　　는 초판본의 것과 동일하다.
23 6-7쪽.

「懊惱의舞蹈」의머리에

乾燥하고 寂寥한[24] 우리文壇——特別히 詩壇에 岸曙君의 이處女詩集(譯詩일망정)이 남은 實로 반가운일이다. 아 君의 處女詩集—— 안이 우리文壇의 處女詩集! (單行本으로出版되기난처음)참으로 凡然한 일이 안이다. 君의 이詩集이야말로 우리文壇이 브르짓는 처음소리요 우리文壇이 것는 처음발자욱이며, 將來우리詩의 大씸쏜니(諧樂)[25]를 이룰 Prelude (序曲)이다. 이제 우리는 그첫소래에 귀를 기우릴것이요, 그 첫거름거리를 살필것이며, 그意味잇난 序曲을 삼가 드를것이다.

君이 이 詩集가운대 聚集한[26] 詩의 大部分은 쏴르루, 쏘드레르[27]와 폴, 예르렌[28]과 알베르, 차멘[29]과 루미, 되[30], 쑤르몬[31]等의 近代佛蘭西詩의 飜譯을 모하 「懊惱의舞蹈」라 이름한것이다. 그런대 내가 暫間 近代佛蘭西詩란 엇더한것인가 써보갯다.

두말할것업시 近代文學中 佛蘭西詩歌처럼 아름다운것은 업는것이다. 참으로 珠玉갓다. 玲瓏하고 朦朧하며 哀殘하야 「芳香」이나 「꿈」갓치 捕捉할수업는 妙味가 잇다. 그러나 엇던째는 어대까지든지 調子[32]가 辛棘하고 沈痛하고 底力이잇는 反抗的의것이엿다. 좀仔細하게 말하면 近代詩歌——特히 佛蘭西의것은 過去半萬年동안 集積한 「文化文明」의 重荷에 눌니워 困疲한 人生——卽모든道德, 倫理, 儀式, 宗敎, 科學의 圈圍와

---

24 적요한: 적적하고 고요한. 적막한
25 해악: 심포니(symphony)
26 취집한: 모은
27 보들레르(Charles-Pierre Baudelaire, 1821-1867). 프랑스 상징주의 시인
28 베를렌(Paul-Marie Verlaine, 1844-1896). 프랑스 상징주의 시인
29 사맹(Albert Samain, 1858-1900). 프랑스 상징주의 시인. 별칭 '가을과 황혼의 시인'
30 레니에(Henri-François-Joseph de Régnier, 1864-1936). 프랑스 풍자시인
31 구르몽(Rémy de Gourmont, 1858-1915). 프랑스 상징주의 시인
32 조자: 가락. 음의 고저. 어조. 논조, 음정

桎梏를 버서나서 「情緖」와 「官能」을 通하야 推知한 엇더한 새自由天地에 「深索」과 「憧憬」과 「사랑」과 「꿈」의 고흔깃(羽)을 펴고[33] 飛翔 하려 하는 近代詩人——의 胸奧에서 흘너나오는 가는 힘업는 反響이다. 그러케 近代詩人의 「靈의飛躍」은 모든 桎梏을 버서나 「香」과 「色」과 「리슴」[34]의 別世界에 逍遙하나, 彼等의肉은 如前히 이苦海에서 모든矛盾, 幻滅, 葛藤, 爭奪, 忿怒 悲哀, 貧乏等의 「두려운[35] 現實의 도간이(坩堝)」속에서 쓸치안을수업다. 그럼으로 彼等은 이러한 「肉의懊惱」를 刹那間이라도 닛기爲하야 할일업시 피빗갓흔葡萄酒와 罌粟精[36]과 Hashish(印度에서産하는一種催眠藥)을 마시는것이다. 아!엇더한 두려운 矛盾이냐? 아엇더한 가삼쓰린 生의 아이런니[37]냐? 이러한 不斷히 靈과肉 夢과現實, 美와 醜와의 齟齬反撥하는[38] 境涯[39]에서 彼等의 詩는 흘너나오는것이다. 엇지 큰意味가 업스며, 엇지 큰暗示가 업스랴! 이제 나의愛友億君이 그러한近代佛蘭西詩歌——其中에서도 特히 名篇佳作만 選拔하야 譯함에 當하야 나는 萬斛讚辭[40]를 앳기지 안이한다.

　　마즈막으로 나는 君의 思想과 感情과 筆致가 그러한것을 飜譯함에는 第一의 適任者라함을 斷言하여둔다.

　　　　　　一九二一, 一, 一四, 夜

　　　　　　　　　　　　　　卞 榮 魯[41]

33　'펴고'의 오식

34　리듬(rhythm)

35　두려운

36　영속정: '罌粟精'의 오식. 앵속정. 양귀비의 한방명. 아편

37　아이러니(irony)

38　저어반발하는: 서로 맞지 않아 어긋나 되받아서 퉁기고 받아들이지 않는

39　경애: 자신이 처해 있는 환경과 생애(生涯)

40　만곡찬사: 아주 많은 칭찬의 말

41　8-9쪽. 변영로(1897-1961). 시인

譯 者 의 人 事 한 마 듸.

이 가난한譯詩集한卷에對한 譯者의생각은 말하랴고하지아니함니다.
말하자면 그것이出世됨만한값이잇고업는것에對하야는 譯者는생각하랴
고도하지아니하며, 그갓튼째에 알랴고도하지아니함니다. 더욱 새詩歌
가 우리의아직 눈을쓰기始作하는文壇에서 誤解나밧지 아니하면하는것
이 譯者의간절한熱望이며, 쏘한哀願하는바입니다. 字典과씨름하야 말
을만들어노흔것이 이譯詩集한卷임니다. 誤譯이잇다하여도 그것은 譯者
의잘못이며, 엇지하야 고흔譯文이잇다하여도 그것은譯者의光榮임니다.
詩歌의譯文에는逐字, 直譯보다도意譯 쏘는創作的무드를가지고 할수박
게업다는것이 譯者의가난한생각엣 主張임니다. 엇지하엿스나 이한卷을
만드려놋코생각할째에는 셜기도하고 그립기도한것은 譯者의속임업는
告白임니다.

이譯詩集에對하야 先輩어룬, 쏘는 여러[42]友人의아름답고도 놉흔序文,
쏘는友誼를表하는글을(友誼文) 엇어, 이보잘것업는冊첫머리에 곱흔꿈
임을하게됨에對하야는 譯者는 깁히 맘가득한 고맙운뜻을, 先輩어룬, 쏘
는여러友人에게 들임니다.

그리하고 이譯詩集에 모하노흔大部分의詩篇은 여러雜誌에 한번식은
發表하엿든것임을 말하여둠니다. 쏘 이譯詩集의原稿를 淸書하여준 權
泰述[43]君의다사한맘에 고맙움을 들임니다.

---

42 '여러'의 오식
43 권태술(1903-?). 일본 중앙대학 법학부 졸업, 법관 임용. 광복 후 서울시 관재청장, 서울시
　　중구청장 역임. 한국전쟁 때 납북. 소년소녀잡지 월간 『영데이(The young day)』(1926.6-

그다음에는 마즈막으로 譯者는 이譯者로하여금 이譯詩集의出世를 싸르게하여주고, 쏘는 이어려운일을 맛타 發行까지 즐겁게하여주신 廣益書舘主人, 나의知己高敬相[44]君의 보드랍운맘에 다사한생각을 부어들임니다.

一九二一, 一, 三〇,

서울淸進洞서　　億　生,[45]

再版되는 첫머리에.[46]

이갑도업는 詩集이 쯧밧게 江湖의여러곱은맘에 다친[47]바가되야, 發行된后 얼마의時日을 거듭하지아니하야 다 업서진데對하야는 譯者인나는 譯者로의 깃븜과 光榮스럽음을 닛즐수업슬만큼 크게 늣기고잇음니다.

첨에는 이番再版의째를 利用하야 크게 訂補修正을 하랴고하엿음니다, 만은 實際의붓은 여러가지로 첫쯧을 이루게하지아니하엿음니다. 그것은 다른것이 아니고 두해를 거듭한 只今의譯者에게는 그째의筆致와 只今의筆致사이에 적지아니한差異가잇는째문임니다.

───────
　　1934) 편집인.

44 고경상(1891-?)은 『오뇌의 무도』를 출간한 〈광익서관〉(1917-1923)의 사주. 광익서관은 『泰西文藝新報』(1918.9-1919.2, 통권 16호)를 비롯하여 『學之光』(1914.4-1930.4, 통권 29호), 『創造』, 『三光』(朝鮮留学生樂友會, 1919.2-1920.4, 통권 3호), 『女子時論』(1920.1-1921.4, 통권 6호), 『修養』 등의 잡지를 후원하여 간행한 곳으로, 동인지 『廢墟』(1920.7.25-1921.1.20, 통권 2호)에 자금을 출자하여 발행한다. 고경상은 이 동인지의 편집 겸 발행인을 맡았다. 김억을 포함하여, 『오뇌의 무도』에 축시와 서문을 쓴 김찬영, 염상섭은 모두 『폐허』의 동인이기도 하다.

45 10-11쪽.
46 재판본(조선도서주식회사, 1923.8.10)에 추가된 서문
47 닿은

譯者는 지내간 筆致를 그대로 두고십다는 紀念에ㅅ생각으로 조곰도 곳치지아니하고 그대로 두고 맙니다. 이 詩集속에 잇는 아여 시몬쓰[48]의 詩 한篇는 쎕아바리고 말앗읍니다, 그것은 얼마아니하야 出世될 스몬쓰의 詩集「잃어진眞珠」[49]속에도 너흔 까닭입니다 하고 이옛츠[50] 또르[51], 쌜렉크[52]의 詩 몟篇을 더 너헛을쑌입니다.

只今 譯者가 혼자 맘속에 괴하고잇는 泰西[53]名詩人의 個人詩集의 叢書가 完成되면, 이 譯詩集은 아조 絶版을 식히랴고 한다는뜻을 한마듸 하여둡니다.

마즈막으로 昨年봄에 곳 再版되엿을 이 詩集이 여러가지로 맘과갓게 되지아니하야 이럿케 늦저젓음을 讀者되실 여러분에게 謝罪합니다.

　　　　　一九二三年五月三日
　　　　　　　서울 淸進洞旅舍에서
　　　　　　　　　　　　　　　　譯者.[54]

고요히, 애닯게
몸이　돌아가신
내아바님의 靈前에

---

48 시먼스(Arthur Symons, 1865-1945). 영국 시인. 상징주의 시이들을 옹호한 최쵸이 영국 문인.
49 김억 번역. 平文舘, 1924.2.28.
50 예이츠(William Butler Yeats, 1865-1939). 영국 로만주의 시인
51 포르(Paul Fort, 1872-1960). 프랑스 상징주의 시인, 연극인
52 블레이크(William Blake, 1757-1827). 영국 로만주의 시인, 화가
53 태서: 서양. 특히 (서)유럽을 지칭
54 재판본 16-17쪽.

이詩를 모하서 들이노라.[55]

다사롭은 오랜友誼를 위하야 맘가즉히
나의벗, 惟邦에게 이詩를
모하서 들이노라.[56]

멀니쩌나서 只今은 消息좃차 끈허진
지내간 오랜 녯날을 위하야
나의벗 流暗[57]에게 이詩를 모하들이노라.[58]

---

55 14쪽. 〈쎄르렌詩抄〉 중간표지 뒷장에 붙인 헌사. 이 시집은 특이하게 각 장에 헌사를 붙이고 있다. 재판에는 "고요히도 애닯게/ 몸이 돌아가신/ 내아바님의靈前에/ 이詩를모하서/ 맘곱이 밧치노라."(재판본, 19쪽)로 수정한다.

56 54쪽. 〈쑈르몬의詩〉 중간표지 뒷장에 붙인 헌사. 재판본에는 "다사롭은 오랜 友誼를위하야/ 이詩를 모아서 맘가즉히/ 惟邦金君에게 보내노라."(재판본, 65쪽)로 수정한다.

57 유암. 김여제(金輿濟, 1895-1968)의 호. 평안북도 정주 출신인 김여제는 3·1운동과 관련하여 일제에 쫓기자 1919년 5월초에 상하이로 가서 2년 여 동안 상하이 임시정부 기관지 『獨立新聞』(1919.8.21-1943.7.20) 기자 겸 편집위원으로 활동한다. 김억이 이 시집을 내던 시기는 그가 상하이에 있을 때이다. 이후 김여제는 1921년 8월 도미하여 8년간 유학생활을 마치고, 잠시 독일로 갔다가 1931년에 귀국하여 오산학교 교장이 된다.

58 78쪽. 〈싸멘의詩〉 중간표지 뒷장에 붙인 헌사. 재판본에는 "멀니쩌나서 只今은 消息좃차 잃어진/ 지내간 오랜 녯날은 위하야/ 나의벗 流暗에게 이詩를 모하들이노라."(재판본, 96쪽)로 수정한다.

모든것은 흘너가는데
니즐수업는 지내간날을 위하야
나의벗   霽月[59]에게
            이詩를 모하들이노라.[60]

이리도 다사롭고 이리도 고흔詩를 모하서는
나의벗 高敬相에게 들이노라.[61]

이詩를 곱히나곱게 모하서는,
只今은 잇는곳좃차 몰을 어린한째의
지내간 어린날의 여러벗에게 들이노라.[62]

곱고도설은 이詩를 모하서는

---

59 제월은 소설가 염상섭(廉想涉, 1897-1963)의 필명
60 100쪽. 〈쏘드레르의詩〉 중간표지 뒷장에 붙인 헌사. 재판본에는 "모든것은 흘너감에 쌀아/
    니즐수업는 지내간날을 위하야/ 나의벗 想涉廉君에게/ 이詩를 모하 들이노라."(재판본,
    126쪽; 들여쓰기는 동일)로 수정한다.
61 118쪽. 〈이옛츠의詩〉 중간표지 뒷장에 붙인 헌사. 재판본에는 "이리도 다사롭고 이리도
    곱은詩를 모하서는/ 바람결갓치 써도는 나의벗 高敬相兄에게 들이노라."(재판본, 144쪽;
    2행 2자 들여쓰기)로 수정한다.
62 재판본에 새로 추가된 〈쏘르의詩〉 중간표지 뒷장에 붙인 헌시. 재판본 154쪽.

알기도하고　몰으기도하는

여러젊은　가슴에게　들이노라.[63]

新刊紹介

岸曙金億君譯

譯詩集　懊惱의舞蹈　佛國式美裝全一冊
正價金一圓郵稅十一錢

이譯詩集에는─우리詩壇의處女詩集이며, 첫소리되는─南유롭의佛蘭西를中心으로호고 代表的詩人의아릿답은心琴에 다치여[64] 을퍼진 代表的詩八十有三篇의珠句玉韻이 고흔光彩를놋코잇다. 南유롭!이 한마듸만이 한篇의詩와갓지울니지아니흐는가. 南유롭의詩는 우리의 애차롭고, 속절업는 가슴을 플으라고호여도 플을길좃차 바이업시, 한갓 그 프르고 곱고 넓은 하늘을 바라보며, 하소연흐는 설고도 고흔樂調─ 그自身이다. 쓰거운피가 쓸는 절믄가슴에, 그 쮜노는맘에, 그 고흔사랑에 쯧업는煩苦에, 쏘는 香薰놉흔藝術의쯧을 차즈랴고 흐는憧憬흐는이에게, 엇더흔 곱고간절흔 애닯은曲調와 微笑를주랴. 우리는 더 말흐랴고 흐지아니흔다 다만 읽어보아라, 그러면 반듯시 이름몰을무엇이 가슴에 숨어들을것이다. 더욱譯者의彩筆에 對흐야는 거듭말홀必要가 업슬만큼, 譯者는 朝鮮唯一되는南유롭詩歌紹介者로 오태동안[65] 고흔韻文을 우리에게提供흐여왓다.

京城光化門局私書函九號

------

63 126쪽. 〈懊惱의舞蹈〉 중간표지 뒷장에 붙인 헌사. 재판본에는 "알기도 하고 몰으기도 하는"(2행)으로 띄어쓰기만 부분 수정한다.(재판본, 166쪽).

64 닿아

65 '오래동안'의 오식

發 行 所　　廣　益　書　舘

振替[66] 口 座 京 城 八 三 九 號[67]

「懊惱의舞蹈」의出生된날

(岸曙君의詩集을닑고)

抱　耿[68]

一. 모든 사람의靈은　오직

　　깁흔잠에서　깨지안니ᄒ러라,

　　肉體는　그우에서彷徨ᄒ여라,

　　稀微ᄒ　눈짜우엔

　　눈물　좃차　枯渴ᄒ고

　　痲痺ᄒ　목소래는

　　音調좃차　스러져서라

　　血液은　재빗갓혼

　　죽음에　凝結되고

　　神經은　어름어러

　　感覺좃차　훗쳐서라

　　自然은　사롬압헤

　　그實體를　감추려지안이한다

---

66 진체: '우편진체(郵便振替)'의 준말. 우편 대체
67 『創造』 9호(1921.5.30), 38쪽에 실린 시집 광고
68 『創造』 9호(1921.5.30), 73-75쪽에 실린 김찬영의 시. '포경'은 김찬영의 필명

잠들고   째지안는
病드른   사람의靈은오직
눈을들어   그를
보려ᄒ지   안히홀쑌이러라.

二, 夕陽벗에[69]   물들은
    파릿ᄒ고도   불근구룸은
    多情ᄒ그자최를
    내압헤   두고간다－
    情熱에애씃는
    少女의   입살갓히   쏘ᄒ
    그의   含羞한[70]   秋波갓히
    그러나그러나   사람의
    病드러   잠드른靈은   오직
    죽음의   즈름길에서
    째지안이ᄒ여라.

三, 문어진   城밋헤
    고주녁히   잠드른
    닙(葉)써러진   白楊나무
    속절업시   꿈쑬째에
    첫앗침의   해빗돗쳐
    찬「이슬」이   반득일째

---

69 '夕陽빗에'의 오식
70 함수한: 수줍은 빛을 띤

참새들은　오히려
찬꿈을　쌔여
가슴속에　뭇쳐잇는
美妙혼　悅樂의
樂器의　줄을골나
노래부르다　노래부르다.
그르나　그르나　사람의
病드른靈은　오직
죽음의　즈름길에서
限엄시[71]　잠자러라.

四.　봄(春)은　오다.
부드럽고　다사로운
그의　아릿다운　손은
病들어　잠드른
사람의　靈의우에
은근히　부다치며
이리말ᄒ다―
「靈아, 애츠러히病드른
사람의　靈아,
나는너를爲ᄒ야
꼿피여　주마
香氣의　가득한
ᄯᆯ리듸아[72]든

---

71 '限업시'의 오식

그보다도 愛憐한

溪谷의 姬百合[73]을−

그럿치안커든

새우름들니마[74]

들에 나는「종다리」

버들가에 애끗는

단장한「꾀꼬리」

그러나그러나 사람의

病드러 잠자는靈은

오직 죽음의즈름길에서

대답치 안이ㅎ여라.

五, 해빗흔 붉어지고

異常ㅎ 구름은 춤추어라

香氣로운 바람은

굿씬 刺戟의 노래부르다

天使는 肉感의

그윽흔 歡喜에서 絶叫ㅎ여라

神靈은「술」桶을 안고

氣絶ㅎ여라

妖精은「독기」[75]드러

天國의門을 흩으러라

---

72 프리지어(Freesia)

73 희백합: 연한 분홍색 6장의 꽃잎이 있는 백합의 종류

74 새울음 들리면

75 도끼

惡魔는　神다러

結婚을請ᄒ다

罪惡과　善美는

和意ᄒ여라

罌粟精의首薰[76]은

忘却의리씀[77]우에서　춤추다.

病드릿든　사람의靈은

稀微ᄒ　눈을　쓰다

일홈모를　剌戟의벗흔[78]

온　世界에　가득차써러

電光, 火焰, 불근「피」

靈은　비로소　우슴웃다.

ᄯᅩᄒᆫ　춤추다, 노래부르다.

이째는　懊惱의舞蹈의

出生된　날이러라

千九百二十一年三月　日

---

76 수훈: 두드러진 향
77 리듬(rhythm)
78 '빗흔'의 오식. 빛은

06. 金億 譯, 『이탄자리 (들이는 노래)』

김억(본명 金熙權; 1895-?)의 번역 시집(平壤: 以文舘, 1923.4.3)
132×196㎜ 127쪽(본문 113쪽). 노벨문학상 수상작(1913)인 타고르(Rabindranath Tagore, 1861-1941)의 『Gitanjali』(1910)[1] 영문판(1912)을 번역한 시집으로, 최초의 원어역 시집[2]이다. 이 시집은 "죽은 아내와 세 아이들에게 바치는 시집"으로 알려져 있다. 영문판은 타고르 자신이 번역한 것으로, 원작에 수록된 157편 중 57편과 다른 시집에 발표했던 시를 추가하여 모두 103편을 담았다.
김억은 이 번역시집 속표지 저자 이름에 이 시기 다른 번역시집에서와 마찬가지로 'Verda E. Kim'이라는 에스페란토 이름을 내세우고 있다. 속표지 다음 쪽에 타고르의 옆 모습 스케치를 넣었다. 이 번역시집을 출간한 〈이문관〉은 후에 『개벽』의 주간을 맞았던 김기전(金起瀍, 1894-1948)이 당시 운영하던 출판사이다. 이 시집에 사용한 '-습니다'체의 어투는 한용운(韓龍雲, (1879-1944)의 『님의 沈默』(滙東書館, 1926.5.20) 등에서 재현된다.

譯 者 의 人 事

□

　世界的名聲을가진, 眞正한意味엣佛敎徒[3]의 近代詩人인 印度타오아의 信仰詩篇인 이詩集 「이탄자리」 (들이는 노래.) 가 사람의 말라가는靈에게, 얼마만한感化와 美音을 주엇는가는, 여기에 말하랴고 하지아니하

1　'Gitanjali'는 '합창하여 신을 찬미하다', 즉 '신에게 바치는 頌歌'라는 뜻이다.
2　이전까지 『기탄자리』의 한국어 번역은 방정환(方定煥, 1899-1931)의 「어머님」·「신생의 선물」(이상 『개벽』, 창간호, 1920.6) 번역을 시작으로, 오천석이 12편(『創造』 7-8호, 1920.7-1921.1), 정지용이 9편(『徽文』 창간호, 휘문고보 문우회 학예부, 1923.1; 당시 휘문고보 5년) 등의 일부 번역이 있었으나, 완역한 것은 김억이 처음이다.
3　김억의 착오. 타고르는 힌두교 신자이다. 다만, 창작에 있어 특정 종교를 지향하는 모습을 보이지는 않았다.

고, 다만 넘우도 浮虛한輕信⁴의맘이 타꼬아의思想과 作品에對하야 먼距離를 가지는듯하기에, 只今 이것을 그들맘에게 내여노흐며 「읽으라, 그러나 씹어읽으라」 하는 한마듸를 붓쳐둡니다.

□

眞正한말을 하자면 이貴한詩集이 譯者되는 내손에서 出世됨에는 다시업는光榮을 늣기는同時에, 깁히깁히 이詩文을 옴길만한可能업는 「非適任者」 라는 거즛업는告白을 하여야할 부끄럼음을 가집니다. 原著者의 손에된英譯文이, 決코 難解롭은것은 아닙니다. 엇더케 그英譯文이 곱게도 맛기죠혼芳香을 놋는가는 英語를 조곰 아는이라도 알것입니다, 만은 무엇보다도, 譯出할째에 짝한것은 文体엿습니다. 엇더한文体를 取할가 하는것이 只今도, 다譯畢한⁵只今도, 疑心으로 잇습니다. 내손에 된文体이지만은 나는同意할수업다는것을 말슴하여 둡니다. 이것은 日後의完全한適任者를 기달닐밧게 업습니다.

□

原著者의 이름에對하야, 「타골」, 「타쿠르」, 「타코르」 쏘는「타쿨」 하는 여러가지 發音이 잇습니다, 만은 印度의原이름을 몰으는譯者는 恭順하게, 英語式發音그대로, 「타꼬아」 라고 하엿습니다.

□

譯文은 直譯을 줄기로 잡고 하엿습니다, 만은 넘우直譯만으로는 뜻의 不明과, 쏘는 넘우도 西洋式이 되기째문에 意譯한곳도 적지아니합니다. 엇지하엿으나, 飜譯이라는것은 詩文에서처럼 어렵은것은 업다는것을 곰곰히 늣것습니다. 다만 마즈막으로, 이世界的眞珠를 未熟한技工이 넘우도 만히 허물낸것을 깁히 謝禮하며, 아울너⁶, 뮤쓰⁷詩神의 쑤지람을 달게

---

4 경신: 깊이 생각하지 않고 쉽게 믿음
5 역필한: 번역을 끝낸
6 '아울러'의 오식

밧으랴고 하는뜻을 살펴주시기 바람니다.

一九二二年一〇月二三日夜

黃浦가[8]의月岩山아레서,

譯　　者.[9]

新刊
紹介
○키 탄 자 리

타 꼬 아 作

金　億　譯

現代에는오즉한나이며 더욱이東洋에서는첫번으로「로벨」賞의光榮을엇은 印度詩聖 타꼬아는 全人類의 늣기지못하든것을 能이늣기고 全人類가엇어내지못하는것을 能이엇어내엿다.올은말이다 올은말이다.그의作品「生의實現」「新月」「○키탄자리」(들이는노래)그他모든作品은 果然全人類에게 莫大한感化를주엇다.우리가理想뿐으로 생각하던 自然의美妙를고대로글려내여[10] 人類에게紹介하야주엇다. 「○키탄자리」는그中에도有名한것이다. 그러나 우리朝鮮에서는 아즉까지 그의이름을들을뿐이오 그의作品이出版되지못하여섯다. 그런대이 제[11]金岸曙君의손에서 「○키탄자리」가譯出되엿다.誇張이아니라 全文百三篇의 散文詩!누구던지한번

7　뮤즈(Muse)

8　김억의 고향은 평안북도 곽산군(郭山郡)으로, 황포(黃浦)는 이곳에 있다. 곽산군은 1914년 조선총독부의 행정구역 재편에 의해 인접한 정주군에 편입된다.

9　1-3쪽.

10　끌어내어

11　'이제'의 오식

이 冊을손에들면 그의靈은 自然으로더부러 흐르고쏘홀너서 그 그러함을 깨닷지못하리라. 다른 누구누구의 詩를볼째에는 滋味로움을깨닷지만은 이「ˎ키탄자리」를닑을째에는엇더하다고할는지 말하자면古岳으로白雲이 슬며시나오는듯하다. 發行所는平壤薛巖里以文堂   定價 一圓[12]

---

12 『開闢』 36호(1923.3.6), 21쪽에 실린 시집 광고

07. 金億, 『해파리의노래』

김억(본명 金熙權; 1895-?)의 첫 창작시집(朝鮮圖書株式會社, 1923.6.30)이자 최초의 근대 창작시집.
B6판(110×180㎜). 본문 164쪽. 표지에는 상단 1/3 부근에 그려진 삼각형을 가로질러 양쪽 끝까지 그은 두 개의 가로선 사이에 붉은색으로 시집 제목을 표기했다. 속표지에는 '해파리의 노래'라는 뜻의 'KANTO DE MEDUZO'라는 에스페란토 표기를, 이어서 두 줄로 역시 에스페란토 표기로 'Poemaro Verkita De/ Verda E. Kim'이라고 역자명을 넣고, 아래 부분에는 시집명을 상형문자형의 장식 글자체로 변형하여 세로로 표현하였다.[1] 속표지 다음 쪽에는 시인의 캐리커처(caricature)가 있다.
총 83편의 시를 〈쏨의노래〉(12편), 〈해파리의노래〉(9편), 〈漂泊〉(6편), 〈스옝쓰의설음〉(9편), 〈黃浦의바다〉(14편), 〈半月島〉(8편), 〈低落된눈물〉(6편), 〈黃昏의薔薇〉(10편), 〈北邦의少女 (附錄)〉(9편)의 9장으로 나눠 각각의 표제를 붙이고, 앞서 발간한 『懊惱의舞蹈』와 마찬가지로 각 장 시작 부분에 헌사를 달고 있다. 다만, 마지막 장인 〈北邦의少女 (附錄)〉에는 헌사가 없는데, 그 이유는 자서인 〈머리에한마듸〉에 적은 것처럼, 이 장이 "著者가 著者自身의 지내간날의 모양을 그대로 보자하는 혼자생각"[2]에 엮은 것이기 때문임을 짐작할 수 있다. 김억 초기시에 나타나는 허무적인 색채, 서러움의 토로, 상실감이 이 시집의 주조를 이룬다.

해파리의노래.[3]

갓튼동무가 다갓치 生의歡樂에 陶醉되는 四月의初旬째가 되면은 쎄

---

[1] 표지 디자인에서 타이포그래피를 활용한 첫 사례는, 작은 '新'자와 '演', '劇'자를 반복·사용하여 각각 큰 글자 '銀', '世', '界'를 구성하여 제목을 만든 이인직의 신소설 『은세계』(同文社, 1908.11.20) 상권이다.
[2] 이 장에 수록한 작품은 1915년에 쓴 습작기 작품과 1910년대 「學之光」(1914.4-1930.4, 통권 29호), 『泰西文藝新報』(1918.9-1919.2, 통권 16호)에 발표한 초기 작품이다.
[3] 김억의 자서(自序)

도업는[4] 고기썽이밧게 안되는 내몸에도 즐겁음은와서 限끗도업는 넓은 바다우에 써놀게됨니다.그러나 自由롭지 못한 나의이몸은 물결에쌀아 바람결에쌀아 하욤업시[5] 썻다 잠겻다 할쑨입니다. 복기는가슴의,내맘의 설음과깃븜을 갓튼동무들과함끠 노래하랴면 나면서부터 말도몰으고 「라임」[6] 도업는 이몸은 가이업게도 내몸을내가 비틀며 한잣 썻다 잠겻다 하며 복길짜름입니다. 이것이 내노래입니다.그러기에 내노래는 설고도 곱습니다.[7]

해파리노래에게[8]

인생에는 깃븜도 만코 슬픔도 만타.특히 오늘날 흰옷님은 사람의 나라 에는 여러가지 애닯고 그립고,구슬픈 일이 만타. 이러한 「세샹사리」에서 흘러나오는 수업는 탄식과감동과 감격과 가다가는 울음과 쏘는 우스음 과,엇던째에는 원망과 그런것이 모도 우리의 시가 될것이다. 흰옷 닙은 나라 사람의 시가 될것이다.

이천만 흰옷 닙은 사람! 결코 적은 수효가 아니다. 이 사람들의 가슴 속에 뭉치고타는 회포를 대신하야 읍져리는것이 시인의 직책이다.

우리 해파리는 이 이천만 흰옷 닙은 나라에 둥々 써 돌며 그의 몸에 와닷는것을읍 헛다[9]. 그 읍흔것을 모흔것이 이 「해파리의노래」다.

---

4 뼈도 없는
5 하염없이
6 rhyme. 압운
7 1쪽.
8 이광수(李光洙, 1892-1950)의 서. '춘원'은 이광수의 호
9 '와닷는것을 읍헛다'의 오식

해판리는[10] 지금도 이후에도 삼쳔리 어둠침々한바다 우흐로 써돌아 다닐것이다,그리고는 그의 부드러온 몸이 견딀수업는 아픔과 설음을 한 업시 읍흘것이다.

어듸,해파리,네 설음,네 압흠이 무엇인가 보쟈.

게해년 느즌봄 흐린날에
春　　　園[11]

머리에한마듸.[12]

나는 나의 이詩集에 對하야 긴말을 하랴고 하지 안습니다,다만 이가 난한 二年동안의(一九二一――一九二二)詩作엣努力이라면 努力이라고도 할만한詩集을 世上에 보내게됨에 對하야 幸여나 世上의誤解의 꾸지람이 나 밧지안앗으면 하는것이 간절한 다시업는 願望입니다.

詩에 對하야는 이러니 저러니 하는것이 아직도 이른줄로 압니다. 그 저 純實하게 고요하게 詩의길을 밟아나아가면 반듯시 理解바들째가 잇 을줄로 압니다.

이詩의 排列에 對하야는 年代차례로 한것이 아닙니다. 그동안의 詩篇 을 다 모하노흐면쐐 만흘듯합니다,만은 詩稿를 다 잃어바리고 말아서 엇지할수업시 現在 著者의 手中에잇는것만을 넛키로 하엿읍니다.

더옥 마즈막에 附錄비슷하게 조곰도 修正도 더하지아니하고 本來의

---

10 '해파리는'의 오식
11 2-3쪽.
12 김억의 자서

것 그대로 붓친 「北의小女」라는表題아레의 멧篇詩는 只今부터 九年前의
一九一五年의것이엿읍니다, 하고 그것들과 밋 그밧게 멧篇詩도 오래된
것을 너헛읍니다. 이것은 著者가 著者自身의 지내간날의 녯모양을 그대
로 보자하는 혼자생각에 밧하지[13] 아니합니다.

　엇지 하엿으나, 著者인 내自身으로는 대단한 깃븜으로 이處女詩集을
보낸다는쯧을 告白하여둠니다.

一九二三年 二月四日밤에

故鄕인黃浦가에서

著　　　者[14]

地下의
南宮璧에게
　　이詩를보내노라.[15]

　해를여러번거듭한
　　地下의崔承九에게
　　　이詩를보내노라.[16]

13　벗어나지. 다르지
14　4-5쪽
15　8쪽. 〈쑴의노래〉 중간표지 뒷장에 붙인, 시인 남궁벽(1894-1922)에게 보내는 헌사
16　26쪽. 〈해파리의노래〉 중간표지 뒷장에 붙인, 시인 최승구(1892-1917)에게 보내는 헌사

漂泊의

싯업는길에   써도는

無名草에게

　이詩를   보내노라.[17]

悲痛의

廉想涉에게

이詩를모하보내노라.[18]

나의   아우

鴻權에게

이詩를   보내노라[19]

---

17 46쪽. 〈漂泊〉 중간표지 뒷장에 붙인, 동화작가 방정환(方定煥, 1899-1931)에게 보내는
    헌사. '무명초'는 방정환의 필명
18 54쪽. 〈스뗑쓰의 설음〉 중간표지 뒷장에 붙인, 소설가 염상섭(1897-1963)에게 보내는 헌사
19 68쪽. 〈黃浦의바다〉 중간표지 뒷장에 붙인, 아우 김홍권에게 보내는 헌사

平壤의

金東仁에게

　이詩를보내노라.[20]

넷마을의

P · R · S에게

이詩를보내노라.[21]

東京의

　金廷湜에게

　　이詩를보내노라.[22]

───────

20 86쪽. 〈半月島〉 중간표지 뒷장에 붙인, 소설가 김동인(1900-1951)에게 보내는 헌사
21 104쪽. 〈低落된눈물〉 중간표지 뒷장에 붙인 헌사
22 116쪽. 〈黃昏의薔薇〉 중간표지 뒷장에 붙인, 시인 김소월(1902-1934)에게 보내는 헌사
　　'김정식'은 김소월의 본명

08. 李世基 編, 『廢墟의 焰群』

이세기가 편집한 사화집(京城朝鮮學生會, 1923.11.28)
A6판. 34쪽. 박팔양(朴八陽, 1905-1988)·윤정호(尹禎浩)·이세기·방준경(方俊卿, 1905-1970)·최강(崔昿)·조구순(趙龜淳)·염형우(廉亨雨, 1902-1930) 7인의 시 10편을 수록한 합동시집이다. 근대에 들어 김억의 『해파리의노래』(朝鮮圖書株式會社, 1923.6.30)에 이어 두 번째로 나온 창작시집이자, 국내 시인을 대상으로 한 최초의 합동시집(사화집)이다. 윤정호·최강·방준경이 2편씩, 나머지는 1편씩 수록했다. 이 중 박팔양·방준경·이세기는 등사판 회람잡지 『搖籃』(1922-1923) 동인[1]이고 다른 이들은 연희전문학교 학생으로 알려져 있다. 신봉조(辛鳳祚, 1900-1992)는 허두에 하이네(Heinrich Heine, 1797-1856)의 시를 번역하여 싣는 방식으로 이 합동시집에 참여하고 있다. 수록 작품들은 대체로 로만주의 경향의 습작 수준이며, 수록 시인 중 박팔양과 방준경 만이 이후에도 문학 활동을 지속한다. 이세기의 생애, 경력, 활동 사항은 구체적으로 알려진 바 없다.

Mi ĉiam vin amis kaj amas vin nun;
Se eĉ la mond' renversiĝus.
La fortaj fiamoj de mia am'
El sub ba ruinoj eliĝus.

——Heinrich Heine——[2]

---

1 『요람』(1922-1923) 동인은 8명으로, 당시 정지용(鄭芝溶, 1902-1950)·박제환(朴濟煥, 초명 朴濟瓚, 1905-)·전승영(全承泳)은 휘문고보, 김용준(金瑢俊, 1904-1967)은 중앙고보, 김경태(金京泰)는 경성제1고보, 이세기는 경성고등상업학교(서울대 상과대학 전신), 방준경(필명 金華山)·박팔양은 경성법학전문학교(서울대 법과대학 전신)에 재학중이었다.

2 이 시는 하이네의 「Lyrisches Intermezzo(서정간주곡) 44: Ich hab dich geliebet」의 에스 페란토 번역이다. 하이네의 원시는 다음과 같다. "Ich hab dich geliebet und liebe dich noch!/ Und fiele die Welt zusammen,/ Aus ihren Trümmern stiegen doch/ Hervor meiner Liebe Flammen." 이상 하이네 원시에 관한 사항은 박인기의 논문 「詩集 『廢墟의 焰群』과 1920년대 현대시」(『한국시학연구』 3호, 한국시학회, 2000.11)를 참고했다.

하 이 네

나는 항상 너를 사랑햇노라

지금도 너를 사랑하노라

이世上이 문허지는한이 잇슬지라도

내사랑의 굿센 焰群은

廢墟의속으로브터 니러나리라.

—— 辛 鳳 祚 譯 ——[3]

---

3 시집 허두에 원시와 번역시를 각각 한 쪽씩, 두 쪽에 걸쳐 넣었다. 신봉조(일본명 辛島純[가
   나이시마 준])는 이화고등여학교 최초의 한국인 교장(1938)으로 알려져 있는 친일반민족행
   위자. 광복 후 이화여고 교장(1945.10-), 이화예술고 교장(1953-), 학교법인 상명학원
   이사 및 이사장(1954-1991), 학교법인 이화학원 상무이사 및 이사장(1961- 1989.5) 역임

09. 아더·시몬스 作, 岸曙·金億 譯, 『잃어진眞珠』

김억(본명 金熙權; 1895-?)이 영국 상징주의 시인 아더 시몬스(Arthur Symons, 1865-1945)의 시집 『Poems』(1901; 1906)를 번역하여 출간(平文舘, 1924.2.28)한 시집[1].

172쪽. 이 번역시집 속표지 저자 이름에 안서는 이 시기 다른 번역시집에서와 마찬가지로 'Verda E. Kim'이라는 에스페란토 이름을 내세우고 있다. 속표지에서 밝힌 시몬스의 원 시집명은 『La perlo perdita, Originale Verkitude』이다. 특별한 장 구분 표시를 하지 않고, 시집 중간에 시몬스 시 한 편과 헌사를 넣어 전후를 구분하는 독특한 형태의 분류를 하고 있다. 〈평문관〉은 『개벽』의 주간을 맡았던 김기전(金起瀍, 1894-1948)이 당시 운영하던 출판사

岸 曙 詞 兄!

이 番 아여 시몬쓰詩集을 飜譯하심에 對하야 날더려 序文을 쓰라고 하

---

1 구인모는 이 번역시집과 그곳에 수록한 시 중 일부가 야노 호진(矢野峰人, 1893-1988)의 『シモンズ選集』(アルス, 1921)과 「アアサ·シモンズ-『シモンズ選集』 序」(『英語文學(The lamp)』, 1921)에 토대를 두고 있다고 지적한다. "김억은 구리야가와 하쿠손(厨川白村)의 문학론, 이와노 호메이(岩野泡鳴)의 문학론과 번역을 통해 상징주의를 이해했고 아서 시먼스를 발견했다. 그리고 야노 호진(矢野峰人)의 아서 시먼스 시 번역에 의존하여 『잃어진 진주』를 발간했다. 그럼에도 불구하고 야노 호진을 통한 아서 시먼스 시의 번역 경험은 김억의 시 창작 과정에 깊은 흔적을 남겼다. 이것은 비서구 식민지인 조선의 번역가, 시인으로서 김억이 일본을 경유하지 않고서는 아서 시먼스 번역뿐만 아니라 서구 근대시, 상징주의와도 직접 대면할 수 없었던 사정을 드러낸다"(51-52쪽), "야노 호진의 『시먼스 선집』은 김억이 『잃어진 진주』 번역에 임하도록 동기를 부여했을 뿐만 아니라, 번역의 선례이자 저본이기도 했다. 그것은 『잃어진 진주』의 「서문 대신에」에서 김억이 아서 시먼스의 창작 태도, 특히 예술과 도덕의 문제를 둘러싼 입장을 소개한다면서 무려 6페이지에 걸쳐 인용한 『낮과 밤』(1889)의 재판 서문의 일부를 통해서 알 수 있"(61쪽)다는 등의 언급이 그것이다. 이에 관한 구체적인 내용은 구인모의 「번역의 가능성 혹은 불가능성 – 김억의 『잃어진 眞珠』(1924)에 대하여」(『코기토』 78호, 2015.8)를 참고하기 바란다.

섯습니다. 兄에게서 이러한 付托을 바든것을 큰 榮光으로 알거니와, 不幸히 나는 그詩集에 序文을 쓸資格이 업슴을 自白해야되게 되엿습니다, 대개 나는 아직 그의詩를 읽어본일이 업는까닭이외다.

내가 詩를 사랑하지아니함이 아니외다. 사랑하기는 至極히 사랑하야 내自身이 詩人이 되고십허하는 熱望좃차 잇지만은 東奔西走하든 나의生活은 고요하게 아름답은詩를 골라 賞玩할餘暇가 업섯습니다.

그러나 元來 兄의天分을 잘 아는 나로는, 또 兄의優秀한天分의實證인 譯詩集「懊惱의舞蹈」를 賞嘆한² 나로는 兄의 이번에 飜譯하신 아여 시몬쓰의詩集에 對하야서도 充分한信任을 드리는바외다. 더욱 오늘朝鮮社會와갓치 外國의文學의輸入이 文壇을 爲하야서나 一般 民衆을 爲하야서나 甚히 緊要한때에, 그런데도 아직 이 헤아릴수업는 價値를가진事業을 하는이가 업는때에 兄이 홀로 이尊敬할만한事業에 用力하심은 우리朝鮮語를 말하는者 全體가 感謝할바라합니다. 나는 兄의貴重하신努力과 純粹한精誠이 반듯시 크게 갑하질것을 밋습니다.

어느때 어느곳에서나 飜譯은 創作과갓튼 效果와努力을 要하는것이지만은 特히 오늘날朝鮮과갓튼 境遇에서는 그效果가 創作보다 더욱 크고, 또 그困難이 創作보다 더욱 클것이외다. 偉大한 外國文學의 飜譯우에만 偉大한 朝鮮文學의 基礎가 설것이니 飜譯의功이 얼마나 큰닛가. 또 아직 洗鍊되지도못하고 語彙도 豊富치 못한말로 洗鍊되고 豊富한語彙를 使用한 外國文學, 게다가 詩歌를 옴기는 그困難이 얼마나 큰닛가. 나는 兄이 이 偉大한緊要를 洞見³한明과, 이偉大한困難을 冒進⁴하는勇을 感謝하오며, 이것이 모든朝鮮民衆을 사랑하는, 그네에게 참된 精神生活을 주자하는 一片丹誠에서 나옴인줄을 밋습니다.

---

2 상탄한: 탄복하여 크게 칭찬한
3 통견: 앞일을 환히 내다봄. 또는 속까지 꿰뚫어 봄
4 모진: 무릅쓰고 나아감

岸曙兄! 더욱더욱 힘쓰서서 만흔 世界의珠玉을 貧窮한 朝鮮民衆의靈
에게 옴겨주시기를 祝願합니다.

壬戌[5]仲春下澣[6]에

春　園　謹識[7]

序文代身에

이럿케라도 만들어 世上에 보내게되니 譯者로의 깃븐맘은 다시업시 큼
니다. 昨春에 쯰랑쓰詩壇을 中心잡은 第一譯詩集「懊惱의舞蹈」[8]라는것
을 만들어노흘째에도 詩는飜譯할것이 아니다하는생각을 가지엿습니다.
한데 이番에 第二譯詩集으로 英國詩壇의巨星이며 世界文壇의寵兒인 아
여 시몬쓰의詩集을 飜譯하야 이 한卷을 만들어노흘째에는 昨年에 經驗
하든 갓튼늣김을 간절하게 맘속에記憶하게되엿습니다.참말 엇던째에는
譯筆과原稿用紙를 내여던지고 譯者내自身의無能 非適任임을 깁히 설어
하며 갓튼째에 原文의妙味를 엇더케 表現할가하는 무엇보다 適當한文字
업슴을 한갓 어이업시 알앗습니다 이리하야 차라리 中止함만 갓지못하
다고까지 생각하엿습니다.譯者보다 詩想이 만코 言語의拘束을 밧지아
니할만한 適任者가 잇서 이 시몬쓰의詩를 原文의面目그대로 紹介하여주
는이가 잇섯스면 얼마나 깃브며 感謝스럽겟습닛가.만은 아직까지 잇어

5　임술: 1922년

6　중춘하한: 중춘은 음력 2월. 하한은 '하순(下旬)'

7　1-3쪽. '춘원'은 이광수(1892-1950)의 호. '근지'는 '삼가 적는다'의 뜻

8　廣益書舘, 1921.3.20.

야할 그사람이 나타나지아니합니다.이에 나는 淺學과適任아닌것을 돌아보지아니하고 다시 내여던진譯筆과原稿紙를 차자 꼴갓지 아니한것이나마 뭉치여보겟다는 過分엣일을 繼續하엿습니다. 죽을힘을 다하야 싸호앗습니다.

字典과 목을맨다는말이 잇습니다,한달以上의 밤낫을 字典과 목을 매여오면서 職務뒤의時間을 배밧브게[9] 들이엿습니다,대단히 분주하게 쏘는 沈着지못한時間속에서 이 한卷이 되엿다함을 말하여둡니다.엇지하엿스나 이럿케라도 만들어 世上에 보내게되니 깃븜은 긋이업습니다. 그러나 그갓튼째에 부엄[10]을 개로 맨들은 서오한설음과 罪스럽은 잘못은 나의깃버하는 가슴의中央에 鞭責[11]의자리를 잡고잇다함을 譯者인나는 거즛업시 告白하여두며, 쏘한 넓은容恕를 讀者에게 바랍니다. 말하자면 詩처럼[12] 읽을째와 飜譯할째가 엄청나게 다른것은 업습니다.첨에[13] 이譯詩集의原文(두卷으로 된 런든[14]의하이네社의出版)을 읽을째에는 한갓[15] 깃버하엿습니다. 한줄 한句가 말할수업는 忘我的恍惚을 가지고 나의가난한心琴의줄을 울니여서는 未知의다른世界로 그音饗을 써돌게하엿습니다. 나는 문득飜譯하야 이忘我的恍惚을 여러사람과 난호아볼생각이 낫습니다. 飜譯하고십다는것보다도 飜譯지안코는 못견데겟다는必然의願望이 몰으는동안에 나의모든것을 征服하고 말앗습니다. 어린아희와 갓치 쒸놀며 즐겁어하엿습니다! 이째에 나는 詩라는것은 읽을것만이 아니고 넉々히 飜譯할수잇는것이라 생각하엿습니다, 쏘는 歎美하는것만

---

9 배바쁘게. '분주하게(이리저리 바쁘고 수선스럽게)'의 평안북도 방언. 매우 바빠
10 '범'의 사투리
11 편책: 채찍질로 벌 받음
12 '詩처럼'의 오식
13 '처음에'의 준말
14 런던(London)
15 '한껏'의 오식. '한갓'은 '기껏 해 보아야 겨우'의 뜻

으로는 滿足할수가업스며 그저두기가 무척 앗싸윗습니다. 만은 이러한 모든心情은 얼마아니하야 失望을 맛보게되엿습니다. 이것은譯筆이 나로하야금 뮤즈女神에게 들이는 모든崇敬의恍惚엣讚辭를 다 쌔앗게한까닭입니다. 原文의美音玉韻은姑舍하고 그 다치면[16] 슬어질듯도 하고 바람에 풍기며 곱은노래를 짓는 그 곱은말—그말을 그려내일文字가 내게는 하나도 업슴에 놀내엿습니다. 퍽도 괴롭엇습니다. 이럿케 말을 하면 朝鮮語學者에게는 적지아니한쑤지람을 밧겟습니다. 만은 朝鮮말처럼[17] 單純한것은 업습니다. 形容詞와副詞가 如만不足이 아닙니다. 勿論첫재에 모든어렵음보다 싹한것은 形容詞와 副詞엿습니다. 참말로 悲哀가아니고 悲慘한생각이 낫습니다. 될수만 잇으면 形容詞와副詞는 英文그대로라도 쓰고십헛습니다. 하고原文의뜻을 허물내이지아니하기위하야는 直譯보다逐字譯을 할가하야 멧篇은 逐字譯도 하여보앗습니다. 만은 그것좃차 맘하든바와는 달나 徒勞에 꼿나고말앗습니다. 그래서 할수업시 直譯하여도 될것은 直譯하고 直譯으로는 아모쯧도 아니되는것이면 意譯하고말앗습니다. 그러나 무드[18]만은 엇지하든지 허물내이지아니하랴고 왼맘을 다하엿습니다.

　단꿈을 쌔친셜음이라는말이 잇습니다. 나는 단꿈을 쌔친셜음이아닌 썩 큰悲慘을 經驗하엿습니다. 다시 나는 詩라는것은 結局 原文그대로 觀賞할만한것이요 다른나라말로 옴길것은 못된다 생각하엿습니다. 그러기에 누구나觀賞하는것으로 滿足하고 飜譯이라는得失의局面에 서라고 하지아니하는줄 압니다. 나는 第三者의觀賞의地位를바리고 當事者의局面에 선 내自身을 뉘웃츰의눈으로 돌아보지아니할수가 업섯습니다.

　그러나 이것은 다 지내간것이고 일은 발서 다 되엿습니다. 이에 니르

러 나는 고요히 譯詩의잘되고 못된것에 對한評價는 賢明한江湖의여러
분에게 맛기고, 다만 이러한 쓸업는譯詩로 滿足하랴고합니다.

        □   □

이機會를엇어 한만듸[19]하랴고합니다.

詩의飜譯이라는것은 飜譯이 아닙니다,創作입니다, 나는創作보다 더
한精力드는일이라합니다. 詩歌는 옴길수잇는것이 아니라하면 詩歌의飜
譯은 더욱創作以上의힘드는일이라하지아니할수가 업습니다, 이것은 다
른싸닭이아니요 不可能性엣것을 可能性엣것으로 맨드는努力이며 쏘한
譯者의솜씨에 가쟝[20]큰關係가 잇습니다. 이에는媒介되는譯者의個性이
가쟝큰 中心意味을 가지게되야詩歌의 飜譯처럼[21] 큰個性的意味를가진것
은 업다고斷定하랴고합니다.아모리 原詩가眞珠며 寶石이라하여도 그것
을細工하는사람의키줄[22]과 솜씨가 좃치못하면 眞珠는 깨여지게되며 寶
石은 傷處를밧게됩니다 하고原詩는 이럿케 죠흔것이아니라도 譯者의詩
想과 솜씨가 죠흐면 原詩보다 썩 죠흔詩가 되는것입니다. 이에對한例는
들을必要도업슬만큼 만흐며 보는바입니다. 그러기에譯詩를通하야 原詩
의評價까지疑心함은 도로혀 어리석은일입니다.原詩는原詩요 譯詩는譯
詩로 獨立된것임을 생각하면譯者의功罪에對하야는 서로갓틀줄 압니다,
웨그러냐하면 原詩보다 죠흔譯詩가 잇다하면 그것은原作者보다 큰詩想
이 譯者에게잇섯음이며 만일에 原詩보다 못한譯詩가 되엿다하면 그것은
譯者의詩想이 原作者만 못한것이기째문입니다. 이意味에서다른作品보
다 詩의譯者되기에는 만흔難關이 잇습니다. 내가 첨에 詩의飜譯은創作
이며 가쟝個性的意味를가진것이라하엿습니다. 그럿습니다,아모리譯者

---

19 '한마듸'의 오식. 한 마디
20 '가장'의 오식
21 '飜譯처럼'의 오식
22 키질

가原詩의餘韻을 옴겨오랴고하여도 亦是譯詩는 譯者그사람의藝術品되고
맙니다. 그러기에譯詩에對하야 評價를하랴고하면 譯詩를 一個의創作品
으로보고 하지아니하면 안된다고합니다. 原詩와譯詩를混同하야 評價하
랴고하면 이는無理엣일이며 쏘한獨立性을가진것을相對性으로 만들랴는
쓸데업는일에 지내지못할것입니다. 甚하게말하면 原詩와는 전혀 다른譯
詩라도 나는 조곰도相關이업다고합니다. 獨逸의데헤멜[23]의譯詩는 佛國뻬
르렌[24]의原詩「月光」[25]의本情調와는 다른意味로 原詩를 업수히볼만한 名
譯이며 名詩라고합니다.

나는 이番에 아여 시몬쓰의詩集을 譯出할째에 더더 이우에 말한것을
맘깁히 늣기엿습니다. 그러기에 나는 이러한意味아레에 엇지되야 만일
에 原詩보다 나흔것이잇다하여도 쏘는原詩보다는 가쟝劣惡(毌論만흘줄
을 알고잇으며 쏘는 짐작도하고잇는바니다 만은)한譯詩가 잇서도 그것
은 다 譯者인내가 알바입니다. 한마듸로말하면 죠흔것이나 좃치못한것
이나다 讚辭밧을 쏘는誹謗밧을責任者는 내自身이요,原作者 쏘는原詩가
아닌것을 말하여둡니다.

그러면 웨 이럿케飜譯을하엿느냐하면 나는 공순하게 I gran dolori
sono muti[26] 라는 말로 對答을 하랴고합니다. 이以上 더對答할準備된말
을 나는 가지지못하엿습니다. 엇지하엿으나 적어도譯詩는 그러한心情으
로 읽을것이라고 나는主張하고십습니다.

□   □

이詩集솟에 原作者의적은것이나마 評傳을 하나 만들어붓치랴고하엿
습니다,만은 그것도 맘대로되지아니하야 시몬쓰의詩에對한態度만을 말

---

23 데멜(Richard Dehmel, 1863-1920). 독일 시인. 표현주의의 선구자
24 베를렌(Paul-Marie Verlaine, 1844-1896). 프랑스 상징주의 시인
25 원제 'Clair de Lune'
26 이탈리아 속담. "큰 슬픔은 벙어리다.(Great sorrows are mute.)"

하랴고합니다.

　들은바에依하면 시몬쓰에게 感化를 준사람은 두사람이라합니다. 시몬쓰에게 詩文의感化를 준것은 쓰라운닝[27]이며, 散文, 批評, 쏘는 審美的感化를 준것은 웰터.페이터[28]라고 합니다. 그러고 毋論쯰랑쓰의, 쯰랑쓰라는 한나라만 아니고 世界의 모든詩壇에큰影響을 준바,

De la musique avante toute chose,

Et pour cela préfere l'impair,

Plus vague et plus soluble dans l'air,

Sans rien en lui qui pése ou pose…………

De la musique encor et tonjours![29]

의詩人쎄르렌과 親交가 깁허스니 만큼, 亦是시몬쓰의詩에는 靈妙한文字의 象徵暗示가 만하 英詩史上에 아직까지는 그比를 볼수업슬만큼 그의地位가 놉습니다. 이러한말을 하기前에 나는 시몬쓰自身의말을 紹介하랴고 합니다, 그것이 第一바른길일듯합니다. 그는 그의詩集「낫과밤」[30]의 再判[31]째에 序文을 쎗습니다[32], 이것은 그의詩作에對한 態度를 밝혓슬쑨만 아니고 藝術對道德의 問題에 對하야 더욱 自己의態度를 밝힌것으로 有名합니다. 그는 갈르되!

　「내가 只今까지 엇던部分의攻擊을 밧은것은 作品의 拙劣하다는 理由째문이 아니엿고 道德上으로 좃치못하다는 單純한理由째문이엿습니다.

27　브리우닝(Robert Browning, 1812-1889). 영국 시인. 탁월한 극적 독백과 심리묘사로 유명

28　페이터(Walter Horatio Pater, 1839-1894). 영국 비평가

29　베를렌의 시 「Art poétique(詩作法)」(1884)의 일부. "무엇보다 먼저 음악을,/ 그러기 위해 기수각(奇數脚, 기수 음절의 시행, 홀수 각운)을 취하라./ 곡조 속에서 보다 모호하고 보다 유연하며,/ 그 안에 누르는 것도 멈춰서는 어떤 것도 없는./ 다시 그리고 영원히 음악이 있도다!"

30　원제 'Days and Nights'(1889)

31　'再版'의 오식

32　쎗습니다

다시 말을 밧꾸어말하면 나의作品를誹難한이는 나의作品에對하야 藝術
上批評과 道德上批評을 混同하엿습니다. 이는 나의作品이 道德을 助長
식히지 못하엿다는理由로 藝術을 攻擊한것이엿습니다. 이點에서 나는
어데까지든지 藝術의自由를 위하야 싸호며 道德이라는것은 조곰도 藝術
을 支配할權威가 업다고 主張합니다. 藝術이 엇지되야 道德의 奉仕가
될수는잇슬는지 몰으겟습니다. 만은 藝術이 道德의奴隷가 될수는 決斷
코 업습니다. 그理由에는 다른것이아니고, 藝術의原理는 永久性인까닭
입니다. 그러하고 道德의原理는 時代에 딸아變化되는 永久性이 업는까
닭입니다. 時代精神의變化에딸아 動搖되는것이기째문입니다. 試驗삼
아, 여러분이 只今 服從하는바 因襲的道德의 戒律의條文을 무엇이든지
하나말슴하신다고 하면,나는 곳 여러분에게 여러분의祖先이 以前에 尊
奉하든 다른道德의戒律속에서 여러분이 只今服從하는 道德的戒律과는
純反對되는 條文를 가르처들이겟습니다. 그러고 더욱願望하신다고 하
면,나는 그러한 道德的戒律는 깨쳐버리는것이 좃타는例까지라도 보여들
이겟습니다. 그러면 아마 여러분은 좀不滿足하게는 생각하실지몰으나,
亦是贊成은 할줄 압니다. 여긔에 깁히 생각할必要가생깁니다. 그것은
다른것이아니고, 이러한 永久性이나 固定이업는 指導者를위하야 나는
永久性도되며 固定性잇는 指導者, 藝術을 내여바리는것이 올켓습닛가하
는것입니다. 우리는 이藝術의 指導로 말미암아 熱情이나, 願望이나 精神
이나 쏘는 官能이나, 人心의天堂이나, 地獄이나, 모든人生의 性情속에
잠겨잇는, 쏘는 「自然」이 藝術로하야금 巧妙케 아름답게 表現식히기위
하야, 表現하다가 남겨노흔永久的本質의 한部分을 알수가 잇습니다. 우
리는 可見의 世界에게 엇던形狀을 주어, 써 自己를 理解식히랴고 합니다,
이것은 말할것도업시, 다象徵에 지내지아니합니다. 그러면 엇더케 우리
는 人生의賢愚의 瞬間的偶發엣것을, 로센틔[33]의所謂 「刹那를 그려내는
銘文」인 詩의題材에 相適하다[34], 아니하다 할수가 잇겟습닛가. 이야말로

웃읍은일이라 하지아니할수가 업습니다. 나는 人生의心的情調에서만 詩題를 엇습니다. 그리고 藝術의領域도 이속에 잇는줄로 밋습니다. 이리하야 나는 엇던것이든지 한번 나의情調이엿스면, 비록 그것이 큰바다속에 한 적고 간은[35]물결과갓트며,쏘는 그것이 한 적고 간은물결과갓치 가이 업는것이라고 하여도, 나는 그것을 (할수잇는데까지는)詩에表現식힐權利를 가젓습니다. 이點입니다, 나는 나의詩文을 批評하는이에게, 쏘는 나의詩文을 읽어주는讀者에게 한조각의情調는 하조각[36]의情調밧게 아니되며,쏘는 한 적고 간은물결과갓치 가이업다[37]는것을 理解하여줍소서 하는바입니다.

　나는 나의詩集에 잇는어느詩文이 事實의記錄입니다하며 公言하지아니하겟습니다, 나는 다만 나의詩는 언제든지 한번은 나의情調이엿든것을, 그째 그刹那의내 自身에게는 이러한情調만이 存在하엿다 하는態度로 眞實하게 表現하랴고 하엿습니다하며 告白합니다. 잘되며, 잘못되지아니함에는 關心하지아니하고 나는 여러가지의情調를撰擇[38]하지도아니하며, 쏘는 조곰도 숨기지도 아니하고, 表現하엿습니다. 만일에 나의詩集속에서 이러한 情調를 가지지아니하엿드면하는늣김이 잇서 誹難者로하야금 나를誹難한다고하면, 나는 곳對答하겟습니다, ―「或 그럴지도 몰으겟습니다.」하는말을 한뒤에는 반듯시 이러한말을 더하지아니할수가 업습니다, ―「그러나 그것이 무엇입닛가? 그러한情調가 내게 한번存

---

33 로세티(Christina Georgina Rossetti, 1830-1894). 영국 시인으로, 이탈리아 시인 가브리엘 로세티(Gabriele (Pasquale Giuseppe) Rossetti)의 딸이사 〈수대고지〉(1849-1850)를 그린 화가 단테 로세티(Dante Gabriel Rossetti, 1828-1882)와 예술비평가 윌리엄 로세티(William Michael Rossetti, 1829-1919)의 동생
34 상적하다: 걸맞다
35 가는
36 '한조각'의 오식. 한 조각
37 끝이 없다
38 찬택: '선택(選擇)'의 일본식 표현

在하엿습니다. 한번存在하엿든것이면 엇더한것을 勿論하고 藝術的存在權이 잇습니다.」하는 말을 더하여두겟습니다.」

이것으로보면 지내가는 刹那의刹那가 사람의맘이며, 쏘는 그것이 生命의 表現입니다. 그刹那에서 다른刹那로 옴기여가는 情調가 그刹那에서다른刹那로 옴기여가는 全我의무덤속에서 새로히 생기여나는 情調가 全我이며, 쏘는 全我的愛惜[39]을 늣기게합니다. 이리하야 刹那刹那의「全我」를 不死의境域으로 잇쓰려가랴는것은 곳 아름답은 情調입니다. 全我가 刹那에 죽으면, 다시 다른全我가 다른刹那에 생깁니다. 이것이 보람잇는「生」일것입니다. 刹那속에서 永久相를 보며, 永久相에서 刹那를 본다하는것이 이것입니다. 이것이 定命[40]을 絶對化식히며, 有限을 無限化식히는것입니다.

藝術은 人生生命의 表現입니다. 한데 刹那刹那의 全我의生命의 表現은 刹那刹那의情調입니다. 이無限不定의情調를 表現하랴고함에는 모든 表現에서 쒸여나는「象徵」의길을 밟지아니하고는 別수가업습니다.

이러한 意味에서 시몬쓰의情調는 象徵暗示에서 表現된것입니다.

이만하고 붓을 돌니랴고 합니다. 한데 이詩集이 再刊이 되거든, 그때에는原作者에게 對한 쇄, 자세한말을 쓰려고 밀니부터[41] 꾀하고 잇습니다.

□   □

그다음에는 詩에對하야 멧마듸의 井見을表白하랴고 합니다. 이것은 詩에對한 가쟝놉흔敬意와 쏘는 사랑하는맘을 말함에 지내지못함입니다. 나는 詩를 사랑하는맘은 엇더한사람보다 못하지아니합니다. 大詩人이 詩를 사랑하는맘이나, 내가 詩을 사랑하는맘이 조곰도 度數가 다르지아니하다고 생각합니다. 차라리는 詩를崇仰하는點으로는 내가 그이

---

39 애석: 서운하고 아까움. 섭섭하게 생각함
40 정명: 날 때부터 정해진 운명
41 미리부터

들보다 그 度數가 더 쓰겁을는지 몰으겟읍니다. 나는 엇지하엿으나, 詩를사랑합니다. 러얘[42]以上으로 사랑합니다.

한데 몬저詩의族譜를 만들어보면

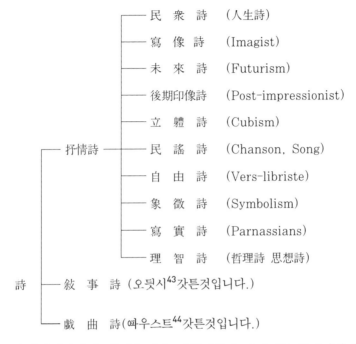

```
                      ┌── 民 衆 詩   (人生詩)
                      ├── 寫 像 詩   (Imagist)
                      ├── 未 來 詩   (Futurism)
                      ├── 後期印像詩  (Post-impressionist)
                      ├── 立 體 詩   (Cubism)
          ┌─ 抒情詩 ──┼── 民 謠 詩   (Chanson, Song)
          │           ├── 自 由 詩   (Vers-libriste)
          │           ├── 象 徵 詩   (Symbolism)
          │           ├── 寫 實 詩   (Parnassians)
          │           └── 理 智 詩   (哲理詩 思想詩)
   詩 ────┤
          ├─ 敍 事 詩 (오듯시[43]갓튼것입니다.)
          │
          └─ 戲 曲 詩 (쌔우스트[44]갓튼것입니다.)
```

이러한것입니다. 詩라는것을 말하기前에 멧마디를 하여야하겟읍니다.

버려노흔[45]가운데 戲曲詩와 敍事詩와갓튼것은 英國에 若干한詩人을 除하면 現代에는 업다고하여도 過言이 아닙니다, 이는 敍事詩는 小說째문에, 戲曲詩(劇詩)는 戲曲째문에 그地位를 다 쌔앗기엿음입니다. 그러기에 여긔詩라고 하는것은 全혀 抒情詩을가르침입니다. 抒情詩의안에 잇는理智詩는 只今도(毋論한두사람에 지내지아니합니다) 쓰는이가 잇

---

42 러버(lover). 연인
43 오디세이(Odyssey). 호메로스(Homeros, B.C.800?-B.C.750)의 장편서사시(B.C.700?)
44 괴테(Johann Wolfgang von Goethe, 1749-1832)의 희곡 『Faust』(1790-1831)
45 벌여 놓은

기는합니다. 만은나의생각에는 理智詩를 쓰랴고하면 차라리論文을 쓰는것이 더意味깁흔일이 아닐가합니다. 詩라는것은 理智의産物이어서는 아니됩니다. 情調의産物이라야합니다. 이것이 나의主張입니다. 오래前에 英國의폽[46]갓튼詩人(?)「人生論」이라는 哲學的詩를 쓴것은 다 記憶할줄로 압니다.

寫實詩(파르낫시안[47]입니다, 저쯔란쓰의)의 地位는 小說에 對한自然主義와 갓습니다. 말하자면 感情이라든가, 想像이라든가하는것을 排斥하고 寫實만을 重히네기는것입니다. 自我를 無視하는 冷靜한客觀的美를 尊重히 생각하는 沒感입니다. 平仄라든가, 押韻이라든가의 課稅에 固有한生命을 일허버린詩입니다. 그러나 그들의長點도 적지아니합니다. 나다려말하라하면 그들의詩形은 完美하다는 點에서는 가장놉흔極致를 보인것갓습니다. 그러고音樂的詩形美를 詩歌의天地에 輸入식힌것도 그들의特筆的功德이엿습니다. 하나 그들의短點은 컷습니다. 그것은 自然主義的, 또는機械的되는點입니다. 詩歌의詩歌的生命이 업섯습니다. 大理石과갓치 맑지고 아름답고分明은하엿습니다. 主觀을排否하엿기째문에 詩歌의 가장重要한것인 主觀的情調가 업섯습니다. 잇는대로 박아노흔寫實的寫眞이 寫實詩이엿습니다. 寫眞에도 그림과갓치 生命이 잇다고하면 몰으겟습니다. 만은 그림에는 生命이 잇서도 寫眞에는 生命이 업습니다. 이詩派는 近代詩歌의길을 열어노흔詩神의寵兒쎄르렌의 先驅者的反叛的 精神으로 말미얌아 쌔여지고말앗습니다. 쎄르렌詩派를 남들은 「데카당스」[48]라고합니다. 그러나 그들自身들은 「삼볼리스트」(英語의「씸볼리스트」[49]입니다.) 라고합니다. 이 삼볼리스트의地位는 小說에對한 自然主義

---

46 포우프(Alexander Pope, 1688-1744). 영국 고전주의 시인
47 Parnassians. 흔히 '고답파'라고 한다
48 Décadence. 퇴폐주의
49 심볼리스트(Symbolist). 상징주의자

의反抗的運動인 非物質的, 非機械的主義와 갓습니다. 新로맨主義[50]와 갓습니다. 事物의內面에 숨어잇는不可解的神秘를 차자내라고하는것입니다.이것을 차자내임에는 直接으로 寫實的方法을 가지어서는아니되겟다합니다. 間接으로 寫實이아닌方法으로 하여야하겟다합니다.이에 어은렵말[51]이 생기엿읍니다. 그것은 삼불[52]—象徵이라는것입니다. 석쎄스트[53]—暗示라는것입니다. 直接으로 事物을說明하기어렵은것은 그림으로 形容으로 表示하는것과갓치,亦是事物의內面의神秘鄉에 숨어잇는것을 象徵으로 暗示로 表現하자는것입니다.

물이 맑으면 고기가 업다는것은 누구나 말하는 오랜말입니다.象徵詩의傾向이 이럿습니다. 잇는그대로 쓰면 그속에 숨어잇는神秘라든가, 生命이 업서진다하며, 쎄르렌의 所謂「作詩法」[54]의有名한 Plus vague et plus soluble dans l'air[55] 의手段이必要케되엿습니다. 이리하야 美女의곱은눈알을 숨기고잇는 희미하고도透明한, 바람에 불니우면 날아날듯한, 「作詩論」의作者의말을 빌으면 「光明」과 「暗黑」의混同된面紗와갓튼 詩를 쓰지아니하고는 숨어잇는 곱은눈알을 볼수가 업습니다. 한마듸로 말하자면 마라르메[56]의 알기어렵은作詩上的象徵論을 이러니, 저러니하는것보다, The method to put music before matter, beauty before sence[57] 라하면 그만입니다.쏘 畢竟마라르메의主張도 이에 밧하지[58]아니합니다. 그러면 象徵詩의特色은 音樂的이며, 詩美的임에 잇습니다. 그

---

50 신로만주의(Neo-Romanticism)

51 '어렵은말'의 오식. 어려운 말

52 심볼. symbol

53 suggest. '서제스천'(suggestion)의 오식

54 원제 'Art poétique'(1884)

55 "곡조 속에서 보다 모호하고 보다 유연하며"의 뜻

56 말라르메(Stéphane Mallarmé, 1842-1898). 프랑스 상징주의 시인

57 "물질보다 음악을, 감각보다 아름다움을 우선시하는 방법"의 뜻

58 벗어나지. 다르지

러고 刹那刹那의情調을 自由롭은詩形으로 잡아두는것입니다.

本來의쯔랑쓰의象徵이라는것은 적어도 이러한데,엇지하야 日本와서는 그렇케 달나젓는가합니다.더욱 朝鮮에 와서는 대개 象徵詩를 쓰는이의詩를 보면(아모리內在律의핑게를 그대로許할지라도) 僻字僻音[59]의굿은것은 둘재로 哲理나 쏘는思想詩보다도 더 어렵은 理智詩를 그대로 씁니다. 警句와格言이 詩가아닙니다. 굿세인發音에는 音樂的의울님이 업습니다. 만지면 깨여질듯한, 羽毛와갓튼文字가 아니고는 音樂的울음이 업습니다. 그러고 詩美的되게하랴면 哲學的思想을 노래함으로서는 아니될줄 압니다. 意味로는 幽遠한 잡기어렵은것이라야 詩美의 五月하늘갓튼 곱다란것이 잇을줄로 압니다. 더욱 象徵詩의傾向으로 말하면 內容에 意味를 두지아니한詩입니다만은.

分明히 나는 그들은(朝鮮象徵詩人이라고 自處하는) 거즛의詩를 가저다가 象徵이라고한다함을 말하여두고십습니다. 이에는 그러한말을 더할必要가 업습니다.

한데 自由詩라는것이 비르소[60] 一般에게 알게된것은 이째엿습니다. 그前에도 自由詩가 잇섯습니다. 自由詩의發見에 對하야는 그歷史를 자세히 알기가 어렵습니다. 이는 저마다, 말이 다른싸닭입니다. 그렇케必然的엣것은 아니기째문에 나도 자세하게 누구가自由詩의發見者라고 말하고저하지아니합니다.自由라는것은 現律에對한相反語입니다. 한데 近代의抒情詩를(그中에寫實詩와, 民謠詩와, 理智詩를除하고는 그러나 理智詩와寫實詩도 近代化된것은 그렇치안습니다.) 다 自由詩라고할수가 잇겟습니다. 自由詩라는것은 古典的嚴密한詩形의約束에 對한말입니다.말하면平 仄[61]라든가, 頭韻이라든가, 脚韻이라든가, 甚하면 씰라블[62]制限싸

---

59 벽자벽음: 흔히 안 쓰는 드문 글자와 소리
60 비로소
61 '平仄'의 오식

지 잇섯든것을 다 破壞하고, 그러한束縛과制限을 밧지아니하는自由롭은 詩라는뜻에 지내지아니합니다. 近代的이라하면 여려가지解釋이 업서도 짐작할수잇습니다. 民謠詩와 自由詩와 갓튼點이 잇게보입니다, 만은 그 實은 그러치아니하야 대단히 다릇습니다. 自由詩의 特色은 모든形式을 쌔트리고, 詩人自身의內在律을 重要視하는데 잇습니다. 民謠詩는그럿치 아니하고, 從來의傳統的詩形(形式上條件)을 밟는것입니다. 이詩形을 밟 지아니하면 民謠詩는 民謠詩답은點이 업는듯합니다. 웃읍은생각갓습니 다, 만은 民謠詩는 文字를 좀 다슬이면 容易히 될듯합니다. 한데 民謠詩 의特色은 單純한 原始的휴맨니틔[63]를 거즛업시 表白하는것이 아닌가합 니다. 毋論 近代의人心에는 單純性이적을듯합니다. 으랑쓰의民謠詩人 폴,뽀르[64]의詩갓튼것은(나는 民謠詩라고합니다.)近代化된民謠詩인同時 에 自由詩입니다. 그는 異常하게도 從來의 알넥산드리안詩形[65]을 가지고 곱은詩를 씁니다. 嚴正하게 말하면 그의詩는 어느것이라하기가 어렵습 니다. 只今 여긔 나의未來만흔 사랑하는벗 金素月[66]君의 民謠詩「금잔 듸」[67]라는 한篇을 보여들이겟습니다.

　금잔듸.

　잔듸

62　실러블(syllable), 音節

63　휴머니티(humanity)

64　포르(Paul Fort, 1872-1960). 프랑스 상징주의 시인

65　Alexandrin 시형. 12음절(Syllable)의 시형. 고전주의 시대 이후 프랑스 시의 주류. 12음절 의 대표적인 정형시는 소네트(sonnet)로, 소네트는 4행시가 2연을 이루고 3행시가 2연을 이루는 총 14행의 12음절 시. 12음절의 시는 일반적으로 "3, 3, 3, 3"의 율격을 지니며, 6음절이 되는 곳에 일반적으로 중간휴지(la césure; caesura)가 있어 시를 낭독할 때 이곳 에서 호흡을 약간 멈춘다.

66　김정식(金廷湜, 1902-1934). '소월'은 김정식의 필명

67　『開闢』19호, 1922.1.

잔듸,

金잔듸,

深深山川에　팔한　불빗은

가신님　두덤가엣　金잔듸.

봄이왓네, 봄날이왓네,

버들가지에도　金잔듸에도

深深山川엣무덤가에도

봄이왓네, 봄빗이왓네.

　　쏘同君의民謠詩하나를　보면

진달내쏫.

나보기가　역겨워,

가실째에는, 그째에는

말업시　고히　보내들이우리다.

寧邊엔　藥山

그　진달내쏫, 한아름짜다

가실길에　쑤리우리다.

가시는　거름거름,

노힌　그쏫을

고히나　즈려밟고　가시옵소서.

나보기가　역겨워,

가실째에는,그째에는

죽어도　아니　눈물흘니우리다.

純實한 씸풀리시틔[68]가 쩌도는 곱은詩라고하고십습니다. 單純性의 그 윽한속에, 또는 文字를 音調고롭게 여긔저긔排列한속에 限업는 다사롭고도 아릿아릿한 무드가 숨어잇는것이 民謠詩입니다.

立體詩(큐비씀[69])와 後期印像詩(포스트·임프레쉰니스트[70]), 그리하고 未來派(퓨쳐리씀[71])은 다繪畵的傾向을 그대로 詩歌에應用한것인줄로 압니다. 한데 極히 少數에 지내지못합니다. 立體詩, 後期印像詩에對하야는 나의敬愛하는惟邦金兄[72]의 紹介[73]가 分明히 雜誌『開闢』昨年春期號에 난줄 압니다. 參考하여주기바랍니다. (넘우張皇하야 이아레에는 여러派詩의原文詩들 멧篇식 들고말겟습니다. 이리알고 容恕하고 읽어주기를 바랍니다.)

立體詩.

The eye moment. (Max Weber)

Cubes, cubes, cubes, cubes,

High, low, and high, and higher, higher,

Far, far out, out, out, far,

Planes, planes, planes,

Colours, lights, signs, whistles, bells, signals, colours,

Planes, planes, planes,

Eyes, eyes, window eyes, eyes, eyes,

Nostrils, nostrils, chimney nostrils,

---

68 simplicity. 순박함

69 큐비즘(Cubism)

70 Post-Impressionist. '포스트 임프레셔니즘(Post-Impressionism)'의 오식

71 퓨처리즘(Futurism)

72 김찬영(金瓚永, 1893-1960). 서양화가. '유방'은 김찬영의 필명

73 「偶然한道程에서=新詩의定義를爭論하시는여러兄에게=」(『開闢』8호, 1921.2)

Breathing, burning, puffing,

Thilling, puffing, breathing, puffing,

Millions of things upon things,

Billions of things upon things,

This for the eye, the eye of being,

At the edge of Hudson,

Flowing timeless, endless,

On, on, on, on, ·················

  Night. (Max weber)

Fainter, dimmer, stiller each moment,

Now night.

後期印像詩.

  In a café (Horace Holley)

      I

How the grape leaps upward to life,

Thirsty for the sun!

Only a crushed handful, yet

Laughing for its freeaon from the dark

It bubbles and spills itself,

A little sparkling universe new-born.

Well, higher within my blood and ecstasy

You' ll sunward rise, O grape,

Than ever on the slow, laborous vine.

      II

I drain it, then,

Wine o' the sun, Sun-bright,

And give it fuller life within my blood,

A conscius life of richer thought and joy.

And yet,—

That too will perish soon like withered leaves

A thirst for an utlimate sun

Upon the soul's horizon.

Come down, O God, even to me,

And drain my being as I drank the grape,

That I, this moment's perfect thing,

Live so for ever,

　　　Creative (Horace Holley)

Renew the vision of delight

　By vigil, praise and prayer,

Till every sinew leaps in misht

　And every sense is fair.

　　寫像詩(이메지스트[74])

　　　Sunsets (Richard Aldinston[75])

The white body of the evening

Is torn into scarlet,

Slashed and gouged and seared

Into crimson,

And hung ironically

With garlands of mist.

---

74 이미지스트(Imagist)

75 'Richard Aldington'의 오식. 올딩턴(1892~1962). 영국 이미지즘 시인

And the wind

Blowing over London from Flanders

Has a bitter taste.

      Obligation (Amy Lowell[76])

Hold your apron wide

That I may pour my gifts into it,

So that scarcely shall your two arms hinder them

From falling to the ground.

I would pour them upon you

And cover you,

For greatly do I feel this need

Of giving you something,

Even these poor things.

Dearest of my heart!

民衆詩의傾向은 찌모크라틱[77]思潮와함끠 꽤流行(나는 流行이라고합
니다) 되는모양입니다. 只今새삼스럽게流行되는것을 생각하면 간지렵
습니다. 民衆詩가 近項[78]에 생긴줄 아는이가 꽤 만흔가봅니다. 만은 詩
歌史上으로 보면 발서 오래엿읍니다. 나는 한불[79] 거치여간것이라고합
니다. 只今이야 이러니저러니하고 써드는것을 보면 이럿케流行의힘이
라는것이 큰가하며 놀닐뿐입니다. 文藝史上으로만 보아도 「찌모크라씨」

---

76 로웰(1874-1925). 미국 이미지즘 시인

77 데모크라틱(democratic)

78 '近頃'의 오식. 요즈음

79 한물. (채소·어물 따위가) 한창 쏟아져 나오거나 수확되는 때

라는말이 썩 오래前에 쓰인말입니다. 나는 여러말을 하고십지아니합니다. 다만 그러하다할쑨입니다. 日后에 틈이잇스면 쓰랴고도합니다. 民衆詩란 그것은 대단히 죠와합니다. 만은 流行갓치 아는民衆詩에對하야는 나는 슬허하며, 밉어합니다. 이것은 流行이라는것처럼, 웃읍은것이 업는짜닭입니다. 流行을 좃츠랴고하는것보다, 좀더 나아가서 民衆詩의 根本義를 求하고십습니다.

한데 이제는 詩에對하야 말을하겟읍니다. 具體的엣것이라도 實際具體的說明을하랴고하면 대단히 어렵은일입니다. 詩갓튼것은, 詩쑨만이 아니고 모든藝術品은 說明할것이 못됩니다. 說明할수가 업습니다. 詩라는것은 무엇이냐하는데 對하야 詩라는것은 이러이러한것입니다. 하고 定義를 내리기는 대단히 어렵은일만이 아니고, 쏘實際로 不可能한일에 갓갑습니다. 아마 사람이라는것은 무엇이냐하는 疑問보다도, 詩라는것은 무엇이냐 하는것이 더 어렵은問題일줄 압니다. Poetry is the voice of humanity[80] 라합니다. 그리고쏘 Poety is the highest music of human's soul[81] 이라합니다. 그러나 나는 刹那刹那의 靈의 情調的音樂이라고 하겟읍니다. 그갓튼째에 한靈의情調는 다른靈의 情調的音樂이라고하겟읍니다. 이리케말을하면 엇던이는 가르처, 써 文字的遊戲라고 할이가 잇을지는 몰으겟읍니다. 만은 相對的詩는 存在할수잇으나, 絶對的詩는 存在치못한다고 나는 생각합니다. 웨그러냐하면 詩의用語는 人生의文字나 言語에는 업는聖語입니다. 그리고 비록 詩는잇다고하여도 그것온 內部의情調대로 남아잇을쑨이고, 決코 밧그로 나아올것은 못됩니다. 웨그러냐하면 詩가 文字라는形式의길을 밝게되면[82] 벌서 그表現될바의表現을 잃은第二의詩입니다. 가슴속에 「詩想」으로 잇는그째의詩

---

80 "시는 박애의 소리"의 뜻
81 "시는 인간 영혼의 최고의 음악"의 뜻
82 '밟게되면'의 오식

가 眞正한詩입니다. 그것이 人生의거츨고 表現의不完全한文字의形式에 나타나면 발서 眞正한詩의生命은 잃어진것입니다. 毋論이것은理論입니다. 만은理論이라고 쏘한그저두지못할것인줄압니다.

한데 詩는 한마듸로말하면 情調(感情, 情緒, 무드)의音樂的表白입니다. 그리기째문에 詩에는 理智의分子가 잇서서는아니될것입니다. 이에는 亦是 詩라는것은 思索的이아니며, 刹那刹那의情調的인까닭입니다. 詩에는 理論이잇을것이 아니고, 單純한非理論的인 純實한純實性이 第一이라고 생각합니다.

詩에는 熱情이必要합니다. 熱情의所有者가 아니면 詩라는 아름답은花園에는 들어갈수가 업습니다. 熱情이 업는詩는 아모리 잘될것이라하여도 쌈다남겨노흔牛肉과갓습니다. 眞正한生命이 그러한詩에는 업습니다. 그러하고 象徵詩도 좃습니다. 내게 말하라고하면 구태여 무슨詩 무슨詩니할것이 업슬줄 압니다. 아모것이고, 純實하게 表白하엿스면 그만인줄로 압니다. 한데 무엇보다도 詩作의用語로 僻字와强한音字를 써서는 아니된다고하고십습다.[83]

音樂的, 쏘는詩美的엣것을 쓰지아니하면 아니된다는것이 나의主張입니다.

詩題의材料로는 아모것도 조흐나, 넘우詩題답지아니한것을 詩題로 잡아서는 쏘한 좃치못한結果가 생기지아니할가합니다.

詩는, 藝術品은藝術家의生命을 먹고자라나는것입니다. 깃븜이거나, 즐겁음이나 설음이나 압픔이나 藝術家는 다 먹어버리고맙니다. 生피를 그대로 머시고[84]자라는것이 藝術品이됩니다. 이째문에 作者의生命은 차々弱하여집니다. 詩는 더욱 그럿읍니다. 괴롭고도설은 즐겁음입니다.

---

83 '십습니다'의 오식
84 '마시고'의 오식

心靈의소삭임이 리듬이라는비를 밧아, 곱게 픤 애닯음만흔꼿이라고하고
십습니다. 배암에게 물니운 죽으랴도죽을수업는 개고리의心情과갓튼詩
人의心情에는 무엇이라 말할수업는 Sweet sorrow 가 잇습니다.

　　詩論에對하야는 이압흐로 달니 쓰랴고하기째문에 이러한것으로 滿足
하고십습니다.

　　　　　　　□　　　　　□

　　마즈막으로 이詩集의表題를 「잃어진眞珠」라고 한것에對하야는 別로
다른뜻이 업고, 다만 「시몬스詩集」이라고 하는것보다는 죠흘듯하다는
생각에 지내지안습니다 그리고 이詩集의原書[85]를 빌녀준, 나의사랑하는
素月君에게 고맙은뜻을 들입니다.

　　　　一九二二年正月二十五日
　　　　　（譯者出世后九千六百二十三日되는날[86]）
　　　　　　　　浿 城[87] 旅 舍 에 서
　　　　　　　　　　　　譯　　　　　者.

原稿된지가 너무 여러해前입니다, 하야 只今의눈으로 보면 불에 던저
바려야할곳이만습니다. 더욱 「序文代에,」[88]와갓튼것은 참을수업습니다,
만은 許可된것이기에 엇지할수업습니다. 엇지하엿스나 이原稿가 여
러意味로 受亂[89]된것임을 말슴하고 再刊되기만 기달입니다.

85　Arthur Symons, 『Poems by Arthur Symons, Volume Ⅰ, Ⅱ』(London: William Heinemann,
　　1912)
86　현재 김억이 태어난 날은 "1895년 10월 16일설"과 "1896년 11월 30일설"이 공존한다.
　　여기에 자신이 제시한 날짜를 역으로 환산해 보면 김억이 태어난 것은 "1895년 9월 22일
　　(일요일)"이 되어 이 중 어느 것과도 맞지 않는다. 김억의 착오일 수도 현재 잘못 알려져
　　있는 것일 수도 있다. 재확인이 필요하다.
87　패성: 평양
88　'「序文代身에」'의 탈자.
89　'受難'의 오식

Days and Nights.

(밤 과 낫)

Longing for sleep, the sleep that

Comes with death, she fell, she felt

The water, and forgot all, save the

Drowning agony of breath.

From the Abandoned

Arthur Symons.[91]

갓튼바람, 갓튼비는

오고가며, 봄을　거듭하야

여긔에　일곱해가　싸힌이째에

이詩를　두손으로　밧들어

나의　돌아간　곱은맘　만흐신

아부님의　靈前에　밧치노라.[92]

90　4–39쪽.

91　43쪽.

92　헌사. 44쪽.

Silhouettes.

(像 面 黑)

I chase a shadow through the night,

A shadow unavailingly;

Out of the dark, into the light,

I follow, follow : is it she?

From Quest

Arthur Symons.[93]

날마다, 밀어저가는

열고도 어득한記憶의

간은길을 홀노 밟으며,

맘고히 읊어진詩을 모하,

바다를 건너, 외롭히

길손의몸으로 지내는

流喑兄에게 보내노랴.[94]

----

93 56쪽.

94 헌사. 57쪽. '유암'은 김여제(金輿濟, 1895-1968)의 호. 이 당시 김여제는 1921년 8월 도미
    하여 8년간 유학생활을 하던 시기

London Nights.
(런 든 의 밤)

You the dancer and I the dreamer,
Children together,
Wandering lost in the night of London,
In the miraculous April weather.

From April midnight,
Arthur Symons.[95]

異鄕의하늘, 써도는몸,
바람과갓고 흘음과 갓타서
자최나마 잇으랴,
바람결에 이노래를 날니여서는
敬相君의가슴에 보내노라.[96]

---

95 98쪽.
96 헌사, 99쪽. 고경상(1891-?)은 〈광익서관〉의 사주

Amoris Victima.

(랑 사 의 牲 犧)

He who has entered by this sorrow,s[97] door
Is neither dead nor living any more.
Ii neither dead nor liviug any more.[98]
Nothing can touch me now, except the cold
Of whiteninrg[99] years that slowly make youth old.

Arthur symons.[100]

흘으는大同江의
긋임업는疑視[101]로
내世上를 니즈랴는
울부짓는 가슴의노래를
여러동무에게,
고히고히 모하서 들이노라[102]

----

97 'sorrow's'의 오식
98 "Is neither dead nor living any more."의 오식
99 'whitening'의 오식
100 118쪽.
101 '凝視'의 오식
102 헌사. 119쪽.

Images of Good and Evil.

(念 觀 의 惡 善)

Drem[103] always, and remember not.

    Trom[104] the dance of the seven sins,

        Arthur symons.[105]

피리를 불으라,

하늘을 울니라,

詩神의가슴에 안기여서는

곱게곱게 짜아내는

멜로듸의빗김을 위하야

素月君에게 이詩를 보내노라.[106]

The Loom of Dreams.

(틀 배 의 꿈)

I broider the world upon a loom,

I broider the dreams my tapastry;

---

103 'Dream'의 탈자
104 'From'의 오식
105 137쪽.
106 헌사. 138쪽.

Here in a little lonely room

I am master of earth and sea,

And the planets come to me.

From the loom of Dreams,

Arthur Symons.[107]

눈은   들에   가득한

一九二二年一二月二六日의

이즈러가는   저녁째의

쓸린가슴의   맘말을   위하야

이詩를   모아서는

나의아우에게   보내노라.[108]

---

107 166쪽.
108 동생 김홍권에게 보내는 헌사. 167쪽.

10. 鄭獨步, 『血焰曲』

정독보가 조선혁신당 출판부(朝鮮革新黨出版部) 및 도쿄 성애사(性愛社, 1924.3)
에서 발간한 시집.
판권란을 확인하지 못해 정확한 발간 일자를 확정할 수 없으나, 〈서〉에 적힌 날짜
와 당시 신문지면에 게재된 〈新刊紹介〉(『동아일보』, 1924.3.15. 3면)를 통해 볼
때, 1924년 3월에 간행된 것으로 보인다. 전체 26쪽의 얇은 시집으로, 서시 「나는
이것을 그대에게 보낸다」를 포함하여 총 17편의 장·단형(長短形) 시가 수록되어
있다. 표지 하단에 시로 보이는 일련의 글을 담고 있으나, 보관 상태가 좋지 않아
현재는 판독 불능의 상태이다. 저자 정독보에 대해서는 현재 구체적인 인적사항
및 경력이 알려진 바 없으며, 이후 문학 활동을 한 흔적도 전혀 찾아볼 수 없다.

「나는 이것을 그대에게 보낸다.」

나에게도 타는情熱이잇다,

더욱 그난[1]

쓰거운靑春의 산情熱이다,

꿈틀, 꿈틀, 기여단니난 情熱이다.

나에게도 압흔가슴이잇다,

더욱 그난

빗달니쓸인 特別한가슴이다,

말할여도 말할수업난가슴이다.

나는 그것을 썻다.

나는 그것을 노래불넛다.

타는情熱에 우난벗이여!

---

1 그난. '그것은'의 뜻

더욱 쒸난靑春의 꿈틀꿈틀한기운에

우난벗이여!

　나는 이것을 그대에게 보낸다.

압흔 가슴이 우난벗이여!

더욱 말할여도

말할수업난 잇달는苦惱에

우난벗이여!

　나는 이것을 그대에게 보낸다

　　　　漢陽에셔

　　　　　鄭 獨 步[2]

序

民族에文學이업스면, 또는잇서도頹廢헤잇스면 精神文明의貧弱缺乏은實
로可憐한것이다. 朝鮮은, 오날날날근漢文中毒으로부터覺醒하야自民族
의文學을낫고자하는째에當하얏다. 얼마나慶賀스러운일인냐. 知友鄭獨
步氏는朝鮮文詩「血焰曲」을지으섯다 氏에對하야서는오난날을期하야執
証하겟다만은同氏가秀才인同時에熱烈한「生」의探究者인것만말하야둔
다基督者[3]인余는多少人生觀에相違한點은잇스나氏의熱誠에는敬服안니
할수업다. 氏는將來에는반다시最高의愛에나가서, 人生의探究를完成힐
줄밋는다. 「血焰曲」에는「愛」가잇다. 人生의探究가잇다. 放浪生活이잇
다. 熱誠으로나온放浪은尊貴한것이다. 단테[4]의放浪파우로[5]의放浪基督[6]의

------

2 〈서〉 앞 쪽에 수록된 것으로 보아 일종의 '서시'로 판단된다.

3 기독자: 기독교인(christian)

그것갓튼것은참으로尊貴한것이다. 余는오난未來에반다시 朝鮮에도단테
파우로가날줄밋고이붓을던진다.

大正十三年三月

朝鮮革新黨[7]에서

文   瓚

菊 地 愛 二[8]

「血焰曲」긋에쓰노라

나의가슴은   압흐다   나의가슴은   타고잇다

그러나   나는   울을수업다

그러나, 나는   노래불늘수업다

엇재셔   못우난냐?

------

4   단테(Alighieri Dante, 1265-1321). 이탈리아 르네상스기 시인
5   바울(사도 바울, Paulus, 10?-67?)
6   기독: 그리스도(Christ)
7   〈조선혁신당〉은 1923년 11월 21일, 신면휴, 이병규 등이 '정치·사회의 개선, 내선융화'를
     목적으로 결성한 단체이다. 〈흑룡회〉, 〈대동동지회〉, 〈동민회〉, 〈갑자구락부〉, 〈대정친목회〉
     등의 단체와 마찬가지로 동화주의 단체이다. 대체로 조선의 완전동화를 위해 활동하였으며,
     주로 일제당국에 건백(建白, 관청에나 윗사람에게 의견을 말함) 혹은 청원하는 형식을 통해
     동화운동을 전개한 친일단체이다.
8   기쿠치 아이지(きくち あいじ)는 조선총독부 기관지 『朝鮮』에 「北間島の學校及團體一覽」
     (108호, 1924.4)을 수록하면서 자신의 신분을 '協會神學校講師'로 밝히고 있다. 이 외 創作
     小集 『釋迦とメシヤ』(共愛會出版部, 1926)를 발간하는 등 1920년대에 『朝鮮』(1920.7-
     1944.12, 통권 354호) 및 『朝鮮公論』(1913.4-1944.11?, 통권 380호?) 등에서 활발한 활동
     을 보이고 있다. 小川圭治·池明觀 편/金允玉·孫奎泰 역, 『韓日 그리스도교 關係史資料
     1876-1922』(한국신학연구소, 1990) 중 「조선의 기독교(二)」에 수록된 것을 보아 일본 기독
     교회 소속 목사로 보이나, 구체적인 약력 및 활동은 알려지지 않았다.

엇재셔   노래불늘수업난냐?

그것은, 나는   말할수업다

참微々한詩集이다   쏙   歌集갓튼詩集이다

더욱   七五調의詩[9]다

形式詩가아니냐―더구나옛틀形式詩―

그럿타―

그러나   옛틀이라고   버릴수난업다

果然   쒸난熱情은   만니[10]죽어버럿다

나는   잘알고잇다   그러나   나는   내가

노래불느려고   쓴것이다   熱情이   죽지안코

쒸노는   波浪이自由로히   큰두치는詩

幽玄   深奧그대로의詩   自由의詩를

나는   쓴다   그리고   發表할날이   잇슬줄안다

그러나   이詩를發表하는대當하야   나는

쏘   달은생각이낫다

그래서   그저이대로   불에살너버리고도십다.

나는   몰으겟다

이詩를   쓸째생각이올은지   지금생각이올은지

대관절   내가불느는노래닛가   쑤악참고   보내기로한다. 낫으로

詩쓰난   사람들   이나   詩일난사람들은   만니批評하야   著者의압길에

만은   도음을   주기를바란다.[11]

---

9 이 시집에 수록된 시들은, 서시 「나는 이것을 그대에게 보낸다」를 제외한다면, 부분적으로
   파격은 있으나, 나머지 16편 모두 대체적으로 '3·4·5'음절로 구성 ‒ 시인의 말대로 7·5조라
   고 할 수도 있는 ‒ 된 행이 반복되는 정형성을 보이고 있다.

10 많이

11 후기

11. 라빈드라나드·타오아 作, 岸曙 金億 譯, 『新月』

김억(본명 金熙權; 1895-?)이 타고르(Rabindranath Tagore, 1861-1941)의 『The Crescent Moon』(1913; '초승달'의 뜻) 영문판을 번역한 시집(文友堂, 1924.4.29). 125×187㎜. 101쪽.[1] 민무늬 표지 좌측 상단 1/4 부근에 붉은 색으로 "新月"(오른쪽 가로쓰기, 아래쪽이 굵은 붉은 색 이중 밑줄 포함)이라 표기하였다. 속표지 상단에 "Rabindranath Tagore'a/ La Luno Krescenta/ Tradukita el la angla lingvo/ de/ Verda E. Kim"으로 저자와 시집 명, 번역자 이름을 가로쓰기로, 중단과 하단에 걸쳐 "岸曙·金億譯/ 新月/ 文友堂書店藏版"이라고 세로쓰기로 적었다. 원시집이 순수한 어린이의 눈으로 세상을 바라본 것이고, 자연스러운 입말체와 동화적 느낌의 표현으로 번역하였다는 점에서 우리나라 최초로 발행된 동시집이라고도 할 수 있다. 총 40편 수록.

And When my voice is silent
in death, my song will speak
in your living heart.

- Tagore.[2]

나의아우인

鴻權에게, 어린때의記憶을 위하야,

---

1 마지막 쪽에 '110'으로 표기하고 있지만, 실제로는 총 101쪽이다. 표지와 내제지에 〈주의〉 표시를 하여, 57-66쪽이 편집상 실수로 건너뛰어 표기되었음을 밝히고 있다.

2 속표지 다음 쪽에 붙인 타고르의 시. 『기탄자리』에 수록된 「My Song」의 마지막 구절로, 원래 2행의 시를 3행으로 적었다. "그리고 내 목소리가 죽음으로 침묵할 때/ 나의 노래는 살아 있는 네 가슴 속에서 이야기 할 것을"

이　散文譯詩集을　보내노라.[3]

머리에 한마듸.

　　　□　　　□

이新月로 써 타고아詩集은 全部 朝鮮말도[4] 옴기여젓읍니다, 이詩集들
에는 誤譯도 잇을것입니다, 하고 正譯도 잇을것입니다, 만은 내게는 무겁
은짐이 부리워진듯한愉快가 잇음에 짤아 생기는깃븜은, 엇지하엿으나,
내손에서 타고아의詩集全部[5]가 옴기여젓다는것입니다, 아마 타고아自身
도 自己의詩集全部가 가난한朝鮮詩壇에 紹介된것을 깃버할줄 압니다.

　　　□　　　□

이新月은 어린아희를 위한詩集이란것만큼, 읽기에는 대단히 쉽습니
다, 하고 보드랍은맛이 잇음니다, 만은 正작 朝鮮옷을 입히랴고하니, 어
럽기가 기탄자리, 園丁以上이엇읍니다. 암만하여도 어린아희답은 곱은
筆致를 그대로 옴길수가 업섯읍니다, 그러한筆致와 表現에 對하야 쌔
忠實하게는 한다고 하엿읍니다, 만은 結局 된것은 이러한 어즈럽은文體
입니다, 한가지 말하랴는것은 아마 이新月에서 그럿케 만흔誤譯은 發見
되지안으리라고 생각합니다.

大体 타고아의 글처럼 쉽고도 어렵은것은 업슬듯합니다, 읽을때에는
조곰도 難解롭은文句가 업습니다, 만은 그것을 옴기게될때에는, 엇디게

3　타고르의 시 다음 쪽에 붙인 헌사
4　'朝鮮말로'의 오식
5　김억의 오해. 이 표현은 김억이 입수한 세 권의 시집 - 『기탄잘리』, 『원정』, 『신월』에 한정된
　다. 김억이 번역한 세 권의 시집 외에도 타고르는 『아침의 노래』(1883), 『마나시(Mānasī)』
　등 다수의 시집을 발간하였다.

옴겨야 죠흘지, 딱해집니다, 땀만 납니다. 쉽고도 곱은글字로 곱고도 어렵은文句를 매자노흔것이 타고아의文章입니다. 하고 中心思想이 늘 神秘이기째문에 놀낼만큼 곱습니다, 幽遠합니다. 이것을 完全히 울겨[6]온다는것은 正말 거줏되기쉽은말일듯 합니다.

□   □

詩는 올기랴고[7] 할것이 아니고, 그저 읽기로 써 滿足하는것이 第一즐겁은 일입니다. 읽으면 달금한 奇異한맛을 엇읍니다, 만은 그것을 옴기게 되면 現實味의悲慘을 늣기게 됩니다, 하야 괴롭음에 比例되는效果는 생기지아니하고 다만 보잘것도 업는 허물투성이가 되고맘니다.

이러한意味에서, 이新月의讀者에게, 이 섯뿌른技工이 갑놉흔眞球를 허물내인것을 罪잡지 말아주기를 바랍니다.

□   □

日本말도[8] 飜譯된新月[9]이 잇다는말을 듯고, 여러方面으로 그것을 求하야 對照라도 하랴고 하엿읍니다, 만은 震災[10]뒤의 일이기째문에 엇을수가 업섯읍니다, 하야 타고아自身의손에 된 英譯文에만 依하야 옴겻읍니다.[11] 될수잇는데로 原文에는 忠實하게 하엿읍니다, 만은 或 滿足지못한点이 잇는것은 日后에 再版의째를 기달여 곳치랴고 합니다.

□   □

---

6 옴겨

7 옴기려고

8 '日本말로'의 오식

9 花園綠人, 『タゴルの詩と文』(1915). 타고르 시집 『신월』의 일부 시편을 번역·수록하였다.

10 간토대지진(関東大震災, 1923.9.1). 이때 일본정부의 의도적 날조로 한국인 7천여 명의 대량학살이 일어난다. 참고로, 김억이 도일한 것은 오산학교를 졸업한 이듬해인 1914년이고, 도쿄 게이오의숙(慶應義塾) 문과에 재학하다 1916년에 아버지의 갑작스런 별세로 귀국하여 오산학교 교사가 된다.

11 최라영은 김억의 번역과 花園綠人의 번역 문체를 비교하여, 김억이 花園綠人의 번역을 참조하지 않고 원어역을 했다고 말한다.(「김억의 『신월』 연구」, 『한국시학연구』 35호, 2012.12)

나는 타고아의作品을 죠와합니다, 하야 그의詩集全部를 朝鮮말로 옴긴것은 그이에게 對한 나의敬意의맘을 얼마라도 表하랴고함에 지내지 안습니다.

一九二三年九月十二日午后에

旅舍인 서울서

譯　者[12]

12　1-4쪽.

12. 笛蘆, 『봄잔듸밧위에』

조명희(趙明熙. 1894-1938)[1]가 일본에서 귀국 후 발간(春秋閣, 1924.6.15)한 것으로, 생전에 발간된 유일한 시집.
B6판(122×180㎜). 총 120쪽(목차·서문·간지 19쪽). 황토색 민무늬 소프트 커버로, 상단에 "詩集/ 봄잔듸밧위에/ 笛蘆作"으로 표기하고, 하단에는 원경으로 잡은 시골의 모습을 그린 소묘를 사각틀 안에 넣었다. 겉표지 작자 표기는 '笛蘆', 속표지 작자 표기는 '趙明熙'로 되어 있다. 일본에서 귀국 후 고향에서 쓴 시와 도쿄 유학 시절에 쓴 습작, 『개벽』에 발표한 시 43편을 모아 〈봄잔듸밧위에의 部〉(13편), 〈蘆水哀音의部〉(8편), 〈이둠의춤의部〉(22편)의 3부로 나누어 수록하고 있다.

序 文

나는詩를모른다 그러나笛蘆兄은 내가그詩를말할째하지못할말을아니한

---

1 호는 포석(抱石), 필명은 적로(笛蘆)·조생(趙生). 시인·연극운동가·소설가. 충청북도 진천군 진천면 벽암리 숫말(수암마을)에서 태어났다. 13세에 조혼. 진천소학교를 나와 서울 중앙고보 입학(1910), 중퇴 후 베이징(北京)사관학교에 입학하려 했으나 평양에서 둘째형에게 붙잡혀 포기.(1914) 3·1운동 참여로 몇 달 징역살이. 출소한 후 친구 도움으로 도일(1920)하여 도쿄 도요(東洋)대학 인도철학윤리과 입학. 〈劇藝術協會〉(1920) 창립동인. 아나키스트 단체 〈黑濤會〉(1921.11.21-1922.10) 가입. 〈同友會〉 순회극단의 일원으로 전국을 순회(1921.7-8)하며 자신이 쓴 희곡 〈金英一의 死〉(후에 단행본으로 출간. 東洋書院, 1923.2.5)를 그 중 한 대본으로 하여 연극 활동. KAPF(1925.8-1935.5) 창립 맹원. 김기진(金基鎭, 1903-1985)·김동환(金東煥, 1901-1958)·김복진(金復鎭, 1901-1940)·박영희(朴英熙, 1901-1950)·안석영(1901-1950)과 함께 경향극 단체 〈불개미극단〉(1927) 조직. 연해주로 망명(1928.7), 우수리스크 조선사범대학(1931) 및 하바롭스크에서 교수로 재직. 알렉산드르 파데예프(1901-1956)의 권유로 〈소련작가동맹〉 가입.(1934) 고려인 강제 이주 시(1937) 소련 내무인민위원회(NKVD)에 일본 간첩 혐의로 체포·구금, 하바롭스크에서 총살형.(1938.5.11) 가족들은 강제 이주. 사후 18년 후 극동군관부 군법회의에서 복권(1956.7.20)

줄미더준다 그것은다른것아니다. 兄의詩는詩로서의巧拙은짠問題로두고 어대짜지든지自己의속살님그것——조튼지언짠튼지——을힘써正直하게告白한靈魂의발자최임을내가모르지안는째문이다

나는 그밟어간발자최를살피면서 餘裕만흔日力[2]에 구비진압길을 無恙히[3] 나아갈줄밋는다

凡　　夫[4]

머 리 말

空間의無限의길을것는宇宙를 한不死鳥에比할진대,宇宙自体나 한마리의새나 한사람의靈魂이 무엇이다르리오.

한生命이 굴러나감에 거긔에는 반다시線과 빗과 소리가 잇슬것이다. 맛치 한마리의지렁이가 쌍속에 금을긋고지나감갓치, 한마리의새가 虛空을저어 꿎읍시나러감갓치 우리의靈魂이 深化되고淨化되여나갈수록에 거름々々에 아름다운曲線과 빗과 소리가잇슬것이다. 그소리가靈魂의行進曲일지며 그빗이靈魂의袈裟일지며 그曲線이靈魂의行路일것이다. (이세가지는 다各々한가지속에서도 全体를다볼수잇다)

그靈魂自体가藝術的이며 우리가表現한것이 우리의藝術品이다.

X

藝術은 色다른靈魂 제自身의全的發露이다.

2　일력: 하루 해가 질 때까지 남아 있는 동안. 남아 있는 생애

3　무양히: 탈 없이

4　1쪽. 글 앞 쪽에 '序文'이라는 표제를 붙이고, 본문에는 면주(面註; running title)에 '序'라는 표지를 넣었다. '범부'는 김정설(金鼎卨, 1897-1966)의 호. 김정설은 동양사상사로 명성이 있던 인물로, 소설가 김동리(金東里, 1913-1995)의 큰형이다.

작은몸채 빗갈보기실은 감장새의 재々거리는소리를 누가듯기조아하리
요마는, 긴목을쎄여들고 씃읍는虛空을바라보며 쌍씃과한울을 가는線으
로 툭처서 마조매는듯한「씨――륵」소리를내며나라가는두루미의울음
을 누가조아하지안니하랴.

저마다 목청조흔詩人이안일지며, 저마다 빗갈조흔몸채가안닐지며, 저마
다 거름잘하는靈魂이안닐지어날, 이여러가지를가추운偉大한藝術家가나
옴이 웃지쉬운일々가부냐.

偉大靈魂의所有者라고 반다시 다 詩人이되지못할지며, 詩人의素質만가
젓다고 조흔詩人이되지못할지며, 詩人의才技만가젓다고 훌융한詩人이
되지못할지라.

偉大한人格의所有者로 豊富한詩想과 如神한技巧를 兼한大詩人의出現이
잇다하면, 宗敎界의메시아와갓치 藝術界의메시아가아니고무엇이랴.

×

人類靈魂界에 偉大한産物이나오기는, 째와그사람이아니면안될지라. 猶
太末期에잇서 救世主가出現함과갓치 藝術界에도 쏘한 째가안닌데야 그
사람의出現을 바랄수잇스랴. 이것은 目下世界를향하야무러도 疑問일거
갓거날, 하물며 偉大한文化의밋거름이읍고[5] 쏘한 粗糲하나마[6]湧躍의民
族的元氣가不足한이쌍이랴.

그러나 웃지하엿던지, 우리는希望을가젓다. (이것은特殊한使命을가지고
나온朝鮮魂의誕生과文化의産出을期待하는意味)이希望을가젓슴으로 장
차大人物이나올것을期待하고, 거동에길압잡이슨 질나라비[7]셈으로, 이
씩둑걱둑[8] 짓거리며 을푸던것을 몬저내여노케된다.

---

5 없고
6 조만하나마: 거칠고 조잡하나마
7 질나라비: '잠자리'의 옥천 사투리. 팔을 날개처럼 펄럭이며 나는 시늉을 하는 것
8 씩둑꺽둑. 이런 말 저런 말로 쓸데없이 자꾸 지껄이는 모양

藝術은內容과形式이一致하고調和되여야할것이다. 아모리조흔眞理를말한것이라고 다아름다을것이아니오, 말만아름다웁다고 다조흔眞理일것은아니다. 藝術家가眞理를探究하는哲學者는아니지마는, 내여노흔作品가운대 거지반다 쌧두루댄眞理라하면 그作品의十의八九는 아름답지못한데야 엇지하랴.

세상에는形式만偏重하는技巧派藝術家도잇스며 內容(主로훌융한實感)만偏重하는生命派藝術家도잇다. 그러나 그는다 完全치못한니들이다.

偉大한藝術家의心境이 聖者의心境과共通됨을보라. 偉大한藝術品가운대에는隱然히倫理(通俗的意味가안임)를말하며 眞理를말함을보라. 빗나는太陽을보며 아름다운꼿을보라. 이갓치藝術的인自然가운대 말하지안는宗敎가잇으며 말하지안는哲學이잇다. 支流에잇서 다르다할것이지本源에잇서々 다한가지임과갓치, 最高의것에는 眞善美가 다合致될것이며 안팟읍시[9]다一致調和될것이다.

그러나 한生命의젊은째와갓치, 新興하는藝術에는 形式보다 內容이더充實하여야할것이다. 일직病드러 붉게익어써러지는실과가되지안코, 거칠고감상구즈나마[10] 큰成熟을預期하는풋실과와갓치, 곱게분발너논는形式에만기우러지々안코 씩々하고 기운찬內容을要求할것이다. 그것은偉大한成熟이 압흐로저절로옴을預期함이라.

詩는말의藝術이다.그말은아름다워야할것이다.아름다운말가운대에는

---

9 안팎 없이
10 감궂으나마. 태도나 외모 따위가 불량스럽고 험상궂으나마

繪畫의要素인빗이잇고 音樂의要素인리음[11]이잇슴이다 엇던사람의詩는 빗이全然읍슴은아니나 音樂에갓가운것이잇스며, 엇던사람의詩는 리음 이全然읍슴은아니나 繪畫에갓가운것이잇나니. 그러나 그말의빗좃차 音 樂的排列로되여야만함을보던[12] 詩歌는繪畫보다도音樂에갓가운것이라 고할수잇다.

그뿐아니라, 빗으러나 형상으로나 말로나 表現치못할지경――即말과呼 吸이끈어진 엇던沈默의境地를 당할째에 우리는몬저 소리읍는音樂을드 를수잇나니 이것이야말로보이지안는神의고요한숨소리라할수잇다. 그 럼으로 우리의感情이깁허갈수록에 表現된詩歌가 저절로音樂에갓가워 감을알것이다.

　　　　　×

한울빗이다르고 짱모양이다른 곳곳에, 거긔에나는 한폭이의풀과 한마리 의 새가곳을짜라 다를것이다. 그것은다 그곳의自然과調和되여나온까닭 이다. 한마리의새와 한詩人의울음소리가 곳그짱地靈의울음소리라할수 잇다. 樓花[13]가흔날니고 四時에 입이푸른 섬나라사람중에는 작은새와갓 흔詩人이만흐며,줓읍는曠野의大陸나라사람중에는 鶴과갓흔詩人이만헛 슴을보라. 러시아사람중에는 얼음에발傷한흔곰[14]이 줓읍는안개의氷洋 을바라보고우는듯한 沈痛한소리를드를수잇으며, 印度사람중에는 莊嚴 한原始林속에 익기씬盤石위에 안자瞑想하던聖者의말소리갓흔노래를드 를수잇다.

한울놉고 물맑은이짱에 山은물결갓치구부러지고 길도구비々々감도는 대, 이山저山너머가며우는쌕국이가 우리의소리일지며, 아츰해봉오리에

---

11 리듬(rhythm)
12 '보면'의 오식
13 '櫻花'의 오식
14 흰곰(白熊)

솟고 자진안개홋터질제 하날꼿을바라보고우는두루미가 우리의소리일
것이다. 우리平和의魂은 마을울밋헤우는닭일지며 우리悲哀의魂은 뻑국
이나 두루미일것이다.

우리는 쏘드레르[15]가될수읍스며 타고어[16]도될수읍다. 우리는우리여야할
것이다. 우리는 남의것만 쓸대읍시 흉내々지마를것이다. 붉은薔薇가웃
더니 당신의레이쓰[17]가웃더니하는西人의노래만옴기랴하지말고, 우리는몬
저 山빗탈길도라들며 지개목발쑤다리어노래하는樵童에게향하야드르라.
한울빗은멀니그윽하고 얄분햇햇[18]가만히쏘이는봄에 그햇빗의傷한마음
을저혼자아는듯이 가는바람이슷칠째마다 이리저리나뷔씨는실버들가지
를보라. 朝鮮魂의울음소리를 거긔서들을수잇다.

×

×

우리의말은 참아름답지못한것이 거지반이다. 文化의밋거름이적으닛가
그러하겟지마는, 말이모다 商人化하고 野俗化된것뿐이다 詩化된말이라
고는멧마대가되지못할갓다. 압흐로 天才詩人이만히나서 말을만히내여
노아야할것이다. 그러나 天才이기로 한두사람의힘만가지고야될수잇스
랴. 元來에 偉大한文化를가진나라사람들을보면, 長久한期限에 한사람
이한가지 두사람이두가지씩 여러사람이 두고々々 싸코싸흔것이 그네의
보배인文化이다.

거러온길은적고 압흐로갈길은만흔우리네가, 무엇을한다고할째에는 참기
믹힌일이만타. 所謂詩를쓴다고하다가도 말이읍서々 답々 할째에는 화를내
이고 붓째를집어던진적이여러번이오. 엇던째에는슬홀적도잇섯다. 그뿐

---

15 보들레르(Charles Baudelaire, 1821-1867). 프랑스 상징주의 시인

16 타고르(Rabindranath Tagore, 1861-1941). 인도 시인

17 레이스(lace). 실을 코바늘 등의 기구를 사용하여 뜬 편물

18 '햇빗'의 오식. 햇빛

만아니라, 남보다類다른 네겹다섯겹의苦痛을가진우리네가 그마음의압
픔을혼자조용히알을자리도으들수웁시쩌도는처지이다. 여긔에모은詩몃
十編이란것도 몃해를두고모은것이나, 貧窮이그림자갓치싸라다니는이
사람에게는 모처름식詩想이나올째에도 열의아홉은 周圍의喧擾[19]와不安
으로因하여 다々러나버리고, 僥倖히수가조아서 조용한자리를으들째에
는 열의하나둘쯤은 잡아서쓰게된것이다. 그래서 처음에는 무던히분하기
도하도[20] 슲푸기도하엿지마는 인자는[21] 그것도시들한지라, 「쓰면은쓰고
말면은말거라」하는 내여던저둔마음이되엿다. 다시슲푸다!

×

×

여긔에 실은詩가四十三篇인대. 모앗노앗던[22]抄稿가운대에서 거리킬듯
십은것數十篇은모다쌔여던지고, 여러번데인神經이라 이쪽이되리혀過
敏症에걸녀, 번연히念慮읍슬곳도 句節々々히 쌔여던지엇다.
詩集을三部로난호아「봄잔듸밧위에」의部, 「蘆水哀音」의部, 「어둠의춤」의
部로하엿다. 「봄잔듸밧위에」의部는 故鄕에도라온뒤에쓴近作詩이고 「蘆
水哀音」과「어둠의춤」의部는 예전東京잇슬째에 쓴習作詩가운대서모아
노은것이다. 아모리習作詩이나 그가운대에도 靈魂의발자최소리를드를
수잇슴으로 그대로추려서실게되엿다.
이난호은三部가 다 그部々마다 思想과詩風이變遷됨을볼수잇다. 그것을
線으로 表示한다하면 初期作「蘆水哀音」에는 透明치못하고거치로나마
흐르는曲線이一貫하여잇고, 그다음「어둠의춤」가운대에는 굴근曲線이
긋첫다 이엿다하며 點과角이 거지반一貫함을볼수잇스며, (激한調子[23]

---

19 훤요: 시끄럽게 떠들어댐
20 '분하기도 하고'의 오식
21 '이제는'의 사투리
22 '모아노앗던'의 오식. 모아 놓았던

로쓴詩는모다빼엿슴) 쏘近作詩「봄잔듸밧위에」는굿첫던曲線——初期와
다른曲線이 새로풀니여나감을볼수잇다. 詩가마음의歷史——싯읍시구
불거린거문고줄을발바가는靈魂의발자최인까닭이다.

一 九 二 四, 四, 一   作 者[24]

---

23 조자: 가락. 음의 고저. 어조. 논조, 음정
24 1-11쪽. 이 글도 범부의 서와 마찬가지로, '머리말'이라는 표제는 글 앞 쪽에 별도로 두고
   내용에서는 면주에 '序' 표지를 넣었다. 쪽번호는 1부터 새로 시작한다.

13. 朴月灘, 『黑房秘曲』

박종화(朴鍾和, 1901-1981)[1]의 첫 시집(朝鮮圖書株式會社, 1924.6.25; 博文書舘, 1930.10.5. 재간). 월탄은 박종화의 필명.
B6판(125×185㎜). 286쪽(본문 224쪽). 반양장본의 소프트 커버로 장정되어 있으며 제자는 붓글씨체이다. 1919~1923년에 쓴 55편의 시를 〈黑房祕曲〉(9편), 〈懊惱의靑春〉(17편), 〈自畫像〉(13편), 〈푸른門으로〉(6편), 〈靜謐〉(10편)의 5부로 나누어 담고 있다. 또한 부록으로 시극(詩劇)「『죽음』보다압흐다(全一幕)」를 수록하고 있다. 미래 가능성의 단절로 인한 절망의식을 퇴폐적, 감상적으로 풀어낸 『白潮』파 시의 한 특성을 보여주는 시집이다.

序

荒蕪한너른들에피는 石竹花[2]의간열핀우숨속에 감초인 千古의구슮흔 서름을 누가能히노래하며, 暗黑한大地우에無限의寂寥[3]가, 蜉蝣[4]가튼人生에게주는偉大한哲理를누가차저낼수잇스랴? 길고긴어둔밤에 가슴을

---

1 호는 월탄(月灘), 필명은 종화·춘풍(春風)·조수루주인(棗樹樓主人)·조수루주인(釣水樓主人). 한성부(서울)에서 태어났다. 私塾 상방소학교에서 12년간 한학 수학 후, 휘문고보 졸업.(1920) 문학동인지 『文友』를 발간(1920)하며 문학활동 시작. 『薔薇村』(1921.5.24, 통권 1호), 『白潮』(1922.1.1-1923.9.6, 통권 3호) 동인. 시집 『黑房悲曲』 발간 이후 소설로 전향. 「錦衫의피」(『每日申報』, 1936.3.20-12.29)를 연재하면서 역사소설 창작에 몰두한다. 광복 후 〈조선문학가협회〉 부회장(1945), 성균관대 교수(1947-1962), 〈한국문학가협회〉 초대 회장(1949), 〈서울신문사〉 사장 역임. 예술원 회원(1954), 예술원장(1955), 〈문인협회〉 이사장(1964), 통일주체국민회의 대의원 역임. 3·15 선거(1960) 때 이은상(李殷相, 1903-1982)·김말봉(金末鳳, 1901-1961) 등과 함께 문인유세단을 조직하여 이승만 대통령 선거 지원 유세를 한 어용문인. 외아들이 소설가 현진건(玄鎭健, 1900-1943)의 딸과 결혼.
2 석죽화: 패랭이꽃
3 적요: 적적하고 고요함. 적막
4 부유: 하루살이

문뜻다가[5] 多幸히엷은꿈속에 그苦惱를 이지려하엿스나 가을밤찬바람에 쩌러지는 입새소리에 꿈조차 소스러처째는젊은이의쓰거운한숨을 누가能히알며, 쓸쓸한달밤에 남몰래마음을 졸이며 愛人을기다리는 少女의가슴속노래를 누가알리요? 그러나 詩人은이것을 차질수잇스며 詩는 이것을 노래할수잇다. 人生과世上은變遷이만어서 오날은 우숨으로 親友를맛고 래일은 눈물로 愛人을離別하나, 오즉마음과 마음새이에 끗치지안는心線의永遠한旋律은 이예 偉大한詩人의부르는詩로부터 비롯하는것이다.

모든眞理, 모든美가 그本質을詩歌에두며, 모든눈물, 모든우숨도 쏘한 詩歌로부터 참된맛을엇는것이다.

이에 우리의짱우에도 詩歌의째는 오려는것이다. 녹스른心線, 님업는 琴線은새로히울리려는구나! 째를當하야 月灘君의詩集이 나타나게되매, 나는限업는깁붐으로 이를마지하려한다. 君의四五年이나長久한歲月에 낫이면 깁흔瞑想과 밤이면 외로운한숨으로 마음과 誠力을다한 이詩集이世上에나오게되니 이에우리의詩壇에는새로운曙光이라고하겟다.

君은 더욱이 遼遼한[6]永劫으로부터 울려오는鍾소리와아울러 疲困한生이란廢墟에서 迷路하는사람들가슴속에 감추인것을 노래하엿스며, 悲痛한눈물을 흘리는者를愛撫하는 人道的秘曲을노래하엿다.

「人生의시절이란 길고긴 醜陋[7]!

未知의그나라란, 聖潔의동산」 (黑房秘曲에서)

이라고 함과가티 君은 未知의王國을 憧憬하는神秘的, 超越을詠嘆하며

「가지고온것은 情熱한아쑨

차지러온것은 眞理그것쑨」 (仝上)

이라함과가티, 君의마음과눈은 오즉 人生의깁고쏘깁흔哲理를 차지려

---

5 무뜯다가. 물어뜯다가

6 요료한: 멀고 먼

7 추루: 더럽고 지저분함. 누추

101

하엿다. 더욱이 朝鮮의自由詩가생긴지벌서五六年이나되엿스나 그러나
한아도 참된詩와참된뜻을 찾지못하엿다. 그러나 이번月灘의詩는 가지
가지로 모든하수연[8]과 한가지 우리의마음과 우리의情을울리려함을 내
가豫想하는바이다.

言語는 사람들의通情하는手段이며, 詩는 言語를通情하는琴線이다.
이에 君은이琴線을通하야, 쓸쓸한우리慰安업는우리에게, 沈默에잇는우
리 熱情에잇는우리로,하여금그얼마나 만히 새노래의가닥가닥을던저줄
는지를 생각할때에 나는넘치는 깁붐으로이에 感謝함을表한다.

天然洞가을련못가에서

一九二三, 一〇, 二四夜   懷   月[9]

自 序

이것은 내노래이며 내울음이다. 이곳에 무엇을 차지며 무엇을 자랑할
게잇스랴마는 나젊은 어린魂이 풋된마음과 거짓업는참을다하야 밤마다
밤마다 홀로읇허 가슴속 깁히 간즉해두엇든 내노래이다.

우으론 先導者ㅣ업스며 애래론[10] 내길로오는 동무ㅣ 듬을엇도다.

거츠른廢墟에 외로히섯는 어린내마음이야 얼마나 애닯엇스며 얼마나
호졋햇든고——.

一九一九로부터 一九二三의 다섯해동안은 나로하야금 이붓그러운 적
은詩集을 쓰게하얏다. 그러나 그것이 아무러한 큰힘을 세상에 줌이업슬

8 하소연
9 1-3쪽. 회월은 박영희(朴英熙, 1901-? 한국전쟁 때 납북)의 필명
10 아래론

줄을 알째에 내마음속에는 애오라지 만가지회포가 徂徠[11]할쑨이다.

詩壇은 依然한 草創의時節, 文壇은 如前한 荒廢의曠野! 웃지뜻잇는사 람이고야 이를 울지안이하며, 마음업는사람이 안이고야 웃지 이를 탄식 지안이하랴.

우리의 살림엔 어느째나 우슴이臨하며 우리의藝術은 어느째나 꼿이 퓌일고!

이詩集속에잇는『自畵像』『懊惱의靑春』은 一九一九年과 一九二一年새 이에 象徵詩 그境域에 내가彷徨할째 지은것이며『黑房秘曲』『푸른門으 로』『靜謐』等은 一九二一로부터 一九二三새이에 새로히 내 新境地를 開 拓하라는 純眞의觀照아래서 지은것임을쓰테臨하야 말하야둔다.

於蓬萊町

癸亥十月二十六日　　　　　著　　　　　者[12]

이젹은詩集을

나로하야금　사람이되게하신

지금은　地下에게신

한아버님　靈압헤　바치나이다.[13]

---

11 조래: 가고 오다
12 1-2쪽. 회월의 〈序〉에 잇달아 붙인 것으로, 쪽수는 다시 1쪽으로 시작한다.
13 시인의 헌사. 〈자서〉 다음 쪽에 있다. 별도의 쪽수 표시는 없다.

14. 卞榮魯, 『朝鮮의 마음』

변영로(卞榮魯, 1897-1961)[1]의 유일한 시집(平文館, 1924.8.22).
A6판(106×148㎜). 본문 132쪽. 표지는 흰색 민무늬로, 상단에 큰글씨로 "詩集/
朝鮮의마음", 바로 아래 짧은 선을 그은 후 그 밑에 작은글씨로 "卞榮魯作"이라
표기하였다.(이상 가로쓰기) 가운데에는 태평소 위에 패랭이를 얹어놓은 붉은색
그림을, 하단 오른쪽에는 붉은 선 2줄을 그린 후 그 위아래에 오른쪽 가로쓰기로
"1924/ 平文館"이라 넣었다.
28편의 시와 함께 부록으로 「남생이」·「象徵的으로살자」 등 8편의 산문을 담았다.
부록이 전체 분량의 절반 이상을 차지하여 시집이라기보다는 문집(文集)에 가깝
다. 판권란에는 '저작 겸 발행자'가 '邊永瑞'로 표기되어 있다. 변영서는 선교사
'필링스'로, 잡지 『薔薇村』(1921.5.24. 통권 1호)의 발행인이다. 이 시집은 발행되
자마자 내용이 불온하다는 이유로 총독부의 검열에 걸려 판매금지, 압수되었다.
1920년대 민족주의 문학을 대표하는 시집 중 하나이다.

---

1 호는 수주(樹州). 시인·영문학자. 한성부 종로구 가회동 孟峴(정독도서관 근처)에서 태어났
다.(한성부 남서 회현방 설도 있다) 그의 집안은 대대로 부천 고강동 일대에 터를 잡고
살았다. 호 '樹州'는 오늘날의 부천 지역을 아우르는 고려 때의 지명. 법조인 변영만(卞榮晚,
1889-1954)과 정치인 변영태(卞榮泰, 1892-1969)의 친동생. 재동보통학교, 계동보통학교
를 나와 중앙학교(후에 중앙고보) 입학, 중퇴(1910-1912)한 후 만주 안동현 유람. 조선중앙
기독교청년회(YMCA)학교 영어반 졸업.(1915) 영시 「Cosmos」(『靑春』, 1918)를 발표하며
문학활동 시작. 3·1운동 때 〈독립선언서〉를 영문으로 번역하여 세계에 알리는 역할을 했다
가 107일 동안 옥고를 치뤘다. YMCA학교, 중앙고보 영어교사. 『廢墟』(1920.7.25.-1921.
1.20, 통권 2호), 『薔薇村』(1921.5.24, 통권 1호) 동인, 『新民公論』(1921.5.26.-) 주필.
이화여전 강사.(1923) 도미하여 캘리포니아 주립 산호세대학 영어영문학과 입학(1931),
중퇴. 『東亞日報』 기자(1933-1936), 『新家庭』(동아일보사, 1933.1-1936.9.1, 통권 45호)
주간(1934) 역임. 『신가정』 표지에 손기정 선수의 다리만 게재하고 '조선의 건각'이라는
제목을 붙였다가 동아일보사에서 퇴직. 광복 후 성균관대 영문과 교수(1946), 해군사관학교
영어교관(1950) 역임. 〈大韓公論社〉 이사장(1953)으로 영자 일간지 발간. 초대 한국 펜클럽
회장(1955).

수주시집첫장에

만나지안어야망정이지 만나면 밤과낫이엇더케변하는지모르고 두사람의말이 쉬임업시 글나라로쏘대는것을보고 내어린쌀이 수주를가르쳐아버지글벗이라하기에 수주는나래업시 발서구름사이로 소사서나붓기는옷자락이 달근처의 가벼운바람을 그리게된지오래라 내그의얼골도자세히보지못하거든 엇지 그를 내벗이라하랴고 어린쌀이 무엇을아는것이아니연만 나는알만한사람하고수작하드시말하엿다.

세상사람이 나것기야하랴만은 내가채못보앗는지 수주만한 놉고 아름다운재질을 여럿을쏩기는어렵다하겟는대 그를알고 그를사랑하는이가 과연을마나될까.

그는하늘이 재주를 준 사람이다. 그의거름이 월궁[2]에들면 그의남어지빗이 우리에게널리영광이된다하여도 과언이아니연만 시운[3]이 그를저회할[4]쑨만아니라 사회까지 그에게괄연함[5]이심하야 갓가울듯이 머른 형용할수업는청절한[6]경치를바라보면서 중간에서방황하게하는 이때야말로 참야숙하다고 흔히 남더러 니약이한일이잇섯다 그러나 하상[7] 동정을바람이아니오 어린쌀에게 글조예[8]말함과가치 속에잇기째문에 헤아리지안코 발한것이다.

이제세로박는[9] 수주시집첫장에 쓸서문을지으랴고 붓을잡으니까 쏘이말이 압흘스니 나는헤아리지안코발함이나 혹 천하의보배를 천하를위

---

2 月宮. 달 속에 있다는 전설상의 궁전
3 時運. 시내나 그때의 운수
4 沮戱할. 귀찮게 굴어서 방해할
5 恝然함. 업신여기는 듯함
6 淸絕한. 깨끗하고 맑은
7 한갓
8 造詣. 솜씨
9 새로 박는

해 앗기는이가잇슬진대 여기서 심절한[10]늣김이잇슬줄안다.

이시집은 여러군대 게재되엿든것을모은것인대 수주로는 그의다간지경이안이니 달근처의 가벼운바람이 항아의옷향긔와 엇지분간이업스랴 그러나 이가벼운바람이나마 뉘옷자락이 능히여긔날닐까를생각하면 자연 그의방황하는지경을상상할수잇스며 그의방황하는거름이 이미허공을밟음을보면 월궁을드러갈자신이잇슴을밋을수잇다. 그는 여긔긋처도 시인이다. 쏘이만하여도 읽는이의 성령[11]을계발할수잇다. 오즉우리를위해서 그의빗이 넓어지기를바라는것이다

갑자 이월십삼일

위 당[12]

서 대 신 에[13]

「조선마음」을 어대가차즐가?
「조선마음」을 어대가차즐가?
굴속을 엿볼가, 바다밋을 뒤저볼가?
쌕쌕한 버들가지틈을 헷처볼가?
아득한 하눌가나 바라다볼가?
아, 「조선마음」을 어대가서 차저볼가?
「조선마음」은 지향할수업는마음, 설흔마음!

---

10 深切한. 심각하고 절실한. 깊은
11 性靈. 신령한 마음. 영. 정신
12 1-4쪽. 위당(爲堂)은 정인보(鄭寅普, 1893-1950)의 호
13 序대신에. 1쪽. 정인보의 서문에 이어 첫 번째 시로 제시됨. 일종의 '서시(序詩)'로 보면 될 듯함

15. 盧子泳, 『處女의花環』

노자영(1901-1940)[1]의 첫 시집(靑鳥社, 1924.10.8; 靑鳥社, 1927.4.10. 재판; 彰
文堂書店 1929.3.25. 3판).
B6판. 203쪽. 등단작 「月下의夢」(『每日申報』, 1919.8.25; 현상문예 입상작)을 비
롯하여 시집 간행 직전까지 쓴 작품 48편을 〈1부 處女의花環〉, 〈2부 黃金의林檎〉,
〈3부 나의女王〉, 〈4부 曠野〉로 나누어 각 부마다 12편씩 할당하여 수록하였다.
동시대 『백조』파 시인들의 한 특성인 단순한 애상(哀傷)과 가벼운 낭만성을 대표
적으로 드러내는 시집이다.

『첫인사』

나의魂이자아낸
적은花環!
處女로써의처음우름이니
알듯도하고, 모를듯한

---

1   호는 춘성(春城; '花爛春城[꽃이 만발한 봄 성]'에서 따옴). 황해도 松禾郡 상리면 양지리(또
는 長淵)에서 태어났다.(1898년생 설도 있다) 평양 숭실중학교를 마치고 고향의 양재학교
에서 교사를 했다. 상경(1919)하여 〈漢城圖書株式會社〉(1920.3.28-1957) 창설 때부터 근
무. 시 「月下의夢」(『每日申報』, 1919.8.25; 현상문예 2등 입선)으로 등단. 〈한성도서주식회
사〉에 근무하면서 이 출판사에서 발간한 민족주의 계열의 언론잡지 『서울』(1919.12.15.-
1920.12, 통권 8호), 중학생 대상 잡지 『學生界』(1920.7-1924.6, 통권 22호)에 참여하면서
여러 편의 감상문 발표. 『廢墟』(1920.7.25-1921.1.20, 통권 2호), 『薔薇村』(1921.5.24, 통
권 1호), 『白潮』(1922.1.1-1923.9.6, 통권 3호) 동인. 『東亞日報』 기자(1921.8.21-1924.5).
표절 논란에 시달리다 도일하여 니혼(日本)대학과 도쿄 제일외국어학교 영어과(1925-1926)
에서 수학. 폐질환으로 중도 귀국(1926)한 후 5년간 병고. 개인잡지 『新人文學』(1934.7.9.-
1936.3.9, 통권 21호) 간행. 〈朝鮮日報社〉 출판부 입사(1935), 월간종합잡지 『朝光』(朝鮮日
報社 出版部; 1935.11-1944.12, 통권 110호) 편집 담당. 〈靑鳥社〉 경영.(1938) 로만적 감상
주의 시를 쓰고, 소녀취향의 산문으로 써서 인기가 있었으나, 사회성·역사성은 부족하다.

여러只님과여러누나여!

....[2]

─────
2   1쪽. 3판에 수록한 권두시

16. 라빈드라니드·타고아 作/ 金億 譯, 『園丁(동산직이)』

타고르(Rabindranath Tagore, 1861-1941)의 영역본 시집 『The Gardener』(1913)[1] 를 김억(1895-?)이 번역한 시집(滙東書舘, 1924.12.7).
123×184㎜. 158쪽. 표지 왼쪽 상단에 붉은 색 큰 글씨로 표제 "園丁"을 가로쓰기로 넣고, 오른쪽 아래에 인도 여인이 반나체로 꽃밭 위에서 두 손을 머리 뒤로 올려 깍지 낀 모습의 소묘를 넣었다. 속표지에는 『해파리의노래』에서와 마찬가지로 'La Gardenisto'라는 에스페란토 표기를, 저자 이름에 'Verda E. Kim'이라는 에스페란토 이름을 내세우고 있다. 다음 쪽엔 "十六歲時타고아"라는 표지(오른쪽 가로쓰기)를 단 타고르의 측면 초상화 스케치를 넣었다. 85편의 번역시를 담았다.

原 著 者 의 緖 言

뱅갈語[2]로서 英譯된 이冊에잇는 生命과사랑의 抒情詩大部分은 「기탄자리」[3]라고 이름한信仰的詩篇보다는 썩 以前에 지은것입니다, 英散文譯은 恒常 逐字譯이 안입니다——原文에서 각금 省略도하고 각금解義도하엿습니다.

라빈드라나드 · 타고아

---

1 벵골어로 쓰여진 원시집에서 남녀의 사랑을 소재로 취한 시들만 골라 영문으로 번역한 시집. 『園丁』은 이 시집을 국한문으로 다시 번역한 것이다

2 벵골어(Bangla). 방라. 방글라데시와 인도 서뱅골주 등에서 사용하는 언어. 세계에서 6번째로 모어 화자 수가 많고, 7번째로 총 화자 수(약 2억 명)가 많은 언어이다.

3 『Gitanjali』(1910; '신에게 바치는 頌歌'의 뜻). 영문판은 예이츠(William Butler Yeats, 1865-1939)의 주선으로 1912년에 나왔다. 예이츠의 서문이 들어간 이 영문판 시집으로 타고르는 아시아인 최초로 노벨문학상을 수상(1913)한다.

譯者는 譯者에게 藝術의길을 첨으로 보여준것을 紀念하기위하야
이散文譯詩集되는 타고아의「園丁」을
나의 敬愛하는
春園先生에게 들이옵니다.

譯稿를끗내이면서

譯　者[4]

譯 者 의 한 마 듸.

□

　이譯稿를 두번재 쓰게 되엿읍니다. 出版許可까지 엇엇든原稿를 쏘다
시 곳처譯出합니다. 엇지하야 前썻보다는 좀 나앗으면 하는것이 나의거
즛업는希望도되며 아울너 告白도됩니다.出版許可를 엇은原稿를 平壤서
잃어바렷읍니다. 나는 엇던意味로는 잃어바린것을 깃브게도 생각하며
쏘한 서오하게도 생각합니다.

□

　「씨탄자리」[5]의째에도 한마듸 하여두엇읍니다, 만은 타꼬아의 作品은
읽기는 쉽습니다, 만은 붓을잡고 옴기게 될째에는 만흔 괴롭은心情을
經驗하게 됩니다.이番에도 文體에 對하야 적지안케 괴롭아하엿읍니다,
만은 씨탄자리의 文體에 口語體를 쓴것보다도 훨신 이譯稿의文體가 나

4　이광수(李光洙, 1892-1950)에게 바치는 헌사. '춘원'은 이광수의 호
5　以文館, 1923.4.3.

흔줄로 밋습니다. 그것은 얼마큼이「園丁」은口語體로 옴기는것이 原文
에 갓갑은듯한 싸닭입니다.

하고 될수잇는데로 逐字譯體으로 잡앗읍니다, 만은 엇지할수업는境
遇에는 意譯쏘는 自由譯도 하엿읍니다.

언제나 나는 갓튼말을 합니다, 만은 변譯[6]이란 엇더한것을 말할것업
시,거의 創作과갓치 보랴고하는것이 나의主張이며 쏘한 意見입니다. 하
기에 이冊에 죠흔것과좃치못한것이 잇서도 그것은 내가 알것이요 決코
原作者가 알것은 아닙니다

□

타꼬아의詩는 崇高美보다도 可憐美가 잇읍니다, 하고 宗敎的, 쏘는神
秘的 깁흔色彩가 民謠 쏘는 童謠의 形式속에 갓득하엿읍니다, 하고 무엇
이라 말할수업는 곱음이 잇읍니다. 그야말로 잡으랴고 하여도 잡을수업
는 面紗뒤에 숨은 곱은눈알과갓읍니다.

사랑, 祝福, 訓戒,神秘,指導과識見—이것은 타꼬아의詩篇에 나타난것
입니다.

타꼬아는 숨김도업슬 眞正한佛敎徒[7]의 純印度的詩人입니다.

□

이다음에는「新月」을 변譯[8]할 차례입니다.이제 新月하나만 우리말로
옴겨노흐면타꼬아의詩集이 完成되겟읍니다.타꼬아의 作品年代로 보면
「新月」,「園丁」,「끼탄자리」[9]입니다. 한데 나는 異常하게도 이作品年代를

---

6 '飜譯'의 오식

7 김억의 착오. 타고르는 브라만 가문 출신으로, 힌두교도이다. 간디(Mohandas Karamchand
Gandhi, 1869-1948)에게서 'Gurudeb'(위대한 스승)이라는 존칭을 받았다. 참고로, 간디에
게 'Mahatma'(위대한 영혼)라는 칭호를 붙여준 것은 타고르로 알려져 있다.

8 '飜譯'의 오식. 김억의 『신월』(원제 『The Crescent Moon』, 1913) 번역시집은 文友堂
(1924.4.29)에서 출간된다.

9 현재 알려진 바로는 이 중 가장 먼저 출간된 타고르의 시집은 『기탄잘리』이다. 김억의

逆順으로「끼탄자리」,「園丁」,「新月」이럿케 번역하게됨을 그윽히 놀내
입니다.

　하고 타꼬아翁에게 그이의詩集全部의 翻譯權을 엇어 두랴고 합니다.
이것은여러가지意味로 그이의 詩集번譯을 記念하자는뜻도 잇음에 짤아
譯者스스로 그것을맘곱게 깃버하는바입니다.

□

　마즈막으로 이 두번재 譯稿를 씀에 對하야 나의 未來만흔 金素月[10]君
의힘을 적지안케 빌엇읍니다. 하고 詩中한篇은 同君의손에 된것[11]임을
告白하고 깁히 고맙어하는뜻을 表합니다.

　나는 엇지하엿으나, 타꼬아의詩가 못견델만큼 맘에 듭니다, 그의詩를
읽는것은내게는 다시업는恍惚이며 즐겁음입니다.

　　　　　歲在癸亥仲伏翌日夜 서울 淸進洞서

　　　　　　　　　　　　　　　　　　　　　　　譯　　者[12]

　착오이다.

10　김정식(金廷湜, 1902-1934). '소월'은 필명

11　장철환은 논문 「김억과 김소월의 번역 문체 비교 연구 - 『원정』을 중심으로」(『한국학연구』
　45집, 인하대 한국학연구소, 2017)에서 안서와 소월의 번역문체를 비교·검토하여 번역시
　집 『원정』에 수록한 시 중 「#66」이 소월의 번역일 가능성이 크다고 결론짓고 있다.

12　1-4쪽. 서문

17. 嚴弼鎭, 『朝鮮童謠集』

엄필진(1894-1951)[1]이 발간한 우리나라 근대 최초의 동요 및 구전민요집(彰文社, 1924.12.15).

B6판(123×178㎜). 159쪽. 표지 상단에 두 줄로 "朝鮮童謠集/ 嚴弼鎭著", 하단에 "京城 彰文社 發行"이라는 표기가 있다. 가운데 부분에는 두 개의 나뭇가지가 타원을 그린 가운데 한복에 붉은 동정을 단 소녀와 서양식 옷과 모자를 쓴 소녀 각 1명을 그려넣고, 좌상과 우하 나뭇가지 위에 각각 두 마리의 노랑새가 앉아서 두 소녀를 보고 있는 그림을 넣었다.

동요집이라고는 하였으나, 실제는 가사(歌辭)와 민요를 망라하였다. 한 지역에 국한하지 않고 거의 전국에 걸쳐 구전으로 전해지는 80편의 자료를 수집하여 일련번호를 붙여 수록하였고, 부록에는 외국 동요 6편(日本2, 中華1, 英國2, 獨逸1)도 아울러 실었다.[2] 일련번호를 넣어 동요(혹은 민요)를 수록하고, 각 편마다 제목을 붙였다. 한문을 우선하여 띄어쓰기 없이 가사를 표기하되 한자음이나 뜻을 옆에 병기(예: "銀子童은자동아金子童금자동아"[「滋長歌자장가」 중])한다. 작품 제목 옆에 전승지역을 표기하고, 가사 끝에 전국성과 교육적 의의에 바탕을 둔 개략적인 평을 달아놓은 점이 특징이다.

---

1 호는 성주(星洲)·소당(笑堂). 충청북도 영동군 황간(黃澗)에서 태어났다. 내무장관·주미대사를 지낸 엄민영(嚴敏永, 1915-1969)의 아버지. 대구농림학교 졸업. 공주공립보통학교(1912. 9.5.-), 조선공립보통학교(1918.3.12.-), 김천공립보통학교(1927) 교원, 고아공립보통학교(1930.4-) 및 부원(缶院)공립보통학교 교장(1934) 역임. 『新詩壇』(진주: 1928.8.1, 통권 1호), 『無名彈』(김천 조선문예협회, 1930.1.20, 통권 1호) 동인. 오장환(吳章煥, 1918-1951)의 회인공립보통학교(충북 보은) 시절 스승으로 알려져 있다.

2 〈고려대 소장본〉의 경우, 부록 끝에 '7'이라는 차례 번호를 인쇄하고, 별도의 제목 없이 손글씨로 두 쪽(9-10쪽)에 걸쳐 '자장가'류의 민요를 적고 전면에 걸쳐 크게 'X' 표시를 해 두었다. 엄필진의 것인지 이후 소장자의 것인지는 분명치 않다. 전체 쪽수는 이 손글씨가 적힌 부분을 제외하면 159쪽이다. 참고삼아, 손글씨로 적은 것은 작자(혹은 채록자)를 "開城, 趙弘淵 (東亞所載)"이라고 밝히고 있는데, 2단 세로쓰기로 적은 가사는 다음과 같다. "아가아가우지마라 썩을주랴밥을주랴/ 썩도실코밥도실코 내어머니젓만주소/ 너아버지장거리로 네신사려가섯단다/ 너오라버지장거리로 너먹을 [엿]사러갓다/(//) 우지마라우지마라 아가아가우지마라/ 너어머니하는말이 압동산에준珠[진주]서말/ 뒷동산에珊瑚서말 싹시나면오마드라/(//) 아가아가우지마라 너어머니올적에는/ 꽃썩거선머리예꽂고 술바다

序　言

一, 本書는우리朝鮮兒童敎育界에童謠를普及코져하야朝鮮固有의童謠만
蒐集하야編著하니라

一, 本書에採錄한바童謠는北으로咸鏡北道南으로慶尙南道까지十三道의
各重要한地方에셔古來로流行하는것이니라

一, 本書의附錄에添付한西洋列國의童謠는總히著者의手로飜譯함이니라

一, 本書의特色은朝鮮文과漢文을混用하야男女老少를勿論하고어느程度
일지라도愛讀에便宜케하야可及的各地方의特色을發揮할資料를蒐
集하고朝鮮兒童의童謠와西洋兒童의童謠를比較參照케ᄒ야童謠硏究
에貢獻코져함이니라

一, 本書는普通學校程度의兒童이單獨으로理解하도록努力하엿스나間或
理解키難한點이有할듯하니此는學校의敎師와家庭의父兄이指導와
說明을加하면此書의奧意를味하고兒童의興味를喚起케되야能히理
解홀지로다

一, 本書는表題와갓치朝鮮의童謠를蒐集하야編著하얏스나元著者의學識
이淺薄하야尙히[3]不完全한點이만흐니朝鮮에朝鮮의童謠를硏究함에
는此種의書籍이一冊도出現치아니한今日에童謠硏究資料의一種으
로編著하얏슴이本著者의動機요希望이니半島名士의諸賢은만흔批評
을加하야再版할씩에追補하야兒童의向上發展에助長되기를渴望하

선입에물고/ 쩍바다선손에들고 밤밧아선엽낭에넛고/ 屛風에그린닭이 홰를치면오매드라/
가마에삶은개가 멍々짓건오매드라/ 새통안에삶은밤이 싹시나면오매드라/ 솟안에곳는[고
느]붕어 펄펄뛰면오매드라/ 우지마라우지마라 아가아가우지마라"(괄호로 묶은 것은 의미
를 명확히 하기 위해 필자가 넣은 연 구분 부호이다. 또한 [ ]로 묶은 부분은 의사소통을
위하여 우리 연구팀에서 해석을 단 것이다. 몇 군데 희미해져 불명확한 부분은 건국대
허원기 교수의 자문을 얻어 확정했다.)

3　상히: 아직

는바이도다

一. 本書가世上에나가셔조곰이라도童謠라하는것을民衆이理解하야愛하
　게되는動機의幾分[4]이라도되며多少의參考가되면著者는衷心으로感
　謝하며欣幸할[5]바이로다

　　大正十三年八月

　　　　　著　　　者[6]

4　기분: 일부분. 약간
5　흔행할: 기쁘고 다행스러울. 행복할
6　1-2쪽.

18. 朱耀翰, 『아름다운새벽(1917-1923)』

주요한(1900-1979)[1]의 첫 시집(朝鮮文壇社, 1924.12.15).
B6판(110×150㎜). 본문 169쪽. 표지는 미색천으로 감싼 하드커버로 되어 있는
데, 제명과 작가, 발행소를 표기하는 외에 어떠한 디자인도 하지 않았다.
〈니애기〉(1편), 〈나무색이〉(17편), 〈고향생각〉(11편), 〈힘잇는생명〉(12편), 〈달빗
헤피는꽃〉(18편), 〈상해풍경〉(3편), 〈불노리〉(4편)의 7부로 나누어 66편의 시를
담았다. 수록 시 각 편 끝에 창작년도가 부기되어 있다. 수록 작품들은 민중에
가까이 가려는 소박한 향토적 정서와 자연과 생명의 건강성을 표현하는 두 경향
을 보인다.

이 노래 들을 지금은 오지 안는 그 시절의 작란과
싸홈의 동무가 되든 사랑하는 아우에게 줌[2]

---

1 호는 송아(頌兒), 필명은 송아지·목신(牧神)·별꽃·낙양(落陽)·주락양(朱落陽), 일본명은
마쓰무라 고이치(松村紘一). 평양에서 태어났다. 아버지는 개신교 목사 주공삼(朱孔三, 아명
朱珍雨; 1875-?)로, 소설가 주요섭(朱耀燮, 1902-1972)과 극작가 주영섭(朱永涉, 1912-?)
의 친형. 사회운동가·시인·언론인·개신교 목사·극작가·기업인·정치인. 평양 숭덕소학교
재학중 아버지를 따라 도일(1912), 도쿄 메이지(明治) 중, 도쿄제1중학교 졸업. 메이지학원
재학시 일본 시인 川路柳虹(Kawaji Ryuko, 1888-1959) 문하에서 근대시를 공부하며 40여
편의 일본어 시 발표. 『創造』(1919.2-1921.5, 통권 9호) 창간 동인. 상하이 대한민국 임시정부
에 참가, 임시 의정원 의원 선출(1919.4). 임시정부 기관지 『獨立新聞』(1919.8.21-1943.7.20)
기자로 근무. 상하이 후장대학 공업화학과 졸업(1925). 귀국 후 『東亞日報』 취재부 기자,
편집국장 및 논설위원, 『朝鮮日報』 편집국장 및 논설위원 역임. 〈新幹會〉 참여(1927). 〈조선
일보사〉 전무를 끝으로 사퇴 후 1930년대부터 기업인으로 변신, 〈화신상회〉 이사 선출. 〈修養
同友會 사건〉(1937) 전후로 변절, 일제 전시체제 때 총독부의 내선일체 체제에 순응하여
적극적인 협력활동을 한 친일반민족행위자. 〈조선상공회의소〉(대한상공회의소 전신) 특별
위원(1945), 〈대한무역협회〉 회장(1948), 〈영풍기업사〉(영풍그룹 모체) 공동 설립. 〈호헌동
지회〉 참여(1954) 이후 민주당 소속 정치인으로 국회의원 2선(1958.5-1960.8). 장면 내각에
서 부흥부·상공부 장관 역임. 『大韓日報』 회장(1965-1973), 대한해운공사 대표이사 역임.
2 〈故鄕생각〉 모음 앞머리에 붙인 헌사

책 끗 헤

「개렴」(槪念)으로 노래를 부르려는 이가 잇습니다 더욱이 민중예술을 주창하는이 사회형명[3]덕 색채를 가진이중에 그런이가 잇습니다. 그러나 그런이는 십상팔구[4]가「개렴」의 노래가 됨니다.이 책에 모흔 노래는「개렴」에 의하야 쓴것이 아닙니다. 쏘「개렴」을 지으려고 쓴것도 아닙니다.이는 다만 째를 싸라 니는 마음의 파동의긔록입니다. 그럼으로 거긔는 각색가지 사상과 정서[5]가 석겨잇슴니다. 전후모순되리 만치 색채가 잡연합니다. 그러나 그 모든 색채가 다「나」라는 것의 일부의 나타남이외다. 그 복잡이「나」라는 개셩에통일 될줄압니다.

「자긔에게 충실하라」이것이 나의 예술 밋 생활의 표어 입니다 그「자긔」라는 것은 결코 한가지「개렴」이나「사상」이나「주의」가 아니외다. 그 모든것을 포함한 통일톄입니다. 그「자긔」를 충실히 노래한것이 이 노래들입니다.

그러나 나는 여긔 두가지 자백할것이 잇습니다. 첫재는 내가 의식덕으로「데싸단티즘」[6] 을 피한것이외다. 「나」와「사회」는 서로 써나지 못할 것이외다. 그럼으로 엇더한 적은「나」의 행동이던지 「사회」에 영향을 주지아늠이[7] 업슬 것이외다. 나는 우리 현재 사회에「데싸단」덕, 병덕 문학을 주기를 실혀합니다. 그럼으로 나는「데싸단」덕 경향을 가진 작가를 조하하지 아느며 자신도 그런 경향을 피하기로 주의하엿습니다. 오직

---

3 '혁명'의 오식
4 십상팔구(十常八九). 열 가운데 여덟이나 아홉. 거의
5 사상과 정서
6 퇴폐주의(decadentism)
7 주지 않음이

건강한 생명이가득한, 온갖 초목이 자라나는 속에 잇는 조용하고도 큰 힘 가튼 예술을 나는 구하엿습니다.

둘재로 자백할것은 이삼년래로 나의 시를 민중에게로 더 각가히 하기 위하야 의식덕으로 로력한것이외다. 나는 우에도 말한바와가치「개렴」으로된「민중시」에는 호감을 가지지 안엇스나 시가가 본질덕으로 민중에 각가울수 잇는것이라 생각하며, 그러케 되려면 반드시 거긔 담긴 사상과 정서와 말이 민중의 마음과 가치 울리는 것이라야 될줄 압니다. 그럼으로 이책중에「나무색이」,「고향생각」등에 모흔 노래는 이런 의미로 보아 민중에 각가히 가려는 시험이외다.

──── 끗 ────[8]

────────────────────────────

朱 耀 翰 作

菊 版 半 折 洋 裝
定 價 六 十 錢
書留送料十四錢

朱耀翰은별가튼사람이다. 새별가튼詩人이다. 君은十六七歲의中學時代에벌서日本詩人川路柳虹[9]에게詩材를認識함이되어서數篇의日文詩를그의雜誌에發表[10]하엿다.　君은以來로恒常詩作을쓴지아니하엿고그의詩

──────
8　167-169쪽. 시집의 목차에는 '책끗혜 (跋)'로 표기되어 있다.
9　Kawaji Ryuko(かわじ りゅうこう, 1888-1959). 일본의 입말체 자유시의 창시자
10　주요한은 도쿄제1고등학교에 재학중『文芸雜誌』에 작품 2편을 투고해「5월비 내리는 아침」(1916.10),「狂人」(1916.11)이 가작으로 게재됐다. 이것은 조선인 시인의 일문시가 활자화한 최초의 작품이다. 이 투고를 계기로『文芸雜誌』의 편집 일을 돕기도 했다. 이후 川路柳虹주관의 시잡지『伴奏』특별 동인이 되어「포도꽃」,「봄」등 글말체의 서정시 7편 발표.

想은더욱熱하고詩形은더욱整하엿다.

君은이제從來의作品中에서가장會心의佳作을뽑아「아름다운새벽」이라 는이詩集을일운것이다. 君의一生으로도아름다운새벽이어니와朝鮮詩壇 으로도그러할것이오 아울러모든靑春의아름다운새벽일것이다.

(春　園)[11]

가와지가 1918년 『반주』를 폐간하고 『現代詩歌』를 창간하자, 창간호부터 1919년 1월까지 17편의 시와 시조를 소개한 「朝鮮歌曲 抄」를 이 지면에 발표한다.

11 『岸曙詩集』(金億, 漢城圖書株式會社, 1929.4.1) 뒷면에 실린 광고. '춘원'은 이광수의 호

19. 巴人, 『國境의 밤』

김동환(金東煥, 1901-1958?)[1]의 첫 시집(漢城圖書株式會社, 1925.3.20; 재판 1925. 11.20).

110×154㎜. 본문 123쪽. 양장본. 편집 겸 발행인 김억. 3부[2] 72장 893행의 장시[3] 「國境의 밤」과 함께 14편의 서정시를 담고 있다. 반국판(半菊版) 양장본으로, 상단에 두 줄 가로쓰기로 "巴人詩集/ 國境의밤"이라고 적고, 두 줄 사이에 중간크기의 실선을 넣었다. 가운데에 넣은 표지화는 한 남성이 두 손을 높이 들고 손뼉을 치는 듯한 모습의 스케치화. 속표지(내제지)에는 세로쓰기를 한 '국경의 밤'이라는 제목 위에 에스페란토어로 'La nokto ĉe landlimo / (Poemaro) / de Pain Kim'이라고 인쇄되어 있다.

여기에 수록한 장시 「國境의 밤」은 서정시가 주를 이룬 한국근대시사에서 서사성(혹은 극성)을 도입하여 시의 영역을 확장한 작품이다. 또한 「손님—無情(李光洙)에서」, 「울수도 업거든—해파리의 노래(金岸曙)에서—」, 「咏嘆—萬歲前(廉相涉)에서—」, 「朱英의 告白—「汝等의 背後より」(中西尾之助)에서」, 「도토리—開拓者(春園)에서」는 기존의 잘 알려진 다른 작가들의 작품에 대한 감상 혹은 자신의 생각을 담은 최초의 시도라는 점에서 주목할 만하다.

---

1 호는 파인(巴人), 필명은 취공(鷲公)·김파인(金巴人)·파인생(巴人生)·초병정(草兵丁)·창랑객(滄浪客), 일본명은 시라야마 아오키(白山靑樹). 함경북도 경성군 어랑면 금성리에서 태어났다. 소설가 최정희(崔貞熙, 1912-1990)가 두 번째 부인이고, 소설가 김지원(金知原, 1942-2013)과 김채원(金采原, 1946-)이 이들의 딸. 공립 鏡城普通學校(1908-1912), 서울 중동중학교(1916-1921)를 마치고 도일하여 도요대학(東洋大學) 문화학과(영문과?) 입학. 〈재일조선노동총동맹〉 중앙집행위원(1921). 간사이 대지진(1923.9)으로 대학 중퇴하고 귀국. 고학생 갈돕회 현상모집에 시 「異性叫와 美」(『學生界』, 1920.10; 金億 추천, 중동중 4년 재학)로 1등 당선. 시 「赤星을 손가락질하며」(『金星』, 1924.5)로 등단. 『北鮮日日報 朝鮮文版』(1924.9-10), 『東亞日報』(1924.10-1925.5), 『時代日報』(1925.6-1926), 『中外日報』(1926, 사회부), 『朝鮮日報』(1927-1929, 사회부 차장) 등 기자로 근무. 〈카프〉 가맹(1925.8). 종합월간지 『三千里』(1929.6-1942.5)와 문학지 『三千里文學』(1938) 창간. 〈新幹會〉 중앙집행위원(1930), 〈조선가요협회〉 회원 활동. 〈조선문인협회〉 간사(1939.10), 〈국민총력조선연맹〉 문화부 문화위원(1941.1), 〈국민동원총진회〉 상무이사(1944.9), 〈大和同盟〉 심의원(1945.2), 〈大義黨〉 위원(1945.6) 역임한 친일반민족행위자. 광복 후 〈조선민주당〉 간부(1946.2), 〈한국민주당〉 문화예술행정특임위원 역임(1948.9-12). 〈삼천리사〉 재창립(1948.5). 〈반민족행위특별조사위원회〉에 자수, 공민권 정지 5년 선고. 한국전쟁 때 납북,

序

힌눈이 가득 싸히고 모래바람甚한 北쪽나라 山國에서 生을밧아,고요
히 어린째를보낸 巴人君이 그獨特한情緒로써 설음가득하고늣김만흔 故
鄕인「國境方面」서 材料를 取하야 沈痛悲壯한붓씃으로「로맨틱」한 敍事
詩와그밧게靑春을 노래한 抒情詩멧篇을,制作하야「國境의밤」이라는 이
름으로 只今 世上에 보내게되엿스니,

대개 이러한 詩作은 오직 이러한 作者의 손을 것처서야 비로소 참生命
을 發見할것인줄압니다.더구나 이表現形式을 長篇敍事詩에取하게되엿
슴은 아직 우리詩壇에 처음잇는일이매 여러가지 意味로보아 우리詩壇에
는 貴여운 收穫이라할것입니다. 그런데 巴人君의 詩에는 엄숙한힘과 보
드러운「美」가 잇슴니다.그래서 그엄숙한힘은 熱烈하게 現實을 「메쓰」[4]
하여마지안으며,보드러운美는다사한「휴－맨」의 色調를 씌여,놉히 人生
을 노래합니다. 한마듸로 말하면 巴人君은「휴맨이스트」的色彩를 만히
가진 詩人입니다. 作者가 人道의騎士로 압장서서 炬火[5]를 쥐고 압장서서
나가며,맘에 맛지안는것이 잇스면 용서업시 가래춤을 배앗는것이 한씃[6]

───────
〈재북평화통일촉진협의회〉에 참여(1956). 이후 평안북도 철산군 노동자수용소에 송치되었
　다가 사망한 것으로 전해진다.
2　'1부 1장-27장'. '2부 28장-57장', '3부 58장-72장'으로 구성되어 있다.
3　「國境의 밤」은 두만강변과 인근 산골마을을 배경으로 전날 밤에서 이튿날 낮에 걸쳐 '현재
　－과거회상－현재 시간'순으로 서술을 진행하고 있다. 이 작품은 작가 스스로의 명명에 따라
　'서사시'로 이야기해 왔으나, 최근에는 이 시에 영웅도, 서사적 탐색도 찾아 볼 수 없으며,
　특히 〈3부〉는 대부분 대화로 구성되어 있고, 그리스 비극에서처럼 거역할 수 없는 운명에
　굴복하고 마는 인간이라는 모티프가 전편을 지배하고 있으며, 청중 앞에서 낭송되지도
　않았다는 점, 시집 여타 부분에 실험적 극시 형태의 작품이 다수 수록되어 있다는 점 등을
　들어 '극시'로 보기도 한다.
4　mes. 수술용 칼(scalpel)을 뜻하는 일본식 영어
5　거화. 횃불
6　한껏

거룩하다 하겟고, 더구나 문허저가는 近代의文明에 對하야 꾸짓음과「바로잡음」을 보내며 田園의眞純한 生活을 讚美하는点에잇서서는 매우 아름다운일인가 합니다. 이것은作者가 잘못입닛가近代의物質化한文明이 잘못입닛가, 아마 여러분은 반드시 讐허할줄알며 함끠 싸홀줄 압니다.

나는 우리詩壇에 이러한勇士하나를 보내게됨을 몹시 깁버하며, 아울너이「國境의밤」이 사람의가슴에 울어지어다 하고 바랍니다.

一九二四, 一二, 一三

岸　　曙[7]

序　詩

하펌을　친다,
詩歌가　하펌을　친다,
朝鮮의　詩歌가　困해서　하펌을　친다.

햇발을　보내자,
詩歌에　햇발을　보내자,
朝鮮의詩歌에　再生의햇발을　보내자!

一九二四, 一二

巴　　人[8]

7　1-2쪽. 안서'는 김억의 호
8　1쪽. 〈序〉에 이어 〈目次〉 앞 쪽에 제시된 서시. 쪽번호는 다시 '1'로 시작한다. 〈목차〉에는 별 다른 표시가 없다.

20. 盧子泳 編, 『金孔雀의哀想』

노자영(1901-1940)이 운영하던 〈청조사〉(경성부 관훈동 123)에서 간행(靑鳥社, 1925.3.29; 彰文堂).

165×230㎜. 207쪽. 하드커버. 겉표지는 전면 분홍색 민무늬로, 가운데에 장미 한 송이를 그린 검은색 스케치를 넣었다. 속표지 다음 쪽, 「序」 앞 쪽에 두 손으로 얼굴을 감싼 채 탁자에 엎드려 고개를 파묻고 있는 여인의 스케치가 있다.

여류 문인 20인(柳雲鳳, 趙錦善, 朴헤라, 金麗雲, 金麗順, 金惠善, 崔聖月, 吳永俊, 金明淳[1896-1951], 孫貞圭[1896-1955], 金景道, 吳敬淳, 羅雲葉, 許英肅[1897-1975], 韓雪花, 金玉, 金嘉梅, 崔月葉, 鄭永信, 朴月珠)의 시 24편[1], 소설 2편[2], 감상·수필 11편, 기행일기·편지 각 1편을 모은 책. 수록 문인 중 이후 활발한 활동을 보이는 이는 김명순 정도이다.

아沈默!!

　설음![3]

序

一, 本書는, 二個年동안이나, 各方面으로, 여러숨은女流文士의글을蒐集
　　하야, 겨우編成한것이다. 그러나, 아직完全이蒐集되지못한것을, 遺

<hr>

1　유운봉(3편), 박혜라(3편), 김려운(1편; 편지 삽입), 김려순(2편), 오영준(1편; 편지 삽입),
　김명순(1편; 〈目次〉에는 '詩三篇'으로 표기하고 있으나 실제는 1편만 실림), 손정규(1편;
　수필 삽입), 김경도(3편), 오경순(1편; 노래시), 나운엽(3편), 한설화(3편), 김옥(1편), 김가
　매(1편)
2　최월엽의 「三兄弟」와 정영신의 「새파란꿈」
3　속표지 다음 쪽, 「序」 앞에 넣은 두 손으로 얼굴을 감싼 여인의 스케치 아래에 넣은 글귀

憾으로생각한다.

一, 社會의일홈잇는, 멧々文士의原稿外에는本社에서, 多少間修正을加
하엿다. 이에作者의諒解를바란다.

一, 本書編輯에對하야. 만흔受苦를주신 東京K氏와H氏의게, 感謝의쯧
을表한다.[4]

밤숩풀덥힌
쇠어리[5]속에서
金孔雀소래가요란히나기에
뒷문을열고, 바라다보니
쇠어리우에는, 쇠어리우에는
蒼空의힌달이, 비치엇습듸다.
　　　　　　──(一九二五, 三, 三, 編者)──[6]

生命은짤다
그러나藝術은길다,
The life is short,
but the Art is Long.[7]

---

4 1쪽.
5 쇠로 만든 어리. ‘어리’는 새를 넣어 기르는 장
6 「序」 다음 쪽에 붙인 권두시
7 〈目次〉 다음 쪽에 붙인 경구

21. 金明淳, 『生命의果實』

김명순(1896-1951)[1]의 첫 시집(漢城圖書株式會社, 1925.4.5).
4·6판(131×195㎜). 162쪽. 민무늬 표지 상단에 가로쓰기로 표제 "生命의果實"
을 달았다. 수록 작품을 〈길 (詩二十四篇)〉, 〈대종업는이야기 (感想四篇)〉[2], 〈도라
다볼째 (小說二篇)〉[3]의 3부로 나누어 담았다. 한국 근대문학사상 최초의 여성문
인 작품집.

---

1 아명은 탄실(彈實), 자는 기정(箕貞), 호는 탄실(彈實), 필명은 망양초(望洋草·茫洋草)·망
   양생(望洋生·茫洋生). 한국 근대 최초의 여성소설가. 평안남도 평양군 융덕면에서 평양의
   지주이자 문신 관료였던 김희경(金羲庚)과 기생 출신 소실 산월(山月, 1869-1907)에게서
   태어났다. 서당에서 한학을 배우다가 평양 남산현학교 입학(1903), 평양 사창골 야소교학교
   전학, 졸업(1905-1907). 경성 進明女學校 보통과(1907-1912)를 나와 일본 시부야의 국정
   여학교 3년 편입(1913), 4학년 2학기 수료 후 중퇴.(1915년 7월, 훗날 대한민국 초대 육군참
   모총장이 된 일본군 소위 이응준[李應俊, 1890-1985]에게 도쿄 변두리 아오야마 연병장
   근처 숲에서 강간당한 후 자살을 시도하고, 여학교의 명예를 더럽혔다는 이유로 졸업생
   명부에서 삭제된 때문) 귀국 후 숙명여고보에 편입(1916.4-1917.3). 평양 부호 화백 김유방
   (본명 金讚永; 1893-1960)의 도움으로 경성에 계속 머물면시 이화여고보(1917-1919)를
   다니며, 김유방과 동거. 도쿄여자전문학교 입학.(1919) 『每日申報』 기자.(1925) 영화 〈狂
   浪〉(이경손 감독, 1927)의 주연(남주인공 나운규)으로 캐스팅된 이후 〈나의 친구여〉(이경손
   감독, 1928.2), 〈숙영낭자전〉(1928.3), 〈꽃장사〉(安鍾和 감독, 1930), 〈노래하는 시절〉(安鍾
   和 감독, 1930), 〈젊은이의 노래〉(김영환 감독, 1930) 등 몇 편의 영화에 출연.
   전통적인 결혼생활 속에서 한 여성이 비극적인 최후를 맞이하는 내용을 담은 소설 『疑心의
   少女』(『靑春』, 1917.11; 현상모집 2등)로 등단(당시의 選者 이광수는 훗날 『新時代』
   (1942.2) 대담에서 이 작품이 나중에 일본문학의 표절인 것으로 밝혀졌다고 술회). 『創造』
   (1919.2-1921.5, 통권 9호)의 유일한 여성 동인(전영택의 소개). 『廢墟』(1920.7.25.-1921.
   1.20, 통권 2호) 동인. 일본 유학 시절의 자유로운 연애 활동(김찬영·임장화 등)으로 화제가
   되었으며, 이광수·심일엽·나혜석·허정숙 등과 함께 자유 연애론 주장. 개인적인 생활고와
   사랑의 실패, 여성 해방론에 대한 사회의 반발과 공격 등으로 인해 불우한 삶을 살다가
   1939년 도일. 생활고에 시달리다가 정신병에 걸려 도쿄 아오야마 뇌병원(靑山腦病院)에서
   사망. 김동인의 소설 「金姸實傳」(『文章』, 1939.3), 전영택의 소설 「김탄실과 그 아들」(『현
   대문학』, 1955.4)의 모델
2 「대종업는이야기」, 「네自身의우에」, 「系統업는消息의一節」, 「봄네거리에서서」
3 「도라다볼째」와 「疑心의少女」

(머리말)

　이短篇集을 誤解밧아온 젊은 生命의 苦痛과 悲歎과 咀呪의 여름으로 世上에 내노음니다.[4]

驛前待婦

만주　땅　○듸하나[5]　가린데있는가
奉天도　山하나　업는들일세
시베리아　北風은　모진바람은
산사람　세워두고　살을　오리네
　　　　　× ×
왼일로　저婦人네　흰옷닙엇네
올망졸망　서너개　봇짐을깔고
젖멕이　아들안고　딸은서잇고
하염없이　하눌만　치어다보네
　　　　　× ×
義州서　보든해도　西塔에지고
오가는　길손들도　洋車馬車타는데
어이나　오라든　임은안오고
不吉한　가마귀만　나라드는고!!

4　속표지 다음 쪽에 적은 머리말. 글 전체를 물결무늬 사각형으로 둘렀다.
5　이 부분은 얼룩이 져 명확하게 확인되지 않는다. '어듸하나'인 듯

126　1900-1920년대 시집 서·발문

昭和十八年十一月十二日

於奉天驛[6]

---

6 판권지 다음 쪽에 필기로 적은 시. 김명순의 것인지는 불명확하다. 참고로 이곳에 옮긴다.

22. 雲波 崔相僖 譯, 『쌔이론詩集』

최상희(1896-1951)의 번역시집(文友堂, 1925.7.10; 文友堂, 1929.8.13. 재판).
123×175㎜. 199쪽. 자주색 민무늬 표지 상단에 두 줄 오른쪽 가로쓰기로 "쌔이
론詩集/ 雲坡 崔相僖 譯"이라고 넣고, 가운데 꽃 문양을 그려넣었다. 재판본[1]은
동일한 표지 디자인에서 재색 민무늬 바탕으로 바뀌고, 가운데 꽃 문양 대신에
작은 사각형 안에 민들레 한 송이를 그려넣었다. 표지 다음 쪽에 한복 두루마기를
입고 의자에 앉아있는 역자의 사진이 있다.
〈閑寂의쌔〉(38편), 〈쌔々의노래〉(16편), 〈헤부라이調〉(5편), 〈家庭詩〉(1편)의 4부
로 나누어 60편의 바이런(George Gordon Byron, 1788-1824) 시를 번역하여
담고 있다. 바이런 시를 최초로 국내에 번역·소개한 시집이다. 최상희의 약력
및 활동 사항에 대해서는 알려진 바 없다.

序

쌔이론(Byron)!!!
얼마나雄壯하고沈痛하고그리고凜々한宇宙의音響일고!! 그리고이音響
을英國에서나엇다할째에,그리고十九世紀(1788-1824)가나엇다할째
에英國을쌔논世界列國과二十世紀사람들은얼마나英國과十九世紀를부
러워할썻인고!!
그는沙翁(Shakeskear[2])以來最大의天才詩人이요!! 쏘한아울러熱烈한
革命兒로英文學史上에———안이世界文學史上에큰異彩를내인英人이다
그가얼마나天才인가하는것은그의傳記라던지쏘는그의詩歌로써알수잇

---

1   1928년에 영창서관에서 재판본이 나왔다는 이야기가 있지만, 이는 김시홍의 『쌔이론詩集』
    (영창서관, 1928.2.22.)의 착오일 가능성이 크다. 실물을 확인할 수 없기에 이 해제에서는
    거론하지 않는다.
2   'Shakespeare'의 오식. '沙翁'은 셰익스피어(William Shakespeare, 1564-1616)의 음차

지만그리하지안어도그가跛者[3]卽不具者라하는点이든지그리고그의顏型
이父母는勿論아조英國型이안이라는點이어렵지안케그의天才라는것을
表證하고잇다

그는通俗詩人들과는그向趣가크게달으다　더구나그의詩에일으러서는複
言을要하지앗는다

그는가슴에써올으는情緖를熱烈한筆鋒으로써놓앗다　짤아서그의詩의一
句一句가모다熱情이넘치는 것이다

美貌의天才詩人인그의 사랑을求하는淑女들은넘우도만핫섯다 그러나그
의게참사랑을주는女子들은쏘한넘우도적엇섯다 그러한싸닭으로그의詩에
는戀愛詩가적지안타 그리고그戀愛詩中에는熱情의바다에서서로꿀보다도
달은, 그리고白玉보다도純潔한사랑을속살거린것도잇고 가장沈痛하게失
戀을노래한것도잇다 이족으마한冊子에모하논것이모다그것들이다

『詩壇의나포레온[4]』! 이것은그를두고일운말이다

그러나나는이말을질겨안한다 나는나포레온을불을째

『政壇의빠이론』! 이라불으고십다 무엇에든지 그를首頭로하고십다 그러
나이말이결코誇張이안이다! 萬世不朽의眞理일 것이다

『아! 蒼天! 無情한蒼天이여!』

어듸로서인지아지못게들녀온다

그러타 無情한蒼天이다! 우리의가장사랑하는그를웨불러간느냐!？

三十六年을一期로써난그를生覺하는우리는蒼天의無情을憚하지[5]안이치
못할 것이다

歷史冊의페이지를넘길째에우리는그의晩年을듸려다볼수가잇다　革命의
불꽃에가슴을재이고잇든그는『自由主義及民族統一主義』의感化를밧고

3　기자: 절름발이. 바이런은 한쪽 다리가 약간 짧은 선천적인 장애가 있었다고 한다.

4　나폴레옹(Napoléon Bonaparte, 1769-1821)

5　탄하지: 성내지. 화내지

獨立의旗발[6]을들은希臘人들을援助하라歐洲諸國人(希臘[7]의獨立을願하야援助하랴는사람들만)의先驅者가되여革命的狂熱의아름다운光輝속에壯烈한그의最後를지엇다

그가土耳其[8]軍兵의無慘한劍刀아래이슬로슬어저버린지임의百一年이지낫다

波蘭重疊[9]한그의짧은生涯의紀念이나될가하야이조크마한冊子를刊行하기에일은[10]것이다 그러나그의참詩才라던지또는그의思想性格을完全히알려면은『차일드·하롤드의最近의巡遊』[11]『海賊』[12]『파리시나』[13]『만푸렛드』[14]『不信者』[15]等의長篇을읽어야한다 이 長篇續々刊行할것을期하노라

一九二五年五月十四日

病室[16]에누어서　　　　　　　譯　者[17]

6　재판본에는 '族발'로 표기하고 있다.

7　희랍: 그리스(Greece), 'Hellas'의 음차

8　토이기: 터키. Turkey

9　'波瀾重疊'의 오식. 재판본에는 '波蘭重疊'으로 표기하고 있다.

10　이른

11　『차일드 해롤드의 순례』(Childe Harold's Pilgrimage, 1812-1818)

12　『The Corsair』(1814)

13　『Parisina』(1816)

14　『Manfred』(1817)

15　『The Giaour』(1813)

16　재판본에는 '病床'으로 표기하고 있다.

17　1-4쪽.

23. 金億, 『봄의노래』

김억(본명 金熙權; 1895-?)의 두 번째 창작시집(賣文社[1], 1925.9.28).
A6판. 132쪽. 76편의 시를 〈봄의노래〉(11편), 〈술의노래〉(11편), 〈黃昏의노래〉
(7편), 〈子夜吳歌〉(6편), 〈錦님의노래〉(16편), 〈제비의노래〉(25편)의 6부로 나누
어 담고 있다. 「자서」에서 말하듯, 창작시뿐 아니라 번역시도 다수 포함되어 있
다. 이 시집부터 김억은 번역시(한시역 포함)를 자신의 창작시와 나란히 수록하
거나, 동요 형식의 시도 시도한다. 특히 6부 〈제비의노래〉에 수록한 동요 형식의
실험은 기존의 애상(哀傷) 위주의 시에서 벗어나 시의 대중화를 위한 모색인 동
시에 우리의 공동체적 정서를 회복하려는 노력의 일환이라 할 수 있다.

自序

엇던 學者가 直觀과 表現은 하나이라고하엿읍니다. 그 直觀이라는것은
生活을 意味한것이며 表現이라는것은 作品을 意味하엿다하면, 只今이詩
集에서 아마 여러분은, 나의 生活과 또는 作品을 알수가 잇슬줄로 압니
다. 나의 生活은 强徵된[2] 生活임에쌀아 또한 그生活의 範圍를 버서날수가
업습니다. 한마듸로 말하면 純一이며 心願의것이 아니고 恒常 몰으는 엇
더한힘으로말미얌아 되여지는生活이며 表現입니다. 이러한意味에서 나
는 自己의意義를 잃고 길가에서, 거지와갓치 남의힘으로因하야, 얼마만
한뜻을 차즈랴고함에 지내지아니합니다.

이러한生活과表現속에서도 恒常 내가 自己의眞實한 心像을 차즈랴고

---

1 〈매문사〉는 김억이 설립한 출판사로, 경성부 연건동 121번지에 있었다. 김억은 이곳에서
   시 잡지 『假面』(1925.11-1926.7, 통권 9호)과 김소월의 시집 『진달내꽃』(1925.12.25)을
   발간한다.
2 강징된: 억지로 걷어 들인

애쓰는것은, 아마 여러분도 얼마만큼은 짐작하여줄々로압니다.

이詩集속에서 이러한努力과 애씀이 엇지되야 여러분에게發見되지못한다하면, 나는 여러분에게 이러한努力과 애씀이發見되도록 哀願할수밧게 업습니다.

발서 나의나희가 三十의고개를 넘으랴고 합니다. 맨첨 詩歌의길을 밟으랴고 始作하든 첫거름을 돌아보면 쌈ㅡ하야 엇득합니다. 詩歌의길에서 나는 얼마만한努力과 애씀이 잇섯는가함을 스스로 생각할째에는 나는 부끄럽어서 말할수가업슬만 합니다. 只今까지 나는 나의眞正한길을 걸어보지못하고, 대개는 밟히운길을 걸엇읍니다, 그리하야 眞正한自己의心像을 充實하게 表現하지 못하엿읍니다. 이番이나 다음番이나 하면서 만흔期待를 가지기는 하엿읍니다, 만은 그期待는 한모양으로 나를 지어바리고[3] 말앗읍니다.

實로 이러한詩集ㅡ남의것을 옴긴ㅡ에서는 누구가 엇더한말을 한다하여도 나는 第二義的意味밧게 發見할수가 업습니다. 여긔에 第二義的意味라는것은 다른것이 아니고 비록强徵된生活에 强徵된表現을 한다하더라도 엇더한程度까지는 나의本來의意味와 가쟝 갓갑은것만은 取하여왓다는 말입니다.

이것을 다시 말하자면 콩으로 두부를 만들고서 다시 그남아지로 비지를 만들엇다 하면, 여러분은 대강 짐작하실줄로 압니다. 詩作은 억지로 할것이 되지못합니다. 만은 엇더한힘이 내려눌을째에는, 억지로라도 엇지할수업시 詩作을하게도 됩니다. 그리고 또 自己째문이라고 하는것보다도 남째문에 붓을 잡은것이 만읍니다. 이러한意味에서 이詩集은 第二義的이엇읍니다.

그다음에는 이詩集에는 그러한第二義詩作밧게, 대개가 번역(하기는

---

3 만들어 버리고

번역이라고하기도 어렵을만합니다. 웨 그런고하니, 대개는 詩想만을 도적하여다가 내맘대로 表現方式을주엇기째문입니다.) 인것도 쏘한 前에 말한 내려눌으는힘. 째문이엇읍니다. 그러나 그 번역이라도 純全히 나의 뜻과는다른것을 옴긴것은 적고, 全部의얼마짜지는 나의뜻에 맞는것을옴기엇읍니다. 이곳에서 나는 그속에서라도 얼마큼은 나의心像의全體를 그리랴고하는努力과 쏘는 自己의眞正한 生活을차즈랴고 애쓴것을 發見하야줍소서. 한前엣말을 겨듭하야[4]들이지안을수가 업습니다.

最近의 나의詩風은 얼마큼 밝은곳으로 나아가는듯한 생각이 납니다. 觀念的哀傷에서 한거름을 나외여 빗과밝음을찾는듯한것을 보고는, 自己연만을 깃버합니다.

이압흐로 나의詩에對한態度와風이 비르소[5] 그길을 찻게될줄로 압니다.

쓰랴고하면 쓸말은 얼마든지 잇읍니다. 만은 아직 이만하고 맙니다.

이詩集속에 잇는것으로는 비록 强徵된詩作이지만은 「봄의노래」라는 것이 比較的最近의詩作이고, 「술노래」는 오래된것입니다. 그리하고 「黃昏의노래」는 남의것을 맘대로 옴긴것으로 自由譯이라고할만합니다. 「子夜吳歌」속에잇는 漢詩몟篇의移植은 나의 첨되는試驗입니다. 「짜님의노래」와 「제비의노래」의 大部分도 다 번역입니다. 말하자면 飜案입니다. 그러나 그中에는 나의創作도 몟個들엇읍니다.

「제비의노래」와갓튼것은 비록 번역이라고는 하지만은 童謠로서는 첫試驗입니다. 엇던길을 童謠가 밟아나아갈지 이것도 쏘한 注意될만한 것의 하나인줄 압니다.

아직 이만한것만을 말하고 붓을 던집니다.

---

4 '거듭하야'의 오식
5 비로소

一九二五年三月十日밤

봄비가내리는날

서울益善洞서　　作者[6]

─────
6　1-6쪽.

24. 巴人, 『長編敍事詩 昇天하는靑春』

김동환(金東煥, 1901-1958?)의 두 번째 시집(新文學社, 1925.12.25). '파인'은 김동환의 호.

112×150㎜. 본문 179쪽. 표지 아래 부분에 여인의 상반신 누드화를 담고, 속표지 다음 장에 표지의 여인이 포함된 전체 그림을 넣었다. 시집명에 '장편서사시'라고 밝히고 있다. 〈【一】太陽을등진무리〉(11장), 〈【二】二年前〉(7장), 〈【三】눈우에오는봄〉(9장), 〈【四】血祭場의노래〉(10장), 〈【五】殉情〉(10장), 〈【六】피리부는가을〉(7장), 〈【七】昇天하는靑春〉(7장)의 7부 61장으로 구성되어 있다. 청춘남녀의 비극적인 이야기를 통해 일본 간토대지진[関東大震災, 1923.9.1] 때의 조선인 수용소와 당시 조선인의 상황에 대하여 구체적으로 기술한 서사시집이다.

日月이거러갈쌔

자욱자욱재를뿌린다

그잿속에모든것이파뭇친다-미인도,황금도

온갓문명도,력사도속절업시

그러나오직하나

靑春의가슴우로피여오르는「아츰의노래」[1]만은

엇저지못한채고이고이기처둔다[2]

---

1 ‘」’의 오식
2 자서. 별도의 표제 없이 책머리에 제시되어 있다.

25. 金廷湜, 『진달내꼿』

김정식(1902-1934)[1]이 생전에 출간(賣文社, 1925.12.26)한 유일한 시집[2]. 김정식은 오산학교 재학 시절(1915.4-1919.2) 김억(1895-?)의 제자로, 두 사람은 평북 곽산 동향인.

菊半版(중앙서림본 110×152㎜; 한성도서A본은 105×148㎜; 한성도서B본 113×154㎜) 양장본. 본문 234쪽. 127편의 시를 〈님에게〉(10편), 〈봄밤〉(4편), 〈두사람〉(8편), 〈無主空山〉(8편), 〈한째한째〉(16편), 〈半달〉(3편), 〈귀쏘람이〉(19편), 〈바다가變하야 쏭나무밧된다고〉(9편), 〈녀름의달밤『外二篇』〉(3편), 〈바리운몸〉(9편), 〈孤獨〉(5편), 〈旅愁〉(2편), 〈진달내쏫〉(15편), 〈쏫燭불 켜는밤〉(10편), 〈金잔의〉(5편), 〈닭은 쏘꾸요〉(1편)의 16부로 나누어 담았다. 이 시집은 서·발문을 수록하지 않았다.

---

1 호는 소월(素月). 평안북도 구성군에서 태어나 곽산군에서 자랐다. 두 살 때(1904) 처가로 가던 아버지가 정주와 곽산 사이의 철도를 부설하던 목도꾼들에게 폭행을 당해 정신병을 앓게 되어 광산업을 하던 할아버지 밑에서 자랐다. 곽산의 사립 남산학교를 거쳐 오산학교 중학부(1915-1919)를 다니던 중 3·1운동이 일어나 폐교되자 배재고등보통학교에 편입(1922), 졸업. 시 「浪人의봄」(『創造』 5호, 1920) 등을 발표하여 등단, 배재고보 편입 이후 『開闢』을 중심으로 본격 창작을 한다. 도쿄상과대학 전문부에 입학(1923)하였으나 간토대지진(関東大震災, 1923.9.1)으로 중퇴, 귀국. 나도향(羅稻香, 1902-1926; 본명 羅慶孫)과 만나 『靈臺』(1924.8-1925.1; 통권 5호) 동인으로 활동. 고향에서 할아버지가 경영하던 광산업을 도우며 지냈으나 실패하고 처가가 있는 구성군 남시에서 『東亞日報』지국을 개설·경영. 지국 경영 실패(1934)로 염세증에 빠져 고향 곽산으로 돌아가 아편을 먹고 자살.

2 이 시집은 매문사에서 같은 날짜에 발간된 세 권의 시집이 존재한다. 『진달내쏫』은 〈中央書林〉(경성부 종로2丁目 42번지), 『진달내꼿』(한성도서A본)과 『진달내꼿』(오영식 소장본; 한성도서B본)은 〈漢城圖書株式會社〉(경성부 견지동 32번지)가 총판매소로 되어 있으며, 시집 크기와 표지 인쇄 방식, 표제 표기, 내용 표기와 행 구별 등 여러 부분에서 차이가 존재한다. 〈중앙서림본〉은 민무늬 초록색 표지 상단 1/3 지점에 "金素月詩集/ 진달내쏫", 하단 1/3 지점에 "— 1 9 2 5 —", 〈한성도서본〉은 상단 1/3 지점에 2줄 가로쓰기로 "진달내꼿/ 詩集", 하단에 역시 가로쓰기로 "金素月 作"이라고 적고(이 중 표제 '진달내꼿'은 짙은 색 배경 위에 크게 쓴 흰 글씨, 작자 표기는 짙은 색 배경 위에 검은 글씨로 적었다), 가운데에 진달래가 바위틈에 한 그루 피어 있는 채색화로 디자인하였다. 〈한성도서A본〉은 주름 문양 표지, 〈한성도서B본〉은 문양 없는 표지 사용. 또한 〈중앙서림본〉의 표제는 활자체, 〈한성도서본〉의 표제는 필기체(혹은 도안글씨)로 표기되어 있다. 이 중 〈중앙서림 총판본〉

진 달 내 꼿

나보기가 역겨워
가실째에는
말업시 고히 보내드리우리다

寧邊에藥山
진달내꼿
아름짜다 가실길에 뿌리우리다

가시는거름거름
노힌그꼿츨
삽분히즈러밟고 가시옵소서

나보기가 역겨워
가실째에는
죽어도아니 눈물흘니우리다[3]

───────
　과 〈한성도서A본〉은 근대문학작품 중 최초로 문화재로 등록(제470-(1호-4호); 문화재청
　고시 제2011-61호, 2011.2.22)되어 있다. 엄동섭·웨인 드 프레메리의『원본『진달내꼿』
　『진달내꼿』서지 연구』(소명출판, 2014.3)에서 〈중앙서림본〉과 〈한성도서A본〉의 차이점
　을 연구한 바 있다.
3　표제시. 〈중앙서림본〉190-191쪽.「개여울(渚)」·「孤寂한날」·「제비」·「將別里」·「江村」등
　과 함께 발표(이상『開闢』, 1922.6)한 시.

26. 劉月洋, 『血痕의默華』

유도순(劉道順, 1904-1945)[1]의 첫 시집(靑鳥社, 1926.3.2; 永昌書館, 1931.6.10. 재판)[2]
105×140㎜. 68쪽. 내제지 다음 장에 시인의 근영 사진을 넣었다. 「序」를 포함하여 모두 23편의 시를 담았다. 대부분 『조선문단』에 이미 발표한 시인데, '님에 대한 그리움과 슬픔'을 주제로 한 감상적 로만시와 기독교 사상을 드러낸 시들로 양분된다.

序

나는 한 긔다림을 가지고
괴로운 제길을 혼자가며
제마음에늬우침업시
석양햇빗갓히 피를흘넛다

---

1 호는 유초(幼初), 필명은 범오·월양(月洋)·월야(月夜)·홍초(紅初; 崔曙海의 작명). 평안북도 영변에서 태어났다. 시인, 동요작가, 대중가요 작사가. 니혼대학[日本大學] 영문과에서 수학. 귀국 후 『每日申報』에서 4년간 기자로 활동. 1930년대 후반 『매일신보』 신의주 지사장 역임. 〈동아일보 一千號 기념 현상 공모〉에 동요 「봄」(『東亞日報』, 1923.5.25; 賞甲), 시 〈孤獨〉(『東亞日報』, 1923.5.27; 賞乙) 당선. 시 「갈닙밋헤 숨은 노래」(『朝鮮文壇』, 1925.1)로 등단. 〈콜럼비아 음반사〉를 통해(1934-1942.8) 약 104편의 대중가요 작사. 대중가요 〈유쾌한 시골영감〉(1936; 강홍식 노래) 작사. 논란이 많은 유도순의 사망년도에 대해서는 장유정의 견해(장유정, 「유도순의 시집 血痕의 黙華에 관한 연구」, 『한국문학논총』 63집, 한국문학회, 2013.4)를 따랐다.

2 겉표지에는 '春城作'으로, 판권란에 '著作兼發行者 盧子泳'으로 표기하고, 속표지에는 '劉月洋'으로 적어 혼란이 있다. 이는 출판한 책에 출판사 사장의 이름을 올리곤 하던 당시의 관행으로 인한 것으로, 실제로는 유도순의 시집이다. 유도순은 〈삼천리사〉의 설문 조사에 응답하면서, 靑鳥社에서 초판을 발행한 후, 영창서관에서 재판을 낸 것이라고 이야기하고 있다.(「說問: 作家作品年代表」, 『三千里』 9권 1호, 1937.1. 230쪽) 청조사본을 확인하지 못하여, 여기서는 재판만 인용한다.

혼이   고향을찻는길에셔
이피의   방울은   방울은
청춘우혜   무지개갓히
노래로   꽃을픠윗다[3]

나의詩

나는   무지개갓치
어엽분빗의   나라이   한썻그립어셔
파무더오든   가슴의   하소는
밋을곳업는   고아갓치
하롯날   큰목소래를   빌어
설게도   설게도   울엇슴니다

안개깁흔   내령감(靈感)의   골자기에는
째아닌빗이   밝음을   쏴럿슴니다
그것은   검(神)님씌셔
『눈물의갑으로』   주시는
진주갓흔   졀가[4]의   시가
셔음   깃드림이   엇슴니다

경매에   내걸면

———
3   1쪽
4   節歌. 가사가 여러 개의 절로 되어 있고, 각 절마다 같은 선율을 되풀이하는 노래

모르는 여러분은
한푼에도 안살 나의시는
함부로 짓발고
헛턱 비웃지못할
거륵하고 놉흔
검님의 시임니다[5]

---

5 39-40쪽. 이 시는 유도순의 시관을 드러내는 작품으로 보여 여기에 옮긴다.

27. 韓龍雲, 『님의 沈黙』

한용운(1879-1944)[1]의 시집(匯東書館, 1926.5.20; 漢城圖書株式會社, 1934.7.30. 재판).

4·6판(135×194㎜). 본문 168쪽. 초판과 재판은 판형·면수·체제·표지 디자인이 동일하다. 표지는 아무 문양·글씨도 없는 진홍빛 천으로 감싼 하드커버 양장으로 만들어 등표지에만 제목과 저자명을 표시하고, 내제지에 굵은 붉은색 글씨로 제명을 써놓았다. 다만, 초판에서 시집명과 함께 붉은 글씨로 표시되었던 「군말」이 재판에서는 다른 부분과 마찬가지로 검은 글씨로 바뀌고, 특히 「군말」에 집중되어 철자법상 변동이 몇 군데 있다.

자서인 「군말」, 후기 「讀者에게」와 함께 88편의 시를 담았다. 이 시집에 수록한 시는 이전까지 발간된 다른 시인들의 시집들처럼 기존에 신문·잡지 등에 발표한 것을 모아 새롭게 체제를 갖춰 낸 것이 아니라, 전년도(1925)에 내설악 백담사에 머물면서 전체를 구상하며 쓴 것이다. 전체 시집을 '이별→갈등→희망→만남'의 기승전결 형을 갖춘 통일된 하나의 작품으로 읽기도 한다. 형이상학적 사유를 자유시라는 형식 속에 녹여내어 사상의 정서화를 이룬 최초의 근대 시집. 수록 작품 모두 경어체로 되어 있어, 조선조 내간체(內簡體)의 변형이라 해도 무방하다.

---

1 본명은 한정옥(韓貞玉). 법호는 만해(萬海, 卍海). 충청남도 홍성군 결성면 성곡리 박철동 잠방굴마을에서 태어났다. 가출하여 동학농민운동(1894)에 가담. 설악산 오세암에서 출가(1896), 수계(1905). 明進學校(현 동국대학교) 졸업(1908). 일본이 주장하는 〈한일불교동맹〉 반대 철폐 운동(1910.12), 1910년대 중에게도 결혼할 권리를 달라고 하는 내용의 '대처승 운동' 주도. 〈조선불교청년동맹〉 결성(1914), 〈조선불교회〉 회장(1917.8), 〈조선불교청년회〉 회장 및 총재(1924) 역임. 근대 불교 최초 잡지 『唯心』(1918.9.1-12; 통권 3호) 발행, 여기에 시를 발표하며 문학활동을 병행한다. 3·1운동 당시 민족대표 33인의 한 사람으로, 〈독립선언서〉의 〈公約三章〉 직성. 3년 동안 서대문형무소에서 옥고를 지루면서 옥중에서 〈朝鮮獨立之書〉를 지어 독립과 자유 주장.(일부가 제자 춘성 스님에 의해 상하이로 보내져 「조선독립에 대한 감상의 개요」[『獨立新聞』, 1919.11.4]로 발표) 〈新幹會〉(1927.2.15-1931.5) 중앙집행위원 및 경성지부장(1928) 역임. 김법린(金法麟, 1899-1964)·김상호(金尙昊, 1889-1965)·이용조(李龍祚, 1899-?) 등과 청년승려 비밀결사체 〈卍黨〉(1930.5-1933.4) 조직, 당수로 활동하다 〈卍黨 사건〉(1937) 배후로 피체. 잡지 『佛教』(1924.7.15-1933.7; 통권 108호. 1-83호 권상노, 84-108호 한용운 편집) 인수, 사장(1931.6-1933.9) 역임. 중풍과 영양실조 등의 합병증으로 사망.

군 말

「님」만님이아니라 긔룬것[2]은 다님이다 衆生이 釋迦의님이라면 哲學
은 칸트[3]의님이다 薔薇花의님이 봄비라면 마시니[4]의님은 伊太利다 님은
내가사랑할뿐아니라 나를사랑하나니라

戀愛가自由라면 님도自由일것이다 그러나 너희는 이름조은 自由에
알뜰한拘束을 밧지안너냐 너에게도 님이잇너냐 잇다면 님이아니라 너
의그림자니라

나는 해저문벌판에서 도러가는길을일코 헤매는 어린羊이 긔루어서 이
詩를쓴다

著 者[5]

군 말

「님」만 님이아니라 기른것은 다 님이다 衆生이 釋迦의 님이라면哲學
은 칸트의 님이다 薔薇花의 님이 봄비라면 마시니의 님은伊太利다 님은
내가 사랑할뿐아니라 나를 사랑하나니라

戀愛가 自由라면 님도 自由일것이다 그러나 너희는 이름좋은 自由에
알뜰한拘束을 받지않느냐 너에게도 님이있느냐 있다면 님이 아니라 너

---

2 '긔룬'은 '그립다'를 토대로 '기릴 만하다, 안쓰럽다, 기특하다' 등의 다양한 내포를 지닌다.
    따라서 '긔룬것'은 그리움의 대상이자 존경의 대상, 동정과 자부심의 대상이라 할 수 있다.
    재판본에는 '기른'으로 표기되었다.
3 Immanuel Kant(1724-1804). 독일 철학자
4 마치니(Giuseppe Mazzini, 1805-1872). 이탈리아 통일운동을 주도한 정치인
5 초판본 표지 다음 장에 쓴 자서(自序). 다른 수록 작품과 구분하여 붉은 색 글씨로 적었다.
    '서시(序詩)'로 보기도 한다.

의 거림자니라

　나는 해저믄벌판에서 도라가는길을 잃고 헤매는 어린羊이 기루어서
이詩를 쓴다

著　　者[6]

讀 者 에 게

讀者여 나는 詩人으로 여러분의압헤 보이는것을 부끄러함니다
　여러분이 나의詩를읽을째에 나를슲어하고 스스로슲어할줄을 암니다
　나는 나의詩를 讀者의子孫에게까지 읽히고십흔 마음은 업슴니다
　그째에는 나의詩를읽는것이 느진봄의꽃숩풀에 안저서 마른菊花를비벼
서 코에대히는것과 가틀는지 모르것슴니다

　밤은얼마나되얏는지 모르것슴니다
雪嶽山[7]의 무거은그림자는 엷어감니다
　새벽종을 기다리면서 붓을던짐니다

(乙丑八月二十九日밤 긋)[8]

6　재판본 표지 다음 장에 쓴 자서. '서시'로 보기도 한다.
7　이 시집에 수록된 시는 1925년 내설악 백담사에서 쓴 것으로 알려져 있다.
8　168쪽. 시집의 끝에 붙인 글로, 일종의 '후기(後記)'격의 글이다. 다른 수록 시와 마찬가지
　로 〈차례〉에 표시되어 있다. 여기서는 〈재판본〉을 옮겼다. 을축년은 1925년이다.

28. 趙台衍 編, 『朝鮮詩人選集: 二十八文士傑作』

조태연(1895-1945)[1]이 편집한 선집(朝鮮通信中學舘, 1926.10.13).
B6판(135×190㎜). 339쪽. 표지는 민무늬 바탕으로 상단 사각 틀 안에 2줄 가로
쓰기로 "朝鮮/ 詩人選集"('시인선집'은 큰글씨)이라고 표제를 넣고, 사각 틀 아래
에 "二十八文士傑作"이라고 부제를 달았다. 하단에는 2줄 가로쓰기로 "1926/ 京
城 朝鮮通信中學舘 發行"이라고 적었다.
근대문학사상 첫 번째로 발간된 선집. 유파와 관계없이 대표적 조선 시인 28명의
시작품 138편을 엮었다. 수록 시인은 다음과 같다. 김기진, 김정식(소월), 김동환,
김억, 김탄실(김명순), 김형원(석송), 남궁벽, 조명희, 양주동, 노자영, 유춘섭(유
엽), 이광수, 이상화, 이은상, 이일(이동원), 이장희, 박영희, 박종화, 박팔양, 백기
만, 변영로, 손진태, 오상순, 오천석, 조운, 주요한, 홍사용, 황석우이며, 가나다순
으로 배치하였다. 최남선이 제외된 것이 의외다.

序

　　새벽하눌에먼동이트이더니 어둠에잠긴희미한안개는 어대로인지자최
를감추고 붉으스럼이빗처오는 밝은해ㅅ발이 저편山우흐로넘어다봅니
다. 거치른幽谷에 짜뜻한봄기운이드러오더니 쌀々한눈바람이 슬몃이몰
녀가고 말라부튼나무가지에 生命의물이도라납니다. 가시덩굴이엉크러
진동산에 일만꼿의 움이돗더니 이가지저가지꼿치픠여 馥郁한[2]香내가

1　경상북도 상주에서 태어났다. 물산장려를 통한 국권회복을 목적으로 교사와 학생들을 중심
　으로 서울에서 조직된 '朝鮮産織奬勵契'(1915.3) 가입, 활동으로 인해 보안법 위반으로
　피체(1917.3). 최초의 전국적 노동운동단체인 〈朝鮮勞動共濟會〉(1920.4.11-1924.4) 발기,
　노동운동 전개. 공제회 활동으로 피체(1920.9)되어 징역. 〈조선교육학회〉에서 통신교육을
　목적으로 학교에 다니지 않고 독학할 수 있는 강의록을 발간하기 위해 설립한 〈朝鮮通信中
　學舘〉(1921; 경성부 崇2동 121 소재) 대표 역임
2　복욱한: (사물이나 그 냄새가) 매우 그윽하고 향기로운

144　1900-1920년대 시집 서·발문

가득합니다.

조선, 조선! 지내간조선은 어둠의조선, 가시의조선이엿습니다. 그러나 지금의조선은, 닥아오는조선은, 밝은빗치오려합니다. 따쯧한봄기운이 도라납니다. 일만꼿이피여납니다. 藝術의香氣가한엄는공중에노닙니다.

藝術! 藝術中에도 가장그윽하고 가장고흔것을 귀ㅅ속하는詩! 아- 조선의그것을무어라할가, 입픠고꼿붉은동산에 새가울고나뷔가춤춘다할가요? 어스름달밤 희미한모래우에 길을찻는외로운그림자가 빗최인다할가요? 그러면 夢魔가티 우리를괴롭게하는人生苦, 生活苦 藝術苦, 時代苦에直面하여苦憫하며反抗하야 엇더한解決을엇지안코는 말지안으려는 애타는, 안이무섭게힘잇는부르지즘이라할가요?

장차압헤올것은 다밋치지못하엿슬망정 옛것은지내첫습니다. 모래우에길차자 헤매이는그것이아니라 발서 꼿픠고새우는그곳을向하야 거러나가는길입니다. 다시말하면 조선의詩壇은 움도듬이느젓스니만콤 도리켜 거름이싸르며 거름이싸름에싸라 고흔빗치 나날이짓터감니다.

고흔빗치짓터가는조선은 지금에부르지즘니다. 조선의詩壇은부르지즘니다. 짓터가는빗츨 한테엉키게하랴고——— 빗나는여러마음을 한곳에모흐랴고———낫々의精神을 한골로흘느게하랴고———그리하야 둥그럿코큼직한 조선의마음을 살니고빗내여보자함이 우리의意圖임니다.

이에 나아옵니다. 조선의빗츨아로색이고 조선의마음을노래하며 조선의精神을하눌놉히읊저리는 詩壇의精華總集인 「朝鮮詩人選集」을通하여 나옵니다. 얼마나깃부겟습닛가, 이큼직하고두렷한 조선의마음 조선의 사랑을볼째 얼마나반가오릿가.

쐬-테[3]는 그詩에이러케말하엿습니다——「藝術을——詩를사랑하는마

---

3 괴테(Johann Wolfgang von Goethe, 1749-1832). 독일 작가

음처럼귀여운것은업다. 詩를사랑할줄안뒤에야 비로소우리들은 이세상
에난보람이잇슬것이다. 詩는모든것을아름답게한다.」고——참으로그럿
습니다. 詩는사람의가장놉흔神秘性의 알쀄요오메가임니다.

　　그러면 조선의마음, 조선의자랑인 이選集이나옴으로부터 우리에게
얼마나만흔眞과美를엿보게할가요. 말하기어려운지경, 이選集이 가장雄
辯的으로 代辯할줄밋습니다.

編　　者[4]

4　1-3쪽.

29. 六堂, 『百八煩惱』

최남선(崔南善, 1890-1957)의 첫 번째 현대 시조집(東光社, 1926.12.1)이자 근대 최초의 개인 창작 시조집.

반국판(A6, 110×155㎜). 154쪽. 양장본. 장정은 4단 만화 「멍텅구리」(조선일보, 1924.11.13-1926.5.30; 案出·기획 李相協, 줄거리 이상협·安在鴻)로 유명한 한국화가 노수현(心汕 盧壽鉉, 1899-1978)이 맡았다. 표지는 이중 배접으로 좌우 두 면으로 나눠 백박(白箔) 포도열매와 잎 문양을 표지 오른쪽 2/5 정도를 차지하는 붉은 색 바탕에 올려 놓고, 제목은 먹색 바탕에 금박 인쇄하여 왼쪽 상단 금박 사각형 안에 배치했다. 겉표지 안쪽에는, 붉은 바탕에 늦가을 앙상한 나무, 철새와 어우러진 스산한 강가의 모습을 담은 동일한 판화풍의 풍경화를 직사각형 틀에 담아 좌우 두 쪽에 걸쳐서 그렸다. 내용 편집도 상하 2단으로 나누어, 윗단에 시조를 적고 아랫단에 주석을 다는 형식을 취하였다. 시조집의 표제는 승려 박한영(朴漢永, 1870-1948)이 붙였다.

〈第一部 동청나무그늘〉(36수), 〈第二部 구름지난자리〉(39수), 〈第三部 날아드는잘새〉(36수)의 3부로 나누어 111수의 시조를 담았다. 이 중 〈第一部 동청나무그늘〉은 다시 〈궁거워〉, 〈안겨서〉, 〈써나서〉, 〈어쩔가〉의 네 개의 소제목으로 구분하여, 각기 9수씩을 묶었다. 국토순례의 여정을 담은 〈第二部 구름지난자리〉 역시 〈檀君窟에서 (妙香山)〉, 〈江西「三墓」에서〉[1], 〈石窟庵에서〉[2], 〈滿月臺에서 (松都)〉, 〈天王峯에서 (智異山)〉[3], 〈毘盧峯에서 (金剛山)〉, 〈鴨綠江에서〉[4], 〈大同江에서〉, 〈漢江을 흘리저어〉[5], 〈熊津에서 (公州錦江)〉[6], 〈錦江에서서 (公州로서扶餘로)〉, 〈白馬江에서 (扶餘)〉, 〈洛東江에서〉라는 13개 소제목을 달고, 각각 3수의 시조를 두었다. 〈第三部 날아드는잘새〉는 〈東山에서〉, 〈一覽閣에서〉, 〈새봄〉, 〈새잔듸〉, 〈봄ㅅ길〉, 〈동무에게〉, 〈새해에어린동무에게〉, 〈세돌〉 라는 8개의 소제목 아래 각각 3수의 시조를 두고, 「市中을굽어보고」 외 단시조 12수를 여기에 넣었다. 각 부를 나타내는 표제지 뒤에 각기 별도의 서문을 달아 한데 묶은 연유를 설명하거나 혹은 그 부에 묶은 시조들의 공통적인 분위기를 짐작할 수 있게 해주고 있는 점은 특기할 부분이다. 대부분의 시조에서 "3·4·4·4/ 3·4·4·4/ 3·5·4·3"의 기계화된 자수를 강박적으로 맞추고 있으나, 당시로서는 신선하고 새로운 형태의 시조를 담은 시조집.

---

1   소제목 아래에 "平南江西郡의四方約十里許平野의中에 高句麗時代의古墳三基가鼎立하

야잇고 그兩者의中에서 高句麗下葉의精練한技術을代表할 훌륭한壁畫가發見되니 대개一千四百年前頃의作으로推定되는것이오 이近處에잇는다른몃군데古墳壁畫와한가지 現存東洋最古繪畫의重要한一品이라하는것이다."(44쪽)라는 설명을 달았다.

2 소제목 아래에 "慶州吐含山佛國寺의뒷등성이에 東海를俯瞰하게建造한一字石窟이잇서 建築으로, 彫刻으로, 新羅藝術의놀라운進步를 千古에자랑하니 대개「南梗」을 鎭壓하기爲하야맨든것이오 中央의石蓮座의上에는釋迦如來의像을뫼시고 그周圍에는十一面觀音을中心으로하야 그左右에十羅漢의立像을맨들고 또그左右와入口의兩壁에는 天部神將等像을새겻스되 意匠과手法이超逸한것은무론이오 그秀麗한風采와整齊한肌肉이 當時新羅의 美男女를「모델」로한寫實이라한다."(48쪽)라는 설명을 달았다.

3 소제목 하에 3수를 보여주고 뒷부분에 "朝鮮人의古信仰에는 天을生主로알고山을天門으로아는一面이잇서 域中의高山上峰을 生命의本源으로崇仰하고 이러한山岳을「붉」이라「돍」이라「술」이라일커럿다. 또그人格化한神을聖母라王大夫人이라老姑라하야 그곳에配享하니 이러한山岳을「어머니 뫼」이라고불럿다. 智異山은南方에잇는母岳中의母岳으로 시방까지도俗稱에「어머니」山이라하는버릇이남아잇다."(62쪽)라는 설명을 달았다.

4 소제목 아래에 "鴨綠江은古朝鮮에잇서서는 돌이어南方에치우치는 內庭의一水이엇다. 이것이아주北境을짓게된째로부터 朝鮮人이半島라는자루ㅅ속에서 옴크리고 숨도크게쉬지못하다가 崔瑩으로因하야 오래간만에遼水저편의넓은쓸에 하마활개를다시칠가하얏더니 李太祖가威化島까지와서 딴쯧을두고 回軍하는통에 모처럼의機會도 水泡로돌아가고말앗다. 이江을건너질러노흔大鐵橋는어찌보면 떨어젓든녯쌍을검얼묘으로 찍어당긴것갓기도하지마는 이물한줄기를 境界로하야이쪽에는하얀사람이다니고 저쪽에는퍼런사람이우물우물함은 재미잇는對照그속에 퍽늣거운것이잇다. 高句麗古語에舊土恢復을「多勿」이라한다함이 三國史記에적혓다."(66쪽)라는 설명을 달았다.

5 소제목 하에 3수를 보여주고 뒷부분에 "李朝五百年間政治史上에잇는 가장戱曲의인場面은 더할말업시端宗의廢黜과 밋그리로서産出된 六臣殉義의壯烈한一幕이다. 全李朝의다른무엇을다읊새드래도 이것하나만잇스면 언제까지라도 李朝史의道德의光輝를들이우기에 不足이업슬만한것이 그네들의精忠大節이니 그는진실로大朝鮮男兒의正氣義骨이 잇다금소리지르고나서는것의 有功한한가락이엇다. 義를泰山으로보고 命을鴻毛로녀긴結果는 六臣의毅魂이鷺梁津頭一朝의이슬을지음이엇다. 그리하야그쌍에그대로흙을긁어모은것이 시방漢江鐵橋건너서 조금가다가잇는老松의一小岡이니 그의놀란魂을慰奠하는아모設備가잇기는새로에 하로도몃十番씩그압흐로 버릇업는송아지소리를지르면서지나다니는汽車의震動이 바스러져업스려는 마른쎄마저괴롭게구는고나하면 鐵橋위로우르를지나는 그무랍업는소리와쏠을듯고볼째마다 곳주먹을부르쥐고가서 쩌업흘생각이나지안치도안는다. 그러나 그런어른의英魂이 人間에잇스실리야업겟지고하고는 노염의붓는불을겨오눌러싣다."(76쪽)라는 설명을 달았다.

6 소제목 아래에 "朝鮮史上에잇서서나 全東洋史에잇서서나 가장興味와敎訓의만흔時期는 언제보담도 半島에서 三國이覇權을다투든째이엇다. 이것이안으로는 朝鮮의民族的社會的文化의統一의機運인同時에 밧그론東洋의局面에 日, 支, 朝三國이 鼎立하게되는始端이엇

누구에게잇서서든지 하치아니한것이라도 자갸[7]獨自의生活만치 끔찍대단한것이업슬것입니다. 그속에는 남모르는설음도잇거니와 한녑헤 남알리지아니하는질거움도잇서서 사람마다의絕對한一世界를일우는것입니다.

나에게도조그마한이世界가잇습니다. 그런데나는이것을남에게헤쳐보이지도아니하는同時에 그러타고가슴속깁히감추어두지만도아니하얏습니다. 이사이의 靜觀寂照[8]와 偶興漫懷[9]와 乃至邪思忘念[10]을 아모쪼록그대로 時調라는한表象에담기에힘쓰며 그리하야 그것을혼자씹고맛보고 쏘두고두고뒤적어려왓습니다. 내獨自의內面生活인만큼 구태남에게보일것도아니오 쏘보인대도아모에게든지感興잇슬것이 무론아니엇습니다. 思想으로, 生活로, 본대나쑨의것이든것처럼, 文字로, 表象으로도 결국은쏘한나쑨의것일물건입니다. 본대부터詩로어쩌타는말을 남에게들을것이아님은무론입니다.

오랜동안에는 그中의一部가 혹親友의눈에쯰우기도하고 얼마쯤同情과共鳴을가지는어른에게는 한번世間에물어봄이어쩌하냐는말슴도 더러들엇습니다. 그러나아모리어그러지고변변치못한것이지마는 그대로내게잇서서는 끔찍대단한 唯一한구슬인것을, 짜닭업시저자ㅅ거리에내어던

다. 高句麗의强大를줄이려하는 新羅의唐勢利用과 新羅의壓迫을벗어나려하는 日本의百濟援護가 五合太極처럼어울러서 外交의軍事의機略의잇는대로를다하는光景은 진실로古今超絕의壯觀奇觀인데 그中心舞臺가실로이錦江一條이엇다. 그러나이제무엇이남앗는가 雙樹山미트서로부터, 熊津으로, 石灘으로, 白馬江까지나려가는 四十里長堤에눈에쯰우는것은「보부라」行樹쑨이엇다. 樓船十萬과 貔貅百萬의들레고북적어린것이 발자곡하나이나아대잇서!"(78쪽)라는 설명을 달았다.

7 '자기'의 오식. 自己
8 정관적조: 정관(contemplation, beschauung)이란 실천적 태도를 버리고 내외의 대상을 조용히 심적(心的; 靈的)으로 관찰하는 활동. 적조(amatha, vipa yana)는 온갖 망념(妄念)을 버리고 맑은 지혜(明智)로 사물을 관찰하는 것으로, 종교적 명상이나 활동이 이에 해당한다.
9 우흥만회: 시의 영감이나 감흥을 마음속에 가득 품음
10 사사망념: 사사유(邪思惟). 그릇된 생각, 바르지 않은 사유, 바르지 않은 생각. '忘念'은 '妄念'의 오식

149

짐이 一種의自己冒瀆일듯하야 할수잇는대로 이것을避하야왓습니다. 나의꽁한성미는 특히이일에서그本色을 부려왓섯습니다.

해ㅅ빗은언제어느틈으로서 쏘여들어올지 모르는가봅니다. 어쩌케든 지알른소리할구멍을뚤흐려하는 이民衆들은요새와서 時調까지도 무슨한 하소연의연장으로쓸생각을하얏습니다. 치미는이물결이 어쩌케어쩌케하야 우리書齋에까지들어와서 이것이時調라는까닭으로, 남이다돌보지안는동안의 數十年손째무텨다듬어오는물건이란탓으로 冊床舌盒에서門밧그로 쓰어들여나오게까지된것은 생각하면웃으운일입니다. 낡는이야 내 生活이란것을상관할까닭이업고 쏘보려는焦點이 본대부터時調라는그形式에잇다하면 그러나마의글로야 남의눈에걸지못할것이업슬듯하야 最近 二三年間의읊흔것中에서 아즉이一百八篇[11]을 한卷에뭉텻습니다. 詩그 것으로야 무슨보잘것이잇겟습니까마는 다만時調를한文字遊戲의굴헝에 서건저내어서 엄숙한思想의一容器를맨들어보려고 애오라지애써온點이 나삶혀주시면 이는무론分外의榮幸[12]입니다.

　　最初의時調로活字에신세진지二十三年되는丙寅해佛誕日, 無窮花 님히七分이나피어난一覽閣南窓알에서　　　　　　한　　　　샘[13]

　생각하야보면 이째까지의나는 꼿동산가튼세상을 모래밧으로걸어나 왔다. 다만쏘약볏치모래알알을복는듯한 반생의지낸길에서 그래도봄빗 치 마음에써나지아니하고 목마르고 다리얇흔줄을도모지모르기는 진실

11　실제로는 111수를 담았다.

12　영행: 매우 영광스러움

13　1-2쪽. 책머리에 놓인 것으로 보아 자서(自序)에 해당되는 것이지만, 별도의 표지는 없다. '한샘'은 '육당(六堂)'과 마찬가지로 최남선의 호

로진실로 내세계의태양이신 그이—— 님이라는그이가잇기째문이엇다.

여긔쏩은멋마리[14]는 그를쌀흐고 그리워하고 그리하야갓가웟다가 멀어지기까지의 내마음과 정곡을 그대로그려낸다한것이니 조금만콤이라도 엄살과외누리[15]를끼우지아니하얏슴이무론이다. 매양붓을들고는 넘우도글맨드는재조의업슴을 짜징짜징내다가 그만분의만분지일이라도 신융[16]할듯만하야도 대득[17]으로알고 적고고치든것이다.

그이는이미늙엇다. 사랑의우물이든그의눈에는 쑤연줄음이비추게되엇고 어여쓺의두던[18]이든 그두볼은 이미차즐수업는나라로도망가버럿다. 그러나그에게대한 그리움과 애끈킴과 바르르썰리며 사족쓸수업기는 이째더욱용솟음하고 철철넘친다. 엷은슯홈에싸인 쓰거운내회포여! 이것이실상내청춘의무덤이거니하면 늙은것이님쑌도아니다![19]

다거츨엇다[20]하야도 여전히소담스러우신것, 다슬어젓다[21]해도 그래도 그대로지녀잇는것, 거트로감쪽가티업는듯하면서도 보이지안는중에 쓰거운불이항상활활거리는것은 우리의흙덩이오, 그모래틈마다씨어잇는 대대조상의애쓴자리가아닌가. 朝鮮의山河와 거긔심여잇는 묵고묵을스록 새롭고향긔로운 朝鮮의냄새는 아모것보담쯤찍한 내마음의량식이엇다.

---

14 '마디'의 오식
15 '에누리'의 밧어. 실제보다 더 보태거나 줄이거나 함
16 시늉
17 大得. 뜻밖에 좋은 결과를 얻다
18 '둔덕'의 사투리
19 2쪽. 〈등청나무그늘〉 표제지 뒷장에 붙인 서문. 〈목차〉에 제시된 제1부의 부제는 '님째문에 슨킨애를 읊흔 三十六首'이다. 이 쪽부터 다시 쪽번호를 1로 시작하고 있다.
20 거칠어졌다
21 스러졌다. 희미해지면서 사라져 없어졌다

정강말[22]에채찍을더하야 이靈泉을차저다니면서 感激과嘆美의祭物로들
이든祝文이든것의一部가 여긔모은멧首이니 그쌍에림하야 이글을맨드든
當時의心根境象[23]은 언제든지내生命의 목마름을축이는甘露이다.[24]

　무엇을위하야 다리가쩌저지도록 돌아다니고, 혀가해지도록 아귀다툼
하얏스며, 무엇을위하야, 웃고 찡기고 울고 발버둥첫든가. 궁벽하나마
한조각쌍과 한간방과 한장책상이잇서서 나를위하는나의살림을할수잇
고 남허고홍이야항이야[25]할까닭이 업자면업슬수잇섯다. 방의현판을一
覽閣이라하니 녯사람처럼놉흔대안저서 나즌대잇는모든것을 한눈에나
려볼턱은 본대부터업는바이로되 그중에스스로開日月이잇고 好消遣[26]이
잇서觸背小景[27]에一覽一笑할거리가 쾌적지도아니하얏다. 그即事即興을
읊흔것으로中心을삼고 심심하다고그리로서벗어나서는 世間과街頭에서
몬지쏘이고 흙칠하든거록약간을더하야 이한편을맨들엇다.[28]

22　정강이의 힘으로 걷는 말. 아무것도 타지 않고 제 발로 걷는 것을 농담조로 이르는 말
23　심근경상: 특정한 경물의 상에 마음을 두는 태도, 본바탕
24　40쪽. 〈구름지난자리〉 표제지 뒷장에 붙인 서문. 〈목차〉에 제시된 제2부의 부제는 '朝鮮國
　　土巡禮의 祝文으로쓴 三十六首'이나, 실제 여기에 묶은 시조는 39수이다. 제2부에서는
　　'강서3묘(江西三廟)', '석굴암', '만월대(개성)', '천왕봉(지리산)', '압록강', '한강', '웅진',
　　'금강' 등 중요한 장소에 대한 상세한 역사적 사실의 설명이나 자료 제시를 하고 있다.
25　관계도 없는 남의 일에 쓸데없이 참견하는 모양
26　호소견: 좋은 심심풀이. 소일거리
27　촉배소경: '촉'은 향(向)하는 것이며 '배'는 등지는 것이니, 촉배소경은 서로 그르다 시비하
　　는 세상의 사소한 다툼을 말함
28　92쪽. 〈날아드는잘새〉 표제지 뒷장에 붙인 서문. 〈목차〉에 제시된 제3부의 부제는 '案頭三
　　尺에 제가저를 니저버리든 三十六首'이다.

題 語[29]

題百八煩惱

石顚山人[30]

崔君不是競詩聲, 故國神遊最有情, 門閉黃昏花似雪, 與飛胡蝶醉江城.

殘照沉江不辨堤, 行人臨渡草萋萋. 風吹山雨冥濛裏, 獨有黃鶯深樹啼.

巴峽竹枝江後庭, 等閒喚起漁樵醒. 可能賡和陽春調, 萬木陰崖鬱見靑.

晚出黃河遠上詞, 同人結舌愧前爲. 鷄聲殘月曉風外, 也動深山頑石悲.[31]

최 군은 시의 명성 다투지 않고 고국의 신선 유람[32]을 제일 좋아했었지

문 닫힌 황혼에 눈 같은 꽃 필 때 팔랑이는 나비와 함께 강성에서 취하였네

낙조가 강에 져서 어둑어둑해질 때 행인들 건너는 나루터엔 풀만 무성했으리

바람 불고 산비 내려 어둡고 흐릿한 중 홀로 꾀꼬리만 깊은 숲서 울었겠고

---

29 〈차례〉 다음 쪽에서 〈題語〉라는 표지 아래 박한영, 홍명희, 이광수, 정인보의 발문이 있음을
   알리고 있다.

30 박한영의 제시(題詩). 박한영은 승려로, 당대의 문인·지식인과 교류가 많았다. '석전' 혹은
   '석진신인'은 박한영의 호이다. 박한영은 최남선의 『尋春巡禮』(白雲社, 1926.5.10), 「白頭
   山觀參記」(『동아일보』, 1926.7.24-1927.1.23)에 동도(同途)했으며, 최남선에게 많은 현교
   (顯敎)와 암시를 한 것으로 알려져 있다.

31 129쪽

32 신유(神遊)의 원뜻은 형체(形體)는 움직이지 않고 심신(心神)만이 먼 곳을 향해 가서 노니
   는 것이나, 여기서는 그냥 노니는 것으로 해석했다. 최남선이 이 시기 발표한 『尋春巡禮』
   (白雲社, 1926.5.10)와 「白頭山觀參記」(『동아일보』, 1926.7.24-1927.1.23) 등을 염두에
   두고 이야기한 것으로 판단된다.

파협 땅 죽지사[33] 강 뒤 마당에서 들리니 배꾼 나무꾼 낮잠을 무던히도
깨웠으리.

양춘곡[34] 가락에 화답[35]할 만하니[36] 그늘진 언덕 숲은 울창하고 푸르러라.

늦게사 황하를 나와 멀리 노래 올리나니[37] 동인들 입 다물고 전에 쓴
것 부끄러워해.

닭 울음소리 새벽바람에 들려오니 깊은 산 완고한 돌[38]을 슬픔으로 뒤흔
드네.[39]

六堂과나는二十年前부터서로사귄친구다. 性格과材質에는差異가업지
아니하지만 思想이서로通하고臭味[40]가서로合하야 街路에억개겻고거닐
며世態를가티嘆息도하고 書室에배를쌀고업드려書籍을가티評論도하얏
섯다. 내가남의집에가서자기시작한것이六堂의집에서잔것이며 六堂이
北村길에발드려노키시작한것이내집에온것이엇섯다. 이와가티交分이집
든우리두사람이世變[41]을격근뒤에서로허터저서 오래동안서로만나지못하

---

33 본래 중국 파유(巴歈) 지역의 노랫조로 촉도 지역 사람들이 즐겨 부른 것이다. 후에 그
    지역 민요풍의 가사만을 지칭하는 데 그치지 않고, 7언 절구로 지역 특유의 자연이나 인사
    를 향토색 짙게 읊은 시가를 모두 죽지사라 일컬었다. 여기서는 우리전통 민요나 최남선이
    지은 시조를 가리키는 듯하다.
34 초나라의 가곡. 고아(高雅)하고 심오한 흥취가 우러나는 가곡으로 전한다.
35 갱화(賡和)는 '화답시를 짓다'는 뜻. 즉. 타인의 원운이나 제목의 뜻을 이용하여 화답하여
    부르는 것을 말한다.
36 최남선의 시조가 양춘곡과 맞먹을 만큼 고아하고 흥취가 있음을 뜻한다.
37 시조집 출간의 의미
38 석전 자신
39 이 한시 번역은 동국대학교 김종진 교수의 도움을 받았다.
40 '趣味'의 오식(?)

얏고 서로만나지못하는동안에두사람사이에잇든差異는두드러지게드러 낫다. 그러나通하든것이막히지는아니하얏고 合하든것이써러지지는아니 하얏다. 지금이라도六堂의일을말하야그長短得失을바르게判斷함에는 近 年六堂의周圍에모엿다혜엿다하는사람들보담 내가나흐리라고自信하니 이 것은달음이아니라 우리두사람이집안에서곱게자란채로적어도 깁히세상 에물들기전에사괸까닭이다.

六堂은善知識[42]이라 佛法을爲하야廣長舌相[43]을보일째도업지아니하나 彌陀의祥光에攝取되어彼土에往生함은 自己의말로願할뿐이고 衆生의衣 塵이堆積하야現世에執着함은 남이보기에甚하니 이것은달음이아니라 六 堂이煩惱障[44]을除하지못한까닭인가한다. 대개六堂이사랑으로因하야煩 惱가생기고 煩惱로因하야時調도짓는듯하니 그時調百八篇솝은것을百八 煩惱라함은適當한닐음이다. 그럼으로나는그닐음지을當時에조타고말하 엿다. 百八煩惱百八篇의基調는님을사랑함이니 대체六堂의님이누구인 가? 이것이問題이다. 六堂이스사로말하지아니함으로 여러사람의推測이 가지각색일것이다. 六堂과친한사람은대개알려니와 六堂은夫婦間에琴瑟 의樂이잇는것이事實인것과가티 그사랑이時調에올르도록애틋할것업는것 도事實이라할것이니 六堂의夫人이六堂의님이아니며 六堂이近年에자못 風流가잇슴을자랑하듯이말하나 拙한書生規模는안으로더욱구든까닭에 誤

---

41 을사늑약(乙巳勒約)과 경술국치(庚戌國恥)로 인한 국권상실

42 선지식: 바른 도리를 가르치는 사람. 범어 kalyāṇa-mitra의 번역. kalyāṇa는 '좋은', '착한' 이라는 뜻이고, mitra는 '벗'이라는 뜻이므로 '신우(善友)'라고도 번역. '지식'은 어떤 것을 안다는 뜻이 아니라 서로 아는 사이라는 의미. 부처의 가르침으로 인도하는 덕이 높은 스승

43 장광설상: 부처님의 신체적인 특징인 32상(相)의 하나. 혀가 넓고 길면서도 엷고 유연하여, 길게 펴면 혀끝이 얼굴을 덮고 머리털 부근에까지 닿을 정도. 한번 입을 열면 설법이 한량없 이 쏟아져 나옴

44 번뇌장: 탐냄(貪), 성냄(瞋), 어리석음(癡)이 깨달음에 이르는 길을 방해해서 열반을 얻지 못하게 하는 것. 보장(報障), 업장(業障)과 함께 열반을 막는 삼장(三障)의 하나

拂手段[45]으로라도 六堂의一顧를어든女性은아즉一人도업슬것이니 漢濱遊女[46]가六堂의님이아니다. 그러면六堂의님은 警幻仙子[47]와가튼美人을 空中樓閣에감추어둔것이아닌가推測한다. 그러나이것도事實이아니다. 六堂은님이잇다. 애틋하게사랑하는님이잇다. 十二三歲째가사랑의싹이도 든뒤로부터 나히들면들수록 더욱이戀戀하야차마잇지못하는님이잇다. 그 님이잇지아니하더라면 六堂은念佛三昧로淨土를欣求[48]하야 畢竟不退에 이르고말앗슬지도몰를것이다.

　六堂의님은구경[49]누구인가? 나는그를짐작한다 그님의닐음은「조선」 인가한다.이닐음이六堂의입에서써날째가업건마는 듯는사람은대개 그 님의닐음으로불으는것을째닷지못한다. 百八煩惱에는「님」이란말이만 하서 特히그님이問題가될른지몰으나 그님을사랑하는基調를가지기는 六 堂의달은作品이百八煩惱와달으지아니하니 近來著作으로만보더라도 壇 君論[50]은勿論그러하니다시말할必要도업거니와 尋春巡禮가그러치아니한 가, 白頭觀參[51]이그러치아니한가, 대개六堂의著作으론하나도그러치아 니한것이업슬것이다. 著作마다달은것은表現形式일쑌이니 例로말하야壇 君論이그사랑의原委[52]를張皇히敍述한敍事詩라하면 百八煩惱가그사랑의 發作을端的으로 表白한抒情詩라할것이달을쑌이다. 基調는瞽者[53]도알마

---

45 오불수단: 의도적인 잘못된 방법
46 한빈유녀: 한수(漢水)의 물가에서 노는 선녀. 미인을 의미. 중국 위나라 문제 조비(曹丕)의 동생인 조식(曹植, 192-232)의 「낙신부(洛神賦)」에 '漢濱之遊女'라는 표현이 있다.
47 경환선자: 조설근(曹雪芹, 1715?-1763?)의 소설 『홍루몽(紅樓夢)』의 주인공 가보옥(賈寶玉)이 태허환경(太虛幻境)에서 만난 선녀. 보옥에게 인생에 깨달음을 주기 위해 노력한다. 환상 속의 미녀
48 흔구: 기쁘게 원하여 구함
49 究竟. 결국
50 「檀君論」(『동아일보』, 1926.3.3-7.25)
51 「白頭山觀參記」(『동아일보』, 1926.7.24-1927.1.23)
52 원위: 처음과 끝. 본말(本末). 원위(源委)
53 고자: 소경

큼一般이다. 그러하면 내말과가티六堂의님의닐음이「조선」이라하면 六堂을헛갑이와씨름하는壯士와가티말할사람이업지아니할것이나 사랑은그길을밟은사람이라야말할資格이잇다하니 嚴正하게말하면 六堂과가튼經驗을가진사람이라야 六堂의사랑을批判하야 말할수잇슬것이아니랴. 또사랑의나라에는 사랑그것을사랑하는사람도잇다하니 이로보면六堂의사랑은훌륭한具體的對象이아니랴. 그러나百八煩惱의時調가 自然한리씀[54]의놉히울려나옴은적고 괴롭은생각의집히파고듧이만흔것은 六堂의天分에도關係가업지안타하려니와 대개그사랑의對象이明眸皓齒[55]가아닌까닭인가한다.

六堂은近年에드문時調作家이다. 「개소리쇠소리하노매라」作家들과同日[56]하야말하지못할作家이다. 時調라는朝鮮固有詩形을다시살리다십히한것[57]이말하자면六堂의努力이다. 六堂은時調를우리의것이라하야매우崇尙하나 詩形으로보아서는그대지崇尙할價値가잇슬것이아니다. 나는이런意味로日本의俳句[58]를실혀하고, 日本의和歌[59]와漢詩의絶句와밋波斯[60]의「루바이야트」[61]를질겨하지아니하고, 우리의時調를崇尙하지아니한다. 日本의俳句는齷齪한[62]一種詩形으로거의代表라할만하니 그齷齪함이稻粒[63]으로彫刻한佛像과恰似하다. 우리의時調는日本의俳句에比할것이아니나

---

54 리듬(rhythm)

55 명모호치: 밝고 맑은 눈과 곱고 가지런한 치아. 미인

56 '同一'의 오식

57 '시조'가 문학상의 한 장르를 가리키는 말로 쓰인 것은, 최남선의 「朝鮮國民文學으로서의 時調」(『朝鮮文壇』, 1926.5)부터인 것으로 알려져 있다.

58 배구: 하이쿠(haiku)

59 화가: 와카(waka)

60 파사: 페르시아(Persia)의 음역

61 Rubaiyat, 4행시

62 악착한: 여유가 적고 억지스러운

63 도립: 벼 낟알

그齷齪한程度는究竟五十步百步의差라 崇尙하는六堂이라도 나의崇尙하지아니함을無理하다고말하지아니할것이다. 齷齪한藝術品이作者와鑑賞者에게 各各一種特別한興味를주는것은別個問題라 齷齪한形式을取치안는나도이것은否認하지아니한다. 時調形式이齷齪하든지아니하든지 齷齪함으로興味가잇든지업든지 六堂의그의님「조션」에對하야 사랑하는情念을表現함에는다시둘이업는조흔形式이라할것이다.

近日六堂의사람에對하야世間의毁譽[64]가不一하야 어느째는偶像으로녀기어崇拜하랴든者가 어느째는害物로녀기어排除하랴고한다. 그러나六堂은偶像도아니고害物도아니고사람이다. 長處잇는同時에短處가잇는사람이다. 六堂이自己個人에對한毁譽는猶然히[65]우서버리지못할사람이아니나 한번그의님「조션」에對하야害를끼치는것이라생각하면 水火를혜아리지아니하도록情이激하야 言動이過한地境에까지미치고뉘우치지도아니한다. 이것은六堂이그의님「조션」을남달리사랑하는사람인짜닭이다. 思想家의六堂, 言論家의六堂, 文章家의六堂은 말하지말고學者의六堂도이사랑으로말미아마 곳짜지冷靜한科學者的態度를維持하지못함으로서 그貴重한研究에弊害를끼침이업지아니하다. 나의말을듯고서百八煩惱를보면아즉六堂을보지못한사람이라도 거의六堂의眞面目을눈압헤彷彿히그려볼수잇슬것이다

　　　　丙寅十一月　　　　日

　　　　　　碧初　洪　命　憙[66]

---

64 훼예: 비방과 칭찬

65 유연히: 히죽이. 슬며시

66 1-7쪽. 홍명희(1888-1968)의 발문. 별도의 표지는 달지 않았다. 발문마다 쪽수를 새롭게
　　하고 있어, 다시 1쪽부터 시작된다. 아래도 같다.

六 堂 과 時 調

再昨年겨을 어느 밤이라고 記憶한다. 어느 料亭 十餘名 모인 자리에서 六堂을 맛난일이 잇다 —— 쬐 오래간만에 맛낫던것갓다. 아마 아홉時나 지나서 사람들이 醉且飽하야 浪藉[67]한 盃盤을 압헤 노코 써들째에 술먹을줄 모르는 六堂은 醉하지 안코도 醉한 사람들과가티 이 問題 저問題로 高談峻論을 하고잇섯스나 술도 못먹고 게다가 拙한 나는 한편 구석에 우둑하니 안저서 구경만하고잇섯다.

그째에 六堂은 무슨 생각이 낫든지 내겨트로 왓다. 六堂에게 對해서는 恒常 無心한 愛人에게 對한듯한 수집음을 가지는 나는 六堂이 겨테 오는것을 반갑게 알면서도 말업시 안저잇섯다.

「春園 내 時調 하나 들어주오」

하고 六堂은 내 무릅우에 손을 노코 아마 十餘首나 時調를 외엿다. 나는 가만히 듯고잇섯다.

한首를 외우고는 그 가느단 눈으로 나를 보며 批評을 求하엿다. 나는 그째에 六堂이 닑어주던 時調를 다 記憶하지도못하고 내가 批評한말도 다 記憶하지 못하거니와 「무척 깁히도 생각해냇다」,「굉장히도 힘들여 表現을하엿다」하는 생각을 한것과 弄談삼아,

「사뭇 周易이로구려」

하고 批評한말이 記憶된다.

사뭇 周易이라는말은 다만 弄談만이아니다. 作者가 哲學的意義를 包含시키랴는 點에서,그 表現이 하도 簡勁한[68] 點에서, 그러키 째문에 좀 알아보기 어려운 點에서 周易이라는 말이 合當하다고 생각된것이다.

六堂의 時調는 神秘主義에 갓가오리만큼 그 생각이깁고 象徵主義에

---

67 낭자: '狼藉'의 오식
68 간경한: 문장이나 말투가 간결하고 힘찬

갓가오리만큼 그 表現이 怪奇하다. 外形은 戀愛詩인듯한데 쏘보면 愛國詩인것도갓고 쏘보면 印度의 카비르[69]式 宗敎詩인것도갓고, 그中에 어쩐것은 말이 된것도갓고 안된것도 갓고, 억지로 갓다부틴것도 갓다가 다시보면 곳잘 사귀가 들어맛고, 韻律에 니르러서도 錯然雜然한[70], 썩썩스러운[71] 騷音인듯하면서도 자세히 들으면 그속에는 一種의 힘잇는 멜로듸가 잇는것도갓다.

그后에도 나를 맛날째마다 六堂은 한首 두首 近作의 時調를 넑어들럿다. 그럴째마다 한두마듸評을 求하엿스나 대개는 스스로 傑作이라고 批評해버리고 마는것이 通例엿다.

「遊戲以上의 時調」——이것이 目標라고 六堂은 어느 機會에 말하엿다. 果然 在來의 時調는 太半이나 遊戲氣分인것이엇다. 그것에 對하야 六堂의 時調가 遊戲以上인것은 勿論이다. 한篇의 時調를 엇노라고 그는 반드시 三四日을 두고 苦心하엿슬줄을 안다. 六堂은 무슨 글에나 力作家여니와 時調에 잇서서는 진실로 超力作家라 할것이다. 그 억지손[72]센 六堂이 가느단 눈이 찌어져라하고 부릅쓰고 씽씽소리를 치며나하노흔것이 그의 時調다.

그러나 그는 時調를 지으려하야 時調를 짓는 사람도아니오 쏘 지을사람도아니다. 그가 이러케 字字句句에 피를 무틴 時調를 모은 本書를 百八煩惱라고 이름한것과가티 그에게는 부걱부걱 고여오르는 煩惱가 잇다. 家庭人으로의 煩惱, 朝鮮人으로의 煩惱, 時代人으로의 煩惱, 人生으로의 煩惱, 衆生으로의 煩惱, 누구나 이 煩惱가 업스랴마는 六堂이 强烈

---

69 카비르(Kabir, 1440-1518). 인도의 바크티 운동가, 사상가. 우상숭배를 반대하고 사람들 사이에서 불화와 적의의 씨를 뿌리고 있는 인도교와 회교의 성직자들을 조소하며 격렬하게 비난했다.
70 착연잡연한: 여러 가지가 뒤섞이고 엉켜서 어지러운
71 억세고 거칠어서 부드러운 느낌이 없는, 순조롭지 못한
72 '억짓손'의 사투리. 잘 되지 않는 것을 억지로 해내는 솜씨

한 性格의 人인것만큼, 自尊의 性格의 人인것만큼 그 煩惱도 남보다 크다. 작은 苦痛에 泰然한 사람일스록 큰 苦痛이 잇는심으로 작은 煩惱에 超然한듯한 그에게는 큰 煩憫의 壓痛이 잇는것이다. 그럴때마다 그는 이 煩惱에 이름을 지으려한것이 그의 時調다.

「時調로 表現못할것은 업소」

하는것이 六堂의 持論이어니와 六堂은 時調에서 自己의 煩惱를 表現할 가장조흔 그릇을 發見한것이다. 그래서 六堂은 時調를 짓는다. 그런 時調를 百八個 모와노흔것이 百八煩惱다.

이러한 點으로 六堂의 時調는 우리 時調史上에 一新境域을 연것이다. 六堂의 時調의 藝術的 見地로 본 可否는 異論도 自在하려니와 이 新境域을 연 點은 沒할수업는 功績이다.

時調와 六堂은 國語와 周時經[73]과 가튼 關係가잇다. 時調를 國文學中에 重要한 것으로 紹介한이가 六堂이오, 그 形式을 取하야 새 생각을 가지고 時調를 처음 지은이도 六堂이다. 「大韓留學生會報」[74]와 「少年」[75]과 또 「靑春」[76]雜誌에 國風[77]이라는 題로 發表된 六堂의 數十篇의 時調는 時調가 新文學으로 再生하는 선소리엿섯고, 또 六堂의 撰集한 「歌曲選」[78]은 靑年에게 國文學으로의 時調를 보여준 처음이엇다. 이意味로 六堂은

---

73 주시경(1876-1914). 한글학자

74 『大韓留學生會學報』(1907.3.3-5.26, 통권 3호). 3호부터 『大韓留學生會報』로 제호를 바꾼다. 최남선은 이 학보의 편집인을 맡았다.

75 1908.11 1911.1, 통권 23호

76 1914.10-1918.9, 통권 15호.

77 최남선은 창곡(唱曲)으로서의 시조를 문학적인 형태로 인지하고, 이것이 민족문학의 근본이며 민족의 고유한 정체성을 담아내기에 가장 적절한 고유의 시형식이라고 주장하면서 '국풍'으로 명명한다. 이는 시조가 한국 고유의 노래라는 의미이며, 그가 신시 형식과 시조를 구분하여 인식하고 있었음을 말해 주는 것이기도 하다. 최남선은 『대한유학생회학보』에 발표한 「國風四首」(1907.3)에서 이 용어를 처음 사용한다.

78 新文館, 1913.6.5.

時調를 復活시킨 恩人이다. 이 六堂의 時調集이 時調集中에 嚆矢로 世上에 나오게된것은 極히意味깁흔 일이라고 아니할수업다.

時調는 멀리 三國적, 아마 더멀리서 發源한 國風이다. 漢詩人들이 이 體를 빌어 漢詩的表現을 썻기째문에 漢詩에서 온것이 아닌가하는이도 잇다. 詩調라고 쓰는것은 이째문이다. 그러나 新羅鄕歌나 무당의 노래 ㅅ가락이 모도 時調體인것을 보아 時調는 가장 오랜 우리 民族 特有인 詩歌體라고 보는것이 맛당할줄 밋는다.

時調의 形式, 韻律等에 關하야는 아즉 硏究할것이 만커니와 近來에 흔히 新聞雜誌에 나는것은 太半 似而非時調다. 時調란 世界詩形中에 가장 複雜하고 가장 까다라온 法則을 가진 詩形中에 하나이기째문에 그러케 얼른얼른 지어질것은아니다. 바로 지으랴고 힘써본 사람이라야 비로소 그 어려움을 알것이라고 밋는다.

六堂의 時調가 時調의 모든 體를 다 具備하엿다고는 생각치아니한다. 대개 時調에는 無數한 種類의 體가 잇다. 얼른보기에 時調라는 時調는 다 비슷한듯 하건마는 그 用語와 格調에 대단한 差異가 잇다. 假令「黃河水 맑다터니」[79] 와 「鐵嶺놉흔고개」[80] 와 「이몸이 죽고죽어」[81] 의 셋만을 노코보더라도 그 句法, 用語法, 格調에 懸殊한 差異가 잇슴을 볼것이다. 이째문에 時調가 六堂의 말과가티 「무엇이나 表現할수잇」는 詩形이 되는것이다. 그런데 六堂은 비록 各體를 다 쓰지는못하엿다하더라도 쓴 體에는 至極히 嚴格한 法則을 지켯다. 「法則은 詩歌의 生命」이라함은 現代에서 돌아볼줄모르는 眞理이다.

---

79 잡가집 『特別大增補新舊雜歌』(唯一書舘, 1927.2.29)에 수록된 우조(羽調)의 잡가.

80 이항복(李恒福, 1556-1618)이 1617년(광해군9), 북청으로 유배를 가는 도중에 쓴 시조. 원 시조는 "철령 높은 봉에"로 되어 있다.

81 정몽주(鄭夢周, 1337-1392)의 〈丹心歌〉(1392)로 알려진 시조. 후일 조선 제3대 태종이 된 이방원(李芳遠, 1367-1422)이 부른 〈何如歌〉의 답가로 전한다.

마즈막에 한마듸 부텨말할것이 잇다. 그것은 只今으로 十五六年前부터 六堂과 只今 碧初인 그때假人[82]과 나와 三人集을 하나 내어보자고 여러번 니아기[83]가 되엇섯다. 그러나 그일이 되지못하고 碧初는 支那로 南洋으로 漂浪의 길을 떠나고 六堂도 監獄으로 新聞社長으로 헤매고 나亦是 日本으로 西伯利亞[84]로 支那로 떠돌아다녓다. 이제 와서 三人이 다시 맛나보니 나보다 四年長인 碧初는 벌서 머리가 훌쩍 벗어지고 孫子가 말을 배우게되고 二年長인 六堂도 벌서 祖父될째를 지낫다. 그동안이 얼마나하리마는 世事의 變遷은 可謂 隔世之感이 잇다. 이제 六堂의 百八煩惱를 刊行함을 當하야 碧初도 쓰고 나도 이 글을 써서 六堂의 글과 한책에 실리게되니 쪼한 因緣이라 아니할수업다.

丙寅年 어느 가을날에

春園 李 光 洙[85]

公六[86]. 衷所爲正音時調. 遴之得一百八首. 署曰煩惱集. 而尙之以其數. 時調者小詞也. 其法用字四十爲大齊. 四以承三. 貳之爲初. 內六外八爲中. 三而句. 承之以五. 而以四闋爲終. 終之三之句 · 四之闋 · 與中之外之闋以四 · 而初之內之承 · 外之闋之不可以二三五六 · 法之定者也. 其餘則或加之以就曼. 或節之以赴促. 如初之外 · 起可加以四. 中之內 · 可加節之以五七. 而其外之起 · 可以五 · 又可以三. 俾作者自忖其劑量. 藉是以濟其過

82 가인: 홍명희(1888-1968)의 호
83 '니야기'의 오식. 이야기
84 서백리아: 시베리아(Siberia)의 음역
85 1-9쪽. 발문.
86 최남선의 자(字)

拘. 然亦隘矣. 尺幅旣至小. 節奏又密. 引撢幼眇. 常患無所取以自達. 尤其終之三而爲句者‧任掉振. 一首之意. 由之以轉. 而轉之勢‧不徒貴其轉. 而又欲其轉而不失其爲止. 爲他詩文所未有. 由是作者罕覯. 公六初學爲是. 蓋以哀思國故. 求風謠之遺. 意欲勒成體勢. 屹然獨峙. 不暇計其詞之工否. 而惟愃愃正音古語. 期不參以中國文. 詰屈棘喉舌. 而公六爲之彌勤. 旣其久也. 浸有見於字句之表. 有不能以道而中自怳然者. 時調乃大工. 幷世之彦‧一人而已. 夫心蘄於見則心已住於見. 見轉心而心不足以轉見. 故見之類非其眞. 公六惟不蘄之. 故其見也爲呈露. 而非探索. 如久居山中. 忽然而覺川巖之有異. 獨契造物. 訪之者不能到也. 余徃歲與公六隣居. 從問時調法. 亦不竟. 然私以所得於文者度之. 稍稍望其畔岸. 而自揣才力所短. 推公六獨爲之雄. 惟時時向公六. 擧似一二. 公六輒大憙. 或譏評之. 公六隨加改竄. 公六憙自繩美. 徃徃誦未旣而紛然自言其佳處. 余止之曰何急也. 少待我平章美惡. 余故戲之. 公六亦不忤也. 余雖有時譏評公六. 余友洪舜兪[87]‧又評切之已甚. 然聞他人有議公六所作. 意大恨. 以爲吾輩之譏公六‧如指瑾瑜之瑕. 其瑕也亦其寶也. 玆豈時俗所能與哉. 或謂公六時調‧如談玄學. 或謂篆籀. 言其難解也. 余則謂公六不屑縹緲之致. 憙行之於奧深之境. 若有偏也. 然才非不逮. 觀江行諸調. 乃意寄蕭散. 詞足以騰虛. 至如美人香草‧各具姿態. 時或寫情韻‧純以神行. 而隱隱猶見其所憙之有在. 則其天性然也. 公六惡可議也. 方其境顯於中而詞鮮其類. 詞漫則失意. 詞巧則累神. 憂憂乎其艱至矣. 不身履其地而沾沾以議其後. 寧非遠與. 且難解有二. 不濬己智而望人之淺其詞. 則難解者‧非作者之責也. 循其平則人之智‧足以及之‧而故過之以就艱焉. 此作者之責也. 而其平與過之分. 又不可以遽正也. 則知文者固難乎其言之. 況今之議人者. 吾未敢質其不出於前說也. 嗚乎詞之良楛易見也. 而其知之難如此. 則公六之刻苦

而爲是. 意非在於詞也.其意有誰知耶.丙寅重陽節鄭寅普.[88]

　육당이 지은 한글시조를 모은 것이 108수이다. '번뇌집'이라 명명했
는데, 이는 그 수(數)를 따른 것이다. 시조는 작은 가사[89]이다. 그 법칙
상, 글자는 기껏해야 40자이다. 3자에서 4자로, 이것을 거듭한 것이
초장이다. 안짝은 6(3·3)자씩, 바깥짝은 8(4·4)자씩으로 중장을 삼
는다. 3자에서 5자로 잇고, 4자로 마감하면 종장이 된다. 종장의 3자,
4자로 그치기, 그리고 중간의 바깥짝을 4구로 끝나기, 맨 처음의 안짝
잇기, 바깥짝의 그침을 2·3·5·6자로 해서는 안 되는 것 등이 정해진
법칙이다. 그 나머지는 더러 덧붙여서 늘어지게도 하고, 혹은 줄여서
촉박하게도 하고, 처음[90] 바깥짝의 시작을 4자로 더할 수도 있고, 중간
안짝을 5자나 7자로 더하거나 줄일 수도 있지만, 그 밖의 시작 구는
5자 또는 3자로 할 수 있으니, 이것은 작자 스스로 요량할 바이다.
　이로 말미암아, 지나치게 구속되는 것은 피할 수 있지만, 그래도 옹색
하다. 한 자 남짓한 너비란 것이 지극히 좁은데다가, 그 안의 절주가
또한 빽빽하기 때문에, 그윽한 아름다움으로 끌어가기는 힘겨워, 자기
나름대로 하기가 언제나 조심스럽다. 더욱이 그 끝[91]을 3자로 끝내는
것은 버겁다. 한 수의 뜻이 그로 말미암아 변전[92]되고, 그 변전되는 체
세[93]가 그 변전을 귀히 여길 뿐만 아니라, 또한 변전하면서도 그치기를

88　1~3쪽. 발문. 〈치례〉에 정인보(1893~1950)가 쓴 것으로 ㅏ오고, 본문 중에는 별도의 표기
　　가 없다. 〈薝園 鄭寅普 全集〉(연세대 출판부, 1983.10.31) 6권 『薝園文錄』에 「百八煩惱
　　題詞」라는 이름으로 이 글이 실려 있다.
89　小詞
90　초장의 처음
91　종장의 끝
92　變轉. 이리저리 자꾸 달라짐
93　틀, style

잊어서는 안 되니, 이는 다른 시문에는 없는 점이다. 이로 말미암아 작자를 만나기가 어렵다. 그런데 육당이 처음에 이것을 배운 것이 대개 우리나라의 전고[94]를 서글프게 생각하고 풍요[95]의 영향을 받은 것이니, (다른 갈래와 달리) 한 체세 이루기를 바라, 홀로 우뚝이 높아서 그 가사의 솜씨가 있고 없고를 따질 겨를도 없이 오직 우리말의 고어에 독실했을 뿐 중국 글의 까다로움을 참작하려 하지 않았다.

육당이 더욱 부지런히 했으니, 이것이 오래되자 차츰 자구(字句)의 표면에도 도로써 마음속에 빛나는 것이 드러나지 않을 수 없었다. 그래서 그의 시조는 이에 더 솜씨가 있게 되었다. 이 세대의 사람으로서 오직 한 사람일 뿐이다. 대개 마음이 나타내기를 바란즉 마음이 이미 거기에 가 있는 것이다. 마음이 변전하면서도 마음이 변전함을 보지 않기 때문에, 그 사람이 보는 것이 진(眞) 아닌 게 없다. 육당은 오직 바라지 않았기 때문에 그 보는 것이 드러났고, 그것을 탐색한 것이 아니건만 마치 오래 산중에 있다 보면 갑자기 냇물과 바위의 색다른 것을 깨닫게 되듯이 자연[96]과 유독 일치하게 되었으니, 잠시 다녀가는 사람으로서는 도달할 경지가 아니다.

지난해 육당과 이웃에 살아서, 시조 작법에 대해서 배우려 했지만 끝내 이루지 못하였다. 나름대로 문장에서 터득한 바로 짐작하여 차츰 그 언저리를 바라게 되었지만, 내 스스로 재주가 시원치 않은 것을 깨달아서 육당만을 최고로 여겼다. 다만 때때로 한두 수에 대하여 이야기를 하면 육당이 문득 크게 기뻐하고, 더러 그것을 깎아 재면서 비평을 해도 그 깎아 재미는 말을 따라서 고치고 기뻐서 그 아름다움을 이어갔다. 그래서 일부러 놀려도 육당은 그것을 마음에 언짢게 여기지 않았다. 내

---

94 典故, 내력
95 風謠. 민요
96 조물(造物)

친구 홍명희가 또한 깎아 재며 비평하기를 몹시 하였다. 그러나 다른 사람이 육당의 작품에 대해 말하는 것을 들을 때면 마음으로 몹시 크게 한스럽게 여겨서, 우리들이 육당을 비웃는 것을 마치 옥에 티와도 같이 여겨 그 흠 또한 보배라고 여겼다. 그러니 이 어찌 속인들이 능히 참여할 바이겠는가?

더러 육당의 시조는 마치 현학[97]과 같고, 더러는 주나라 태사[98]의 주문[99]과 진나라 이사[100]의 전서[101]와 같다고 했으니, 그 난해함을 말한 것이다. 내 생각에, 육당은 글을 아름답게 쓰려고도 하고, 또 웅숭깊은 경지를 그 시에서 드러내기를 바라는 것이 독특한 것 같다. 그러나 재주가 미치지 못하는 게 아니라, 「강행(江行)」이란 몇몇 시조 작품을 통해 보건대, 그 뜻이 을씨년스러움에 부치고 그 가사(歌詞)는 족히 하늘에 드날릴 듯하다. 이를테면 아름다운 사람이나 향기로운 풀은 저마다 제 모습을 갖추고 있듯, 시가 때로는 그 정경과 운치를 묘사하거나 오롯이 신비로운 걸음걸이이며, 은은히 그 기뻐하는 바가 있음을 드러낸즉, 육당의 천성이 그런 것이다. 육당을 어찌 가히 따질 것인가? 바야흐로 그 경지가 마음속에서 드러나, 그 가사가 그 유와 비슷하게 선명하다. 가사가 느즈러지면 뜻을 잃기가 쉽고 가사의 솜씨가 지나치면 신비함에 누가 되어, 어근버근 맞지 않아서 그 어려움이 지극하다. 자기 스스로 그 땅을 밟지 않고서 그 나머지를 엿본다는 것이 어찌 심원한 것이 아니겠는가?

또한 알기 어려운 것이 두 가지가 있으니, (첫째는) 자기의 지혜를

---

97 玄學. 이론 따위가 깊고 오묘한 학문. 형이상학(形而上學)

98 太史. 노자(老子)

99 籀文. 십체의 하나. 중국 주나라 선왕(宣王) 때, 태사였던 주(籀)가 창작한 한자의 자체(字體). 소전(小篆)의 전신으로 대전(大篆)이라고도 한다. 전주(篆籀)

100 李斯(BC.284-BC.208). 정치인

101 篆書. 한자 서예에서 획이 가장 복잡하고 곡선이 많은 글씨. 대전(大篆)과 소전(小篆)으로 구별하며, 도장이나 전각(篆刻)에 흔히 사용한다.

헤아리지 않고 남의 가사를 우습게 여기지나 않을까 생각한다면, 난해한 것은 작자의 책임이 아니다. (둘째는) 예사롭게 생각한다면 사람의 지혜는 족히 미칠 수는 있지만, 그러나 일부러 지나치게 한다면 다다르기 어렵다. 이것은 작자의 책임이다. 그 예사롭거나 과분한 것은 갑자기 바룰[102] 수가 없으니, 글을 안다는 것은 진실로 말하기가 어렵다. 더군다나 지금 남을 따지는 사람이, 앞에서 설명한 것 이상을 질정할 수가 없다. 아, 거친 것을 알기는 쉽지만, 가사의 아름다움을 알기는 이와 같이 어렵다. 육당이 애써서 시조 창작을 하는 것은, 그 뜻이 가사에 있는 게 아니니, 그 뜻을 누가 알 것인가?

1926년 중양절[103]에 정인보 씀.[104]

---

102 질정할. 바르게 할

103 음력 9월 9일

104 읽는이의 이해를 돕기 위해 거칠게나마 번역했다. 본문에 괄호로 넣은 말은, 앞뒤 문맥을 명확히 하기 위한 것이다.

30. 春城, 『漂泊의悲嘆』

노자영(盧子泳, 1901-1940)의 저작(靑鳥社, 1927.3.2; 彰文堂書店, 1929.9.10, 재판?).[1] '춘성'은 노자영의 호.

130×195㎜. 본문 204쪽. 표지는 당초무늬로 겉을 둘러싸고 가운데에 2줄 가로쓰기로 "漂泊의悲嘆/ 春城作"이라는 표제를 붉은 색으로 적었다. 시극(詩劇) 2편(「黃昏의草笛」, 「金井山의半月夜」), 감상 3편(「黎明의薔薇밧을차저」, 「詩美에열니는人生의世界」, 「靈魂의香氣」), 기행 1편(「南國의神祕鄕」), 담론(談論) 1편(「加藤武雄訪問記」), 동화극(童話劇) 1편(「하얀새」), 소설 1편(「네무덤」)을 담고 있다. 시집보다는 문집(文集)의 성격이 짙은 것으로, 별도의 서·발문은 없다.

恨만흔　괴론몸　더질곳　업서서
漂泊의　적은배에　실어가지고
눈물의　바다로　흘너갑니다.
————(Selpon의노래)————[2]

1　이 시집은 현재 세 종류의 판본이 존재한다. 〈청조사판(흔옥선본)〉, 〈1929년판(현대문학관본)〉과 〈1925년판(아단문고본)〉이 그것이다. 이제까지 학계에서는 〈아단문고〉에서 소장한 〈1925년판(아단문고본)〉을 정본으로 봤으나, 사실 이 책은 표지, 속표지, 판권란이 망실된 상태라 『漂泊의悲嘆』이 맞는지 확정할 수 없었다. 반면, 〈현대문학관본〉은 표지부터 판권란까지 망실이 없어 정본임을 확인할 수 있는 상황이다. 〈청조사판(흔옥선본)〉은 〈현대문학관본〉과 동일하나 표지와 목차가 망실된 상태이다. 다만, 〈현대문학관본〉의 판권란에 '재판'이라는 표시가 없어, 두 판본간의 관계에 의문이 남는다. 참고로, 〈아단문고본〉은 모두 244쪽으로, 소설 2편(「無限愛에잠긴魂」, 「永遠의咀呪」), 감상·기행·소품 5편, 시 6편(「愛人에게보내는詩六篇」; 현재로서는 「당신이가는곳까지」, 「오! 당신의힘」, 「그우슴, 그목소래!」, 「당신은가더이다」, 「언제나오시려나!」의 5편만 확인할 수 있다.)을 담았다. 역시 별도의 서·발문은 없다.

2　속표지 다음 쪽에 붙인 시구

머 리 에 (序)

눈물의사는者여! 네일홈은靑春이로다. 靑春에 아니울자가어대잇스며 靑春에 아니설어할자가 어대잇든가? 눈물과夢想과煩悶은 靑春의 糧食이오 그의生命이다. 눈물의줄을넘고 夢想의彼岸을건넌곳에 그엇던아름다운 眞理의福地가잇나니 靑春이福되고 靑春이갑잇슴은 이눈물과夢想이 잇는싸닭이다. 作者역시 靑春의한사람이라. 눈물과煩悶을가삼에안고 永遠한夢想에 헤매기를마지아니하엿노라. 이冊子에蒐集한것은, 모다 그 헤매인夢想의一部分이니 作者는 이것이藝術의價値가잇고업슴은생각지안는다. 다못自己의夢想을表現하엿다는點에잇서서 그것으로만족코저한다. 그리고 이글은여러눈물과夢想에헤매는 젊은친구들에게보 낸다.[3]

　　一九二三, 一二, 二〇日　　　漢 陽 에 서

　　　　　　　　　　　　　　　作　者　識[4]

3　'젊은친구들에게 보낸다'의 오식
4　1쪽. 〈아단문고본〉에 있는 서문으로, 참고삼아 이곳에 밝힌다.

31. 印度詩聖타골 作, (金億 譯), 『苦痛의 束縛』

김억(본명 金熙權; 1895-?)의 번역 시집(東洋大學堂, 1927.3.8).
133×195㎜. 표지에 "苦痛의 束縛"이라는 제목 위에 "Rabindranath Tagore's/
Gitanjali./ (Song Offerings)"로 별도 표기하여 이 시집이 『기탄잘리』를 개제,
번역한 것을 분명히 하고 있다. 하지만, 표지에 역자를 밝히지 않고 있어, 판권지
에 "著作權所有兼發行者"로 되어 있는 송완식(宋完植, 1893-1965)을 譯者로 표
기한 경우가 많다. 그러나 송완식은 이 역시집을 발간한 〈동양대학당 출판사〉의
소유주일 뿐 이 시집의 번역과는 관련이 없다. 실제 이 역시집은 판권이 동양대학
당 출판사로 넘어가면서 제목만 달리 했을 뿐, 서문에 해당하는 「譯者의人事」
이후 내용과 조판 상태가 앞서 김억이 번역한 『이탄자리 (들이는 노래)』(平壤:
以文舘, 1923.4.3)와 동일하다. 이것은 이 역시집이 1923년 이문관 판의 '2쇄'
이상이 아님을 의미한다. 후자에 실린 서문은 앞서 수록하였기에 여기서는 반복
하지 않는다.

32. 權九玄, 『黑房의선물(1923-1926)』

권구현(1898-1944)[1]의 첫 시집(永昌書館, 1927.3.30)이자 한국 아나키즘 첫 시집. A6판(107×155mm). 139쪽. 표지는 검은 색 민무늬 바탕 하드커버로, 상단에 하얀 색 글상자를 두고 그 안에 3줄 가로쓰기로 "詩歌集/ 黑房의선물/ 權九玄作"이라 적었다. 〈黑房의선물 - 短曲五十篇〉(50편), 〈無主魂의獨語〉(25편), 〈봄꿈을그리며〉(22편)의 3부로 나누어 97편의 단형 시가를 담고 있다. 인생의 비애와 허무사상이 주조이다.

머 리 말

한作品은──이것을널이말하면 그時代그社會의 反映이라고도 보겟지만은──적어도 이것이作者그自身의 生活環境에서 그려진──즉다시 말하면 作者의 속일수업는 속살님의告白인것만은 事實일줄로밋는다.

---

1 본명은 권구현(權龜鉉). 호는 흑성(黑星), 필명은 천마산인(天摩山人). 충청북도 영동군 양강면 산막리 479번지에서 태어났다. 시조시인, 서예가, 미술가, 미술평론가, 만화가. 영동 보통학교(1910-1915)를 졸업하고 한동안 고향에서 지내다, 유랑 극단원이 되어(1922) 전국 유랑. 도일(1923)하여 도쿄미술학교에 다니며, 〈도쿄 백조회 美展〉과 〈임간사 美展〉에 입선. 귀국(1925)하여 초기 KAPF에 가담(1926)했으나 〈내용-형식 논쟁〉과 이후 〈아나키즘 논쟁〉에 참여, 아나키즘적 성향을 보여 제명(1927)당한다. 「時調四章」(『時代日報』, 1926.6.7), 「時調六章」(『朝鮮之光』, 1926.11)을 발표하여 문학활동 시작. 〈남선소녀(南鮮小女)〉(제4회 서양화부, 1926), 〈춘희(春姬)〉(제12회 동양화부, 1934), 〈산천모우(山川暮雨)〉(제13회 동양화부, 1935)를 조선미술전람회에 출품하여 입선하고, 영동에서 개인 서화전 전람회(조선일보사 후원, 1931.11.13-18) 개최, 〈조선미술연구소 10인 화전〉(서울 기독청년회관, 1934.1.25-28) 참여, 평양·진남포·하동·쌍계사 등에서 개인전과 단체전 전시회 개최. 아나키스트 단체 〈관서 흑우회〉(1927)에 참여. 〈자유예술동맹〉(1928)을 조직하고, 이향(李鄕)과 함께 아나키즘 잡지 『文藝狂』(1928.3) 발간. 〈조선미술전람회〉에 서화로 여러 번 입선하고 개인전도 열었다. 1937년 혹은 1938년 자살설과 1944년 사망설이 있는데, 여기서는 1940년에 권구현이 비단에 그린 수묵화 〈금강산 10폭 병풍〉(44.3×161.5cm)이 있다는 점(Kobay)을 토대로 사망년도를 1944년으로 적는다.

넷날詩人들이혼이 그의作品을가지고 自己의生命이라던가 쏘는自己의아들이라고까지 하는것도아마 이것을意味한말인가한다.

그럿타 북은두다리면 북소리밧게는안이난다. 물이야千百番쥐여짜기로니 물밧게쏘나올것이 무엇이랴. 만일여기에 다른소리가들이고 짠물건이나온다면 그것은발서本質그대로의것이안이다.

假粧이다.

虛僞다.

여기에 生命이잇슬理업다.

그것은 死骸다.

이왕붓을든김이니 몃마듸더써보자.

우리는 우리의생각하는바를 그대로發表하기에는너머도言語의不足을 안이늣길수가업다. 누가그의 가슴에숨여잇는無窮無盡한 神秘로운생각을 몃十分의— 몃百分의—이나마 넉넉히말로써 表示할者가잇스랴?

이것은 아마東西를말할것업시 넷이나이제가 다맛한가지일것이다——多少의差異야잇겟지만은——이만치人間이란 아즉도不完成品인것이다.

이러한데에도 쌔와경우를짜라서는 이貧弱한言語로表示할만한 생각이나마 그대로이것을밧게내보이지못할事情에까지 이르게된다하면 이것이야말로얼마나 애처러운노릇이랴.

이모츠고 저모츠고하다보니짜 俗談에쎄발으고[2] 등바르고나니짜 먹을 것업다느셈으로 이小冊子를所爲詩集이라는 名目下에서 世上에내여놋키에는 너무도붓그러운생각을 마지못하겟다.

그러나 우슴과재담은 깃분者에게로도라가고 슯흔者에게는 쥐여짜는 눈물만이남는다는 이것을미루워서 讀者는차라리 同情이잇기를바란다.

---

2 뼈 바르고

——一九二六，一一，二〇，著者로부터 ——[3]

───────
3　1-3쪽.

33. 春城, 『叙情詩集 내魂이불탈째』

노자영(盧子泳, 1901-1940)의 두 번째 시집(靑鳥社, 1928.2.16.; 永昌書館, 1936.
10.30). '춘성'은 노자영의 호.
127×187㎜. 131쪽. 초판본과 재판본 모두 표지는 민무늬 바탕에 붉은색 가로쓰
기로 "叙情詩集 내魂이불탈째"라는 표제를 쓰고 위·아래 파란색 실선을 그려넣은 후,
아래쪽 실선 아래 "春城作"이라고 작자를 밝혔다. 하단에는 파란색 실선 위·아래
에 붉은색 가로쓰기로 "京城/ 永昌書館"이라는 표기가 있다. 〈청조사〉는 당시
노자영이 운영하던 출판사. 〈望鄕〉(12편), 〈눈물의자취〉(12편), 〈黃金의心臟〉(11
편), 〈永遠의沈黙〉(8편), 〈自然의處女〉(8편), 〈追憶〉(6편)의 6부로 나누어 57편의
시를 담고 있다. 감상성이 짙은 시로 일관하고 있다.

이 望鄕에 記錄한 叙情詩十三篇[1]은 내가 東京에 留學하며 吉祥寺『井之頭
池畔』에서 잇기어려운 靑春의孤獨을 노래한 것이다.
　　　　　　　東京武藏野에서 　　作者[2]

---

1 '12편'의 착오
2 2쪽. 첫 장 〈望鄕〉의 속표지 뒤에 붙인 설명. 이외에 별도의 서문이나 발문은 넣지 않았다.

34. 金時弘, 『쌔이론 名詩集』

김시홍의 바이런 번역시집(永昌書舘, 1928.2.22).
94×135㎜. 144쪽. 최상희(1896-1951)의 『쌔이론詩集』(文友堂, 1925.7.10)에 이은 두 번째 바이런(George Gordon Byron, 1788-1824) 시집 번역. 57편의 번역시를 4부로 나누어 담았다. 역자 김시홍의 생애, 경력, 활동은 알려진 바 없다.

序

世界的大詩人이요 奔放不羈[1]의天才詩人이엿든쌔이론은 當時詩壇에잇서서 空前의魔力을후둘느고 文筆을가지고 世界를風靡하랴하얏슬쑨아니라 乃終에는熱烈한革命兒가되야 希臘獨立軍에그몸을던지엿다

即그의生涯와한가지로 그의詩도쏘한熱烈한情緒가充溢한것으로 愛讀하면愛讀할사록 사람의마음을强하게움지기는바가잇다

獨逸의大詩人쒸—테[2]도 쌔이론의詩에驚嘆하야 讚賞을마지안엇다

이詩集은强한人生의戰士이엿든쌔이론의初期의詩를비롯하야 晩年에이르기까지의 代表的名詩와小曲을選拔한것으로쌔이론의 全面容을말하기에足하다 願컨대쌔이론의詩의愛好家는 勿論쌔이론을알고자하는人士 쌔이론을硏究하는人士를爲하야 小毫의裨益[3]이된다면 無上의光榮으로思하는바이다

— 遇 園 —[4]

---

1 분방불기: 규율이나 틀에서 벗어나 제멋대로 행동하며 얽매이지 않음.
2 괴테(Johann Wolfgang von Goethe, 1749-1832). 독일 작가
3 비익: 도움
4 1쪽. '遇園'은 역자 김시홍의 호로 판단된다.

나로하야금詩人이되라하면 願컨대키요네루[5]가되리라그러나키요네루
가될수업다면 願컨대빠이론이되리라 또한빠이론이될수업다면 願컨
대하이네[6]가되리라 빠이론에게는 惡魔의힘이잇고 하이네에게는毒蛇
의혀가잇다 世上에凡人의數 幾十百千萬이잇다할지라도 人類에게무슨
利益됨이잇슬랴 願컨대그들의十萬을쏘개여하나 빠이론을取하리라

　　　　　　　　　　　　　　　—遇　園—[7]

빠이론의生涯

또—지·노엘·고—돈빠이론은一九八八年一月에英國倫敦[8]에서낫다. 父
親은또—지빠이론이라고하고船長이엿섯는데　그는빠이론이어렷슬때에
너무도放蕩하야乃終에는債權者들의壓迫에못닉이여妻子를내버리고다
라낫다 그리하야一七九一年八月佛蘭西바란시에누라는곳에서죽엇다 그
리하야그前해卽一七九○년에그의어머니와아파테인[9]의적은집으로가서
살엇다母親는빠이론을매우사랑하얏섯스나그性質이히스테리엿섯기때
문에언제든지성만내는어머니에게괴로움을밧앗다
訓練이업는激變性의어머니遺傳은그의게도影響이잇섯스나그러나그의
境遇에依하야만은敎訓을배왓슬뿐아니라大叔父第五世빠이론卿이活潑

5　키요테루의 오식(?). Hanada Kiyoteru(花田淸輝, 1909-1974). 일본 문학비평가
6　Heinrich Heine(1797-1856). 독일 로만주의 시인
7　바이런에 대한 헌사. 〈序〉 다음 쪽, 〈目次〉 오른쪽에 붙였다.
8　윤돈: 런던(London)
9　스코틀랜드 애버딘(Aberdeen). 어머니 캐서린의 고향

177

한氣象과猛烈한性情을所有한사람으로서名譽의爵位를가진家門에對하야더업는자랑을가지고잇는그의어머니로붓터決코先朝의욕되지앗는훌륭한人物이되라고아리켯슴으로한層더힘썻든것이다

빠이론은容貌가참으로아름다윗섯다그는처음에하로學校[10]에서工夫하고다음에劍橋大學[11]에入學햐야一八○八年마스다-옵부앗스[12]의稱號를어덧다 그리고그이가爵位를繼承한것은그이가十一歲째大叔父의逝去後얼마안되인일이다 그가처음으로公々然이作品을發表한것은一八○七年에「閑暇한째(Hours of Idless)[13]를出版하얏는데이冊은當時의에진바라評論論者[14]에게酷評을밧아甚하게痛罵[15]을當하얏다그러는그는조곰도屈하지안코痛烈한諷刺詩[16]를가지고이를答하얏다그이는이째에겨우二十一歲로서그다음해에는「촤일드하로이드巡禮記」(Child Harold's Pilgimage[17])의一卷及二卷과다른評論한冊을公々히發表하얏다

再來繼續하야서만은傑作을내고그의일흠은漸々올나서그의聲價는움지길수없시되엿다

이리하야一八一五年그는밀반[18]孃과結婚하얏스나그結婚生活은不幸을이리켜一八一六年에는드듸여離別하지아느면아니되엿섯다. 안해와離別한그는女優젠크레아몬[19]과關係를두어여기에서社會的問題를惹起하얏스나

10 해로 학교(Harrow School). 영국 Greater London에 있는 사립중등학교(public school)
11 검교대학: 케임브리지 대학(University of Cambridge)
12 Master of Arts. 문학석사
13 '(Hours of Idleness)」'의 오식. 이 시집은 1808년 6월에 발간된다. 바이런의 첫 시집은 자비 출간한 『덧없는 시편들(Fugitive Pieces)』(1807.11)이다.
14 『에든버러 리뷰(Edinburgh Review)』
15 통매: 심한 꾸지람. 혹평
16 「영국의 시인들과 스코틀랜드의 비평가들(English Bards and Scotch Reviewers)」(1909.1)
17 'Childe Harold's Pilgrimage'의 오식. 이 시집은 1812년 3월에 첫 출판되며, 1816년에 3부, 1818년에 4부를 발표한다.
18 Anne Isabella Milbanke, 혹은 Annabella Milbanke
19 Claire Clairmont(1798-1879). 셸리(Percy Bysshe Shelley, 1792-1822)의 부인 메리

그는이것에도屈하지안코先夫人과의關係를堂々히說破하고 自己를버리고간夫人에게對하야一言半句의怨望을말하지도안코도리혀讚賞을하엿섯다그러나社會는끗까지그를미워하얏다 그리하야一八一六年四月에빠이론은漂然히도倫敦을버리고國外에와서歐洲大陸을通하야그本國을恐迫하야끗까지自己의精神을낫타냇다

旅行途中세리－[20]와맛나사귀고쏘한만은藝術家를訪問하고하얏스나그사이에도著述은끈치지안코繼續하얏다

그리하야그는羅馬希臘에서잇다고[21]一八二三年希臘獨立軍의困窮에多大한同情을가지고希臘을死地에서救코자마침내그獨立軍에參加하야大政治家로서의手腕을보엿슬쑨더러總指揮官이되여獨立黨의瓦解를一身에젓다 그는自由를사랑하고貧民을救濟하며여러가지方面으로希臘을爲하야힘을썻스나不幸히도그의目的을達하지못하고神經류마치스로말미암아 一八二四年四月十八日靈藥도虛事가되고三十六歲를一期로남기고永眠하얏다[22]

(Mary Godwin; 1797-1851)의 이복자매. 메리는 공포소설 『프랑켄슈타인(Frankenstein, or The Modern Prometheus)』(1818)의 작자이다.

20 셸리. 영국 출신의 시인. 바이런은 스위스 제네바에서 메리와 사랑 도피 중이던 셸리와 만난다. 바이런은, 라스페치아 만에서 배를 타고 가다가 돌풍을 만나 익사(1822.7.8)한 셸리의 시신을 친구들과 함께 수습하여 화장해 준다.

21 '잇다가'의 오식

22 141-144쪽.

35. 崔南善 撰, 『時調類聚』

최남선(1890-1957)이 편찬한 시조집(漢城圖書株式會社, 1928.4.30; 1929.5.15.
재판; 1935.5.13., 3판; 1939.6.13. 4판).

B6판(130×195㎜). 282쪽. 모듬 양장 제책으로 본문을 실로 엮었고, 책등은 갈색
천으로 감싸고 본문은 모조지를 사용해서 인쇄했다. 표지는 민무늬 남색 바탕으
로, 상단에 가로쓰기로 제자(題字)를 넣고 중앙에 유리화병에 핀 꽃을 평면도로
넣었다. 오세창(葦滄 吳世昌, 1864-1953)의 조카인 동양화가 오일영(靜齋 吳一
英, 1890-1960)의 작품. 백발(白髮)로 처리한 제자는 3·1운동 당시 조선 독립에
관한 의견서와 선언서 등을 도쿄 현지에서 일본 정부 측에 발송한 임규(偶丁 林
圭, 1867-1948)의 글씨. 최남선은 임규의 일본인 아내의 안방에서 독립선언서를
작성했다. 이 책의 장정에는 정인보(爲堂 鄭寅普, 1893-1950; 책등 금박글씨)와
화가 김찬영(維邦 金瓚永, 1893-1960; 내제지 제자 글씨)도 참여. 겉표지에는
'撰'으로 되어 있으나, 속표지와 내지 등에는 '編'으로 표기하고 있다.

최남선이 남악주인(南岳主人)이라는 필명으로 앞서 편집·간행한 『歌曲選』(新文
館, 1913.6.5)을 보완하여 발간한 시조집. 『청구영언(靑丘永言)』, 『가곡원류(歌曲
源流)』, 『해동악부(海東樂府)』, 『남훈태평가(南薰太平歌)』, 『여창유취(女唱類聚)』,
『도산십이곡(陶山十二曲)』, 『고산유고(孤山遺稿)』 등에 수록된 시조 1400수를 뽑
아서, 내용에 따라 〈사시(四時)〉, 〈초목(草木)〉, 〈상사(相思)〉, 〈유락(遊樂)〉 등 21
부분으로 분류·편집했다. 이러한 분류방법은 이미 진본(珍本) 『청구영언』에서
무명씨(無名氏)의 작품을 분류할 때와 『고금가곡(古今歌曲)』, 『근화악부(槿花樂
府)』, 『동가선(東歌選)』 등에서 사용한 방법을 수정·보완한 것이다. 각 시조에는
일련번호가 매겨져 있는데, 최종 작품이 1405번으로 되어 있지만 266, 366, 740,
741, 1089번 시조가 누락되어 있어 실제로는 1,400수이다. 책머리 부분에는 곡
조에 관한 설명을 붙였고, 본문에는 주석을 달고, 권말에는 시조 작가의 이름과
매화점장단도(梅花點長短圖) 및 초·중·종장별 색인을 붙여놓았다. '시조'라는 명
칭을 책 이름으로 처음 사용한 점도 특기할만하다.

時 調 類 聚[1]

時調는朝鮮文學의精華며 朝鮮詩歌의本流입니다. 시방[2]朝鮮人이가지 는 精神的傳統의가장오랜實在며 藝術的財産의오즉하나인成形입니다. 그것이진실로朝鮮人의藝術的能力의最良部面最高能率은아니라할지라 도 시방까지의그最大建立이오 또언제까지든지그一大勢力일것은의심할 수업습니다.

五百年이고 千年이고前의우리先民이 그마음의律動을어쩌케말과가락 으로옴기엇든지 그때그네의情緒를 「레고드」[3]的으로멈울러노흔것이 시 방와서는時調가잇슬뿐이니 이는실로우리의感情的過去의赤貧[4]하지아니 하얏슴을돌아다보는上으로말하야도 매우끔쯕한것입니다. 지나는구름 과흐르는물에 억센듯나글나글하게썰리는原始心情으로부터 그것이차차 커지고굵어지고올차지든證迹[5]을徵考[6]하야봄에도 時調는그唯一한資料가 될밧게업습니다. 우리의어린詩的衝動藝術的發現이감을감을한작은샘으 로부터 시내가되고 도랑이되고 아즉냇물씀되엇지마는 다른날長江巨河가 되고 大海洪洋이되는때에도 고개를돌려 源流의작앗든것을웃으려하야도 時調그것을소중하게간직할必要가잇슬것입니다. 우리의精神生活에時間的 價値를부처보려할때에 아모것보담먼저알안곳하게[7]될것은 時調입니다.

또時調는 지극히素樸한채 끗업시洗練되고 또整調된詩形입니다. 高尚 한感情을담는소용으로나 深奧한理念을너허두는소용으로나 端的한觸發

---

1 '서문'에 해당되는 내용. 면주(面註; running title)에 '序'라는 표지를 넣었다.
2 時方. 말하고 있는 바로 이때. 지금
3 레코드(record)
4 적빈: 매우 가난함
5 증적: 증거가 될만한 흔적
6 징고: 수집하여 살펴봄
7 아랑곳하게. 관심을 갖거나 참견하게

을나타내는소용으로나 時調는과연쓸모잇는큰그릇이엇습니다. 그럼으로
蟲吟에눈을감는官能的騷客, 夜月에한숨쉬는孤閨의怨婦, 기력이벅국새
에잠못자는遠客恨人들만의 담배ㅅ대대신의소용이되엇슬쑨아니라 范
蠡[8]屈三閭[9]로自況하는[10]政治家, 項羽[11]關雲長[12]으로自擬하는[13]武人, 白鷗
에벗을찻는勇退高擧之士, 발쌔에香을파는道學先生까지라도 질겨그胸
海의波瀾을 이尺幅에그려노흐려하얏습니다. 저漢文漢詩에서보담아모래
도 鄕土的으로自由活潑한氣象을發揮하면서 古人들이그북바치는하소연
을 다토아時調의우에等狀하얏습니다. 이러하야 時調에는時代와歷史의
反映이 아모것에서보담鮮明하게印像되엇습니다. 圃隱[14]의그것, 冶隱[15]
의그것이잇는바에高麗末年史는 다만이의註脚쯤될것이며 六臣의그것이
잇기까지 魯山君日記[16]가업서도莊陵志[17]가업서도 그精忠大義는朝鮮史
上에길이太陽的光耀를保有할것입니다. 時調는진실로朝鮮心朝鮮語의金

8　범려(B.C.517-?): 춘추(春秋) 후기의 정치가이자 군사가, 경제학자

9　굴삼려: 굴원(屈原, B.C.343-B.C.277). 전국(戰國)시대 정치가로 초나라의 왕족. 중국 역사
　상 최초의 시인으로 유명하다. '삼려'는 왕족의 삼성(三姓)인 소(昭)·굴(屈)·경(景) 삼가(三
　家)를 다스리는 자리.

10　자황하는: 스스로 견주는

11　항우(B.C.232-B.C.202)

12　관운장: 관우(關羽, ?-219). '운장'은 자

13　자의하는: 스스로 비교하는

14　포은: 정몽주(鄭夢周, 1337-1392). '포은'은 정몽주의 호

15　야은: 길재(吉再, 1353-1419). '야은'은 길재의 호

16　노산군일기: 『端宗實錄』. '노산군'은 단종(1441-1458; 재위 1452-1455)이 폐위된 후 받은
　군호

17　장릉지: 권화(權和)·박경여(朴慶餘) 등이 조선 제6대 왕 단종의 왕위 피탈 후에 전개된
　상황을 기록한 책. 4권 2책. 목판본. 세조에게 왕위를 빼앗긴 뒤 강원도 영월로 추방되어
　비명으로 죽기까지의 사실과 그 뒤 숙종 때 복위된데 따른 제반 문제를 기록한 책. 숙종
　37년(1711) 당시 영월부사 윤순거(尹舜擧)가 편찬한 『노릉지(魯陵誌)』 2권을 구지(舊誌)라
　한다. 그 뒤 박팽년(朴彭年)의 9세손 경여가 권화와 함께 속지(續誌) 2권을 증보했다. 구지
　는 세종 23년(1441)부터 효종 4년(1653)까지의 사실을, 속지는 현종 3년(1662)부터 영조
　16년(1740)까지의 사실을 수록하였다. '장릉'은 강원도 영월군 영월읍에 있는 단종의 무덤

字塔이며 坐朝鮮歷史의大綱領이라할것입니다. 어느意味에잇서서는 時調는朝鮮歷史의大文이오 一切의文獻은그註疏[18]로볼수도잇습니다.

時調는蒐集해야될것이며 硏究해야될것이며 크게修整光闡[19]해야될것입니다. 어쩌한意味로든지 그採訪과結集은 喫緊한[20]일입니다. 다만過去의形骸만이라하야도 歷史잇는물건을忽待하기어렵겟는데 그것이우리現在의生活에도 깁히윽물려들어온것이잇고 더욱將來의큰生命까지를內藏하야잇는바에 그根源을濬明[21]하지아니하며 그基臺를顧護[22]하지아니해쓸것입니까. 그런데散亡이날로甚하고 好尙[23]이째로減하니 이제와서一日인들그리하기를容緩[24]해 어찌하리까. 그內容의檢討와 法則의建立은 언제든지할셈치고라도 그採訪蒐聚만은 과연時刻을다토지아니하면아니될일입니다.

時調의採集에는 대개兩方面이잇스니 一은文獻的傳承의收合이오 一은口傳的源泉의記載입니다. 나는朝鮮光文會[25]以來로 애오라지一臂[26]의

---

18 주소: 자세한 설명. 주해
19 수정광천: 새로 고쳐서 정논하여 널리 알림
20 끽긴한: 매우 긴요한
21 준명: 파내어 통하게 하다
22 고호: 마음을 써서 돌보아 줌
23 호상: 숭상함
24 용완: 늦추다.
25 조선광문회: 최남선이 고문헌의 보존과 고문화의 선양을 목적으로 창설한 고전 간행 기관. 1910년 10월 29일 최남선이 〈광문회〉 설립을 계획하고 간행물예약금 모집 허가를 경무총감부에 제출, 동년 12월초 〈신문관〉 2층에 〈조선광문회〉 발족. 주요간부는 장지연(張志淵)·유근(柳瑾)·이인승(李寅承)·김교헌(金教獻) 능. 설립 목석은 고선 간행, 귀중 문서의 수집·편찬·개간을 통한 보존·전파로, 수사(修史)·이언(理言)·입학(立學)을 3대 지표로 180여 종의 고전간행을 계획하여 이 중 20종을 간행했다. 『東國通鑑』·『東史綱目』·『三國史記』·『三國遺事』·『渤海攷』등의 역사류,『擇里志』·『山水經』·『道里表』등 지리류,『東國歲時記』·『海東諸國記』등 풍토류,『東言解』·『訓蒙字會』·『雅言覺非』등 語韻類,『龍飛御天歌』·『山林經濟』·『芝峯類說』·『星湖僿說』·『熱河日記』등의 고전,『益齋亂稿』·『栗谷全書』·『李忠武公全書』·『梅月堂集』등의 전집류 간행. 또한 유근·이인승 편집으로『新字典』간행. 이어 주시경(周時經)·권덕규(權悳奎)·김두봉(金枓奉)·이규영(李奎榮) 등이 조선어

힘을 時調道復興의方面에난호아서 多少의文籍과한가지 喉舌에殘命을 僅保하는것짜지를 記錄化하기에힘썻습니다. 그리하야그一部를「歌曲選」이라하야 刊行한것이이미十四五年이나前의일이며 그뒤에古書그대로의覆刻을圖하야 위선「南薰太平歌」[27]를刊布하기도하얏스나 다만여러가지風波통에 專一又繼續的일수는업섯습니다. 그런데時調道復興의唯一한源泉이되다십히한歌曲選은 發刊未幾에[28]絶種이되고 그再刊의要求는時調流行의熱騰[29]과한가지 날로深切[30]을더하게되엇습니다. 이는실로나되어서매우滿足한일이오 또날래[31]그期待에奉副[32]해야할義務感을가지기도한일이지마는 初板當時의空疎한대로再印함은 마음에不忍할바가잇서 此日彼日增修할機會를기다리면서 十餘年을지내게되엇습니다. 나의懶散[33]함이 특히이일에서容恕밧기어려운罪戾[34]를지엇습니다.

朝鮮國民文學으로의時調는 요새와셔와짝[35]復興의機運이促進됨을보게되엇습니다. 正當한自覺으로서나오는文藝復興的衝動이 詩的方面에顯現

사전인『말모이』편찬을 준비했으나 주시경의 죽음으로 중단. 이들의 원고는 1927년 〈계명구락부(啓明俱樂部)〉로, 다시 〈조선어학연구회〉로 넘어갔다.
잡지『소년』이 폐간(1911)된 후 이곳에서『붉은저고리』, 『아이들보이』, 『새별』, 『청춘』등의 월간잡지를 발간한다. 〈기미독립선언서〉를 기초한 곳도 이곳이다. 파란 2층 목조 건물로, 1969년 청계천변 도로확장으로 철거되었다. 중구 청계천 장통교 옆 한빛미디어파크 자리.

26 일비: 얼마 안 되는 도움
27 남훈태평가: 조선 후기 편자 미상의 목판본 가집(歌集). 책 끝의 '계해석동신간'이라는 기록으로 보아 철종 14년(1863)에 판각된 것으로 보이며, 이것을 인정한다면『가곡원류(歌曲源流)』(1876)보다 10여 년 앞선 나온 가집.
28 미기에: 얼마 안 되어
29 열등: 뜨겁게 끓어오름
30 심절: 깊고 절실함
31 '빨리'의 사투리
32 봉부: 받들어 맞이함
33 나산: 게으르고 흩어진 마음
34 죄려: 죄를 지어 몹시 사리에 어그러짐
35 갑자기 많이 늘어난 모양을 나타내는 부사. 부쩍

하야 堅固確實한新出發點을要求할째에 자연時調가萬人의눈에씌운것입니다. 時調가朝鮮唯一의 詩形일것은아니지마는 朝鮮人으로말미암아 가장愛護되고培育되어야할一大藝術的分擔임은 여러말할것업는일입니다. 이러한意味에서 時調愛尙은 가장깃거운一傾向이아닐수업스며 또適當히加勢해주지아니하면아니될趨勢입니다. 더욱요사이時調란이름으로나오는것이 대개時調의正格을엇지못하고 그基調와外形조차알지못하고서 漫然히[36]時調의作家로自處도하고 남도허락하는弊가잇슴을볼째에 어쩌케하야서라도 그正路大方을알게할길을맨들어야하겟다는생각을멈출수업스며 그弊端의大部가 時調의歷史的源委[37]를모름에서말미암음을삷힐째에 時調文獻의整理提供이 새삼스럽게切急한줄을늣것습니다. 밧븐틈을타서 오래廢擲하얏든歌曲選續修를着手하기는 여긔재촉된것입니다.

  時調文籍으로 比較的흔히다니는것은 「歌曲源流」요 가장豐富한內容을가진것은 「靑丘永言」이란것입니다. (「靑丘永言」은 近來에우리一覽閣의藏本에依하야 延禧專門學校同好者의사이에 謄寫版으로若干部를印行한것이잇다).그런네在來의時調書는대개曲調로써類를난호고 그中에혹作家로써位를定함이通例러엇스니 曩子[38]의歌曲選도또한이舊例를쌀핫섯습니다. 그러나唱을爲하든前日에는 이것이무론便宜한方法이엇겟지마는 鑑賞과考驗[39]을主로하는시방에는 돌이어新體例를베풀미可할듯하야 이제此書는內容에依한分類로써 全時調를위선時節, 花木以下二十一部에分配하기로하고 慣例의用曲을一一이附載[40]하야 讀者의새便益을꾀한다하얏습니다. 이번의編修가 數量에잇서서歌曲選보담 크게늘엇슬뿐아니라 形

---

36 만연히: 내키는 대로. 제멋대로

37 원위: 처음과 끝. 본말(本末)

38 낭자: 앞서

39 고험: 신중히 생각해서 조사함

40 부재: 덧붙여 실다

185

式에잇서서도一段의進步를成遂한줄로밋습니다. 이러한境遇에서는古人
이어써한「테마」를 例用하얏는지 이러한意味에는 古人이어써한「리듬」을
表出하얏는지 또在來時調의思想的分野는 어써한狀態이엇든지 想華[41]와
詞藻[42]의誘發運用上에 약간의裨補[43]가업지아니할것입니다.

이編은진실로百忙中[44]의 一麤業[45]이라 體例에妥當치못한것도만코 이
미蒐集한材料로 둔대를니저버려서 收入치못한것도만코 또採訪해야할方
面의 겨를치[46]못한것도만흐매 맛당히筐裏[47]에두어멀리大成을긔약할것
입니다마는 世上의要求는자못渴急한데 이以上의閒裕는아즉졸연히어더
질것갓지아니하기로 심히麤率疎略[48]한대로 위션印刷에부치기로하기는
아즉이만콤이라도 時調의遠源長流를疏通시킴이 또한無意味하지안흘것
을생각하기째문입니다. 願컨대大方諸家에서 是正과補足으로써고여주
시옵소서.

時調專集으로의嚆矢인 「百八煩惱」[49]의 校正을마초든丙寅開天節뒤
五日에 仁王山의 녹다남은눈을 古時調의象徵으로보는 一覽閣西窓
알에서

六 堂 學 人[50]

———

41 상화: 수필
42 사조: 시가나 문장
43 비보: 약하거나 모자란 것을 도와서 보태거나 채움
44 백망중: 매우 바쁜 가운데
45 일추업: 하나의 큰일
46 (어떤 일을 하다가 다른 일이나 생각으로 돌릴 수 있는) 시간적인 여유를 가지지
47 광리: 광주리 속
48 추솔소략: 거칠고 찬찬하지 못하고 간략한
49 東光社, 1926.12.1.
50 1-6쪽. '육당학인'은 최남선의 필명

凡　例

一, 本書는 靑丘永言, 歌曲源流, 海東樂府, 南薰太平歌, 女唱類聚, 乃至 陶山十二曲, 孤山遺藁等 文籍的傳承을 主로하야 거긔載在한時調거의 全部를 時節, 花木以下凡二十一類로分次한것이니 그類目은時調의 內容을檢味하야 거긔相應한新例를세운것이라그「自然」讚賞이퍽稀少 하고 특히天象地文에關한것은 別目을세울必要도볼것업슴에反하야 遺閒과耽醉에關한것이 그大部分을占하얏슴가틈은 줄잡아도時調近 來의實際的存在基調를삷힘에看過치못할 一要關이라할것입니다.

一, 本書의商定한類目은 무론踈大한輪廓을조친것이니까 좀더細密한여 러種目을세울수잇슴니다. 이를테면「男女類」의中에서「남의님거러 두고」의眷屬[51]과「남우일번하여라」의眷屬가튼것을抽出하야 內容的 으로細分할수잇는一方法과 또「哀傷」類의中에서「覊旅」[52]의眷屬과 「閒情」類의中에서「漁父」의眷屬가튼것을짜로모아서 外形上으로細 分할수잇는 又一方法이이슬것과가틈입니다. 그러나便宜를從하야 즉은踈枝大葉的分類에그처두고 詳細는他日을기다리기로하얏슴니다.

一, 一類目의中의先後排次는 在來時調書의曲調的順序를조찻지마는 特 殊한理由의잇는것에는 짜로適當한顧慮를더하얏스니 니를테면時節 에는四序[53]를쌀흐고「花木」「禽蟲」가튼대에는 物目으로난 호고[54] 「寺觀」에는仙佛을갈이고「人物」에는年代를조침과가튼것입니다. (書 一垂成한際에새로增補할材料를어더서 남의손을빌어서排入[55]할새반 드시正則에合치아니한것이만케되엿스나 다시釐正할[56]겨를이업섯슴

---

51 권속: 한 가족. 같은 부류
52 기려: 나그네
53 사서: 사시(四時)
54 '난호고'의 오식. 나누고
55 배입: 끼워 넣기

을附謝합니다)

一, 이박긔體例는 「歌曲選」을 一依하얏습니다. (用語用字及字數句意의
　裁酌[57]等)

一, 作家及本文의 檢索을 附하야 考出에 便케함도 歌曲選과 가치하얏스되
　다만 本文의 檢索을 初章뿐아니라 中終兩章에도 부처서 무엇으로든지
　隨宜檢得[58]하게한것은 이번의 新加意[59]한바입니다.

一, 檢索의 字母次序는 下와 갓습니다.

　　子音 ㄱㄴㄷㄹㅁㅂㅅㅇㅈㅊㅋㅌㅍㅎ

　　母音 ㅏ(·幷)ㅑㅓㅕㅗㅘㅛㅜㅓㅠ一ㅣㅘ

　　밧침 ㄱㄴㄹㅁㅂㅅㅇ

一, 各條下의 曲名略號는 下와 갓습니다.

　　○羽＝羽調. 界＝界面調.

　　○初中＝初中大葉, 二中三中倣此.

　　○初數＝初數大葉, 二數三數倣此.

　　○騷＝騷聳耳, 編騷＝編騷聳耳.

　　○栗數＝栗糖數葉, 蔓＝蔓橫. 其他倣此.

　　　　니를테면「羽, 二中」은 羽調二中大葉, 「編數」은 編數大葉의略.

一, 蒐集, 編輯과 檢索作成上에 崔誠愚, 韓澄[60], 鄭鎰諸氏의 助力이 만핫슴
　을 여긔附謝합니다.[61]

---

56 이정할: 글을 정리하여 바로잡을
57 재작: 재량(裁量)
58 수의검득. 마음대로 찾아서 얻음
59 신가의: 새롭게 특별히 주의함
60 한증(1887-1944). 한글학자
61 1-3쪽.

再印小言

本書의發行이이제一週年이못되여再印의機를得함은　時調道復興의隆運을卜할것으로못내同慶할일입니다. 일은맛당히初板의不美處를一一釐正할것이나 塵冗[62]이몸에얽혀이를겨를하지못하며, 紙型이許하는範圍에서약간訂補를더하야이에再印本을내여놋습니다.[63]

---

62 진용: 쓸데없는 세속의 일
63 3쪽. 재판본에 첨가된 글

36. 朝鮮童謠研究協會,
『朝鮮童謠選集──一九二八年版』

조선동요연구협회[1]에서 출간(博文書舘, 1929.1.31)한 동요 선집.
110×150mm. 231쪽. 하드커버. 표지는 검은 색 바탕에 금색으로 표제를 쓰고, 중앙에 집 모양의 다각형 안에 의자에 앉아 악보대에 놓인 악보를 보며 지휘봉을 들고, 뒷발로 서서 짖는 애완견을 향해 지휘를 하는 사람의 모습을 실루엣(silhouette)으로 그려넣었다.
곡보 없이 동요 가사만 담았다. 수록 작품 중 최옥란 작으로 표기되어 있는 「햇볕은쨍쨍」(작곡 박태준, 1932.9; 작곡 홍난파, 1933)은 궁창현의 「햇볏은」(『휘문고등보통학교 교지』 2호, 1924.6; 교내 백일장 시 부문 가작 수상작)의 표절작으로 의심된다.

序

己未年以後 朝鮮에도 新進童謠運動이이러나서 오늘까지지내온童謠

---

1 조선동요연구협회는 "전선각디에잇는동요에뜻을둔청소년남녀로써조직"(「朝鮮童謠研究協會의 年刊童謠選集 第一集印刷에着手」, 『중외일보』, 1928.6.26. 3면)된 단체(창립일: 1927.9.9)이다. 같은 기사에 "『동요의 신전개(新展開)와그운동을 적극으로보급하기위하야 해마다『조선동요선즙(朝鮮童謠選集)』을발간하기로 되어그제일즙,一九二八年版)을한정동(韓晶東)정지용(鄭芝瑢) 윤극영(尹克榮) 류도순(劉道順) 신재항김태오 (金泰午)고장환씨 (高長煥)씨등의 칠인이편즙간사 (編輯幹事) 가되어 이의검열허가를밧고 팔월초순(八月初旬)에는 세상에 나오도록박문서관(博文書舘)과교섭하야 인쇄에착수되어잇는바 동협회에서는 그동요즙을더욱충실(充實)히맨들고자일반의원고를 더어더약간의추가(追加)를가하려하는대이어 뜻잇는분은새로창작한것이나발표한것중에서 금월말일(今月末日)까지 시내루상동십륙번디(樓上洞十六)롭내주기를바란다더라"(같은 곳)라고 되어 있으나, 더 이상 발간되지는 않는다. 이 협회의 발기인은 한정동(韓晶東, 1894-1976), 정지용(鄭芝鎔, 1902-1950), 유도순(劉道順, 1904-1945), 윤극영(尹克榮, 1903-1988), 신재항(辛在恒), 김태오(金泰午, 1903-1976), 고장환 등. 협회 대표는 고장환이 맡았고, 다른 이들은 편집위원으로 참여한다.

中 가장優秀한 作品을收集하야 이에第一版이
完成되엇습니다.

우리는이것을 傳統으로라도짓고 이로써普及이될가하는心願에서出發
하야 이만콤이나마 힘썻짜아논것입니다.

아름다운마음으로 過去童謠界를 紀念삼아 뜻잇게 보아주심을 致誠껏
바라옵나이다.

一九二八年九月一日（一週年紀念日）

朝 鮮 童 謠 硏 究 協 會

年刊『朝鮮童謠選集』

編 輯 委 員

파 랑 새

새야새야　파랑새야
녹두낭게　안지마라

녹두꽂이　떨어지면
청포장사　울고간다
　　（全鮮的으로流行
　　하는古代의童謠）[2]

------

2 〈목차〉 다음에 본격적으로 동요작품을 수록하기에 앞서 붙인 동요.

童謠 研究 의 斷片[3]

牛耳洞人

—— 머 리 말 略 ——

童 謠 의 起 原[4]

童謠가어느째브터불넛는지　알수업는일이나 어린아이들을가만이注意하야보면 암만말하줄모르는아이라도 무어라웅얼웅얼하는것을볼수가 잇다 이것만보아도 人類歷史가잇는初始브터 童謠가어린이의입에서 불려젓스리라고생각한다.

『달아달아닭은[5]달아

　리태백이노든달아』

란이童謠를보면 分明히李太白[6]이가달을낙그다가 죽은以後에불른것이 겟다 그런데우리는 가끔무슨意味인지 알지못할童謠를볼수잇다.

『새야새야　파랑새야

　너어하야　나왓느냐

　솔닙대ㅅ닙　푸릇키로

　봄철인가　나왓드니

　백설이펄펄　헛날린다

『저건너저－靑松綠竹이날속이엇네』 이童謠의　意味는別로 神奇롭저 지도안흘쑌아니라 무슨意味인지좀모호하다.

이童謠는甲午東學亂째에 全琫準[7]氏의失敗를 吊傷한意味에서나온것이

3　이 글을 비롯하여 아래에 이어지는 「童謠雜考短想」, 「童謠에對한私考」, 「編輯後雜話」는 모두 〈附錄〉이라는 제하로 묶여있다. '우이동인'은 이학인(李學仁)의 필명이다.

4　'起源'의 착오

5　'밝은'의 오식

6　이태백(본명 李白; 701-762). 중국 성당(盛唐) 때 시인

라한다 다시말하면 全琫準氏가 째아닌째에나왔다가 失敗當하얏다는 슯흔놀애이다 쏘東學亂에對한童謠가하나잇스니

『갑오세　갑오세

　을미적　을미적

　병신되면　못간다』

란것은 甲午年에 東學亂이 빨리成功하여야지　萬一甲午年에成功치못하고 乙未丙申에다달으면　東學亂이失敗한다는意味이다 다시말하면 꾸물꾸물하지말고 革命運動을 빨리行하라는쯧이다

『알ㅅ녁새야　웃녁새야　전주두도새야　두루박, 딱딱』

이童謠는 甲午東學亂에 金介男[8]이란사람이　全琫準과함쎄닐어나다가 頭流山(智異山)下朴姓某에게　敗한다는意味라한다 이것이東學史에記錄되어잇는것인대　우리는이러한童謠를보면　過去의童謠가어쩌케起原[9]이되엇는지 짐작할것이다.

◇ 童謠의意義

童謠는어린이들이불르기쉬운놀애이다 말을처음으로배우는젓 먹이[10] 어린이라도 부를수잇게쉬운말로지은놀애다 자세히말하면『兒童自身이 創作한詩』의意味다 곳『兒童들이自己의感動을 何等의形式에든지拘束하지안코 自己스스로의 音律을마추어부르는詩』의意味다

요사이朝鮮서小學校나 普通學校에서　兒童들이부르는唱歌는 大部分이아니 全部가功利的目的을가지고지은 散文的놀애이기째문에 無味乾燥한놀애쑨이어서 寒心하기짝이업다 우리들은곳童謠에쯧을둔이들은 藝術美가豊富한 곳어린이들의空想과 곱고깨끗한情緒를傷하지안케할 童

7　전봉준(1855-1895). 동학 접주로, 갑오농민혁명 지도자.

8　김개남(金開南, 1853-1895). 동학 접주로, 갑오농민혁명 지도자.

9　'起源'의 착오

10　'배우는 젓먹이'의 오식

謠와曲譜를 創作해내지안흐면 안될義務가잇다고생각한다.

從來의唱歌라는것은 全部露骨的으로말하면 敎訓乃至知識을너허주겟다目的한 功利的歌謠이기때문에 兒童들의感情生活에는 何等의交涉도 가지지안흔것을 遺憾으로생각하고 그缺陷을補充하기에滿足한 內容形式보다도藝術的香氣가잇는 新唱歌를創作하겟다는것이 童謠運動의目的이라고생각한다 그리하야新興童謠의定義는 『藝術的味가豊富한詩』라고 할수잇다.

◇唱歌와童謠

朝　　起

『닐어나오　닐어나오
　밝은긔운　아츰날에
　새소리가　먼저나오

『닐어나오　닐어나오
　아츰잠을　일즉깨면
　하로일에　덕이라오

『닐어나오　닐어나오
　아츰잠을　늣게깨면
　만악(萬惡)의본이라오

『닐어나오　하는소리
　놀라서　꿈을깨니
　상쾌하다　이내마음』

반　　달

『푸른하늘銀河물　하얀쪽배엔
　桂樹나무한나무　톡기한마리
　돗대도아니달고　삿대도업시
　가기도잘도간다　西쪽나라로.

銀河물을건너서　　구름나라로

　　　구름나라지나선　　어대로가나

　　　멀리서반짝반짝　　비쳐이는건

　　　샛　별燈臺란다　길을차저라.』

　우리는「朝起」와「반달」을創作한作者의心理가 퍽다른것을볼수잇다. 이러한놀애는 두가지로난홀수잇다. 「朝起」를쓴作者는 아모感興도업는것을『어린이에게 일즉닐어나게하기위하야』쓴것이오 「반달」을쓴尹克榮[11]氏는이러한功利的目的이하나도업시 詩的感興이닐어나서쓴것이다. 「朝起」와가튼類의놀애는 어린이들이學校에서强制로배워주면 할수업시불르지만 絶對로學校以外에서는불르지안는다 불를내야別로잘記憶도안될것이다 그러나「반달」은學校에서도가르켜주지안흔놀애이지만 現下全朝鮮에퍼젓다 「반달」이란童謠가 짓기도잘지엇거니와 더욱이曲調가조하서 筆者도「반달」을놀애하는것을들을째에는 『工夫고事業이고다―집어치우고 이놀애를들엇스면』 하고 忘我的恍惚을感覺한다 筆者도심심할째에 「반달」과「작은갈매기」를 불르곤한다 우리朝鮮에서도 小學校에서以前唱歌라고하는것을 唱歌全科目으로하지말고 童謠를가르켜주지안흐면안될것이다.

　　　　◇創作注意　　　省略

　　　　◇作者의感動　　　省略

　　　　◇藝術이란무엇인가

　藝術이란무엇인가 이것은참으로 어려운問題中의하나다 西條八十[12]氏

11　윤극영(1903-1988). 동요작가. 대표작 「반달」(1923.9.9. 작; 『동아일보』, 1924.10.20)은 우리나라 최초의 동요곡집인 『尹克榮童謠作曲集 第壹輯 반달』(1926)과 같은 제목의 유성기음반(日東레코드, 1926)에 수록된 작품으로, 우리나라 최초의 창작동요이다. 총 22쪽의 이 동요곡집에는 「반달」을 포함하여 「설날」, 「고드름」, 「꼬부랑 할머니」, 「꾀꼬리」, 「흐으는 시내」, 「소금쟁이」, 「가을서곡」, 「귓드람이」, 「댕옥이」(두루미; 현재 「따오기」로 개제)의 동요 10곡의 악보와 가사가 실렸다. 이 중 「반달」「설날」「꾀꼬리」는 윤극영 자신의 작사이다.

의말을빌면이러하다

藝術은人生의觀照라고불러도관게치안타. 人生의觀照란것은 우리人間이여러가지弛緩한雜念을버리고 緊張하고眞摯한마음으로 人生의第一義를생각하는것이다. 皮相的이아닌點의意義에對한人生——깁히全體的으로人生을생각하는것이다.

그리해서이一種莊嚴한心境으로부터나온것이藝術이다 그러한고로적어도藝術이라고이름부친作品에는 그作者가人生을본째의眞實한 더할나위업는感動이 나타나지안흐면안될것이다 또일편으로말하면 人生觀照로부터나온藝術이 우리人間에주는刺戟乃至印象이라고할 心的狀態를總括한이름은『美』라하야 一般으로藝術의目的은 美의創造에잇다고말한다 그것은藝術을이裡側으로본째의定義다 곳繪畵는形과色彩에依하야 그美를創造하려고하고 彫刻에만은形에만依하야 쏘는普通은音響에依하야 그美를創造하랴는것이다   그리하야서詩는人間의言語를그表白의媒介物로하야 그美를創出하는것이다 米國에有名한詩人「에도카아·아란·포」[13] 氏는 『詩는美의韻律的創造라』고 말한것도이意味다.

그런고로一節의놀애에 作者의그人生에對한眞摯한感動이 가득한境遇에는 그놀애는藝術的價値가잇는것이된다 쏘는藝術品이되는것이다 만약여긔反對되는境遇에는 그놀애가如何히아름답고 如何히巧妙하게썻다할지라도 嚴重한意味에依하야 藝術品이라고불을수업다.

우에筆者가「朝起」와「반달」에서와가티 「朝起」는藝術的歌謠라고할수업지만 「반달」은훌륭한藝術品으로일러주는것은 以上과가튼理由에依함이다

---

12 Saijou Yaso(1892-1970). 일본 시인이자 동요작가
13 애드거 앨런 포(Edgar Allan Poe, 1809-1849). 미국 시인이자 소설가

◇ 三詩人의童謠觀

이제나는日本詩人의三木露風[14]氏의 童謠觀을紹介하겟다 三木露風氏는 童謠集『眞珠島』[15]의 序文中에말하기를

『童謠에는역시 自己自身을表現합니다 自己自身을表現하지안흐면조흔 童謠가아님니다 創作態度로써는 童謠를創作하는것도 自己自身애을놀하는것[16]이라고생각합니다 童謠는곳天眞스러운感覺과想像이란것을 쉬운말로써놀애한詩입니다 쉬운어린이의말은 그것은정말詩에다르지안흔것을 쉬운어린이의말로 나타낸다는意味입니다 그리하야童謠는

詩입니다 여긔또北原白秋[17]氏의 童謠觀을紹介합니다.

『童謠는結局에 어린이의말로쓴것을이름이다 나는童謠를지을려면 먼저어린이에게 돌아가라고말햇스나 그럴必要는업고童謠를쓸째에 어린이의말, 그대로쓰기만하면은 童謠가되는것이다』

西條八十氏의童謠觀은어써한가

『童謠는詩라고할수잇다 世上에는이明白한事實을알지못하고 童謠를쓴사람이매우만타 童謠라고하면은오즉調子[18]의아름다운文句와 어린이들의조하할題材를늘어노코 甘味가만타고하이[19]꼬이는 놀애만써도조타고생각햇다 그의藝術的氣韻이란것은족음도 생각하지안는作者가만핫다 그것을注意할것이라고생각한다 나의意見으로는 童謠는어대까지든지 詩人이써야될것이라고말하는것은 나는世上에흔히잇는 職業的詩人을가르치는것은아니다 참으로詩人의魂이잇는사람으로써 붓을잡아야한다 그리하지안흐면 왜從來의唱歌란名稱을 童謠라고불르는것을 고칠必要가어대

---

14 Miki Rofū(1889-1964)

15 『진주섬』(アルス, 1921)

16 '自己自身을놀애하는것'의 오식

17 Kitahara Hakushū(1885-1942). 일본 시인

18 조자: 가락. 음의 고저. 어조. 논조, 음정

19 '만타고하여'의 오식

잇슬가 從來이敎育의손에서지어진 어린이놀애를詩人이대신마타서 創作하는것이야말로 新興童謠의意義를 確立하는것이다』이外에도紹介할童謠觀이만치만 大槪비슷한것이어서고만둔다.

　　　◇ 童謠도詩일가

　童謠藝術品이될랴면 作者의人生에對한眞摯한感動이닐어나서 創作하지안흐면안된다고 이우에서도말햇다 或은歌謠가藝術品이라고하는것은 곳그歌謠가詩라고하는것이다 그래서新興童謠는從來의唱歌보다도만히 作者自身의感動이가득찬고로唱歌보담도만히 藝術的價値를가지고 쏘그보담더－만히 詩에갓가운까닭이다 그러타고『童謠는 詩라』고斷言할수는 업다 왜그런고하니 純粹한詩에比較해보고 童謠에는한가지남은條件을 發見할것이다 그것은詩와꼭가튼것을

　『平易한어린이의말로 나타내이자』하는條件이다 詩는무엇인가簡單히 이것을말하면『詩는먼저藝術의目的으로써叙述한 人生觀照를作者가그表現에가장適當한 音樂的넷말로써 나타내는것이다 곳人生에向해서의作者의率直한感動을 言語의音樂으로써 될수잇는대까지 完全히表現하는것이다 이것이詩의使命이다 詩에는以外何等의目的도업고 附屬條件도업다 그런데 童謠는이以外條件이잇다 詩人은童謠를쓸째에 平常時의作詩할境遇와달라『이것은어린이들에게 부르게한것이다』『어린이들께 놀애부르게할것이니까 쉬운말로써表現하지안흐면안된다』等의副意識을 腦中에 두는것이다 그리해서 이副意識에依하야 作者의感動은 어쩐程度까지는 束縛을밧는다.

　結局作者는 童謠에對해서는平常時의 作詩의境遇보담自由대로 그感動을披瀝하는것이 되지안는것이다 이點에서보면 童謠는詩가아니다 이것은從來의唱歌에比較하면 꼭詩에갓가운것이라하지만 詩와全然同一하다고는하지안는다.

　『그러치만現今詩人들에依하야 創作된童謠는 어느째든지詩部類에들

지안흘가?』고 여러분은물을것이다 나는여긔에『그러나 大部分에對해서
純粹한詩는업다』고對答하고십다.

『그러면 童謠는짤하서 詩에서는잇지안흔가? 結局第二義的藝術以上
에 더지나지안흔가?』고여러분은다시 물을것이다 이물음에는 나는『아
니』라고대답하고십다 그리고『今日에童謠라고부르는作品中에는 그대로
의훌륭한詩가存在한다』고말하고십다 웨그런고하니 그놀애를짓는作者
의態度如何에 잇는것이다 다시말하면가튼童謠라도 作者의態度如何에依
하야 詩라고認定할童謠도잇고 非詩라고否認할童謠도잇다.

童謠뿐만아니라 詩에잇서서도 억지로쑤미어노흔詩는 언제든지詩가
될수업스며 感興이닐어나서 作者의마음에서한번을퍼진詩를創作한다하
면 그것이야말로 藝術的價値가잇는참된詩일것이다 여긔에한마듸하야
둘것은 詩나童謠를쓸째에 作者가實感을엇고構想하야 놀애로불러보아
서 놀애가되면 붓을들어야 참된詩品이되리라고밋는다.

　　　　◇ 童謠의種類

　　　　　　── 以下紙面關係上省略 ──

　　　　　　　　　　(一九二七年舊稿中에서)[20]

童 謠 雜 考 短 想

秦 長 燮[21]

童謠는兒童의歌謠란뜻이다 歌나謠나朝鮮말노는 노래라고부르지만
억지로區別하자면 歌는樂器에맛초며부르는노래요 謠는樂器를써나서부

---
20 210-220쪽.
21 진장섭(1904-?). 아동문학가

르는노래이다 何如間童謠란 넓은意味에잇서서의 노래의한分野를일우고 잇는것만은確實하다 그리고 謠와歌와를右記와如히 區別한다하면 勿論謠의起源은歌의起源보다 더오래일것이分明하다

그러면謠의起源은언제나될가 아마그것은人類에게 言語가生기々全브터 存在하얏슬것이다 그것은엇제그러냐하면 사람은本來노래하는本能을 가지고잇기째문이다 母胎에서써러진갓난兒孩의 첫울음그것을 우리는울음이라고흔히부르지만 그것은決코울음이아니요 一種의노래이다 아로리한[22]言語나 思想을가지기前브터 오즉노래할줄을알고잇다는事實은 아모도否定할수업슬것이다

英國史家 머코-리(Maaculay)[23]의말한바 「文明이進步할사록 詩가衰退한다」 의一言을無條件으로容認할수는업다하야도 原始民族에갓가우면 갓가워질사록 노래가實生活속에 重大한地位를차지하고잇섯든것만은 史實이證明해준다

우리는그것의 第一큰證據를 童謠에잇서서發見케된다

童謠는正말年齡을가지지아니한 地上의天使(?)라고할는지 언제브터生겻는지 어데서온것인지를 正確히알바길이업는것이다 모-든純粹한在來의童謠는 그國土의노래인同時에 世界의到處에親戚을가진 大家族의한갈내(겨레)이라고볼수잇다

(이것이硏究論文이아님으로 繁雜을避하야實例를略함)

○　　○

童謠가어린이의노래인以上 어린이의마음을本位로 한것이여야될것은 勿論이다 在來의唱歌와갓치 어린이들이노래할것이면서도 어린이의마음과交涉이업는것은童謠가아니다 어린이의마음깁히 쑤리박혀서 가슴

---

22 '아모러한'의 오식
23 매컬레이(Lord Thomas Babington Macaulay, 1800-1859). 영국 사학자

속에서 싹(芽)이터가지고 저절노입으로튀여나오다싶히 을퍼지는것이야말노 眞正한意味의童謠일것이다 그리고또童謠는어린이의말노써된것이아니면안될것은 더말할것도업는일이다 近日新聞紙上에실니는童謠의 엇던것中에도 우에말한條件을具備하지못한것을 間或發見하게된다

童謠는어린이의노래이지만 그것이반다시어린이의마음에만맛고 어린이의靈만을 가만히흔드는것이여야한다는法은업다 아니그래서는아니되는것이다 亦是그것은어른의마음에도通하고 어른의靈까지도흔드러서 다시금어렷슬째의世界──그것을나는童心의世界라고부른다──로도라가게해줄수잇는것이래야만쓴다 그러치아니하면 그것도眞正한童謠라고 하기가어려운것이다 童謠를생각하는다른사람들은 엇더케생각하는지모르나 나는이点을퍽重要하게보고잇다 童謠로말미암은어룬의童心에의復歸 그것이어룬들의思想과生活을 얼마나淨化해줄는지모른다

(丁卯 季冬 星月齋에서)[24]

童謠에對한私考

韓 晶 東

童謠의意義에對하야는 筆者自身도童謠作法에임이말한바요 또牛耳洞人도말한바잇고 其外에도말한이가잇스니 지금다시重言할必要는업지만은 이제이짓을分類하여보자면 童謠란單純히童의謠라는쯧만이아니고 첫재아해들의노래요 둘재아해들을爲해서의노래요 셋재鄕谷에서아해들이 노래해오는 누구의作인지모르는在來의노래그것이오 넷재엇던詩人이自

---

24 221-223쪽. '계동'은 음력 섣달.

己의藝術的衝動에서을픈詩라도 아해들이吟味할만한것이면 亦是童謠라고할수잇슬것이다

그런데내가지금말하랴고하는것은 이中에서둘재와넷재에對하야생각하는바 젹어볼가하는것이다.

그러나成人된우리(即어른)가쓰는童謠(特히童謠-詩라고하고십다)는 作者가各其가지고잇는聯想의실마리에依하야 幼年時代 少年時代를 回想하야 짠世上을움켜내여 우리두아해와갓흔世上을만드러노아야한다 그러한後에야비로소 어린이들과갓흔맑고純眞한世上을 즐길수잇슬것이오 또어린이로하여금 그世上에서如實히 自己를매양할[25]수잇슬것이다

그럼으로日本의有名한童謠作家西條八十氏는 일즉이日本童謠界를評하야『現代(約四年前인듯)日本의大部分의童謠는 참으로의童謠가아니오 참詩를아해들의게주기까지의 中間的童謠요越川의童謠라』고말하엿다. 참말調律이나늧추고 말이나좀어린듯이하야 일부러아해들처럼써서 藝術의意義를굽히고나추는 다만달큼한砂糖옷이나닙혀놋는것갓흔것은 아해들이詩에눈쓸을짜라 全然히不必要하다고한다.

이제西條氏의『金紗雀』을보자(다잘알리로들지는아니함)이러한象徵的幻想詩의吟味야말노 아해는아해로어룬은어룬으로 얼마든지感興깁흔鑑賞을할수잇는것이다. 참말純全한藝術의詩요또童謠일것이다.

이러한童謠를노코 지금우리朝鮮에나타나는童謠를보자 그저題材나어린이다운것을擇해가지고 漠然하게아모意味도업시 小曲처럼또는唱歌처럼千篇一律의것을써서 미끈미끈한曲調로을퍼노코한것을童謠라고하니 그얼마나誤解냐 假令그것이藝術的엇던衝動에서 을퍼진것이라하여도 그얼마나詩로서 卑屈하고弱하고無味한것이냐 더욱이兒童雜誌(各新聞紙의것도보잘것업지만)에실니는거의全部가『幼稚한노래』(어린이의노래란

---

25 '배양할'의 오식

말이 아니나오이리다는말이다)에서지나지안는것은 참으로寒心한이다
일[26] 그亦自稱曰童謠作家라하고 藝術의大道를밟노라고하는이의것이니
더욱이무어라고말할餘地가업다.

어룬의童心이라든지 어룬의兒童心理라든지 兒童의永遠性이라든지 兒
童의潛在性이라든지 兒童의抵抗性이라든지 兒童의空想이라든지 그엇던
것을나타내드래도『幼稚한노래』쑌으로서야 너무도승겁지안켓습니가. 거
기에한노래가마음을울녀 創造的反應을주는 무엇이加味되지아니하면 안
될것이라고굿이말한다.

何如間나亦是初步生이라 지금여긔에서論爭하자는宣戰布告가아니라
西洋의有名한童謠作家들의作品은이러하다고 몃篇紹介함으로 나의생
각하는바는 다하리라고생각한다.

「이아래쓰는西洋童謠는 日本말에서再譯하기쌔문에 맛이업다는
이보다 차라리本生命은죽엇다고하고십슴니다 그러나大意만이
라도 아라주신다면 나의뜻은다할가한다──」

◎ 죵다리와金부어──英國타테마女史
죵달아놉히나는　죵－다리야
너는너는언제나　실치안터냐
고적한하늘가에　다다를적에
구름이무섭지도　아니하드냐
혹시는맑은바다　맨－속에서
고히고히잠자는　앱분金부어
金부어가되고십지　아니하드냐.

---

26 '일이다'의 오식

金부어맑은바다　金－부어야
너는너는설은일　도재업드냐
찬물결이네몸에　다을그째도
네가슴은짜듯이　깁버지드냐
혹시는너도너도　날개돗아서
죵달처럼空中을　나라가면서
죵달죵달노래하고　십지안터냐.

　　　◎어룬이라면──英國스테분슨氏
내가내가어룬이　될것갓흐면
나는나는쇄자로　검방질터야
아해놈들한테요　자랑하면서
내작난감닷치면　큰일난다고
이쌀막하[27]네句에서　아해들世上의純潔한獨立權의主張을　차즐수잇지안
슴니까　참으로아해들의世上은　어룬들의理解업는暴力으로　쌔처버릴것이
아님을알겟다.

　　　◎해님의旅行──仝　　　氏

나는요벼개베고　잠잘그째도
해님은아지안코[28]　작구길가서
둥군地球한번을　도라와서는
아츰아츰쏘아츰　만드러낸다.

─────
27　'쌀막한'의 오식
28　'자지안코'의 오식

나는은쓸가에서　노는낫(晝)에도
해님은쓸우으로　다름질하고
印度의쓰럭쓰럭　졸든아해는
키쓰를다마추고　자리에들길

나는요저녁밥을　먹을그째면
大西洋바다건너　져편짝에선
새벽닭이울어서　아츰됏다고
아해들이러나서　바지입겟지

이런노래를노래하는 아해들이야말노부럽기짝이업다. 참말아해들의世
上에 이러한永遠性은어룬이되는그째에도 이러바리지안을것이다쏘國境을
넘어서의時間과 空間의無限을征服하는勝利야말노 오직스테-분슨한사람
의꿈에 먹고말것은 決코아니라고밋는다.

　　◎ 엄마와아들──英國셋티女史
엄마업는아들과
아들업는엄마를
한집에다데려다
의조케살고십허

　　◎ 羊의색기──수女　　史
엄마업는색기羊　혼자서들(野)에
치위에바들바들　썰고잇서도
싸스하게품어줄　아무도업네

들에가서설은羊　데려다가요
고히고히길너서　키워줍시다
튼々한어룬羊이　되기까지요

　　◎ 네가지問答──仝女　　史
무거운것무−엇?
바다의모래와설음.
쌀은것은무−엇?
오늘과쏘來日.

弱한것은무−엇?
꼿과靑春.
깁흔것은무−엇?
바다와참(眞)

　어느것을보든지率直하고상냥하고 애닯은氣分이반질반질나타난 것이 보인다.　참으로호리우지아니한 아릿다운맛이야누가보든지 가슴속깁히깁히 잠겨드는눈물노 두눈을홈박젓치지 안을수업슬것이다.　쑨만아니라『네가지問答』에드려가서는 人生의奧義를맛본이의 뜻깁흔말이아니라고할수업다.　그참(眞)을잡으랴고 애쓴貴여움이야 同情한찰나 애처러움을 늣기지 안을수업다.

──(一九二七年 夏)──[29]

────────────────────────────────────

───────
29　224-231쪽.

編 輯 後 雜 話

高　長　煥

編輯後雜話로 長文의童謠에對한 이야기를쓰려하얏스나 여러가지事情으로因하야 못쓰고못실이게되엇습니다. 그리하야웃절수업시 다음機會로나밀고 다만멧마디로써 끗멧을막으려합니다.

이것이元來 朝鮮에서처음이고 처음編輯인만큼 뜻과가티圓滿히못되고 遺感된点이만습니다. 內容에對하야도五分之四는 드러온原稿이나 五分之一은童謠選集을爲하야 어듸에發表된것을 그대로실흔것이잇습니다. 童謠의新展開線上을爲하야 一般은이점에 만흔諒解를주실바입니다.

이책의出刊을昨年八月에하려든것인대 저의不得已한事情이잇서 이제야出刊되엇습니다. 그간苦得[30]하시든분에게未安한点을용서하야주십죠. 編輯以后로도玉稿가만이드러왓섯스나 실이지못하고봄에創刊되어나오는純「童謠」雜誌에나실이겟습니다.

끗흐로方定煥[31]氏의「가을밤」(一三二頁[32])은譯謠이며一七六페지[33]의「별이삼형제」(原名兄弟별)는方氏가日本留學갓다와서 처음으로創作한作謠인것을알아주십죠.

童謠選集이나 童謠硏究協會에對하야 무르실것이잇스시면 조금도 념려마시고

만이물어주시긔를 어듸까지바랍니다.[34]

---

30 '苦待'의 오식

31 방정환(1899-1931). 아동문학가

32 엽: 쪽(page)

33 페이지(page)

34 232쪽.〈조선동요연구협회〉대표를 맡았던 고장환의 생몰연대는 밝혀지지 않았다. 고장환은 소년운동가로 정홍교(丁洪敎) 등과〈半島少年會〉조직(1923.3), 지도위원 역임.〈경성소년연맹회〉(일제의 제재로〈五月會〉로 개칭) 지도위원(1925.9) 역임. 방정환(方定煥)의〈소년운동협회〉와 합동으로〈조선소년연합회〉결성(1927.10), 중앙사무서기 역임,〈조선

소년연맹)으로 개칭(1928) 후 중앙집행위원으로 활동한다.

37. 金岸曙, 『岸曙詩集』

김억(본명 金熙權; 1895-?)의 네 번째 창작시집(漢城圖書株式會社, 1929.4.1).
A6판(100×140㎜). 200쪽. 표지에 시집명을 적고, 그 아래 부분에 오른쪽 가로쓰
기로 'ⅩⅠⅩ ⅩⅯⅭⅯ'[1]이라는 표기가 있다. 표지에 있는 향로 그림은 김찬영(金瓚
永, 1893-1960)이 그린 동인지『靈臺』(1924.8-1925.1; 통권 5호) 표지의 향로와
동일한 모양이다. 다만, 여기에는 향로만이 덩그러니 그려져 있고,『영대』에서는
향로에서 나온 연기를 그리고 그 속에 동인지명 '靈臺'를 적고 있다는 점에서
차이가 있다.
〈옛마을黃浦〉(20편), 〈오가는흰돛〉(14편), 〈예도는구름〉(10편), 〈살구꽃〉(12편),
〈詩와술과〉(5편), 〈보람업는希望〉(18편), 〈하로에도맘은〉(28편), 〈殘香〉(15편)의
8부로 나누어 122편의 시를 담았다. 대부분 고향 주변의 자연과 인정을 소재로
한 것인데, 이 중 〈殘香〉은 한시 및 서구시를 번역한 것이다. 앞서 발간한 시집과
달리 근대시와 민요를 접목하려는 노력을 보인 시집으로, 이전까지의 서구시풍
에서 한시풍으로, 자유시형에서 7·5조나 5·7조의 정형시형 – 김억은 이것을 '格
調詩'라고 명명한다 – 으로의 전환을 보여준다. 전통적 민요의 리듬에 바탕을 두
고 향토적 소재를 경쾌한 분위기로 노래하고 있다.

나의
K·C·O에게[2]

白沙場넓은벌에
님왓다간줄

---

1 로마 숫자(Roman Numerals)로 '1929'의 의미
2 1쪽. 헌사

어느누구 알는가.

   —素月—[3]

---

3 6쪽. 책머리에 있는 헌시. '소월'은 김정식(金廷湜, 1902-1934)의 필명

38. 黃錫禹 編, 『靑年詩人百人集』

황석우(1895-1959)[1]가 편찬한 사화집(朝鮮詩壇社, 1929.4.3).

A5판. 142쪽. 황석우가 편집 겸 발행인으로 있던 〈조선시단사〉에서 발간한 『朝鮮詩壇』(1927.11-1930.1, 통권 6호) 제5호 특대호로 간행된다. 이 사화집은 그동안 『조선시단』에서 배출한 신인들을 중심으로 102인의 작품을 모아 엮은 것이다. 황석우의 권두사와 함께 3편의 평론—손풍산(孫楓山)의 「詩壇時感」, 박우천(朴宇天; 본명 朴亨權)의 「黃錫禹氏의詩를읽고」, 송완순(宋完淳, 1907-?)의 「詩想斷片」—과 2편의 논문—임연(林然)의 「詩의藝術上地位」, 우이동인(牛耳洞人; 李學仁)의 「象徵詩에對하야」—을 실었고, 102인의 작품을 〈一般詩壇〉, 〈女流詩壇〉, 〈學生詩壇〉의 세 부문으로 나누어 담고 있다. 이어 황석우의 시(小曲) 「神」과 전운향(全雲香)의 헌사 「朝鮮詩壇의慈父黃錫禹氏의再現」으로 마무리한다.

급하게 서둘러 출간한 탓인지 오식과 의미 불통의 문장이 많고, 편집이 어수선하다. 대표적인 '투고잡지'[2]였던 『조선시단』의 성격과 걸맞게 김대준(金大駿; 필명 金海剛, 1903-1987), 이찬(李燦, 1910-1974), 은성(銀星), 춘파(春坡 朴達成, 1983-1960) 등을 제외하고는 대부분 신인들의 작품을 실었으며, 이들의 거주지는 전국 각지에 산재되어 있다. 황석우의 기대에도 불구하고, 이 사화집에 작품을 올린 신인들은 『조선시단』 외에는 그다지 활발한 시작 활동을 보여주지 못 한다.

---

1 호는 상아탑(象牙塔). 서울에서 태어났다. 와세다대학(早稻田大學) 政經學部 중퇴. 재학시 상징주의 시인 미키 로후(三木露風, 1889-1964)의 영향을 받아 시를 쓰기 시작. 무정부주의 운동에 참여. 귀국 후, 『廢墟』(1920.7.25-1921.1.20, 통권 2호), 『新民公論』(1921.5.26.-), 『薔薇村』(1921.5.24. 통권 1호) 동인. 순수시지(純粹詩誌) 『朝鮮詩壇』 발행. 대학 재학시절에 일본 잡지에 글을 발표하였다고 하나 정확하지는 않다. 시 「頌」, 「新兒의序曲」, 평론 「隱者의歌」(이상 『泰西文藝新報』 14호, 1919.1.13), 평론 「詩話」(『每日申報』, 1919.9), 「朝鮮詩壇의發足點과自由詩」(『每日申報』, 1919.11), 시 「碧毛의猫」(『廢墟』 창간호, 1920.7) 등을 발표하여 문학활동 시작. '탑골승방(보문사) 여승 사건'(1924)으로 만주행. 시 「午前喜悲」(『朝鮮文壇』 속간호, 1935.2) 발표 후 시 「나의 呼吸과 말」(『現代文學』 40호, 1958.4) 발표 때까지 작품 활동 중지. 『中外日報』, 『朝鮮日報』 기자, 『朝鮮實業時報』 논설위원(1935). 광복 후 『大東新聞』 논설위원(1945). 와세다대 시절 알았던 신익희(申翼熙, 1892- 1956)의 도움으로 국민대 교수, 교무처장 역임(1950). 우리말 사용 및 시어 선택에 있어 서투른 면이 있었다.

2 독자의 투고 작품에 중점을 두고 유명한 대가들의 몇 작품을 앞머리에 실어서 시선을 끄는

朝鮮詩壇第五號特大號

靑年詩人百人集을내임에當하야[3]　　　黃錫禹

　　世界詩壇의압흐로舞台를戰取해나가려는遠大한抱負를갓은 우리朝鮮詩
壇은創刊된지不過三四個月에朝鮮內外에散在한百餘人의피끌는젊은男
女詩人을차저냇다 이네들은沙漠보다더荒凉한朝鮮의曠野의砂礫[4]가운데
金玉갓치파뭇처잇든將次오는朝鮮新詩壇의主人公이다　곳이네들은새朝
鮮의藝術, 새朝鮮의魂을創造할——時代가, 歷史가보낸尖驅[5]의神들이다
이네들은只今새詩壇의새벽들가운데萬里遠征의騎士의무리갓치 勇猛스럽
고雄々하게陣容을낫하냇다, 그얼골은 아릿답기꼿과갓고 또는 기운차기
太陽과갓다 이네들은참으로꼿갓고 太陽갓흔詩人들이다 이네들의압길은
멀고 그使命은크다 새로서는詩壇새로오는 朝鮮은將次이네들의손에依하
여마지여올것이다 朝鮮아—이詩人들의 압에업대여敬虔하게禮拜하고 그
압길을祈禱하라쓰러젓든朝鮮詩苑은이네들의손에依하여復興될것이며
또는朝鮮詩壇史上에大書特筆할新紀元의黃金時代는올것이다　곳朝鮮詩
壇을 世界詩壇의압흐로잇글어나갈者는正히이들이다 오々全朝鮮의靑年
들아나와 이네들을마즈라 또한이네들의進出을미워할者잇거던忌憚업시
正面으로나와다고[6]

　　　잡지
3　　권두사
4　　사력: 모래와 자갈
5　　첨구: 선구(先驅)
6　　1쪽

詩 壇 詩 感
═感動, 實感, 效果, 其他═
孫楓山[7]

感動은詩의生命이라고합니다

웨 그러냐하면 詩란것은 그本質 上感動업시 는[8]지어질 物件[9]이아니기째
문임니다

우리는感動업시 지어진 詩의存在를許諾할수가업슴니다

그럼으로 感動은 歌詩의 모든 構成要素中에가장重大한 한가지 條件일것
이며 同時에詩의 生命이라고 아니할수업슴니다

그러나 이感動은 決코 固定不變体는아님니다 그時代, 그社會, 그民衆의
生活環境에싸라서 一切의 文藝思潮와갓치流動하는것임니다

싸이론, 하이네等諸詩伯의 詩的感動을 오늘의 朝鮮의 社會現實에서 차
저낼수가 업는것이며 一驢에채질하야 千里로 大醉流浪하든 李白갓흔 詩
豪의詩的感動과 오늘의 우리들의 切迫한生活에서 이러나는詩的感動과
는 그距離가써러지지 안을수업는것임니다 그리고同一한 時代 社會에서
도 그階級을 싸라 쏘는 그個性을싸라 自然히感動이다를것도 勿論임니다

그럼으로 달밝은밤 一軒의 樓亭에서 하얀銀컵에 빨간葡萄酒를 부어마
시는 福祿客[10]들의 가슴에 어쩐詩的感動이잇다하면 氷板갓흔 찬구둘에
밥을굶고 누어잇는 努人의가슴에도 말못할 一種의詩的感動이 업다고는
못할것임니다

이미 詩歌 (쑨아니라一切의藝術이) 란것이 우리들의 生活과 獨立存在할

---

7 손중행(孫重行, 1907-1973)의 필명. 카프 맹원으로 활동한 시인, 동시작가.

8 '그本質上 感動업시는'의 오식

9 물반. 일본식 한자로는 '품질(品質)'

10 복록객: 복되고 영화로운 삶을 사는 자

수업는物件인以上, 詩人의感動은 多數民衆의 感動과 共通性이 잇서야
할것임니다 眞實로詩人은 現實에對한批評眼을가저야하며 多數民衆의
生活을理解하여야하겟슴니다 萬一 詩人으로써그리치못할진댄 차라리
作品製作의 펜을 던지는것이 조흘듯함니다 여긔에 詩人으로서, 아니藝
術家로서 맛보지안을수업는苦憫이잇다고할수잇슴니다
그럼으로 언제든지 自己호올로 웃고울고 하는詩人은, 그詩人으로서의
存在價值가업다고생각함니다 한개의 사람으로서 그社會的存在는 認定
할수잇스나 참된意味의藝術家로서는 그存在를承認할수가업는것임니다

우리는 詩歌에잇서서도 그題材內容에實感이잇기를要求함니다 一幅의
그림에잇서서도 그러하고 一篇의小說에잇서서도 다 그러하려니외[11] 特
히 人生의 모든思想感情을 端的으로 吐露表現한다는詩歌에잇서서는 더
욱히 迫眞한實感이 잇서야할것임니다
그럼으로나는 漠然한 意味의詩的空想이란말에對하야 好意를 갓지못함
니다 詩的空想이豐富하엿다는 저「아일렌드」國民은 그國家의滅亡을招
致하엿슬뿐임니다
무릇詩歌란것이 사람의思想感情을土台로하고울어나오는以上, 그根本
的出發點은 사람의思想感情을짜내인 그生活環境일것이勿論임니다
그언제인가 朝鮮日報紙上에 發表되엿든 金泉사시는 어떤女流의「콩나
물죽」一篇을 나는다시금 생각함니다
오날도 눈물을 흘니면서
나는「콩나물죽」을 쑴니다
붉은夕陽이 大地에무르녹아
첨하끚혜 깃숨을째

---

11 '그러하려니와'의 오식

밧갈고　도라온　아버지와

배곱하우는　철업는　동생을위하야

오날에도　도라오지못할　당신을　생각하면서

애닲은　눈물을　흘니며

이「콩나물죽」을씁니다」　　　　──(끗)──

얼마나 읽는사람의 가슴을 두드리고 침니싸!

먼저 憶々惻々한[12] 이作者의 生活그自体가 벌서讀者의가슴을 친것은 事實이로되 그順하고率直한 表現에서 흐르는 實感은 讀者의가슴을 肉迫하야 마지안습니다.

그럼으로나는 一篇의詩를짓는다는것이 貴한것이아니라 그詩를생각는 作者의 生活感情이.[13] 보다더 貴한것이라고생각합니다.

詩는決코 敎化라든지 宣傳을 目的으로하는것이 아니겟습니다. 어쩌한 偉大한詩人이라도 當初부터 敎化와宣傳을目的으로하고 詩作을 하지는 안을것임니다

現代의모든 藝術이 이미 그立脚의基礎를 社會意識에둔以上, 詩歌도 쏘한 그러하야만 할것이 勿論임니다만은 그러나一篇의詩로써「◇◇◇◇◇◇」,[14] 나或은 ◇◇◇의 宣傳道具로만생각하는것은藝術의 範圍를 限定하는것이겟습니다.

넓고깁흔藝術을 좁고여틔게 하는것이겟습니다.

敎育者가 被敎育者를 敎化할째에 敎育者의意識的言語行動보다는 無意識的言語行動이보다더큰 影響을 준다고함니다 이와맛찬가지로詩에 잇서서도 그러합니다. 詩作에잇서서 敎化, 宣傳을目的으로한 詩人의 意識

---

12 은은측측한: '隱々測々'의 오식. 딱하고 가여운
13 ','의 오식
14 복자. '프롤레타리아' 정도로 읽을 수 있음. 이어지는 복자도 '무산자(無産者)'인 듯함

215

的 努力보다는 無意識的影響이 보더큰 에펙트[15]를 諸者大衆에게주리라
고 생각합니다.

우리는 「카-펜터-」[16] 나 「호잇트만」[17] 이나或은 碳木[18], 白鳥[19]等의諸作
을 對할째에 相當히感情의激動을밧슴니다. 그들은 勞働者도아니오 農民
도아니요 또는 테로리스트 도아니엇만은 그들의作品이 讀者의가슴을 그
처름 뒤흔드는것은무슨 까닭이겟슴닛싸?[20] 그것은 두말할것도업시 그들
의마음이 無産者로서의 正當한歎息과 現實에對한 批評으로써 動하엿기
째문입니다. 그럼으로 우리들의 詩歌는 남에게 듯기조흔부르지즘이되지
말고 우리들의生活로부터出發식힌沈默하고서는 견듸지못할 참된부르지
즘이되여야하겟슴니다. 底力잇는 感動의絶叫가 잇는곳에 無形한속에서
無形한 効果가 나타나리라고 생각함니다.

이제야 우리朝鮮詩壇에는 새로운 機運이모임니다. 本誌「朝鮮詩壇」이
創刊된지 벌서 四號가 나왓고 저 晋州에 新進의손으로 「新詩壇」[21] 이發
刊되여서 이미 二號가 나왓슴니다. 숨어잇든 만흔젊은詩人들의 가슴을
치며 뛰어나올째라고 생각함니다. 그들의손으로 期於코 이짱을 뒤흔드
러노코말것을 나는밋고기다립니다.

本誌編輯하시는黃錫禹氏의 새로운 思想的作品을 하로라도 속히 對하고
십슴니다 漂浪屢年이라시니 조흔作品이 만흘것입니다. 지금 朝鮮의詩

---

15 이펙트(effect). 영향
16 카펜터(Edward Carpenter, 1844-1929). 영국 시인
17 하웁트만(Gerhart Johann Robert Hauptmann, 1862-1946). 독일 극작가
18 石川碳木(Ishikawa Takuboku, 1886-1912). 일본 단카[短歌] 시인
19 白鳥省吾(Shiratori Shougo, 1890-1973). 일본 시인
20 '까닭이겟슴니까?'의 오식
21 진주에서 창간(1928.8.1)된 시 동인지. 편집 겸 발행인 신명균(申明均, 1889~1941). 동인
　은 엄흥섭(嚴興燮, 1906-?), 김병호(金炳昊,1904-1959), 정창원(鄭昌元), 소용수(蘇瑢叟)

壇은 詩人의作品保留를許諾치아니하며 朝鮮의現實은 詩人의自慰를容恕
하지안슴니다. 氏의奇撥한 詩想과 表現을 보혀주는 自然詩는 이미本誌
가創刊된뒤로부터 今年新年號까지 보아왓스니 恨이업슴니다. 하로라도
속히 그感情의 白熱化할思想的作品을 우리들의 눈압혜 던저주소서.

    (아직그런自由가업슴니다 좀 더참어주시요 내가더애탐니
    다 黃 錫 禹)[22]

追記 本誌가 詩歌中心의雜誌인만큼 主로詩歌에對해서만 못난意見을
써보앗슴니다. 或獨斷이잇거든 여러詩道人士의 批正이잇기를 바람
니다.[23]

黃 錫 禹氏의詩를읽고

吉 林 朴 宇 天

黃錫禹氏의「一枚의書簡」,「女子의마음」,「私生兒」,「구름속에서나오는
달」,「女子」,「두盜賊」,「女子의마음」,「人生」,「죽엄배인어머니」, 消毒大[24]等
은奇撥하고, 雄渾하고, 深刻하고, 纖奸[25]함이그天才的詩想如何를잘엿보
게함니다. 그奇夫撥과雄渾은老莊思想을생각케하며쪼그寫實的이고諷刺
的임에는 로시아[26]의 그리보에돕[27] 을 生覺케하며 그深刻함과그娟奸함[28]

---

22 황석우가 편집자로서 글 마무리 부분 '追記' 앞에 임의로 넣은 답변

23 2-6쪽

24 '「消毒灰」'의 착오

25 '纖巧'의 오식. 섬교: 섬세하고 치밀함

26 러시아(Russia)

27 그리보예도프(Aleksandr Sergeyevich Griboyedov, 1795-1829). 러시아 극작가

과 그美妙함은 詩聖쑤-스킨[29]을聯想케합니다. 아니차라리엇던點으로는 그들도 氏의天才에는밋지못할가합니다.

朝鮮詩壇의創始者인氏는坐詩壇復興者가되여줌은깁븐消息이외다. 氏를갓든[30]朝鮮詩壇은 장차千紫萬紅의盛夏를 이루울것이외다. 나는한갓 氏가朝鮮詩歌를世界文壇의압흐로進出케할偉功者가되여주기람를바니다.[31] 끗흐로 氏가過去에잇서서一部無理解한讀者群의게象徵詩人이란誤解를밧어온것은氏를爲하여如干愛惜한일이안이라함을一言해둡니다[32]

詩 想 斷 片　　　송 완 순

우리가萬一 우리의생각한바의詩를 입으로서도能히, 만흔民衆에서 傳播식힐수잇다면은, 일건 紙筆을使用하고, 冊을맨들必要조차업겟지만, 그러나 그러치못함으로써, 우리들은우리들이 늣긴바를 時間을浪費하면서 印刷까지하야만드는것이다.

或 이러한말을하면, 詩는詩人의藝術乃至文學의價値上에잇서서, 永遠不滅할藝術乃至文學的作品임으로, 그것을살리기 爲하야는 冊을맨들저[33] 안흐면아니된다.고 하실동무도 잇슬것이다. 勿論그맘도[34]一里[35]는 업는 말이아니다. 그러나 果然우리의詩라는것이 멧千年멧萬年, 그리고어쩌한

---

28 연연함: 곱고 예쁨
29 푸시킨(Aleksandr (Sergeyevich) Pushkin, 1799-1837). 러시아 시인
30 '갓은'의 오식
31 '되여주기를바랍니다'의 오식
32 7쪽
33 '맨들지'의 오식
34 '그말도'의 오식
35 '一理'의 오식

思想히橫行하는, 다시말하면 經濟的◇◇[36]으로因하야 時代時代마다變動되는 思想下에서도, 그곳에서燦然히 빗츨發揮할수잇슬까?

諸君은보리라. 저有名한 「쉑스피어」,[37] 「딴테」,[38] 「하이네」,[39] 「바이른」[40] 其他의自古로有名하든모든時代의모든詩人들의그詩가, 今日에잇서서는 한가지死文學的詩에 不過한것을 그時代 그民衆의思想이 要求치안하는詩라면──(모든藝術도그러타)──그것이 비록 記錄에는 남아잇슬지래도, 人生과思想과는 아모關係가업는詩임으로써, 그時代에잇서서는 한낫參考材料에不過한 「죽은詩」가되고 말을것이다.

그럼으로우리가 詩를冊에올리어 民衆에게내어놋는다는것은, 그詩를永遠히不滅케한다기爲함보다도우리의훌륭한詩想을民衆에게 傳播하야, 그民衆에게조고마치의 覺醒이래도 賦與하야, 社會를보다더 나흔곳으로推進식히는 過程에잇서서, 한가지武器가되고자함이 아니면안된다.

所謂藝術魂의不滅性을主張한다는것은, 적어도新時代新社會를憧憬하는, 그리고物質的歷史의進化를是認하는, 血氣芳壯한靑年詩人으로서 敢히絶叫할바아닐까한다. 藝術에, 그치고 모든物質的經濟條件의支配를밧는事物의게, 그것이 永久不變性이업다는것을 事實的으로歷史가證明하는바이어든, 그래도그러치아니하다는者잇거든나오라. 恒常우리는 그러한藝術至上主義者와는 果敢히싸호지안흐면아니된다.

　　　　○　　　　　　　　○

吾人의 이말에 쏘다시 彼等은 憤慨怒叫하리라.

[41]藝術은純潔無垢한것이어서 더러운社會的民衆과는　分離하여야한다,

---

36 블록 처리된 부분. '궁핍' 정도로 읽을 수 있다.
37 셰익스피어(William Shakespeare, 1564-1616). 영국 극작가
38 단테(Alighieri Dante, 1265-1321). 이탈리아 르네상스기 시인
39 하이네(Heinrich Heine, 1797-1856). 독일 로만주의 시인
40 바이런(George Gordon Byron, 1788-1824). 독일 로만주의 시인
41 '「' 누락

獨立하여야한다 그럼으로그가功利를爲하야 民衆과接近하는것은 危險千萬이라」고.

그러면 吾人은 諸君에게 뭇고십다,

純潔無垢란무엇을意味함이며, 人間=民衆과 分離獨立하야서도 果然藝術이살수잇고 (即이것은物質的條件과의對立을意味함이다) 또民衆을 爲한詩를 다만 功利의 機械로만看做할수잇을갓?고.

大體로諸君들은 藝術그것의本質부터沒理解한다.

쉽게 例를든다면, 諸君이物質로서의 밥을엇지안코, 굶어가면서, 또한物質로서의 頭惱와도分離하야 果然詩쑨外라, 달은모든것을할수가잇슬까? 이보다도 諸君은 죽어서도 모든일을 할수잇다고밋는가?勿論物質을否認하는 諸君으로서는 「然!」이다할것이다, 그리고 하지안해서는 自家撞錯이다.

○ ○

이와가티 우리는 모든藝術의獨立을否認乃至拒否하는同時에, 詩歌의民衆化를絶叫하는者이며, 또한그럼으로써, 藝術의恒久性도否認하며,同時에,藝術의民衆과物質과의分離獨立을그根幹으로부터 투들겨부수지안흐면안히된다. 그럼으로 우리는 物質과民衆과를써나지못한, 써날수업는 모든藝術及詩를한가지 훌융한 科學으로 見做한다,

그럼에도不拘하고 牛耳洞人(李學仁)君은 일건「新詩研究」라는 새로운 詩를論하고자하면서, 오히려묵은「죽은詩」를研究함으로써 滿足하랴하고, 그것으로써 만흔젊은詩人을 사로잡으랴하얏다.

吾人은 君의詩論全部를보지는못하얏스나, 「朝鮮詩壇」二號의「詩歌와科學」이라는「新詩研究」의一節만으로써도, 君의詩에對한思想을 如實히 窺視할수잇섯다.

勿論그全部를解剖하드래도, 皆悉히[42] 우리의詩想과는全然判異할것이나, 그러타고 나의現在事情이그만한 時間의餘裕를주지 안흠으로써, 君

은[43]時間을 利用하야 그重要한部分만簡短히 解剖하야보랴한다, 君은말
한다.

詩歌는「象徵的」이고科學은「推理的」이니

詩는科學과 區別하게된다(一)웨그러냐하면 그것은根本的으로 그作用이
다른까닭이다 科學은眞理(어쩌한?)를探求하는作用을가지고잇고, 詩는想
像의作用을本質노(로)한다. 即獨創的으로지여내는性質이다, 그럼으로
詩는사람을昂奮시키는것이다」(點及括弧는宋)君의말은이러하다.

너무나 詩에對한 沒識과, 科學에對한無知의 어엽븐自己告白이다, 너무
나 어리석은말이다, 어린아해의말이다!

李君! 君은 詩는다만 想像的이요獨創的임으로써 科學과는判異하다하얏
스니, 그想像과 그獨創이무엇을基本으로한것일까?結局은想像이나 獨
創이 別수업는物質的科學의一反映物임을君은 몰랏는가? 하고, 쏘한 今
日에잇서의 우리의詩는 想像的이안히라, 直接間接으로 生活現實에서늣
긴바를, 現實的獨創的으로 노래볼르지안흐면안히된다.

想像的이란말과, 獨創的이란말은, 글字대로 그意味에 잇서서도 相異한
것이다. 그리고, 獨創的이란 現實을을나서만[44] 잇슬수잇다는것은 아름
다운幻想이다.「獨」字가들엇스니짜 君은아마도 現實과쩌分離된무엇으
로 알엇든모양이나, 이것은너무나 過識한탓이라할까? 더욱히 詩를科學
的으로 批評하는것은誤認이요, 問題도되지 못하는것이라고한 君의譫
言[45]에는, 君에게對한蔑視와憎惡感까지 喚起식히지 아니치못한다, 社會
는아프로!하는데, 그社會生活上의 一要求物로서의詩歌는 뒤로!그리고
社會는現實的인대, 藝術은想像=空想的으로!하는것이 李學仁君의詩想

---

42 개실히: 모두

43 '남은'의 오식

44 '몰라서만' 또는 '떠나서만'의 오식

45 섬언: 헛소리, 허튼 소리

全部이다.

그러나君아! 그대들의 아름다운 象牙塔은破壞된지오래이이다[46], 君의所謂新詩硏究는 고린내나는舊語의反復에不過한 戀愛詩硏究가되고말앗다. 그러나 나는屢々重言하지안켓다, 다만吾人은 君等의今後行動을注視할뿐이지, 다시現實로도라오라고, 勸告하기도실타, 必要도업다, 그러나傍觀하지는 안흘것이다. 그대들의行動이그러면그를사록 우리는한時밧비 그대들을 埋葬할것이다. 가거라! 독가비들아!.

「그런데新興詩(좀느진말가트나事情上이러케말하야둔다)에對하야도, 新興詩人으로自處하면서 우리는 아즉까지, 眞正한 新興詩에對한曲解를 만히하얏스며 지금도 아즉曲解하는同志가만코, 쏘曲解를 안히한다하야도 眞正히理解하는사람이別로업는것갓다. 그런데 十一月中旬(?)傾에 든가 中外日報에

李城路[47]同志의 「新興詩에對하야」라는小論은비록君의獨創的意見은얼마업섯다하드래도 아프로의 우리詩歌展望에對하야만흔도음을 주엇다고본다.

現在그글이내손에 업서서 여긔에그것을 批判할수는업스나, 記憶한대로멧가자[48] 批判을하야보자, 君은

「新興詩란 맑쓰主義를眞正히認識하고, 意識을確把한者이라야만비로소, 眞正한푸로詩를쓸수잇고, 쌀하서 이러한, 即「맑씨스트」가 써야지만 眞正한푸로詩가될수잇다」 한듯이記憶된다, 如何間 이런意味의말을 한것만은事實이다.

그러타, 勿論이말에 異議는업다, 그러나 아모意識도업는 ◇◇者나◇◇[49]

---

46 '오래이다'의 오식

47 이성로: 이학인(李學仁)의 필명

48 '멧가지'의 오식

民이 悲慘한生活現實에서늣긴바를 그대로노래한것도.[50] 홀융한新興詩의一種임을이저서는안히된다. 오히려 아모實地經驗업시, 意識만가진「인테리켄ㄴ챠」[51]로서의 우리들보다는 實生活을맛몬[52]그들의詩가 어는 点으로보하서는 單純하고, 가장實寫的이라고 생각한다.

李君은쏘한 車南松 李燦 鄭蘆風[53]君의 詩歌를引用하야서써, 그것을春城[54]의詩에比較하면서, 眞正한新興詩릐리말하얏다. 그러나 이들의詩는 아즉도멀헛다. 보랴[55]적어도 日本藝術聯盟機關紙에나는 그것을보아라, 그리고 오날에잇서서 春城等의詩를問題삼는것부터, 우리로서는 너무나 閒暇한일이다. (李城路君의「新興詩에對하야」參照)

○   ○

하기는 現下우리의 情勢가그「크라이막스」에까지迫切한만큼, 新興詩니 무어니할 조고마치의自由도업기는하다만은, 그러타고沈默은적힌다[56]할 지래도, 마음만은變지말고, 쏘詩作에잇서서도 아조後退는말하야할것이다. 在來의詩作은 너무나感情的이엇스나 인제는좀 冷靜한態度下에서 暗示的이서야하고, 非전투的이라하야도, 힘만잇스면조흘것이다. 이点에서서는, 原則은안히지만, 當分李成路君의引用한바의 車南松 鄭蘆風 李燦等 諸君의態度를取함도 조흘까한다. 어쩌튼지우리는 「도라뒤편아프로갓─」만하긔안호면[57] 조흘것이다. 그리고서恒常우리의 모든것이잘될째까지 쉬

---

49 블록처리한 부분. 앞의 것은 '노동자' 또는 '무산자'로 읽을 수 있다.

50 ','의 오식

51 인텔리겐치아(intelligentsia). 일정한 지식이나 기술을 가지고 지적 노동에 종사하는 사회 계늅

52 '맛본'의 오식

53 본명 정철(鄭哲). 생몰년 미상

54 노자영(盧子泳, 1901-1940)의 호

55 '보라'의 오식

56 '직힌다'의 오식. 지킨다

57 '하지안호면'의 오식. 하지 않으면

어서는못쓴다, 압날을爲한 「沈默」이라면 얼마만치는必要할것이다.

○   ○

지금우리의가슴은 義憤으로充滿한만큼, 詩를써도 노러케쓸것이다, 그러나 그러타면우리의詩는모다죽엄을당하니 차라리모든것을잇고지내는것이낫다, 그러나그것이올흔것인以上은 우리는生命은바치드라도, 우리의藝術은바리지못할것이다, 우리의싸홈은 쓰티지안흘것이다, 쓰처서는안히된다.

제마음대로못하는그마음이 얼마나쓰라리며, 詩한자, 자긔마음먹은대로發表치못하는 더욱히情熱的感愛情的로서의 詩人의 마음이그얼마나 쓰라리라만은, 모든것을참고, 나아가는데에 우리의삷이잇는만큼, 悲觀하야서는안히된다, 自己늣긴바, 생각한바의半分도注入못한 非싸홈의詩래도, 우리는작고내서 어리석은 그들에게 모든무리에게 깨우침을주허야한다, 그힘도絶對로적은것이아니다.

가이업슨모든젊은朝鮮의詩人이여!더욱힘을씀으로써, 우리의손으로우리의생각한바를現實식히자!

一九二八, 一二, 一一[58]

詩 의 藝 術 上 地 位

林   然

一, 緒   論

(1) 緒   言

---
[58] 8-14쪽

黃錫禹氏의努力으로말미암아 荒寒乾燥하든우리詩壇에 朝鮮詩壇이創刊됨을볼제 나는오즉黃錫禹詩에對한慇懃과 朝鮮詩壇에對한새로운企待를마지안햇다

더욱이朝鮮詩壇을通하야 旣成詩人諸氏와 新興詩人들의 赤誠[59]의努力과 龍驤虎搏[60]의氣勢를볼제다만驚喜의雀躍을 마지안헛다 나는이제 詩의藝術上 地位란拙文을抄하야 詩에對한本質 藝術的內容으로본詩의地位藝術의表現方式上으로본詩의地位 藝術의種類와詩의地位 詩人의藝術家的地位等位에論及하야 詩藝術의地位와價値를論定하려하며兼하야 詩友諸氏의 一片의叅考가된다면 多幸일까한다

藝術의起源上으로본詩의地位 民衆藝術로의詩의地位에도 論及해보려한다

二, 本 論

(1), 藝術의起源上으로본詩의地位

藝術의起源에對하야는 學者들의 區々한學說이잇스나 나는그枚擧의煩雜無用을避하며 今日에잇서서 藝術의起源에對한두가지論法을드러詩의起源에論及하려한다

그하나는純粹藝術家或은쁄죠아[61]藝術家의主張하는것이니 即 藝術은原始時代에잇서서 原始人이豊富한産物과아름다운自然의품에서질거움을못너겨춤츄고노래부르고하든데서 始作되엿다한다 여긔에도勿論一理는잇다 그러나藝術의起源을그럿케平凡하게생각하는것은誤謬이다 藝術의起源은그以前을잡어야한다即푸로藝術家의말하는勞働說에依해야한다 나

---

59 적성: 마음속으로부터 우러나오는 참된 정성
60 용양호박. 용이 머리를 쳐들고, 호랑이를 잡음
61 부르주아(bourgeois). 자본가계급

는이제어[62]前論에對한批判을하는이보다 勞働說을參照하야나의拙見을써
보려한다 實로藝術의起源은人類가처음생긴그째부터집지안홀수업다 最
初의人間은最初의藝術家이다 基督敎徒의信仰의立場에서본다면「아담」
과이브가最初의藝術家이겟지 類人猿에서進化한最初의人間이大地우에낫
타날제 그의겐아름다운自然豊富한物産이意識될理가萬無하였다 오히려
그의自然環境은一種恐怖를쥬윗스며 飢餓猛獸對敵孤獨이런것을對할제
그는自己保護를積極的으로期한다 恐怖에對한 呼聲飢餓에對한貪物探求
와그에對한感懷의 노래孤獨呼聲利嗜連帶(社會學參考)로因한結合과敵에
對한對抗 猛獸에對한싸홈 이런째에發한는[63]그들의興奮된소리 이런것은
그들의詩엿다 即原始人의生活이엿스며 그들의勞働對抗恐怖孤獨으로의
興奮된소러는[64]그대로詩이다 더욱이勞働中의그들의소리는 原始共産時
代에잇서서一種奇異한勞働詩멋슬[65]것이다

이에吾人은最初의人間이最初의藝術家라고 主張하는것이다 同時에그들
의生活表現인 興奮한소리는그대로詩이다 이点에서藝術의起源最初의人
間이나든째그들의生活內容인勞働鬪爭恐怖飢餓孤獨等의呼聲即原始人
의詩에서비롯하는것이다

即類人猿이進化한最初의人間이最初의藝術家이엿스며 싸라서最初의詩人
이엿다 即詩가藝術의最古形式이엿든것이다 詩다음에노래춤이러케發達
된것이다 故로詩야말로一切藝術中에가장起源이놉흔것이다 即藝術의祖
上인것이다 日本古代文人인紀貫之[66]는노래【詩를意味함】[67] 는天地가열

---

62 '이'의 오식
63 '發하는'의 오식
64 '소리는'의 오식
65 '엿슬'의 오식
66 Kino Tsurayuki((?-945?). 일본 헤이안 시대(平安時代: 794-1185) 말기의 가인(歌人)
67 '【, 】'의 부호는 옛 활자본에서 주(註)를 처리할 때 사용한 부호이지만, 이 글에서는 이와
   함께 강조의 표지로도 활용하고 있다.

이든그째부터난것이다라고하엿다 適切한말이다

씃흐로한마되할것은詩는勞働鬪爭等과함께出生한것임으로 亦是詩人은
勞働鬪爭이것을써나지못할그무웟을가지고잇는것을잇지마러라

(2) 詩의本質上으로본藝術的地位

藝術을感情的産物이라면 詩가오즉이것을代表한다 情을土台로하고거기
에藝術思想이加하야다시금情的技巧로모든것을表現하는것이藝術이라
면 가장强하게情과藝術思想으로 終始一貫하는것은詩다

詩는感動의絶呼[68]다 感激의絶呼다卽感情이高潮로達한째의必然의소리다
그소리에個性과技巧가加入하야作品을生産하는것이다

쇠테[69]는말하엿다詩人은個性을發揮할것이다 그리하야그個性에엇던堅實
性이잇다면 詩人은그가운데類性을叙述한다

卽 詩의主觀性에容觀性을加入하야堅實한個性의客觀化를意味하는것이다
다시말하면感情의高潮, 作品의獨自性, 【個性】리즘[70]『[71]技巧】 이세가지
가合하야詩을構成하는것이다 이詩의構成要素인感情의高潮다 作品【作者
를意味함】의獨自性, 個性, 藝術思想과리듬【技巧】이合하야一個외[72]詩를
生産하나니 卽詩는【一切事象의藝術的價値를表現하려는個性의感情의流
露다】 나는이럿케定義하고십다詩는愛이다詩는呼吸이다

詩는愛이다

詩는呼吸이다

詩는祈禱의言語이다

---

68 절호: 목이 끊어져라 하고 외침. 절규
69 괴테(Johann Wolfgang von Goethe, 1749-1832). 독일 시인, 극작가
70 -ism. 주의(主義)
71 '【'의 오식
72 '一個의'의 오식

詩는아름다운自己의感愛의發露이다

이럿케詩人들은말한다 여긔對한細論은그만두고以上의나의定義한詩의
本質에依하야 다른藝術을본다하면다른一切藝術의定義도同一한것이된다
그러타면以上에말한것에비취워 藝術中에詩가가장完全한物件이아니냐
感情의高潮 獨自性 技巧 이것은詩에서 가장强하게完全하게나타나는点
으로보와 詩는一切藝術의上位를占하며 廣義로解釋한다면詩는小說, 戱
曲을包含하는것이다

即詩의품안에存在하는것이다 나는또한 一切藝術은詩的要素가업스면成
立되지못하며 一般藝術家는 詩人의素質이업시는不可能하다는것을말하
여둔다,

詩야말로一切藝術의어머니며 土台며 쑤리라는것을!

(3) 藝術思想上으로본詩의地位

詩의藝術思想은오즉그時代時代에싸라서 內容을달니한다

前節에말한바와갓치 原始時代에잇서서 原始人의生活은그들의詩로全部
가表現되엿스며 勞働 爭鬪 恐怖 飢餓이런것으로因한그들의感動의소리
【그들詩】는그들의生活을支配하엿다

時代가英雄을낫코 英雄이時代를낫는 다는[73]말이잇다 이말의可否는別問
題로하고나는이말을하고십다 時代가詩를낫코 詩가時代를짓는다라고
即時代와思潮는반듯이그時代[74]의强烈한詩藝術을낫는다 또그詩藝術은
그時代를左右하고 指導하는英雄이되는것이다 原始時代에잇서서 그時
代的環境은原始人의 詩를낫스며 原始人의詩는그들의生活을支配하엿든
것이다 即詩는그時代의全的表現이며時代를짓는革命兒라는것이다 詩가

---

73 '낫는다는'의 오식
74 '時代'의 오식

墮落하면그機能은말할것도업지만!

今日에잇서서 無産者의詩는오즉그들의生活內容인同時에兼하야現代思潮即時代의全的表現이다 兼하야今日이란이날을開拓하는英雄일것이다 그러면可必詩뿐이그러하리요 小說 戱曲其他만흔藝術이잇지안흔가하는 疑問이생길것이다 나의말하랴는点이거긔에잇다

勿論小說과戱曲도그時代를表現하며압날을가르친다 그러나그時代의潮流를가장强하게날카롭게完全하게表現하는것은오즉感情 感動感覺의絶叫인詩에서뿐完全한것이다 兼하야그時代이[75]矛看을가장날카롭게解剖하야가장强하게부르짓는理想의소리도오즉詩에서뿐드를수잇다 其他一切藝術이그럿치안타는것이아이다 그러나 詩에比히면[76]그時代의表現이며 그藝術의內容이愚鈍하고沈滿하고弱하고쏘한間接的이며 時의解剖와압날의指示도 詩에比하야弱하며遲鈍하다

個人에잇서서도그러하다 假令 여긔A란思想을가진두사람이잇다하자 한사람은詩人의요 한사람은小說家라하자 그러타면詩人의表現한自我와 小說家의表現한自我는A란同一한思想의表現이지만其間에엇더한差가잇슬것은압서말한바에비치어一方은熱情그대로이며直接的이며强烈하다면 一方【小說家】는그反對의立場에잇는것을窺察할수잇다

이런点으로보아藝術思想上으로본詩의地位란明白해젓슬줄밋는다

即다른一切藝術보다 時代潮流에나서서 그先驅가되며가장强한가장直接的인表現으로써 一切藝術의先頭에서現實을開拓하는것이다 이것은個人에잇서서도詩人이다른藝術家에比하야亦然한[77]것을말하여둔다 헤겔의 宗敎哲學 을보면이런날이잇다

宗敎에잇서서모든觀念의大部分은想像的寓意的인故로哲學은理性의힘

---

75 '그時代의'의 오식
76 '比하면'의 오식
77 역연한: 역시 그러한

으로써이를純化하고 思索的形式을줄것이다 云々

即宗敎는哲學의洗禮를바드란말이다 나는詩와一其他切[78]藝術과의關係를 헤겔의宗敎哲學形式으로말하고십다

即一般藝術은內容과(思想)方式(技巧)에잇서서 潑溂한感覺 感動 感情에 豊富하지못하다 故로詩는그와一般感情의힘으로써一般藝術思想의 보다 더感覺化 感動化 感情化를期하고그方式【技巧】에리즘的形式을줄것 나는 이럿케 말하고십다

即一般藝術은詩의洗禮를바더달란말이다 그러자면間接的方式을取하는 이보다一般藝術家의詩的素養이必要할줄안다

藝術思想上으로본詩의地位란以上과갓치 가장重位에處하엿다

그럼으로詩人은思想家라래야하며哲學者래야한다

말하야둘것은普通論理的推理를일삼는哲學者가되지말고思想家哲學者 가되엿더라도感覺과感動과感情의人이될것을잇지말란말이다

　即 1 詩人 （思想家 哲學者의要素를가진）

　　 2 哲學者 思想家)[79]詩人의要素를가진）

　　 3 詩人과哲學者의渾然한사람(例니체[80])

이세種類中第一의詩人이되란말이다

即思想과哲學이업는詩는다만無用의作亂임을잇지마라

우리는博學多才한詩人「마라루메」[81]가技巧에만執着하다가一篇의詩도쓰 지못한喜悲劇을잘記憶해둘必要가잇다　그럿타고理智와思想에만執着하 면詩가亦是되지못한다 쏘感情에만執着하면放縱에흐른다 이感情과理智 가適應하게쯤하면所謂觀念舒情詩가생기는것이다

---

78 '其他一切'의 오식
79 '(思想家)'의 오식
80 니체(Friedrich Wilhelm Nietzsche). 독일 철학가
81 말라르메(Stephane Mallarmé, 1842-1898). 프랑스 상징주의 시인

하이네,빠이론가튼感情詩人폽푸[82]가튼理智詩人아놀드[83]갓흔觀念舒情詩
人을例로드러둔다

짓호로詩人은亦是詩人이요 哲學者는亦是哲學者인点에서(勿論兩者를兼
할수도잇다) 兩者의區別을말해두려한다

詩人──感(感情)─心情의感興─直觀(感動)

哲學者─智(理智)─頭腦의推理─思索(思考)

　　直觀(感動)─實感──詩歌

　　思索(思考)─槪念哲學論

아메리카哲學者「산타야나」[84]는哲學者는그最善의瞬間에잇서서詩人이될
수잇서도 詩人은哲學者로서成功할제는그의最惡의瞬間에서쑌可能할것
갓다 라고말하야詩人이哲學者로의成功을最惡의瞬間이라고하엿스니 偉大
한詩人은그의生命이오즉哲學化해야하고오즉思想化한思想藝術家래야
한다 다만感動을基礎로한實感의材料가되면그만이다

짓호로今日의詩藝術思想의重要한流派를드러두려한다

　Ｖ[85]　民衆을目標로한詩藝術思想

　　1　맑쓰主義的藝術思想

　　2　아나키즘的藝術思想

　B　新興藝術諸派의藝術思想

　　　表現派(未來派 構成派를包含)

　C, 反動(現實의否認哄笑破壞, 放縱的藝術思想[86]

　　1　惡魔主義

82　포우프(Alexander Pope, 1688-1744). 영국 고전주의 시인

83　아널드(Matthew Arnold, 1822-1888). 영국 명상 시인

84　산타야나(George Santayana, 1863-1952). 스페인 출신 미국 철학자·시인

85　'A'의 오식. 거꾸로 식자

86　')' 결락

2 　니힐이즘

3 　짜짜이즘[87]

象徵詩에對하야

牛耳洞人

一

　몬저象徵詩에對하야말하기前에象徵及象徵主義에對하야말하지안으면안되겟다. 그러지안코는象徵詩에對하야說明하기가困難함이다.

　그러면象徵이단[88]무엇인가象徵이란것은英語로「심 볼」이란것인대語源은멀니「기리시야」[89] 말에서부터온것이다. 象徵이란무엇인가그말의意味를例해서말하면色에서白은純潔 赤은熱及革命을表示하고或은薔薇花를愛情의意味로붓치고「님」이란것을「나라」及「戀人」의意味로붓치는수도잇다. 言語그自體가思想을意味하는것과갓다. 大體象徵은冥想的이요神秘的이요宗敎的이다.

　「象徵이란것은比喩가가장進步된것이다.

比喩에는聯想作用으로말미암아, 成立하는데直喩, 暗喩, 諷喩等三階級이잇다.

直喩란것을例하면「저女子의눈은魔女의눈과갓다」와갓치두가지를比較하야「갓다」라고말을멧든다. 暗喩란것은오직「魔女의눈이다」라고해서譬喩하는것은그속에감추어表示한다. 諷喩란것은暗喩의一層組織的으로된것을이름이다」 단테가中世紀의基督敎思想을「神曲」에表現하고쉑쓰피어

---

87 15-23쪽

88 '象徵이란'의 오식

89 그리스(Greece)

가懷疑苦悶「하믈랫트」[90]에表現한것等은다－象徵이다.　　　　小林鶯里氏는象徵에對하야이와갓치말햇다.

「象徵은比較와比喩를區別하지안으면안된다. 比較하는데서는 比較하는두가지사이에距離가잇어相對한다. 象徵은두가지를內的으로相交하는것인데象徵은省察도하지안코 解剖도하지안코外觀과意義사이에區別도하지안는다. 象徵이그表白해잇는類似는嚴酷하지안으나만흔物象에擴大해서그意義를統一시킨다. 그럿치만그것은感情에잇어서論理的과合理的한것은아모것도업다. 그런고로象徵主義의詩人들은大槪曖昧하나그曖昧한것이업스면그들의詩가안이다」

「象徵이란것은대단이深遠한意味를가지고잇는데 簡單이說明할수업스나이것을一言으로말하면暗示쏘는喚起의要素를이름이라고말한다. 美學上에는聯想의一種을說明하게된다. 聯想은狹義의聯想, 統覺, 象徵等三種으로分類하나月桂樹란말을보고 생각을멀니月桂樹만은南歐의風物에달녀가는거와갓튼것은狹義의聯想이다. 쏘希臘神話에 「닌후」[91] 의한아인「도라이앗드」[92]란女神이「아보틉」[93]神에조끼여逃場[94]을일코몸을月桂樹로化헤다는말이잇다. 그래서月桂冠를보고「도라이앗드」의變身인것을생각하는것은統覺이다. 그로부터月桂樹는 녯적부터勝利凱旋의光榮을表彰하는것으로써씨여잇으나 이런境遇에月桂樹는勝利凱旋의象徵이란것이된다. 한데지금 그런區別를說明하면月桂樹는반듯이南歐의風物을생각하게하지안으나勝利凱旋의光榮은單只그葉一片을손에쥐임에지내지안는다.

---

90 『햄릿(Hamlet)』(1601). 영국 극작가 셰익스피어의 5막 비극

91 님프(nymph)

92 다프네(Daphne)

93 아폴론(Apollo)

94 도장: 도망갈 곳

이것이聯想과象徵의區別이다. 또月桂樹는그表現한勝利凱旋의光榮에比
하면極히 價値가적은것이나女神「도라이앗드」의化身과보면은 거기에輕
重의區別은 업써짓다. 뿐만아니라月桂樹는必然的으로「도라이앗드」[95]를
想起시키는것은안이다. 그것이統覺과象徵과의다른點이다.

象徵은다시그象徵그自體와여긔에依해서代表한事物과의사이에잇는
價値의懸隔에依해서三種으로分類한다. 그사의[96]價値의懸隔의가장甚한
것 即外形과內容과에輕重의差잇는것도 가장甚한것을嚴密한意味에서象
徵이라고한다. 黑色은悲哀를나타내고綠色은希望을나타내고「단테」의「神
曲」에豹와牝狼과獅子가人間의三惡, 肉欲, 貪欲, 殘忍을나타내는것이그
것이다. 그로부터이外形內容의懸隔이全然업써저서 象徵으로써取한事
物그것이스서로獨立價値를가진데니르면所謂高級象徵이다. 高級象徵의
作品은그表面事件進行만은곳藝術上價値가잇는것인데「괴테」의「파우스
트」와「하프토맨」[97]의「沈鍾」等이그것이다. 그리해서그것은美學上象徵이
되고象徵的作品인近代象徵主義그것이안이다그原理를基礎로헤서그것
을一個의文學上主張을하고잇으나即象徵派의主唱하는象徵主義인것이
다」(生田春月[98]「詩作法」에서)

二

象徵主義란것은感官的, 具休的[99]記號와象徵에依해서精神的, 不可言的
深刻한意味를.[100] 指示할녀는主義다. 傾向及그作品그起願은멀니 에지
부토[101]에서왓다. 抽象的觀念쯔로써한것는理想을나타내기위하야象形文

---

95 '」'의 오식
96 '그사이'의 오식
97 하웁트만(Gerhart Johann Robert Hauptmann, 1862-1946). 독일 극작가
98 Ikuta Shungetz(1892-1930)
99 '具体的'의 오식
100 ','의 오식
101 이집트(Egypt)

學를쓰고神을나타내는데사람과動物의結合한奇異한體形으이[102]이것이다. 그런대象徵主義는몬저宗敎에나타낫다. 그것은宗敎의對象이一般으로不可思議한고로이것이思想又는感情을表示하는데는何等의象徵에依하지안으면안되는까닭이다. 古來의宗敎畵가象徵的이라고말한다. 宗敎上信仰 對象 形式은다――種의象徵라이고[103]말하는것은이것을위함이다. 宗敎는其對照가精神的神秘的한고로그思想及感情을나타내는데에는象徵에힘닙지안으면안된다. 基督敎의洗禮 聖餐式 쏘는十字架等은一種의象徵이다. 宗敎上의象徵主義와아울너古代부터잇는것은藝術上의그것이다. 中世紀에된神宗, 秘劇 敎劇이널어난宗敎的思想, 感情을象徵的으로나타내는데지내지안는다. 其後科學的精神의勃興과共히一時이主義는衰해스나近代에니르러다시精神的象徵의傾向이니러나고이것이近代人의官能的神經的現象에同件하야近代文藝特色의一傾向을씌웟다. 「이와갓치象徵主義가생기기는十九世紀末에出現하엿다. 彼等象徵主義는情緒喚起하는情緒象徵의主特이여서 從來이詩歌가繪畵彫刻의作用과音樂의作用等을兼해서叙述的表現으로써直接想念을노래한데對해文서歌로써純然한音樂이되게하고叙述과說明을一切避해서우리들이엇썬일에던지遭遇해서生하는情緒―그刹那刹那의 情緒를象徵으로써 暗示할녀고해서그主義를信奉하는사람을象徵主義者라고한다. 象徵主義는元來詩에서始作한것인데 象徵詩는이미「제라일,토네루바루」[104]와「쟈루루, 보도레두」[105]에서그萠芽를나타내엿다고말하나其一大勢力이되여서佛蘭西詩壇을風靡한것은一八八五年以來엿다. 그리고特히象徵詩라고부르게된것은前世紀末의産物이나象徵的詩句는決코새로이生한것은안이다」 모든詩歌

---

102 '體形이'의 오식
103 '이라고'의 오식
104 제라르 드 네르발(Gérard de Nerval, 1808-1855). 프랑스 상징주의 시인
105 샤를 보들레르(Charles(-Pierre) Baudelaire, 1821-1867). 프랑스 상징주의 시인

는처음에象徵詩로出發하고坐는發達하엿다고할수잇다.

<h2 style="text-align:center">三</h2>

日本에서明治三十八年[106]傾에故上田敏[107]博士가 베르렌느,마라루메, 레니에[108] 벨하아란[109]等詩人의象徵詩을를[110]「明星」[111]이란雜誌에譯載한것이西洋의輸入이嚆矢엿는데그로부터日本詩壇에는新體詩運動이盛行함에짜라朝鮮諸壇[112]에서先驅者인黃錫禹 朴月難[113] 金億 朱耀翰 吳相淳 卞榮魯等詩人도여긔에서바든影響이적지안타. 西紀一九一八年八月傾[114]에發刊한薔薇村이 란詩雜誌는象徵詩運動者의機關紙로볼수잇다. 同人으로는黃錫禹, 朴月灘 朴英熙 吳相淳 卞榮魯인데其中象徵詩人의代表者를곱는다고하면 누구나다－公認하는黃錫禹氏를안이칠수가업다. 그리나黃錫禹씨朴月灘氏두분의象徵詩는平易하게創作하지안코難解의境에가까운作品만을發表하여서 民衆에게理解를밧지못한것은事實이다 (未完([115

---

106 1905년

107 Ueda Bin(1874-1916). 일본 상징주의 시인

108 Henri(-François-Joseph) de Régnier(1864-1936). 프랑스 상징주의 시인

109 베르하렌(Émile Verhaeren, 1855-1916). 프랑스어로 시를 쓴 벨기에 상징주의 시인

110 '들을'의 오식

111 일본의 요사노 캉(與謝野寬, 1873-1935)이 주재한 〈신시사(新詩社)〉에서 발간한 시가 잡지(1900-1908.11, 통권 100호; 제2기 1921.11-1927.4). 낭만주의와 상징주의 경향의 시 지향

112 '朝鮮詩壇'의 오식

113 '朴月灘'의 오식. '월탄'은 박종화(朴鍾和, 1901-1981)의 호

114 우이동인(이학인)의 착오. 『장미촌』 창간호는 1924년 5월 24일에 발간한다.(통권 1호). 황석우가 편집을 맡았다.

115 23-27쪽. 끝에 있는 '(未完('은 '(未完)'의 오식

朝鮮新詩壇의慈父黃錫禹씨의再現

全　雲　香

나는아직黃錫禹氏와한번도人事해본일이업다　그러나그이의人物그이의才能에對하여는귀에못이백히드록들어왔다　내가그이의말을들은여러가지가운데第一記憶에굿세게언제던지잇처지지안는멧가지가잇다　째는大正九年[116]傾인것갓다　나는그째某中學에댄길째다　그째언으先輩의게이런말을들은일이잇섯다　그는곳印度에는詩聖타-콜이잇고朝鮮에는詩聖象牙塔이잇다고　이말을드른지얼마안되여　只今明月館本店이泰和女子舘자리[117]에잇슬째어느여름인지가을傾인지에무슨宴會가잇섯다한다　그자리는京城中堅名士閣이모혓다한다　그자리가운데서才士評이나왔다한다　그곳에는張德秀 兪鎭熙 鄭又影氏等도參加되여잇섯다한다　그才士評이라는것은다른것이아니라　只今朝鮮靑年가운데누가第一才操가잇는냐는것이엿다한다　그째李赫魯氏인잇누가[118]　黃錫禹이지요　그는歷史的寶貝의天才이지요라고答하매一同이그럴걸이라고同意했다한다　나는이런말을듯고어린가슴속이건만　氏의얼골을보려고如干애쓰지안엇섯다　나는맛치愛人을그리득히그이의얼골을보려고애썻섯다　그해겨을傾어느날저녁째나는볼일이잇서茶屋町어느골목을지내느라닛가　一見에外國留學生인듯한 유니폼을붓친紺세루[119]學生服을입은長髮靑年이 술이억벽으로醉해서 뉘집담뒤헤가모르[120]쓰러저 아이구 내가朝鮮에와서이알코-르을퍼먹어야만暫時라도백인단말이냐 아설어못견듸겟다 후후 라고괴탄괴탄[121]한다 나

116　1920년

117　구 이완용 집터. 현 인사동 태화빌딩 자리. 이곳은 명월관 본점(세종로 동아일보사 자리)이 아니라 분점격인 태화관이 있던 자리이다.

118　'인가누가'의 오식

119　세일러(Sailor)

120　'모로'의 오식. 옆으로

는不知不識간에그겄호로밧작대겨그얼골을살펴분즉 나희는二十三四歲밧
게는안되보히는새파란靑年이엿섯다 그學生服의유니폼은早大[122]의그것
엿다 나는直覺的으로 어느妓生의게失戀가튼것을當한浮浪留學生으로금
새를놋코 空然히미운생각이나서발길노한차레것어차고십헛섯다 그래도
醉中일망정 그嘆息푼염이普通사람갓지안어서 여보 이러나댁으로가시우
당신댁이어듸요하고그몸을잡어흔든즉 으응人力車한아불너주우난집이
天然洞이요한다 그러자맛참 어느便골목에서뷘人力車한채가나오기에 그
를불너잔곤히勸하여이靑年을태워노앗다 나는곳宅이天然洞멧반지[123]며
姓氏가누굼닛가한족[124] 네天然洞가서 황석우란사람의집을무르면아지요
나는不意에쌈작놀나 그럼당신믜서詩쓰시는황선우[125]씨弟氏신가요! 햇더
니아니요내가황석우라우 이말이끗나고 쏘다른말이건너가랴할제人力車
는武橋町길노向하는골목으로도라나갓다 나는섯든곳에約十分동안이나
우득커니서서 뭐-황석우야그럿타면 저사람이왜저럿케 墮落햇누 어듸
저사람이詩聖인가酒聖이지 世上靑年의일은못밋을것이다 라고혼자寒嘆
하면서집으로도라와憤慨々々한일이잇섯다 나는그뒤곳 그의외로움이오
직하여야그런地境에이르럿갯느냐는것을다시生覺해보매 도리혀그때내
가왜가를붓안고 물어라도주지못햇든가가後悔낫섯다氏는果然過去에잇
서서이만큼한逆境에處해잇섯다 곳氏는過去의朝鮮詩壇의터잡이運動線
上에낫하난외로움과설음이가장만튼虐待밧는先驅者의一人이엿섯다氏
는그만큼한남모르는외로움과설흠을當할만한가장不運한先驅事業의天
才엇섯다그뒤의그의世上의耳目을놀내든反動戀愛事件그의긴沈默그의

---

121 **慨歎慨歎**. 어떤 일이나 현상에 대하여 못마땅하거나 분하게 여기어 한탄함

122 조대: 일본 와세다대학

123 몇 번지

124 '한즉'의 오식

125 '황석우'의 오식

放浪의모든것이凡人으로서는흉내도내보지못할者엇섯다　氏의今後의生涯도　그가가진만큼한天分을싸러坐世俗的의凡人과다른軌路를밟어나갈줄안다　氏는過去에잇서서一國詩壇의建設者의歷史를냄겨논人物일뿐外라　그는依然히現在에잇서서도우리의詩壇을永遠한未來로잇글어나갈餘裕綽綽한力量과氣勢를보히여잇다　그의最近의詩境은實노天分輝煌燦爛한佳絶妙絶의境地를낫하내잇다　그詩境에는누구나한사람도崇拜안할사람이업슬것이다　오々우리詩壇의偉人黃錫禹氏여　당신은確實히우리朝鮮詩壇의눈물겨운慈父시며坐한우리젊은詩人들의참으르[126]信賴할天分을가즌 牧者시여이다 우리詩壇은 당신의再現에依하야 새로운歷史를創造할거시오이다 오々氏여당신의압길에는 坐한만흔외루움과逆境이계실지어다自重々々하소서 당신의뒤에는 우리들젊은詩人의熱烈한支持가잇소이다당신이여당신의 외로운집행이에는우리들피끌는젊은詩人이 곰을々々달녀잇소이다 당신이여 時代는임의쌔엿소이다 당신은이제로부터당신의거룩한天分을發揮할참된길을밟어나가실것이오이다[127]

---

126 '참으로'의 오식
127 140-142쪽

39. 孫晉泰 編, 『朝鮮古歌謠集』

손진태(1900-?)[1]가 일본어로 출간한 고가요 선집(東京: 刀江書院, 1929.6.25). 135×191㎜. 531쪽. 민무늬 하드커버. 겉표지에는 표제가 없이 가운데 푸른 색으로 그린 작은 도자기 소묘가 있고, 책등 위쪽에 초록색 글씨 가로쓰기로 "朝鮮/古歌謠集/孫晉泰編"이라고 적었다. 속표지 다음에 『女唱歌謠錄』과 『歌曲源流』각기 한 면을 사진 찍어, 간단한 설명과 함께 넣었다. 이은상(李殷相, 1903-1982)과 함께 마에마 교사쿠(前間恭作, 1868-1942)[2]의 도움으로, 1927년 6월부터 1928년 5월 사이에 〈東洋文庫〉에 소장된 『歌曲源流』・『南薰太平歌』・『松江歌辭』・『歌詞六種』・『古今歌曲』・『女唱歌謠錄』등과 마에마 교사쿠, 아사미 린타로(淺見倫太郎, 1869-1943) 등이 소장하고 있는 가집을 집중적으로 전사(轉寫)하면서, 전사한 2천여 수의 시조 작품 중 고시조 558수를 일본어로 번역하여 엮어낸 가집. 譯語・명칭・형식・작품 연대 등에 대해 서술한 〈序說〉을 필두로, 〈長歌篇(第一部)〉, 〈長歌篇(第二部)〉, 〈短歌篇(第一部)─時代作歌共に不明〉, 〈短歌篇(第二部)─歷代作家の歌〉, 〈短歌篇(第三部)─時代不明な作家の歌/一妓生の短歌〉의 5부와 부록 2부 〈附錄一〉, 〈附錄二〉)로 나누어져 있다. 〈附錄1〉에는 「還山別曲」・「白鷗詞」・「農家月令歌」를 주석과 함께 실었고, 〈附錄二〉에는 〈作家略傳〉과 〈諸王在位年表〉를 넣었다. 즉, 수록 시조를 장가(사설시조)와 단가(평시조)로 나누고, 이를 다시 주제별, 작가별 체계에 맞춰 편집했다. 전례를 깨고 사설시조(長歌)와 무명씨(無名氏) 작품을 전면에 배치한 점이 특이하다. 이들은 대부분 속요(俗謠)에 가까운 내용을 가진 작품들로, 이 시조들을 통해 중국 사상과 감정에 물들지 않은 조선 고유의 모습을 읽어낼 수 있기를 바란 것이다.

---

1 호는 남창(南倉). 경상남도 동래군 사하면 하단리(현 부산광역시 사하구 하단동)에서 태어나 5살 때부터 양산군 좌이면 南倉里(현 부산광역시 북구 구포동)에서 자랐다. 서울 중동학교 졸업(1921) 후 도일. 와세다(早稻田) 제1고등학원(1924.3), 와세다대학 문학부 사학과 졸업(1924-1927). 당시 지도교수인 일본사 및 인류학 전공 니시무라 신지(西村眞次, 1879-1943)의 영향으로 민속학에 관심을 가지게 되었다. 이 시기 도쿄에서 방정환(方定煥, 1899-1931)과 〈색동회〉 활동. 와세다대학 졸업 후 〈東洋文庫〉에 근무하면서 일본학사원 관비로 한국 전역을 답사하고 민속조사. 송석하(宋錫夏, 1904-1948)・정인섭(鄭寅燮, 1905-1983)과 함께 〈朝鮮民俗學會〉 창설(1932), 우리나라 최초 민속학회지 『朝鮮民俗』(통권 3호, 1933-1940) 창간. 이병도(李丙燾, 1896-1989)・조윤제(趙潤濟, 1904-1976) 등과 〈震檀學會〉 창설(1933). 연희전문학교 강사(1933), 영구 귀국(1934) 후 보성전문학교 강사

女 唱 歌 謠 錄　　　(前間恭作先生所藏の一部)

本文に傍記した符號は朱墨で表はした音譜（序説二七頁參照）第一行と
第八行とは其の次にある歌の屬する曲名や音調を示す．　二首目の歌は
二一二頁に其の譯がある[3]

여 창 가 요 록　　　(마에마 교사쿠 선생 소장의 일부)

본문 옆에 적은 부호는 붉은 색 먹으로 드러낸 악보(서설 27쪽 참조)
제1행과 제8행은 그 다음에 오는 노래가 딸린 곡 이름이나 음조를 나타
낸다. 두 번째 노래는 212쪽에 그 번역이 있다.[4]

歌 曲 源 流　　　(東洋文庫所藏)

本文第一張表面. で示したものは長鼓の打方を表ばす．第二首と第三首
の歌は三八七頁（鄭忠信の作）と四〇二頁（朱義植の作）とに其の譯が
ある[5]

(1934.9)·전임강사·도서관장(1937-1945) 겸 교수(1939-1945)를 거쳐 광복 후 서울대학
교 사학과 교수(1946) 및 서울대학교 사범대학 학장(-1949.9.7), 초대 문교부 차관 겸 편수
국장(장관 안호상) 역임. 서울대학교 문리과대 학장(1950.5.18) 재직중 한국전쟁 때(9·28
수복 직전) 납북.

2　동양문고 소장 한글시가 자료는 대부분 마에마 교사쿠가 수집하거나 전사하여 동양문고에
기증한 것이다. 마에마는 조선의 고서를 수집하는 과정에서 한글시가에 남다른 관심을
가지고, 수집된 자료를 바탕으로 고시조 집성집『교주가곡집(校主歌曲集)』을 편찬하였다.
『교주가곡집』은 17권(전집 8권, 후집 9권) 17책으로, 시조 1,745수, 가사 37편, 잡가 7편을
수록했다.

3　속표지 뒷장에 넣은 사진 설명

4　이 책의 원문은 일본어로 되어 있어, 이곳에 한글 번역을 더한다. 본문에서 '[ ]'로 표시한
부분은 읽는이의 이해를 돕기 위해 역자가 덧붙인 것이다. 아래의 번역도 마찬가지다.

가 곡 원 류　　　(동양문고소장)

본문 제1장 첫 면으로, 보이는 것은 장고 치는 법을 표시했다. 제2수와
제3수의 노래는 387쪽(정충신 작)과 402쪽(주의식의 작)에 그 번역이
있다

は　し　が　き

　本書の上宰に當り，一方ならめ御世話にあづかりました恩師空穂窪田
通治教授，前間恭作先生，恩師津田左右吉博士，東洋文庫主任石田翰之
助先生，刀江書院主尾高豐作氏並に文學士李相佰君，畫家德永王樹君，友
人中村保次君，友人高橋節子孃，友人李殷相君，文學士洪淳赫君の諸位
に深く感謝の意を表します

孫　晉　泰[6]

머　리　말

　이 책의 인쇄를 넣으면서, 이런저런 폐를 끼쳐드린 스승 우츠보 구보타
미치하루 교수, 마에마 교사쿠 선생, 스승 쓰다 소키치 박사, 동양문고
주임 이시다 한노스케 선생, 도강서원 주인 오타카 호사쿠 씨와 함께
문학사 이상백 군, 화가 도쿠나가 마사키 군, 친구 나카무라 야스지 군,
친구 다카하시 세츠코 양, 친구 이은상 군, 문학사 홍순혁 군 모두에게

5　속표지 뒷장에 넣은 사진 설명. 『여창가요록』 사진 다음 쪽
6　손진태의 헌사. 사진 설명 다음 쪽으로, 별도의 쪽번호는 없다.

깊은 감사의 뜻을 전합니다.

손　　진　　태

序

　孫君が多年のあひだ勞苦して蒐集し，又國語譯をした朝鮮古歌謠集が，近く刊行される事となつた．ついては私にも序を添へろといふ．同君がそれをいふ心持はわかる．同君がこの事業を思ひ立つたのは，私が慫慂したからであるといふ．そしていつ何うなるといふ見込も立たずに，八年間といふ長いあひだをその爲に勞苦しつづけて來た．それがたうとう完成して刊行される事になつたのである．かへり見てその初めを思ふ心が，同君をしてさういはしめたのである

　この書の完成して刊行されるといふ事は，私からいつても素志の遂げられる事である．歡ばしい事である．私の持つてゐるものはその歡びの心だけで，この書に序する資格は全くない．

　孫君は序說においてこの書の如何なるものであるかを說明してゐる．この書にをさめられてゐる歌謠は，蒐集が旣に困難なものである．多くは寫本によつたものでその寫本も，或物は天下一本よりないといふやうなものだとの事である．その歌謠の生まれた朝鮮においてさへ，知つてゐるものはないといつてもいいものだとの事である．しかもその歌謠は，歌謠の性質として，容易には解し難いものだとの事である．さうした物に對して私が何がいへよう．序などいふものの書けないのは當然な事である．

しかしこの書にをさめてある古歌謠は，孫君の語るところによると，朝鮮の古典文學の第一の物だとの事である．又孫君の語るところによると，ここにをさめてある古歌謠は，朝鮮獨得[7]のものの殆ど全部である．卽ち支那大陸の影響を受けず，朝鮮の民衆のあひだから生まれたと思はれるものの殆ど全部を網羅したものだとの事である．それだと，いにしへにあつては我我の文化の故里である朝鮮で，今では我我と生活上密接な關係を持つてゐるところの朝鮮の，古代の面影を窺はせる第一の書が，今ここに新たに生まれて來たのである．既に當然あるべきもので，その事の容易でないが爲に今日までなかつた書が，幸にも，朝鮮に生れ東京で遊び，史學の學徒であり文藝にも長けてゐる孫君を得て成されたのである．これは我我にはまことに歡ぶべき事である．又今は歡べば足りる事でもある．

　八年前，孫君がこの中の數編を國語譯し，解説を添へて私に見せられた時，私は極めて面白いものだと思ふと共に驚きもした．驚いたのは，朝鮮に對して何らの知るところもない私には，七八百年前の朝鮮民衆が，これだけの謠ひものに親しみをもつて歌ひもし聽きもして樂しんでゐた，その文化の程度である．その當時の我が民衆の中にはこれだけの歌謠は生まれなかつた．歌謠をとほして見るその當時の朝鮮の民衆の文化は，たやすくは評し難いものだと思つて，その意味において驚いたのであつた．面白いと思つたのは，文藝として優れてゐると共に，特色の際やかなものだからである．その一二をいつても，「觀燈歌」「紙鳶送り」などのもつてゐる藝術的手腕は優れたものである．これが假に我が國にあつた　流には下さないだらうと思ふ．特色の際やかなのは，家庭生活を題材としたものである．夫婦關係を歌つたものの執こさ，細か

7　'獨特'의 오식

さ，辛辣さ，皮肉さなどは，我が國の歌謠には全く見られないもので，その特色の多いのに驚かされる．智識階級の無爲を樂しむ心，農民の無邪氣な享樂，僧侶を輕侮する心なども，いかにも本質的で，魅力があつて，かうした方面にも特色の際かなるものを見せてゐる．

朝鮮古歌謠集は今後さまざまの人から鑑賞もされ，研究資料ともされる事であらう．私はこの書を成すについての孫君の多大の勞苦をねぎらふと共に，かうした書の刊行になることを衷心から歡ぶ．

昭和四年五月　　　　　　　　　　窪 田 空 穗[8]

서

손군이 여러 해 동안 애써 모으고, 또 일본말로 번역한『조선고가요집』이 머지않아 나온다. 이에 내게 서문을 써 달라고 한다. 그가 그런 이야기를 하는 마음은 알겠다. 그가 이 일을 마음먹게 된 것은 내가 권했기 때문이니. 그러고선 언제 어떻게 된다는 보장도 없이 8년이라는 긴 세월을 이를 위해 애써왔다. 그 일을 드디어 끝맺음하여 책이 나오게 되었다. 돌이켜보면 그 초심(初心)이 그를 이렇게 이끌어 간 것이 아닌가 싶다.

이 책을 끝맺음하여 내놓는 일은 내게도 언제나 품고 있던 뜻〔素志〕이 이루어지는 일이다. 기쁜 일이다. 내가 가지고 있는 것은 이러한 기쁜 마음일 뿐으로, 이 책에 서문을 쓸 자격은 전혀 없다.

손군은 「서설(序說)」에서 이 책이 어떤 것인지를 밝히고 있다. 이 책에 담은 노래〔歌謠〕를 모으기란 이미 힘든 일이었다. 대부분 사본(寫本)에서 찾았고, 그 사본이나 책도 하늘 아래 있을까 말까 할 정도로 드물었다. 그 노래가 나온 조선에서도 아는 사람이 없다고 해도 될 정도였다. 더구

8　서문. 1-3쪽. 구보타 우츠보(Kubota Utsubo, 1877-1967)는 일본 시인, 일본 고전문학자.

나 그 노래는, 노래의 특성상 쉽게 풀이하기 어려웠다. 그러한 책에 대해 내가 무엇을 말할 수 있을까. 서문이라는 것을 쓸 수 없음은 당연하다.

그런데 이 책에 담은 옛노래〔古歌謠〕는, 손군의 말로는, 조선 고전문학 가운데 첫손 꼽는 것이라고 한다. 또한 여기에 담은 옛노래는 조선 특유의 노래를 거의 모은 것이다. 다시 말해 지나대륙의 영향을 받지 않고 조선 민중 사이에서 났다고 생각하는 거의 모든 노래를 망라하였다. 그렇다면 예전에 우리〔日本〕문화의 고향인 조선에서, 이제는 우리와 생활상 가까운 관계인 조선 고대의 모습을 엿볼 수 있는 최고의 책이 바로 여기에 새롭게 나온 셈이다. 이미 마땅히 있어야 할 것임에도 쉽지 않은 일이라서 이제껏 없었던 책이, 다행히도 조선에서 태어나 도쿄에 유학 온, 역사를 배우는 학생이면서 문학에도 뛰어난 손군 덕분에 나오게 되었다. 이것은 우리에게 참으로 반가운 일이다. 또 지금은 기뻐하면 넉넉한 일이기도 하다.

8년 전, 손군이 이 가운데 몇 편을 번역하고 해설을 붙여 내게 보여줬을 때, 나는 매우 재미있다고 생각하면서, 한편으론 놀라기도 했다. 놀란 것은, 조선에 대해 아무것도 아는 바 없는 나로서는 7·800년 전 조선 민중이 이만큼의 노래를 애정을 가지고 부르고 듣고 즐겼다는 그 문화 수준 때문이었다. 그때의 일본 민중에게는 이만한 정도의 노래가 나오지 않았다. 노래로 짚어본 그때의 조선 민중 문화는 쉽게 헤아려 매기기 어렵다고 생각하고, 그런 뜻에서 놀란 것이다. 재미있다고 생각한 점은, 문학으로서 뛰어남에 곁들여 특색이 뚜렷한 까닭이다. 그 한두 작품을 들어 보면, 「관등가(觀燈歌)」, 「연 날리기」 등이 지닌 예술적 솜씨는 뛰어나다. 이것이 가령 일본에 있었다면 우리는 망설임 없이 1급 노래로 두고, 2급으로 내리지 않으리라 생각한다. 특색이 뚜렷한 것은 가정생활을 소재로 한 노래이다. 부부관계를 노래한 작품의 집요함, 세심함, 날카로움, 빈정거림 등은 일본 노래에서는 아예 볼 수 없는 것으로, 그 특색이 많은 점이 놀라웠다. 지식인의 무위(無爲)를 즐기는 마음, 농민의 천진난만한 놀이〔享樂〕, 승려를 경멸하는 마음 등도 정말이지 본질적이고 마음을 사로잡는 데가 있어, 이러한 분야에서도 뚜렷한 특색을 보인다.

『조선고가요집』은 앞으로 여러 사람들이 감상하고 연구하는 자료로 쓰일 것이다. 나는 이 책을 만들기 위해 많이 애쓴 손군을 위로하며, 아울러 이러한 책의 나옴이 정말 반갑다.

　　　　쇼와 4년(1929) 5월　　　　　　　　　　구보타 우츠보

孫晉泰氏の朝鮮古歌謠集の發刊につきて

私は普通に歴史として取扱はれてゐる宮廷及これを圍る少數の人の私事や武將の功名譚みたやうなものの價値には大に疑を有つてゐる. 假令それがその中に多少は此等の人から見た一般民人生活の何ものかを含むとしても, これは私共の血の中に流れ, また肉の中に伏在してゐる才力なり, また思惟の方式, 傾向及情緒の發動などといふものとは, あまり交渉があるやうに考へることは出來ない. しかし私共は父祖の分身である以上, 祖先が如何なる環境に如何なる生活（內的及外的の）をして來たかを知ることは, 私共自身にとつて何よりも肝要な智識でなくてはならぬ. この智識を得る爲めには祖先の手に成つた建造物なり, 古物, 骨董の類もあるが, やはり祖先が殘した文獻といふものに便らねばならぬ. けれども, その文獻が散文であるときには, 常に個性の濃厚なものとなるから, 存外にこの自分とは交渉の薄いものかもしれぬ. それが韻文卽詩歌であつて見れば, 多數の共鳴者を有つて流布した揚句に今まで承傳したものといふてもよいから, 我々にとつて最も貴い遺物とい

ふことが出來る．しかし，この理屈は私の新發明でも何んでもなく，何千年の前から人の知つてゐることで，支那の詩三百篇はそれであり，又私共自身のことをいへば，萬葉の結集からして代匠記以下浩瀚な著作の出來てゐる今日迄千幾百年の間の先人努力の事實がこれを語つてゐる．なほ手ツとり早く，此種の文獻が私共にとつて，現實如何に效能を有してゐるかを考へて見ると，千幾百年の昔に，奈良の朝に，我々共の祖先が東は吾妻より西は筑紫に亙つて，どんな風な生活をしてゐたといふことを目の前にあり〜〜と知り得るのは萬葉集の御蔭であつて，その外に何があるかと考へれば直に之に首肯せられる．

　今孫氏がこゝに提供せられる古歌謠集は，孫氏自身の祖先の生活を最も正確に語る文獻である．元より我々のものではない．それなら英佛の詩集と同じで我々は之に依つて，我々が現在の內面生活を豊富にする滋養物としてのみ見るべきかといふと，私はこれは歐洲の詩歌や印度の佛典とは同一視すべきものではないと思ふ．さういふやうな效能も無論であるが，支那と朝鮮とは幾千年我々の有つた外國人の全部であり，我々の祖先は隣人として思想共通の關係をもつて，我々祖先の生活はこの隣人の影響を受けたことは一通りでないから，この隣人の生活を如實に知るといふことは，我々祖先の生活を知る上にも可なり重要なこととなつてゐるからである．それのみの意味で，孫氏は我々のために，我々に寄與するために，日本文で之を製作したのかといふと，私はこれについて，孫氏の意は，氏の祖先の生活について正確なる智識を我等に供給することは，我々にも，孫氏の同胞にも均しく幸福を齎らす所以であると信じたにも出づると，私は諒解した．私は是に於て此歌謠集の刊行について孫氏に對し益々衷心より感謝して已まないものである．

　こゝで，私は今いつたやうなチヨツト功利的にも見られるやうな理窟は措いて，この古歌謠集の扱つてゐる朝鮮の文化なり文學なり（民衆

生活の洗練せられた部分を文化，文藝といふことが近頃の流行であるから，隨分漠然たる語と思ふけれども，これを借りて，民族の内的外的生活の包括的意味に文化を用ゐ，その文獻的所産を文學といつて置く）が東洋文化，東洋文學の中に占めてゐる位置とその實質に對して我々が如何なる見解を有つか，乃至有つことが正當であるかに考へ及ばなければならぬ．私の東洋といふのは，いふ迄もなく崑崙大山系以東の大陸斜面から海洋にかけての地域と，そこに生息して來た民族を指すので，幾千年我々が天下といつてゐたものである．亞細亞でも印度は支那人には西天であり，日本人の天竺も高岳親王の御勇圖が語られるのみで，明治以前に足を踏み入れた人はないのが事實で，全く我々の世界の外である．この東洋文化東洋文學の中で，我々自身のことをいふ必要はない．ただ英吉利が歐洲にあつて特有の文學を有ち，獨特の巧妙な政治組織などを有つて大陸を見下ろしてゐる雄姿に我々を對比する人を折々見かけるけれども，日本の大陸に對するのは地理的にもつと〜〜隔絶してゐるし，その文化は隨つて幾んど獨自の發達を遂げて來てゐるし，又現在に於ても英吉利などの立場と違ひ，我六千萬の民衆は事實以上に東洋の主人公と全世界が認識してゐるやうな次第で，英吉利との對比は只傾向の一端を見た丈けで，程度を無視してゐることをいへば充分であらう．

　それで大陸の文化について考ふるに，この地域は天然的に全然歐羅巴とは其趣を異にし，四つも五つもの大半島などはなく，アルプスも無ければビリニイもない．隨つて此處に於ける民族の生活は實に一大鎔爐であつて，何處にも獨自の樣式の成立發達を許す餘地はない．南だ，北だといふけれども釜の上邊下邊の溫度と同じで分界などあるものではない．この事情からして自然に國家組織などいふものは彼等の間に起らず，またその理會さへ有り得ない．現在の民國の混亂と日本に對する恐怖など，みな之を語つて餘りあるものである．つまり我々の民族生活の樣式

とは著しく相違したものではあるが，併し，此の文化の舞臺といへば東洋大部分の地域は之に属し，今でも四億を數へる生靈を有つてゐる．そして既往三四千年引き續いて東洋の天地に於ける主人のやうに，分量に於ても勢力に於ても常に壓倒的の位地にあつたことは事實であるから，その文化は何んといつても充實した強固な根底を有してゐる．それで，これは人類の集團生活の一大事例として人類全般がその理會を必要とする內にも，我々は東洋に立脚して，どこ迄も我々の生活を充實擴張するつもりであり，南米なり其他に國替をする積りはないとすれば，我々の蔣來は一にかゝりてこの文化との交渉にあるのであるから，我々にとつてこの文化は特に重大性を有つてゐる．

　そこで，支那の文化と我々の文化とが東洋文化の全部であるかといふと，今一つの文化がある．それが當面の朝鮮人の文化である．朝鮮は實に地勢上から東洋での唯一の半島である．勿論これが大陸の中央部に位置したものであれば，獨特の民族生活が起る筈はないが，大陸の東北隅の支那人にとつて最も交通の六ケしい處を地頸とした半島であり，又日本とは一衣帶水とは言い條，太閤の西征に我舟軍が連絡に難儀した位で，歐洲と亞弗利加よりは交通が自由でない．こゝに生息するものに支那とも日本とも違つた特殊の様式の文化が出來るのは自然の數である．我々の中にこれ迄朝鮮を支那の延長のやうに解してゐた人もあつたけれども，事實は全くさうではない．最近の千年間など使節の外に相互の往來はなく，殊に淸朝になつてからなどは朝鮮から冬至使が朝騁する丈けで，支那人の入國は絶對に無かつたのが事實である．日本とは對馬人の居館が釜山に出來てゐたが，支那とはそんなものすら無かつたのである．それで文祿の役に日本の武士と明の軍とが各々幾十萬，六七年間，之に馳驅横行したことは空前絶後，全く破格のことであつた．であるから其後の「日本人」といひ「支那人」といふ彼等の概念はこのときに目

撃した印象が根底になつて形成せられたものである．又，そんなことを挙げないでも，外観から朝鮮人を一見しても知れる通り，千有餘年の間白衣の風俗を續けて來てゐることでも，その生活様式の獨得のものであるは推知せられる．

　今その文化について一二特異の點を列擧して見るなら，彼等の民族生活は過去に於て豪族割據といふ事象を起してゐない．隨つて封建に類したことは勿論起り得なかつた．であるから一般に他の攻撃を心配する念慮が切實でなく，同時に敵愾心が鼓舞せられて居ない．要するに侵略防備といふことはその生活に於て重要な問題ではなかつたのである．それから，この民族生活には複雜な組織的のものは看出せない．一家族を單位として厖大な民族生活が營まれて，郷里により，又は生業による團結といふものも目立ちてあるではない．それかといつて印度のやうな種別制度のやうなものもなく，只々父子兄弟の關係，老幼男女の差別や，その家族の血統や素性から生じた禮儀の範疇があるので秩序が出來てゐる許りである．一般の風氣がさうとすれば，力の集積といふことが己れの地位を向上する手段として効果が存外薄くなるから，己れの資財につきての執着が左程強くない．佛蘭西の天主教僧侶の驚いた博愛は之を見たのである．さうであるから豪奢に對して他邦の人のやうに皆の羨望が烈しくない．そんなことから大衆は小い粗末な住居（他邦の人の目には小屋とより以上に見えない）に家財らしいものもなく，甘んじてその物的生活を遂げて來てゐる．それで外観から之を見て暴政の結果，又は萎靡頽廢の現象と速斷したものも多いが，全く見當違ひで實は千年前も今日もこれであまり變化はないのである．又之を遊惰といふことに聯想した外客も多い．これまた大間違ひで，彼等の中には他所に見るやうな絶望的な生活をしてゐるものは極めて稀で，實はみな相應に勤勉に眞面目にその生活をなしてゐるのである．さらば彼等は從來何の理想も有たな

かつたかといふに，新羅から高麗六七百年は佛法が彼等の心を支配して，彼等は自分の國土は特に佛に惠まれた靈地であると信じ，山川裨補の學説までも案出して全國の到る處の名山に伽藍を排置し，燒香燃燈の中に彼等は陶醉して，その內的生活をつづけ，最近の五百年は宋學の典籍の中で彼等の共鳴し得るものを抽象し，これによつて從來自分等の有つてゐた社會組織（高麗朝に宋の使節が下民まで普及した禮儀に驚いたといふから，それは儒敎の倫常とは關係ない民族生活の特徵なのである）を充實し美化して彼等の所謂東方君子國，禮儀之邦の空想を實現することにその心力を傾注して得々としてゐた譯である．

こんなに擧げてゐると果てしがなく，實は此等を說明するためにこの古歌謠集が提供せられてゐるのであるから，正確なる知識は本文によつて得らるゝことを希望し，只我々の文化とも支那の文化ともこの文化は特異なものであることが明かになれば私の目的は達せられたのである．

しかし，また讀者の中には成る程朝鮮の文化は特殊のもので，支那の文化及日本の文化と共に東洋に於ける三種の文化であらう，けれどもその他の二種とは重大さに於て比較にならぬ，只特異なものとして興味を惹く丈である，つまり琉球の文化と餘計變ることはないと合點して，鄕土研究の資料位に片附けようとする方があるかも知れないが，それは大なる誤である．勿論日本や支那の文化とは輕重に懸隔のあるのは明らかであるけれども，この朝鮮民族が半島の南部から崛起して，二千年の間も間斷なくその民族生活を充實して來て，今では鴨綠豆滿を超へて滿洲に二百萬の民衆が定住し，半島內に現に二千萬といふ明治初年の我人口全數の半より遙に多い生靈が同じ言語（それは臺灣の東部に見るやうな普遍性に欠けた原始的の語でもなく，日本語程の方言もない．集團生活のどこかに意外な統制があるのである）を有つて，その民族生活をつづけてゐるのは事實である．かの琉球はある期間獨立の國家組織を有ち，

またそこに獨自の文化といふべきものもあつて，無形有形の藝術に於て中々觀るべきものがあるとしても，民衆の數から云つて單に四十萬內外を超えず，その文物が比隣に影響を及ぼす程の勢力があつた譯でもないから，如何に贔屓目に見ても，これを東洋の文化として數へ上げることは不可能である．かう考へて見れば，この朝鮮の文化は其の根底の深さに於ても，發達の徑路に於ても，その規模に於ても，何處から見ても，やはり日本，支那の文化と共に東洋の一文化としてこれを重要視せねばならぬことは明白である．また近い事例として，この朝鮮の民衆についてやれ同化，やれ融合といふ覺束ない企圖が我々の間に幾年目にか必ず間歇的に流行する事實は，一面では此の文化の重要性を證據立てゝゐると云へないこともないと思ふ．

　朝鮮文化の占めてゐる位置とその實質につきての概觀は上にいふ通りであるが，その文化の結實としての藝術的のものは除外し，彼等の生活を包圍してゐる日常の事物についていふならば，我々の生活に於て，街頭何處にも技巧を求めて墮落した醜惡を見ることの代わりに，朝鮮人の生活には，到る處，眞實を暴露した粗野がある．これは全く彼等の生活樣式から自然に派生した一現象である．この歌集の中からも讀者は充分にこれを認識せらるゝと思ふが，私は自分で朝鮮文化に對する理會を進めるに際し，こゝに至つて我々の偏見を捨てることに可なりの寬恕と忍耐を必要とした經驗を自白する．

　これで私の言ひたいと思ふことは言い盡したから，孫氏のこの撰集と飜譯につきて，私の所感を附言することを許されたい．朝鮮に古歌謠の結集はあるに相違ないが，我々のやうに萬葉以下の勅撰集なり謠曲俗歌俳諧みな結集があるやうな譯ではない．であるから孫氏は民間に集寫流傳する種々の歌集を博く蒐めて，內容作者時代曲調等を按じて，之を比較刪定した上，之を系統的に組織的に分類處理し，之に詳細なる批判

及説明を加えて原本を一旦製作したのである．こんなことを成し遂げる
に其資材として用ふべきものは至つて尠いので，幾んどみな孫氏の研究
と創意に成つたのである．これでも最早尋常人の能くする所ではない．
然るに之を日本文に飜譯したといふことはその才能と努力は全く驚異
以外の何ものでもない．康熙年間に朝鮮で文筆を以て名ある金西浦萬重
がその漫筆卷四に朝鮮古歌と其飜譯について，鳩摩羅汁を引いて，かう
いふことを言つてゐる．

松江關東別曲前後美人歌，乃我東之離騷，而以[9]其不可以文字寫之，故惟
樂人輩口相受授[10]，或傳以國書而已，人有以七言詩飜關東曲，而不能佳，[11]
鳩摩羅汁有言，曰天竺俗最尚文，其讚佛之詞[12]，極其華美，今譯以秦言，
只得其意，不得其辭，理固然矣，人心之發於口者爲言，言之有節奏者爲
歌詩文賦，四方之言雖不同，苟有能言者，各因其言而節奏之[13]，則皆足
以動天地通鬼神，不獨中華也，今我國詩文，捨其言而學他國之言，設
令[14]十分相以，只見鸚鵡之人言，而閭巷間樵童汲婢[15]，咿啞而相和者，雖
曰鄙俚，若論眞贋，則固不可與學士大夫所謂詩賦者同日而論[16]，況[17]此
三別曲者，有天機之自發[18]，而無夷俗之鄙俚，自古左海眞文章，只此三
篇，云々

實に韻文の飜譯といふことはどんな人でも企て難い所である．　また成

9　『서포만필』에는 ‘惜’

10　『서포만필』에는 ‘惟樂人輩口相授’

11　『서포만필』에는 뒤에 ‘惑謂澤堂少時作 非也’라는 구절이 있다.

12　『서포만필』에는 ‘詩’

13　『서포만필』에는 ‘之’자가 없다.

14　『서포만필』에는 ‘假令’

15　『서포만필』에는 ‘汲婦’

16　『서포만필』에는 ‘則不可與學士大夫所謂詩賦同日而論’

17　『서포만필』에는 ‘況’

18　『서포만필』에는 ‘自然’

254　1900-1920년대 시집 서·발문

効した例は蓋し稀である．私は自惚かも知れないけれども朝鮮人の歌辭をも味ひ得ると自信してゐるが，孫氏の飜譯を見て，自由に日本文をあやつつて，その原意を遺憾なく言ひ表はしてゐるのに全く驚歎した．特にその短歌に於ては，飜譯にいつも隨伴する究屈な痕迹すら看出されない．非倫の嫌といつては孫氏に對して失禮であるが，兎に角鳩摩羅汁が西域の人で同時に姚秦の人であつたことがあの立派な飜譯を成さしめたと同樣に，孫氏が朝鮮の人であり乍ら，長年日本で教育を受け，日本人としての教養も立派にあり，文才は特にすぐれてゐることが，丁度其軌を一にしてゐるためかと思ふ．しかし如何なる才氣を以てしても，この大作を完成するといふことにつき，その努力がどれ程であつたかは想像に餘りある．

　孫氏は早稻田出の俊秀で津田博士等の秘藏ッ子の第一人である．それで此書の發刊につきては博士等が孫氏を世間に推挽せられることは勿論であり，私共無名の一學究がこれに差出口をするのは餘計なことであるので一應は御辭りもしたが，孫氏から此書につきて時々相談を受けたので是非との御望もあり，自分もこの大作の提供につきては心中に名狀し難い歡喜を覺えるので，こゝに卷端を汚す譯である．

　　　　己巳三月青山花下居に於て

　　　　　　　　　　前 間 恭 作 草 す[19]

19　서문. 1–12쪽. 각각의 서문에 새 쪽번호를 붙였다. 마에마 교사쿠(Maema Kyōsaku, 1868–
　　1941)는 일본의 한국학자

손진태씨의 조선고가요집 발간에 대하여

나는 흔히 역사로 다루는 궁궐 및 이를 둘러싼 몇 안 되는 이들의 사사로운 일이나 장수의 공명(功名) 이야기 따위의 값어치에는 별로 믿음을 주지 않는다. 비록 그 안에 얼마쯤은 그들의 처지에서 본 보통 사람들의 삶 가운데 무엇인가가 들어 있다손 치더라도, 그것이 우리의 피 속에 흐르고 살 속에 숨어 있는 재간(才幹), 생각의 방식, 성향, 감정의 움직임 등과 그다지 관련이 있다고 생각하지 않는다. 물론 우리가 조상의 분신인 바에는, 조상이 어떤 환경에서 어떤 삶(내적·외적인)을 살아왔는지를 아는 것은 우리에게 있어 무엇보다 중요한 앎이어야 한다. 이 앎을 얻기 위해서는 조상의 손으로 지은 건조물, 고물, 골동품류도 있지만, 이와 함께 조상이 남긴 문헌에 도움을 얻어야 한다. 하지만 그 문헌이 산문이라면, (그 특성상) 늘 개성이 짙기에 뜻밖에 나와 연관이 적을지도 모른다. 그것이 운문 곧 시가라면, 공감한 이가 많이 있어 널리 퍼진 끝에 여태껏 이어져 남았다고 봐도 좋을 터이니 우리에게 가장 값진 유물이라고 할 수 있다. 그런데 이러한 이치는 내가 새롭게 발견한 것이 아니라 몇천 년 전부터 인류가 알고 있던 것으로, 지나의 『시경』 300편이 그것이고, 또한 우리 자신을 생각하면, 만요의 모음[万葉集]부터 대장기(代匠記)[20] 이래 많은 책(시집)이 만들어져 이제까지 천 몇백 년간의 앞사람들이 애쓴 사실이 이것을 말해주고 있다. 쉽게 말해, 이러한 문헌을 우리가 가지고 있어서, 현실에 어떠한 영향을 미치고 있는지를 (생각해) 보자. 천 몇백 년 전, 나라(奈良)의 조정에서 우리의 조상이 동쪽의 아즈마(吾

---

20 에도(江戸) 시대의 나라 학승 契沖(けいちゅう, 1640-1701)가 쓴 『만엽집』의 주석 겸 연구서로, 『万葉代匠記(まんようだいしょうき)』라고도 한다. '대장(代匠)'이라는 말은 『노자』 하편과 『文選』 제46권 「豪土賦」에 나온 말로, "원래 해야 할 사람을 대신하여 만드는 것이기 때문에 잘못된 점이 있을 것"이라는 뜻이다.

妻)에서 서쪽의 지쿠시(筑紫)에 이르기까지 어떤 식의 삶을 사는지 눈앞에 생생하게 그릴 수 있는 것은 『만요슈』 덕분이 아닌가. 그 밖에 무엇이 있을까 생각해 보면 바로 옳다고 여기리라.

손씨가 이번에 내놓은 고가요집은 손씨 조상의 삶을 가장 올바르게 말해주는 문헌이다. 워낙 우리 것이 아니다. 그렇다면 영국이나 프랑스의 시집과 마찬가지로, 우리가 이 시집의 도움을 받아서 오늘날의 정신적 삶[內面生活]을 넉넉하게 할 수 있는, 영양분으로만 봐야 하는가. 나는 이 고가요집을 유럽의 시가나 인도의 불전과 같이 봐서는 안 된다고 생각한다. 그러한 효능뿐만 아니라, 지나와 조선은 몇천 년간 우리가 알았던 모든 다른 나라 사람이며, 우리 조상은 이웃으로서 (이들과) 같은 사상을 가지고 있어서, 우리 조상의 삶은 이 이웃의 영향을 받은 것이 적지 않았기에 이들의 삶을 잘 아는 것은 우리 조상의 삶을 알기 위해서도 매우 중요한 일이 되는 까닭이다. 그러한 뜻으로만 손씨가 우리를 위해, 우리에게 도움을 주기 위해 일본어로 이 책을 만들었을까. 나는 이 점에 있어, 손씨가 자기 조상의 삶에 대한 올바른 앎을 우리에게 이바지하는 것이 우리에게도 자신의 민족에게도 모두 행복을 가져다주는 방안임을 믿었기에 (이 책을) 내놓았으리라고 받아들였다. 때문에 나는 이 가요집을 간행해준 손씨에게 더더욱 마음속 깊이 감사드린다.

여기서 나는 방금 말한 바과 같이 조금 타산적이라 할 평계를 대고, 이 고가요집에서 다루는 조선의 문화나 문학—민중의 삶 가운데 세련된 부분을 문화, 문예라고 하는 게 요즈음의 유행이라, 아주 모호한 말이라고 생각하긴 하지만, 이 말을 빌려서 민족의 내적·외적 삶을 모두 안은 뜻으로 문화(라는 말)를 쓴다. 그 문헌적 산물(産物)을 문학이라 한다—이 동양문화, 동양문학에서 누리는 자리와 그 본바탕에 대해 우리가 어떠한 생각을 가질지 또는 그 생각이 마땅한지 헤아려 보려 한다. 내가 동양이라 하는 것은, 두말할 나위 없이 쿤룬(崑崙)산맥 동쪽 대륙사면

(大陸斜面)에서 바다에 걸친 땅과 그곳에서 살아온 민족을 가리키는 것으로, 몇 천 년간 우리가 천하(天下)라고 말해온 곳이다. 아시아에서도 인도는 지나사람에게는 서쪽 하늘[西天]이고, 일본사람의 텐지쿠(天쓰)도 다카오카신오우(高岳親王)[21]의 이야기가 전해졌을 뿐 메이지 시대 전에 가본 이는 없는 것이 사실이라, 아예 우리의 세계를 벗어나 있다. 이 동양문화·동양문학 속에서 우리 스스로를 말할 필요는 없다. 괜스레 유럽에서 고유한 문학을 가지고 있고 독특하고 교묘한 정치조직 등으로 대륙을 내려다보는 영국의 웅장한 모습과 우리를 비교하는 사람들을 이따금 보게 되지만, 일본과 대륙은 지리적으로 더더욱 동떨어져 있어서 그 문화는 그 까닭에 몇 번이고 나름대로의 발전을 하였다. 오늘날에도 영국 등과 처지가 달라서 우리 6천만 민중은 실제보다 더 동양의 주인공이라고 전 세계가 알고 있기에, 영국과의 비교는 그냥 동향(動向)의 한 부분을 봤을 뿐이고 그 수준이 같다고 보기는 어렵다.

이런 까닭에 대륙 문화에 대해 살펴보면, 이 지역은 환경에 있어 아주 유럽하고는 모양이 달라서 네다섯 개의 커다란 반도도 없고, 알프스(Alps)도 없으며, 퓔리니(Puligny)[22]도 없다. 그러므로 여기서 민족의 삶은 참으로 하나의 큰 용광로 같아서, 어디에도 나름의 방식이 만들어져 발전할 빈틈은 없다. 남쪽이니 북쪽이니 하지만 가마솥의 위나 아래나 온도는 같으니 지역 경계[分界] 따위는 있을 수 없다. 이런 탓으로 자연히 국가조직 따위는 그들 사이에 만들어지지 않았다. 또한 그 깨달음도 있을 수 없다. 지금 민국(中華民國)의 어지러움과 일본에 대한 두려움 등이 모두 이것을 말하고도 남는다. 결국 우리 민족의 삶 방식과는 뚜렷하게 다르다. 하지만 이 문화의 무대는 동양 거의 전 지역에 걸쳐있고, 여전히

---

21 고악친왕(799~865). 일본 황족 겸 승려. 법명은 진여(眞如)
22 Puligny-Montrachet. 프랑스 부르고뉴 코트도르주에 위치한 도시. 부르고뉴 포도주를 생산하는 포도원 단지인 몽트라셰로 유명한 곳

4억을 헤아리는 사람이 살고 있다. 그리고 지난 3, 4천 년에 걸쳐 동양 천지의 주인으로서 수량(數量)이나 세력에 있어 언제나 압도적인 자리에 있었던 것이 사실이기에, 그 문화는 (누가) 뭐라 해도 충실하고 단단한 뿌리를 가지고 있다. 그리 하여 이것은 인류 집단생활의 매우 큰 본보기로 그(에 대한) 이해를 할 필요가 있다. 그런 가운데 우리는 동양을 근본으로 두고 어디까지나 우리의 삶을 충실히 넓혀나가야 하며, 남미(南米)나 그 밖의 나라와 (영토를) 서로 바꿀 생각이 없다면, 우리의 앞날은 한번은 이 문화와의 교섭에 달려있기에 각별한 중요함이 있다.

그러면, 지나 문화와 일본 문화가 동양문화의 모두인가. 또 다른 문화가 있다. 그것이 눈앞에 있는 조선사람의 문화다. 조선은 사실상 지형상으로 동양에서 오직 하나뿐인 반도다. 물론 반도가 대륙 중앙부에 있었다면 민족 나름의 삶이 만들어질 리 없었을 터이다. 지나사람들이 가장 다니기 힘들어하는 대륙 동북 끝에 있는 반도 지형이고, 또 일본과는 좁은 해협을 (사이에) 두었다 해도, 태각의 서정[23]에서 일본 수군이 건너기 어려웠다고 할 정도로, 유럽과 아프리카보다도 다니기가 편치 않았다. 여기에 사는 사람들이 지나나 일본과 다른 독특한 방식의 문화를 만드는 것은 자연스러운 일이다. 우리 중에는 이제껏 조선이 지나의 연장선에 있다고 생각한 사람도 있었지만, 사실 전혀 그렇지 않다. 근래 천년 동안 사절단을 빼놓고는 서로의 내왕은 없었다. 특히 청(淸) 건국 이후에는 조선에서 동지사(冬至使)가 파견되었을 뿐, 지나사람의 입국은 아예 없었던 것이 사실이다. 일본과는 쓰시마(對馬) 사람 거주지[居館]가 부산에 있었지만 지나는 그런 것조차 없었다. 그런 까닭에 문록의 역[24] 때 일본 무사와 명나라 군대 각각 몇십만 명이 6, 7년간 이 나라를

---

23 太閤의 西征: 토요토미 히데요시(태각)가 일으킨 임진왜란의 일본식 표현
24 文禄の役(ぶんろくのえき): 임진왜란의 일본식 표현

마구 멋대로 설치고 다닌 것은 전무후무한, 정말 파격적인 일이라 할 수 있다. 그래서 그 뒤로 '일본사람'이나 '지나사람'에 대한 조선사람의 생각이 이때 봤던 인상을 바탕으로 이루어지게 된다. 게다가 이런 이야기를 듣지 않더라도, 겉으로 조선사람을 한눈에 보면 알 수 있듯이, 천여 년간 흰옷 입는 풍습을 지속해 온 것만으로도 그 삶의 방식이 독특함을 알 수 있다.

이제 그 문화에 대해 한두 가지 두드러지는 점을 늘어놓아 보자. 이 민족의 삶에는 지난 어느 때에도 호족 할거(豪族割據)가 없었다. 따라서 봉건과 같은 것도 물론 나오지 않았다. 그러므로 일반적으로 다른 이의 공격을 걱정하는 생각이 절실하지 않고, 아울러 적개심이 북돋아 있지 않다. 곧 침략을 미리 막는다는 것이 이들 삶에서는 중요한 문제가 아니었던 것이다. 또한 이 민족의 삶에서 복잡하고 조직적인 것은 찾아볼 수 없다. 한 가족을 단위로 하여 매우 큰 민족의 삶까지 움직였고, 고향이나 생업으로 말미암아 뭉치는 것도 눈에 띄지 않는다. 그럼에도 인도처럼 같은 종별로 (나누는) 제도(카스트 제도)는 없으며, 다만 부자형제의 관계, 노유남녀(老幼男女)의 차별, 그 가족의 혈통이나 태생에서 비롯된 예의의 구분으로 질서를 갖추고 있다. 보통의 관습이 그러하니, 힘을 모아도 자기 지위를 높이는 수단으로는 별 효과가 없어서 스스로의 자산에 대한 집착이 그다지 크지 않다. 프랑스 천주교 신부가 놀란 (조선의) 박애(博愛)는 이를 본 것이다. 그렇기 때문에 호사스러움에 대해서도 다른 나라 사람들만큼 부러워하지는 않는다. 그러다 보니 대중은 작고 허술한 집—다른 나라 사람의 눈에는 오두막집 이상으로는 보이지 않는다—에 변변한 살림살이도 없지만, 그에 만족하며 살아가고 있다. 그래서 겉으로만 이 모습을 보고 포악한 정치 탓이니 시들고 쇠퇴한 상태니 하고 지레짐작하는 이도 많지만, (이는) 아주 잘못 본 것으로, 사실 천년 전이나 이제나 별로 달라진 것이 없을 뿐이다. 이런 모습에서 게으름을 떠올린 외국 방문객도 많다. 이 또한 큰 실수로, 이들 중 다른 나라에서처럼 절망적인 삶을 살고 있는 이는 아주 드물고, 실은 모두 나름대로 부지런하고 성실하게 그 삶을 살고 있을 뿐이다. 그렇다면 이들은 이제까지 어떠한 꿈도 없었던가. 신라부터 고려 6, 700년간은 불법(佛法)이 이들의 마음을 사로잡아서, 이들은 자기들 땅이 특별히 부처님의 은혜를 입은 땅이라고 믿고, 산천의 기운을 더하여 나라의 위업을 높인다[山川裨補]는 학설까지 만들어 전국 곳곳의 명산에 절을 세웠으며, 향 피우고 등 밝히는데 빠져 정신적 삶[內面生活]을 계속하였다. 근래 500년은 송학(주자학)의 경전 속에서 자신들이 공감할 만한 것을 뽑아내어, 이것으로 이제껏 자신들만의 사회조직—고려 시대에 송나라 사절이 하층민에게까지 널리 퍼진 예의에 놀랐다고 하니, 그것은 유교의 윤리[倫常]와 관계없는 민족 삶의 특징임—을 충실히 미화하여 자신들의 이른바 동방의 군자국, 예의의 나라라는 공상을 실현하기 위해 그 정신력을 기울이고 자랑스러워하고 있다.

이렇게 들자면 끝이 없고, 실은 이런 것들을 설명하려고 이 고가요집이 나온 것이니 올바른 앎은 (이 책의) 본문에서 얻을 수 있으리라 기대한다. 다만 일본 문화나 지나 문화와 조선의 문화가 다르다는 점이 분명해진다면 내 목적은 이루어졌다고 할 수 있다.

그러나 또 읽는이 가운데는, 정말 조선의 문화는 남다른 것이고 지나 문화 및 일본 문화와 함께 동양에 있는 세 갈래 문화이기는 하지만 다른 두 갈래와는 그 중요함에서 비교가 되지 않을 것이다. 다만 조금 남다르다는 점에 흥미를 느낄 뿐이다. 막판엔 류큐[琉球] 문화와 별 다를 게 없다, 라고 여겨서 향토 연구 자료 수준으로 정리하려는 사람도 있을 수 있겠지만, 그것은 큰 잘못이다. 물론 일본이나 지나 문화와는 중요함에서 차이가 있음이 분명하다. 하지만, 이 조선 민족은 반도 남쪽에서 일어나 2천년 동안 끊임없이 그 민족의 삶을 단단하게 해왔고, 이제는

압록강·두만강 건너 만주에 2백만 민중이 살고 있으며, 반도 안에도 실로 2천만이라는, 메이지(明治) 1년(1868) 일본 인구 전체의 절반보다 훨씬 많은 이들이 같은 언어—이 언어는 대만 동부에 있는 보편성 없는 원시 언어도 아니고, 일본어만큼의 사투리(方言)도 없다. 집단 삶 어디선가 예측 못한 통제가 있는 것이다—를 쓰며 그 민족의 삶을 살아가고 있음이 사실이다. 저 류쿠는 어떤 때에는 독립된 국가조직을 가지고, 또한 거기에 나름의 문화라 할만한 것도 있고 유·무형 예술에 있어 꽤 볼만한 점이 있다손 쳐도, 민중의 수가 40만 안팎을 넘지 않고, 그 문화 산출물이 이웃에 영향을 끼칠만한 힘이 있지도 않았기에, 아무리 좋게 봐줘도 이것을 동양의 문화로 꼽을 수는 없다. 이렇게 생각해보면, 이 조선의 문화는 그 뿌리의 깊이, 발전 과정, 그 영역, 어느 모로 보나 역시 일본·지나 문화와 함께 동양의 한 문화로서 중요하게 봐야 함은 명백하다. 또한 가까운 예로, 이 조선 민중에 대해 '빨리 동화(同化)하자', '빨리 융합하자'라는 미덥지 않은 계획이 우리들 사이에 몇 년째 끊임없이 퍼져나가는 사실이 한편으로는 이 문화의 중요성을 증명하고 있다고 말하지 않을 수 없다는 생각이다.

조선문화가 차지하고 있는 자리와 그 본바탕에 대한 개관은 앞에 말한 대로이지만, 그 문화의 성과인 예술적인 것은 제쳐놓고 그들의 삶을 둘러싸고 있는 일상(日常) 사물을 보자면, 우리 삶에서는 길거리 어디에나 기교를 찾다 잘못된 추악(醜惡)을 보는 반면에 조선사람의 삶에는 어디서나 진실을 드러내는 거칠음이 있다. 이것은 모두 이들 삶의 방식에서 자연스레 갈려 나온 한 현상이다. 이 가집 안에서도 읽는이들이 십분 이런 점을 알아차릴 수 있으리라 여기지만, 나 자신은 조선문화에 대해 이해해 나가려 했을 때, 이에 이르러 우리의 편견을 버리기 위해 꽤 많은 너그러움과 참을성이 필요했던 경험을 자백한다.

이걸로 내가 하고 싶었던 말은 다했으나, 손씨의 이 찬집(撰集)과 번역에 대해 내가 느낀 바를 덧붙이는 걸 받아주기 바란다. 조선에 고가요 모음이 있음은 틀림없지만, 우리처럼 만요슈(萬葉集) 이래 죡센슈(勅撰集)[25]이든 요교쿠(謠曲)[26] · 죳카(俗歌)[27] · 하이카이(俳諧)[28] 모두의 모음이 있지는 않다. 그러므로 손씨는 민간에 필사하여 전해 내려온 여러 가집을 널리 모아, 내용 · 작자 · 시대 · 곡조 등을 따져서 비교 · 산정[29]한 뒤, 계통적 · 조직적으로 분류하여 마무리 짓고, 거기에 자세한 비평과 설명을 더해 원본을 먼저 만들었다. 이런 일을 이루기 위한 자료가 거의 없었기에, 매양 손씨의 연구와 참신한 생각으로 만든 것이다. 이것도 이미 평범한 사람이 할 수 있는 일이 아니다. 그런데 다시 일본글로 번역했다는 데에는 그 재능과 노력이 아주 놀랍다고 할 수밖에 없다. 강희(康熙)[30] 연간에 조선에서 문필로 이름 있는 서포 김만중[31]은 그 만필(漫筆) 권4에 조선 옛노래와 그 번역에 대해 구마라습[32]을 끌어들여 이렇게 말하고 있다.

  송강의 「관동별곡」, 「전후미인가」(사미인곡 · 속미인곡)는 곧 우리나라의 「이소(離騷)」[33]이나, (아쉽지만) 한자로는 쓸 수 없어서 오직 악

---

25 칙찬집(ちょくせんしゅう): 일왕의 명령으로 만든 和歌(わか)나 시문(詩文) 찬집

26 요곡(ようきょく): 노가쿠(能樂, のうがく; 가면극의 일종)의 가사[詞章]

27 속가(ぞっか)

28 배해(はいかい): '俳諧連歌'의 준말. 연가 형식으로 여러 사람들이 만든 유희적인 성격이 강하다. '해학(諧謔)'의 뜻

29 刪定: 쓸데없는 글자나 구절을 깎고 다듬어서 글을 잘 정리함

30 중국 청나라 성조 강희제의 연호로, 1662년부터 1722년까지 61년간 쓰였다. 중국에서 가장 오랫동안 쓰인 연호

31 西浦 金萬重(1637-1692). 조선조 숙종 때 문인, 정치가

32 鳩摩羅什(334-413). 인도 구자국(龜玆國) 승려로, 후진(後秦) 때 장안(長安)에 와서 불경 경론(經論) 380여 편을 번역했다. 중국 4대 불교경전 번역가

33 중국 전국시대 초(楚)나라의 정치가, 시인인 굴원(B.C.340?-278?)이 지은 부(賦). 조정에서 쫓겨나 임금과 이별을 슬퍼하며 읊은, 373구 2490자로 된 장편 서정시. 제목은 '근심을

인(樂人)들이 서로 구전(口傳)하거나 또는 한글로 써서 전할 뿐이다. 어떤 이가 7언시로 '관동별곡'을 번역하였지만 아름답게 할 수 없었다. (누군가 말하기를 택당〔이식〕이 젊었을 때 했다 하나, 아니다) 구마라습(鳩摩羅什)이 말하기를, "천축 사람의 풍습은 문채(文彩)를 가장 숭상하여, 그들이 부처님을 찬양한 가사(시)는 매우 화려하고 아름답다. 이제 이를 진(秦)나라 말로 번역하면 단지 그 뜻을 전할 수는 있지만 그 말씨는 전할 수가 없다."고 하였다. 이치는 원래 그런 것이다. 사람의 마음을 입으로 표현한 것이 말이고, 말에 가락을 붙인 것이 가(歌)·시(詩)·문(文)·부(賦)다. 세상의 말이 비록 같지는 않더라도 진실로 능하게 말할 줄 아는 사람이 각각 그 말에 따라 가락을 붙인다면, 곧 다 같이 천지를 감동시키고 귀신에 통할 수 있는 것이지 중국만 그러함이 아니다. 오늘날 우리나라 시문(詩文)은 자기 말을 버리고 다른 나라 말을 배워서 표현하니, 가령 아주 비슷하다 하더라도 이는 단지 앵무새가 사람의 말을 하는 것과 같다. 거리에서 나무하는 아이나 물 긷는 여자종(아낙네)이 '에야디야' 하며 서로 주고 받는 노래가 비록 상스럽다 할지 모르나, 만약 그 진짜 가짜를 따진다면 결코 학사·대부(大夫)의 이른바 시부(詩賦)와 한 자리에서 이야기할 수 없다. 하물며 이 세 별곡(別曲)은 천기(天機)가 자연스레 드러났고, 오랑캐〔夷〕 풍습의 상스러움도 없으니 예부터 우리나라의 참된 문장은 다만 이 세 편뿐이다. ……[34]

정말 운문 번역은 누구든 하기 어려운 일이다. 또 잘 된 예도 매우 드물다. 내가 자만해선지 모르나 조선사람의 가사(歌辭)도 맛볼 수 있으리

만남'의 뜻

34 마에마가 인용한 것과 『서포만필』의 원문이 조금 달라, 『서포만필』에 있는 부분은 괄호에 넣었다.

라 믿고 있었는데, 손씨의 번역이 막힘없이 일본글을 다루고 그 원뜻을 남김없이 드러내고 있음에 그저 놀라 탄복했다. 특히 그 단가(短歌)에서는 번역에 늘 따라붙는 어색함이 보이지 않는다. 비윤리적인 걸 싫어하는 손씨에게는 결례이지만, 어쨌든 구마라습이 인도 사람이자 후진[35] 사람이었기에 그 뛰어난 번역을 했다고 하듯이, 손씨가 조선사람이지만 오랫동안 일본에서 교육을 받아 일본사람다운 교양도 훌륭하며 글재주가 남달리 좋다는 점이, 딱 (구마라습과) 그 길을 같이 하는 게 아닌가 싶다. 그렇지만 어떤 재주가 있다 하더라도 이러한 대작을 이루어낸다 함에는, 그 애씀이 얼마나 될지 짐작도 가지 않는다.

손씨는 와세다 출신의 뛰어난 인재로 쓰다(津田) 박사 등이 아끼는 제자의 한 사람이다. 그래서 이 책 발간을 위해 박사 등이 손씨를 세상에 추천함은 말할 것도 없다. 우리들 이름 없는 한 연구자가 여기에 주제넘은 말을 하는 것은 쓸데없는 일이기에 선뜻 응하지 않았지만, 손씨가 이 책에 대해 때때로 상담을 청했었기에 아무쪼록 (서문을 써달라는) 부탁도 있었던데다, 스스로도 이 대작이 나옴에 마음속에 말로 다할 수 없는 기쁨을 느끼기에, 이에 책에 얼룩을 만들었다.

기사(1929) 3월 아오야마 하나오리아에서

마에마 교사쿠 씀

序

長い歴史によつて漸次形成せられて來た特殊の民族性の底深く流れ

---
35 後秦(384-417). 5호 16국 시대 강족 요장(姚萇)이 건국한 나라

てゐる，もしくは人としての心生活の基調をなしてゐる，或は又久しい
間社會の下づみにせられてゐた民衆の日常生活のうちに動いてゐる，
感情と氣分との，最も直接なる表現が歌謠にあることは,いふまでも無
からう．日本でも，近ごろ歌謠，特に民謠の採集や研究が盛に行はれる
やうになつて來た．それは，支那傳來の文字の文化と，其の核心をなし
てゐる淺薄なる主知主義的思想と偏固なる道德教との，壓迫から解放せ
られた民衆，社會の上層に，もしくは表面に，光彩を放つてゐる文化の
權威を過信し，または戰爭や政治上の變動の如き特異の事件に眩惑して
ゐた迷夢から覺めはじめた民衆が，民衆自身の生命を其の日常の生活の
うちに看取しようとするところから生まれた新しい氣運である．　此の
とき，朝鮮の歌謠が日本語に譯せられて世に現はれるのは，偶然では無
い．日本の民衆は，異なれる民族性をとほして，そこに自己と同じき「人」
を發見し，自己と同じき民衆を認知し，自己と同じき生命の躍動を感ず
るであらう．政治的眼孔からのみ朝鮮をながめてゐたものには，之によ
つて半嶋に新しい世界が開かれるであらう．　のみならず，それはおの
づから朝鮮の人々に對する理解と同情とを助けることにもならう．此の
如き理解と同情とは，人を人として抱擁し，民衆の感情が民衆の感情と
相觸れることによつて生ずべきものだからである．

　朝鮮では，支那文化，支那思想の壓迫を蒙ることが日本よりもはるか
に强かつたのと，知識階級の注意が官府のことにのみ集められてゐたの
と，民衆の地位と生活とが日本のそれよりも低かつたのとで，かういふ
歌謠は日本に於いてよりも一層甚しく輕視せられてゐた．今なほ其の餘
習がぬけないらしい．もしさうとすれば，此の日本語譯の出現は，或は
朝鮮の人々にも何等かの反響を與へて，其の思想界に一つの新しい氣運
を導き入れることになるかも知れぬ．さうなるならば幸である．

　譯者孫晉泰君は，朝鮮を中心として東方アジヤ諸民族の咒術や宗教に

關する民俗學的研究を志してゐる，若き朝鮮の學徒である．文學的述作は其の目ざすところでは無いかも知らぬが，かゝる歌謠が民衆の心生活を表現するものである點に於いて，それを研究し且つ譯出したことは，君の學問に於ても，亦た淺からざる意味があるといはねばならぬ．此の書によつてはじめて朝鮮の歌謠を知るを得た余は，君が譯出の苦心と努力と，並に君を激勵し援助して其の功を成さしめた窪田，前間，石田三君の好意と心勞とに對し，深き感謝の意を表すると共に，學窓の裡から君を知つてゐる余は，學徒としての君の研究が，他日しつかりした業績となつて世に現はれるやうになることを，切に祈り且つ俟つものである．

昭和四年三月

津 田 左 右 吉[36]

서

　오랜 역사 속에서 조금씩 만들어온 남다른 민족성이 뿌리 깊이 흐르고 있는, 그렇지 않으면 사람의 마음 삶[心生活]의 바탕을 이루고 있거나 오랫동안 사회의 밑바닥에 눌려있었던 민중의 일상 삶에서 움직이는 감정과 느낌을 가장 바로 표현한 것이 노래임은 말하지 않아도 알 것이다. 일본에서도 요사이 노래, 특히 민요의 채집이나 연구가 한창 행해지고 있다. 그것은 지나에서 전해진 문자로 된 문화와 그 핵심에 있는 천박한 주지주의적 사상과 한쪽으로 치우치고 고집 센 도덕교육의 내리누름에서 풀려난 민중, 사회의 상층 또는 표면에서 빛을 내뿜고 있는 문화의 권위를 지나치게 믿거나, 전쟁이나 정치상 변동과 같은 특별한 사건에

---

36 서문. 1–3쪽. 쓰다 소키치(Tsuda Sōkichi, 1873–1961)는 일본 사학자.

홀렸던 헛된 꿈에서 깨어나기 시작한 민중이, 민중 자신의 생명을 스스로의 일상 삶에서 알아차리려고 한 데부터 생긴 새로운 기운이다. 이런 즈음에, 조선의 노래를 일본어로 번역하여 세상에 내놓음은 우연이 아니다. 일본 민중은 낯선 민족성을 대하면서, 거기서 자기와 같은 '사람'을 찾아내고, 자기와 같은 민중을 알아채고, 자기와 같은 생명의 활발한 움직임을 느낄 것이다. 정치적 틀로만 조선을 바라보았던 이에게는 이 (책으)로 말미암아 반도에 대한 새로운 세계가 열릴 것이다. 뿐만 아니라, 그것은 스스로 조선사람들에 대한 이해와 동정을 가지게 할 것이다. 이러한 이해와 동정이란, 사람을 사람으로서 얼싸안고, 민중의 감정이 민중의 감정과 서로 맞닿을 수 있음에 따라 생기기 때문이다.

조선에서는 지나 문화, 지나 사상의 내리누름을 받은 것이 일본보다 훨씬 셌고, 지식층의 관심이 조정(朝廷)의 일에만 골똘하였으며, 민중의 지위와 삶이 일본보다 낮았기에, 이러한 노래를 일본보다 더욱더 얕보고 있었다. 여태껏 그 남은 관습에서 벗어나지 못한 모양이다. 만약 그렇다면 이 일본어 번역본이 나온 것은, 조선사람들에게도 어떤 반향을 일으켜 그 지식사회에 하나의 새로운 기운이 돌게 할 수도 있으리라. 그리되면 흐뭇하겠다.

번역자 손진태 군은 조선을 중심으로 동아시아 여러 민족의 주술이나 종교에 관한 민속학적 연구에 뜻을 둔 조선의 젊은 학생이다. 문학적 책쓰기〔撰述〕는 그가 목표로 삼은 것이 아닐지도 모르겠으나, 이러한 노래가 민중의 마음 삶을 드러내는 것이라는 점에서 이것을 연구하고 또한 번역했다는 것은 손 군의 학문에도 적지 않는 의미가 있다고 할 수 있다. 이 책으로 처음 조선의 노래를 알게 된 나는, 군이 번역한 애씀과 노력, 그리고 군을 북돋아주고 도와서 이 일을 끝맺음하게 한 구보타, 마에마, 이시다 세 사람의 호의와 마음씀에 대해 깊이 감사드린다. 학교 다닐 때부터 군을 알고 있던 나는, 학생으로서의 군의 연구가 훗날 단단한 업적으로 세상에 나타나기를 진심으로 기원하고 또 기대한다.

쇼와 4년(1929) 3월

쓰다 소키치

序　說

一, 緒　言

　日本に於ける萬葉や古今に該當すべき朝鮮の古い歌が, 朝鮮に於ては に時調^{シチョ}と云はれてゐる. 今日まで傳はつてゐる數は約二千數百首位あり, 可なり古い時代から作られてゐたものであるらしい. 百年許り前の寫本 載せてある傳説では, 高句麗の故國川王の時の國相であつた乙巴素^{ヲルパソ}（？ ──二〇三）の作と云ふのが最も古いが, これは後世の人の擬作であら う. 三世紀の初か二世紀の末にも高句麗人自身の謠の如きものは勿論あ つたのであらうが, 今日の時調とは何の交渉もないものである筈であり, 記録に依ると, 高句麗人が佛經や僧侶と共に漢文を輸入し, 學校を建て たのは四世紀の中葉以後であるらしいから, 乙巴素の詠んだと云はれる 范蠡に關する歌は漢文の入る二百年も前に彼が吳越の物語を知つてゐ たと云ふことになり, とても辻褄は合はないのである.

　次ぎに古いものとして發見されるのは, 百濟末年の諫臣, 成忠の作と 云はれる二首の歌である. 其の中の一首は「禪師よ, お尋ねしよう, 關 東の風景は今如何に, 鳴沙十里に, 海棠の花紅く, 遠浦に兩々白鷗は, 疎雨の中を飛んでゐた」と云ふのであるが, 此は約三百年前の郡誌であ る「水城志」(水城は今の江原道の杆城）に依ると, 明かに高麗僧禪垣の

269

所作句の飜譯である．同誌雜記の中に,「高麗僧禪垣，嘗遊襄・杆間，有一句云，鳴沙十里海裳紅，兩々飛鷗飛疎雨，及嶺東海汀一段生色書也，後來募寫，皆不出此」と見える句の飜譯である．光緒頃の寫成本と思はれる「破睡錄」（雜抄本）の中にも「東國詩話」と云ふのを引用して「禪垣，谷城人，其早春詩曰,云云，又遊嶺東詩曰，明沙十里海棠虹，白鷗兩々飛疎雨，有人將遊關東，聞坦此句曰，已得之矣，遂撤行」とある．加之，百濟の成忠が江原道の景色を歌にしたなどは地理的に云つて隨分無茶な話である．後の一首は屈原に托して作つたものであるが，これらも矢張り後人の擬作であらう．又擬作は高麗朝や李朝の人物に就いてもなされてゐる．しかし，斯る擬作にも或る種の意味を藏してゐるに相違ないが，その批判をしたり又他の一々の歌に就いて其の作者を考證するなどといふことは殆んど果てしのつかぬことであるから，本書には在來の寫本のまゝ，乙巴素の作も成忠の作もそれとして採載した．

　然し，此等の作が擬作であると云ふことは，それが直ちにその時代（七世紀末葉以前）には歌がなかつたといふ意味にはならぬ．七八世紀頃の新羅で盛んに所謂「鄕歌」が詠まれ，作曲されてゐたことは事實であるからである．けれども，それらの鄕歌が今日の古歌と如何樣の關係を持つてゐるか，その邊は別の研究に讓ることゝして，大體から云ふと，紀元六七世紀頃には今日傳はつてゐる古歌の前身とも云ふべき歌が朝鮮語で作られ，歌はれてゐたのではあるまいかと思はれるから，朝鮮の國歌である此の時調の歷史も可なり長いものでなければならぬ．從つて其の數も莫大なものであつたに相違ないが，惜い哉，今日まで善く其の生命を傳へてゐるものは前述の如く僅か二千數百首內外を過ぎない．けれども，朝鮮語で作られ朝鮮の思想感情を表はした朝鮮の古い文學として世に誇るべきものがあるとすれば，此の時調を措いて外に之を求め難い．然るに，此の時調が國外などに少しも知られてゐない．こ

れが偶々，口の惡い外國人に依つて「朝鮮には國民文學がない」と云はれる所以であらう．しかし，特立した國民文學の有無は其の民族の先天的能力にのみ依る許りではなく廣い意味に於ける歴史的環境にも依るものである．朝鮮は，文化的に云へば，最近世まで殆んど支那の一部であつたと云つても差支ない程であつた．卽ち，知識階級は總て支那の文字を使ひ，支那の文學を讀み，支那思想の所有者であつた．過去の歴史に於て常に文化の支持者であつた知識階級が支那的な人物であつた以上，朝鮮の文化も大體に於て，支那的でなければならなかつた．それ故に，朝鮮では國字が遙か後世になつて作られた．國字を作るべき氣運は遠い昔からあつたに相違ないが，知識階級に取つては國字の創製がそれ程痛切に感ぜられた譯ではなかつた．國字のない國に國民文學の發達する筈はない．朝鮮で朝鮮文の小説が書き始められたのは僅か二百年位前からのことであらう．此は歴史的影響であつて，朝鮮民族性の非文學的所以ではあるまい．

しかし，斯る環境の中に於て，時調のみが善く生命を保つて來たことや，それが立派な形式までを備へて發達して來たことは，先づ〜〜朝鮮文學のため慶賀しなければならぬことである．それは，小説の如く多數の字數を要しない關係から國字の出來る前にも所謂吏讀文——漢字の音を借りて朝鮮語を現はす——に依つて傳へ得られたやうな關係もあらう．要するに，時調は我々の祖先が我々に遺してくれた大きな寶物の一つであり，朝鮮文學史上最も重要な地位を占むるべきものである．

×　　　　　×　　　　　×　　　　　×

私は此の貴重な時調を，せめて，日本の人にでも紹介して見たい希望を八年前から持つてゐた．其の時私は早稻田大學の第一高等學院に在學

中であつたが，窪田空穂先生に提出すべき作文の課題に窮した揚句，朝鮮の古歌に就いて何か書いて見ようと思ひ付いた．そして，一番飜譯し易いものを十首許り譯し，それに私の意見を少し書き添へて提出した．次ぎの學期の初めになつて其の作文が私に戻されたとき，終りに先生の評が書かれてあつた．其の中に「譯は不味いと云はざるを得ないが，これを組織的に日本へ紹介して見る氣はないか．それは大きな意味のあることであらう」と云ふ意味の文句が書かれてあつた．私が此の譯を本氣になつて試みようとしたのは，空穂先生の此の言葉に刺戟されてからであつた．多分大正十一年だつたと記憶してゐるが，其の年の夏休み中に，私は二百餘りの歌を文語體に，しかも原文に極端に拘束された態度で譯し，それを空穂先生のお目にかけた．文語體に譯したのは原文が古い言葉であるのと，古風な氣持を現はすには，それが最も適した言葉であらうと思つたからである．先生は私の譯を御覽になつて「君，これは未だ日本語になつてないよ」と云はれた．そして，「君は原文に忠實などと云つてゐるが，日本文としても多少生きてゐなくてはいけない」と忠告せられた．私は失望せざるを得なかつたが，今度は譯の態度を換へて見ようと決心して，前の譯文を悉皆破棄し，新たな態度で譯に取りかゝつた．

二，譯語に就いて

それは口語體，意譯と云ふ態度であつた．文語體，意譯でもよい譯であるが，正直な處，私には文語體が自由でない．加之，長型の歌になると，それは歌よりも謠に近い內容を有するので，此を文語體に譯すと却つて角張つたものに成り，寧ろ變てこな感じがした．又，短歌でも支那的情緒を有しないものは矢張り口語體譯の方が原歌の味ひを多分に現はし得ることに氣付いた．唐詩の摸作や其の感化を受けた情緒・感興を

以て詠んだ歌は勿論文語體の方が適切であるが，それでは或る者は文語體，或る者は口語體譯になつて全體としての統一が付かない．そこで私は，一部を犧牲にしても，言葉は口語體にと決めたが，さて意譯と云ふのが私の氣質上，どうしても感心出來なかつた．それで成る可くは原文に忠實であるやうに，しかし日本語に生かすことの出來ないものは意譯に，と云ふ態度を取ることにした．例えば，江山風月とか，萬頃蒼波とか，泰山峻嶺，江湖，滿江，船子，秋月，春風，乾坤，紗窓，松風，明月とか云つたやうな言葉は大體に於て原語の儘を採用し，「雪月滿庭してあるに」と云ふのは仕方なく「雪，庭に滿ちた月の夜に」と意譯し，「仰天大笑した」は「天を仰いで大笑ひした」と直し，「月明るく霜冷き夜に」は口調が惡いので，「霜寒き月の夜に」に，「兩々白鷗」は「番ひの白鷗」になほしたやうなことである．又例へば，「腹付き」と云へば，朝鮮では腹がすいて腹の皮が背中と付いてゐるやうであると云ふ意味が一口で分るが，日本ではそれでは通らないから，仕方なく「腹が背中に付き」と譯したやうなものと，男兒を意味する「大丈夫」に「ますらを」と假名を振つたもの，長安を都に直したこと，草堂に「くさや」と假名を振つたこと等の意味は別にくどく説明する要はあるまい．又，餘り漢文臭い句節は全くそれを毀して日常語に直した個所も少くない．例へば萬頃蒼波を所に依つて，青い海原とした位なことは善いとして，宮商角徴羽をてん〜しやん〜と止む無く直ほしたやうなのもある．細かく云ふと限りがないが，此等は何れも原歌の意味に大した變化を及ぼさない．けれども，長歌の中の好色に關する歌に於ては末節が全然別な意味になつてゐることもある．それは言葉の相違に依る止むを得ない措置であつた．決して無意識上の誤譯ではない．類音の異語を兩方にかけて猥褻な諧謔や駄洒落を云つたものであるから，外の言葉にそれを其の通り移すことは不可能であつたからである．

又, 如何に調べても分らない物名の如きを故意に省いたものや, 他の相應なそれらの名を代入したところも數個所あつた.

更に, 原文の儘ではどうしても意味の解し難い歌には數字又は一行許りの解釋を適宜に入れたとこもある. それらは何れも傳本の不完全なためで, 漠然と讀んだだけでは今日の文章の如く直ちに頭へ入つて來ない歌がいくらもある. 數度乃至は數十回も繰返して讀んでゐる中に, はゝあ此はこんな意味で詠んだものだな, と頷かれる歌が決して少くはない. 何しろ, 聲で歌はれてゐる通り書かれてゐる傳本が多いので, 文章としては隨分無茶な點が, 長歌などには殆んど一首毎に數個所も發見される位である. だから, 先づ私が其を讀みこなして眞の意味を悟つたのち, 適宜に筆を取らなければならなかつた. さう云ふ種類の歌は可なり自由に譯されてゐる. それを直譯でもした日には全然文章を成さないであらう.

最後に, 古歌の傳本に傳はつてゐるものの中には, 同一の歌が各寫本に依つて夫々多少句節や字句を異にしてゐるものが澤山ある. 其の場合には成る可く面白い方を取つた. 又兩方を補ひ合せて組立てたものもある. 歌全體としての味ひを生かすために, 原歌の一行位を故意に省いたこともある.

斯る態度をもつて, 兎に角, 一應飜譯を仕上げた. 後にいふやうに, 其の原稿は其の後, 幾回の改削を經てゐるけれども, 此の主義は追襲して來た譯である. であるから, 私の譯が原文の奴隷譯で無いことは事實である. けれども, 度の過ぎた意譯ではあるまいと, 自分は信じてゐる.

×　　　　　×　　　　　×　　　　　×

さて, 此處で是非一言して置かねばならぬことは, 本書の譯語に就いて, 空穂先生と前間先生とに獻げねばならぬ私の感謝の辭である.

一昨々年の夏，私が空穂先生の書机の上に再び風呂敷を擴げたとき，先生は「うむ，今度は大分旨くなつた」といはれた．その御一言で私も漸く元氣付いたが，それでも先生の手に依つて處々削られたり，直されたりした．先生は尚御不滿であつたらしいが，餘り直しても義理が惡いとお思ひになつたのか，まあいゝや，といふ處で通過させて下さつた．そして，先生の其の改削に依つて啓蒙された處は非常に多かつたのである．

　それから私は暫く他用のため歌の原稿を書棚の一隅に仕まひ込んで置かねばならなかつた．今年の夏になつて舊稿を取り出して見て，驚いたことには，先年の譯が大部分氣に入らなかつた．甚だしい誤譯もあつたし，原文に忠實と云ふ主義が崇つて實に拙い譯をしたと自分乍ら恥ぢ入つたので，三度筆を執つて殆んど全部に改削を加へた．其の上，今春になつて始めて見た，前間先生や淺見博士所藏の傳本からも數十首の新しい歌を採譯し，他の寫本からも新たに數十首を取つて入れた．それで一先づ脱稿とし，最後の校閲を仰ぐ可く，前間先生の許に全部の原稿を持參した．

　學者としての前間先生は世間周知の如く朝鮮學の大權威でいらつしやるが，その日常の瑣細事に至るまでの御博識には，只々驚嘆する外なかつた．先生が朝鮮語を御自由に御話しもし，御自由に讀み書きもし，殊に古語に精通していらつしやることは，私も豫てより承知してゐたが，朝鮮の卑言野語や洒落，隱語などから，朝鮮百姓の料理の名は勿論のこと，其調理法などに至るまで，殆んどそれらを御存じないものの無かつたのには，吾々朝鮮人と雖へども，平身叩頭せざるを得なかつた．

　私の誤譯は一つ〳〵先生に依つて指摘され，私が先生より原稿を返して戴いたときには實に百餘枚の符箋が付けられてゐた．そして特に私のために，「君の努力には感心したが，これが創作でない以上，原文の形容詞一つもそれを曖昧な態度で取扱ふことは謹まねばならぬ」と仰言られ

た．私は恥かしくもあり，嬉しくもあつて，只「有難度う存じます」を繰返す外はなかつた．辯解がましいけれども，朝鮮古歌と一口に云つても此は日本でなら萬葉であるから，詳しい註釋でも無ければ決して易々と讀めるものではない．然るに，今日まで一つの研究も註釋もされてゐない此時調を，私のやうな淺學短見の者が大膽にも飜譯を企てたのは甚だしく無理であつたかも知れぬ．しかし幸に前間先生の周到なる御校閲に依つて，僅かに左程恥かしからぬ飜譯にまで漕ぎ付けたことは欣喜に堪へぬ次第である．

斯くして誤譯だけは正し得たが，私は表現が下手なので私の譯筆を其の儘世に送るには頗る躊躇せざるを得なかつた．それで今一度窪田先生を煩はすべく先生の門を叩いたが，何分御忙しい先生のこと故，どうしても口を切り出し得ずまご〰してゐると，先生は直ぐ私の心を御忖度になられて，も一度見て上げよう，と云はれた．其の時の情深い先生の御言葉は，何と云つて善いか，實に嬉しいものであつた．

斯く再度まで窪田先生を煩はし，石田幹之助先生も多少字句の叱正をして下さつたので，私は安心して此書を公にすることを得た．

三，名稱に就いて

朝鮮の古歌を一口に時調（シヂョ）と云つて來たが，少し専門的に云ふと此は誤つた云ひ方である．朝鮮の古歌を──民謡や俗謠以外の──傳統的概念に依つて極めて大まかに分類すれば，それは時調と歌（ノレ）とになるであらう．そして歌（ノレ）の中には本書に載せた長歌が凡て入るのは勿論のこと，短歌の中でも界面調に屬するものは凡て包含される．又本書の附録中に入れた「還山別曲」，「白鷗詞」の如く何々曲，何々歌，何々詞──此等は特に

歌詞とも云はれる——等と立派な題名を有するもの（普通の歌には所屬
の調名や曲名はあつても題名はない）も此の歌の部類に入るべきもので
ある．その歌詞と云はれるのは大體に於て普通の歌よりは文句が長い．

　歌の概念の中には，我國の「節」をつけて唱ふ歌，詰まり俗歌と云ふ
やうな意味があつて，時調よりは少し品の劣る歌のやうに思はれてゐ
る．尤もその中で，歌詞は前述の如く，立派な題名のあるのと,辭句の長
いことなどに依つて稍々上品なやうに扱はれて,普通の歌とは區別され
てゐる．そして時調は此等の中，一番上品なものと思はれてゐるが，此
れとて又古典的な歌曲や宮廷などに遺されてゐた唐樂及鄕樂の古典的
なものに對しては，其の曲調の上にも自から品位の差がある譯である．
それで時調と云ふ名は，古典的なこれらの曲調に對して,「當世の曲調」
で歌ふもの，又は up-to-date の曲調で歌ふものと云ふ意味に用ゐら
れて來たらしい．だから，時調とは平調・羽調・界面調の如く局限され
た一つの音調を云ふのではなく，稍々一般的意味に用ひられてゐる．平
調・羽調は支那の樂府にも見える音調であるが，朝鮮ではこれを，平調
は雄深和平なもの，羽調は淸壯激勵なものと稱してゐる．要するに此等
は聲の出し具合を指すものである．そして平調の雄和な聲調と羽調の淸
壯な聲調は，界面調の哀怨悽悵な聲調に對して稍々上品でもあり從つて
古典的でもある．それ故に，今日の舊樂界の唱手や妓生なども，平調と
羽調のみを時調の中に入れ，界面調は歌と云つてゐるらしい．歌の内容
や辭句の品位高卑に依つて時調と歌とを區別するのではなく，聲調に
依つて區別するのであるから，一つの歌が平調か羽調で歌はれる場合は
其が時調に屬し，界面調で歌はれる場合は歌に屬すと云ふ理窟である．又

實際に於てもさういふ風になつてゐる.

　であるから，朝鮮古歌を一括して時調と云ふには少からず無理があ
る.しかるに，こんな專門的理窟や傳統的概念は今日の一般の人々には
丸で知られてゐない. 全く同一型式のもので時調もあれば歌^{ノレ}もあり，さ
うかと思へば又，どちらに屬するか，馬鹿に長い型式だと思はれるもの
もあつて，それには界面とか弄とか,騷聳・蔓橫・編數・大葉等々到底
文字に依つては理解の出來ない調名や曲名が附せられてゐる次第であ
るから，古歌を讀んで樂しまうとする今日の人々──古は全く歌ふため
に作られたものであるに反し──には此のやうなことは却つて煩雜や
嫌惡の念をさへ起させる恐れがある. 處で，近來西洋風の歌曲が輸入さ
れてから，此等の古歌を總括的に何んとか呼ばねばならぬ必要に迫ら
れた結果，誰が云ひ出したのでも無く，古歌を凡て時調と云ふやうにな
つてしまつた. 但し此の中には所謂歌詞は未だ含まれてない. 歌^{ノレ}と云ふ
名稱が採用されなかつた理由は明白で，ノレと云ふ語は廣い意味では
歌と云ふ概括名詞にも使はれて來たから，西洋風の歌だつてノレで，俗
謠や民謠もノレと云はれる. それでは古歌の特稱名詞として不適當であ
つたからである. 最初は短型の歌卽ち短歌──此の中には時調とノレが
ある──だけを時調と云つてゐた. それは古歌の中に長歌の夥しくある
ことを一般の人々は餘り知らなかつたからである──何しろ傳本が餘
り發見されず，發見されても一般の人々はそれを見る事さへ出來なかつ
た. 加之,巷間で歌はれた若干の古歌は凡て時調として短歌許りであつ
たからである. 然るに,兩三年來識者の間に勃々古歌が問題にされ，長
歌にも氣を付けて見ると，此は巷間で歌はれてゐる短歌より措辭が遙か
詩的であるので，其れをくるめた總稱名詞が出來るべきであつたが，つ
まり，此も一律に時調で片付けるやうに，何時の間にかなつてしまつた.

けれども，此にも強ひて云へば一面の理由はある．長歌の中には樂時調とか於叱樂時調，編樂時調，辭說時調と云ふ曲名などがあるからである．

　斯くして，專門家の立場から見れば誠に可笑しい名稱が，朝鮮古歌の上に附せられた．けれども，古歌の一般名稱を必要とする此の時に，訓詁的理窟に許り捕はれて，一般概念を無視する譯には行かぬ．昔は時調と云ふのが，どんな意味で使はれてゐたとしても，字句や物の名稱に對する概念が時代に依つて變化する例もさらにあるから，流用の可能性のある特別な卓見でもない以上,此の一般傾向に從はねばなるまい．それで私も古歌を一口に時調と云つた次第である．但し，前述の如く歌詞だけは時調の中に入れてない.(本書に於ても歌詞は二段組にして附錄一に收めてある).

　それから，時調の名稱が何時頃から起つたかと云ふ問題であるが，此に就いては殆んど返答の仕ようがない．種々の記錄(小說隨筆の類)の上では，只短歌，長歌，謠などと云つた處もあり，總稱としては歌詞又は歌辭と云ひ，古い記錄では鄕歌と云はれてゐるのみで，時調と云ふ文句は發見されない．短歌，長歌にしても，それが果して短型歌や長型歌の總稱名詞であつたかは疑問で，今日歌詞と云はれるものを多く長歌と記した點から見ると，時調の中の私の所謂長歌が昔は長歌と云はれてなかつたに相違なく，又私の所謂短歌の凡てが短歌と呼ばれてゐたのではあるまいと思はれる．只型式の長短に依つて漠然とさう云つたものであらうと思はれる．又短歌と云ふ特稱名詞を有する可なり長い歌が今日でも別に儼存してゐる．だから,記錄に許り便つて云ふと，時調の名稱は「歌曲源流」や「靑邱永言」などの傳本中に見えるのが最初で，決して百年以上に遡ることは出來ない譯である．しかし朝鮮のやうに，さういふ方面の記錄に乏しい國では，　必ずしもさう斷定してしまふ譯には行くまいと思ふ．

又，此は餘談であるが，朝鮮の巷間には，時調は時節歌の意味だと云ふ説もある．けれども此はほんの俗説で，時調の中に時節に關するものは極く少數である．時の字が共通してゐるから，さう附會したものであらう．時節歌と云ふ立場を取る人は，時節(季節)に應じて春なら春の歌，秋なら秋に關する歌をうたふ處から生じた名稱が後世時調に轉訛したのだと云ふ相であるが，常識から考へても取るに足らぬ説である．朝鮮の古歌は常に聲調に依つて名稱されたもので，時節の如き內容に依つて名稱される筈はない．又時節歌と云ふのが別にあつたかも知れぬが，それは全然話が別である．加之，廣汎な人生問題を扱つた古歌が時節などのやうな極めて限られた條件に依つて總稱される筈はない．古人の考へ方の種々の例證から見て，どうしても時節調（當世の調）でなければならぬ．

次に，「靑邱永言」と云ふ傳本には詩調と云ふ書き方をして，時調と同意味に混用してゐる．（私は一時此には何か譯があるであらうと或る雜誌上で一寸議論をしたこともあるが，それは全く傳本の誤書で，時と詩とが全く同音のシである所からかく無意識に混用されてゐることが後で分つた）．

四，歌の種類に就いて

寫本の傳へる所に依ると，時調卽ち朝鮮の古歌は聲調に依つて大別され，更に曲に依つて細分されてゐる（又特に女聲にて歌ふべき歌を集めた「女唱歌謠錄」もあつて，此れは男娼の歌と對稱すべきものの樣であるが，女唱の歌は寧ろ特殊なもので，古歌一般が男娼，女唱に分類されてゐるのではない）のが最も普通で，內容に依つた分類は「古今歌曲」に見えるのみである．それは，時調が本來今日の自由詩のやうに朗讀さ

れたものでなく，樂器に合せて歌はれてゐたものであつたからである．即ち時調は，平調，羽調，界面調に大別され，界面調の中には騷聳，蔓横，弄，羽樂，於叱樂，界樂，編數大葉，於叱編といつたやうな曲が從屬され，羽調も更にそれが數多の曲に細分されてゐる．又音樂的に批判して前述の如く，平調は「雄深和平」なもの，羽調は「淸壯激勵」なもの，界面調は「哀怨悽悵」なものと云はれ，其の他の曲に就いても一々批判がされてゐる．けれども，遺憾乍ら茲に於ては大方の讀者に時調の音樂的韻律までを紹介することは出來ないから，凡てを省略せねばならぬ．更に又，平調，羽調，界面調等々と云つても初めての讀者にはさつぱり其の意味が分らない筈であるから，私は本書に於いて，時調を凡て長歌短歌に區別して置きたい．長歌とは歌型の長いもの，短歌とは歌型の短いものを指したのであるが，此れは私が勝手に附けたものではなく，昔の人も左樣區別した例があるからである．例外として中間型と云ふのを設けたが，此は止むを得ず取つた私の考へである．平調，羽調は大部分短型で，界面調には短型なものに長型歌も混へてあり，騷聳，蔓横，弄，羽樂，於叱樂，界面樂，編數大葉，於叱編等は大體に於て長型である．が，複雜を避けるため，讀者は只，時調の中に短歌と長歌のあることだけを理解して戴きたい．そして今日傳へられてゐる時調の中には短歌が最も多いことも承知して戴きたいものである．

又本書の附錄一へ二段組にして入れた歌の如き種類の歌も可なりあるが，これはみな漢文臭の濃厚なものである．

五，原歌の型式に就いて

短歌は凡て三章より成つてゐる．そして，短歌の一章は大體に於いて二句に分けられる．それ故に，私は本書に載せた短歌を凡て六行とした．

原本は初章，中章，末章(此を三章と云ふ)の間に各一字づゝの間隔を置いて，各章の區別としてゐるのみであつて，古代文章の常例として「コンマ」もなければ，「ピリオド」もなく，行を換へて各章を區別してゐるものでもない．故に，短歌を大體六行にしたのは體裁の上からであるが，高麗時代にも其の例あり（均如傳の序文と郷歌參照）現今の時調作者も大體，各章を二行づゝに書き分けてゐる．だから，讀者には，短歌の初めの二行を初章，次の二行を中章，最後の二行を末章（又は終章）と理解して戴きたい．

　中型の歌も三章から成つてゐるが，此は中章の長いのが通例である．此を六行にするのは困難で，口調も甚だ狂つてしまふので，私は大體八行に譯して置いた．原歌の字數も決して一定してないので，私の譯中にも變則的乍ら，七行又は九行に分けたものもある．

　長歌は五章より成るのが通例であるが，馬鹿に長い章もあつて字數は不規則的である．其れは所謂「語られる」方の歌であるからである．それで，私は都合上，長歌の一章を二行以上四行六行までに分けて譯載したのもある．

　調子に就いていふと，短歌の初章の一行目が大體に於いて三四調（或は三五調），其の二行目が三四調又は四四調である．故に，初章の二行は大體七七調から成つてゐる．中章は稍々不定的であるが，大體は五七，五八，七八，六八調等より成り，末章は五七，六七調等より成つてゐる．斯の如く字數が一定してない所以は，曲が非常に緩慢なものであるからである．俗謠と違つて，「タイム」が長い．日本の追分の如く，一つの字と次ぎの字との間のタイムが非常に長い．故に，其の間に一二字位を餘計入れて歌つても曲の上には差支ないからである．

　長歌の調子は殆んど亂調で統計的に調子を調べることさへ困難であるが，大體に於て，七七調八八調等が根本的であるらしい．

短歌，長歌を通じての調子上に於ける特色は，末章の初めに，「休よ」
とか「童よ」とか「あはれ」とか云ふ三字（大體感嘆詞である）を附け
加へることと，初章の初めが三字より成ることとである．曲の上に於て
も，此等の三字は重なる意味を有してゐる．

六，作歌の年代に就いて

　嚴密な意味に於ける年代の明かな歌は極めて少ない．作者不明なもの
は固よりのこと，作者の明かに傳へられてゐる歌でも，それが果して何
年に作られたかは一向分らない．只，誰某の作とのみ傳へられてゐるか
ら，其の作者の在世時代から考へて，大體第何世紀の中頃とか，末頃の
作であらうと云ふやうなことが推定されるのみで，確かな年代は知り
得ない．古代の藝術的作物の年代の正確でないことは，何れの國に於て
も同様であらう．只，或る特殊な事實を歌つたもの，又は或る歴史的出
來事に就いて歌つたもの等に就いては，若干の考證を試みたならば殆ん
ど正確に近い年代を知り得ることも出來るであらうが，それさへ未だ少
しも研究されてない．過去の朝鮮の知識階級は總て支那文化の摸倣者で
あり，崇拜者であつたから，自分の國の文化に就いては殆んど研究して
ゐない．朝鮮の時調は，決して，日本の萬葉のやうに上下一般には尊敬
されなかつた．

七，原本に就いて

　朝鮮古歌の文獻として今日傳はつてゐるものは極めて少數で，此等は
何れも珍本に屬する．決して求め易いものではない．又大部分が寫本で
ある故，其の寫成年代や其の他の詳しい考證は稍々困難であるが，次ぎ

に一々に就いて簡單な紹介を試みよう.

「松江歌辭」──二卷一册の版本.松江鄭澈の歌集にして,朝鮮に於ける個人歌集の唯一のものである. 十七世紀の末頃,松江の後孫鄭澔に依り一度刊行されたこともあるらしいが,字句の誤り甚だ多く鄭澈の玄孫鄭浩がそれを慨して十六九八年完全な寫本を得て新版を刊行しようとしたが果さず, 一七四七年になつて其の五代孫星州の牧使鄭觀河の手に依り始めて完全な版になつた. 版になつてゐる位だから世には隱れて存在するものもあらうが, 私の見たのは前間恭作先生の所藏に係る一七四七年版で, 上卷には有名な「關東別曲」,「思美人曲」,「續美人曲」,「星山別曲」,「將進酒歌」等が收められ,下卷には警民十六歌を始めとして都合七十八首の短歌が載せられてゐる. 古歌文獻の最古のものである. 漢字と朝鮮字の混りであるが, 漢字の下には一々諺文の音釋を入れてある. 仲々の珍籍であるらしく, 朝鮮の學界には未だ此が知られてゐない位である.

「古今歌曲」──一册の寫本. 表題の字形全く剝落して其の三字目位に殆んど見えない位の殘痕を有するのみである故,原名は何であつたか知りやうもないが,卷末に附錄した筆者自作歌の中「老いぬれば友なく, 眼衰へば書も讀めず, 古今歌曲を集め, それを筆寫する意は, これを樂みにして, 日を消さんとするにある」と云ふ意味のものがあるので, 前間先生とも相談の結果, 假に名付けたものである. 前間先生の詳しい考證に依ると, 此の本は一七六四年筆成したもので,「松江歌辭」より十七年後のものである.所載歌は他のテキストに依つたものでは無く,全く筆者自身の蒐集したもので, 長歌三十一首, 短歌二百六十五首（內十四首は自作）である. 又其の前に, 李賢輔の漁夫辭九章, 尙震の感君恩四章, 李滉の相杵歌, 鄭澈の關東別曲, 思美人曲, 續美人曲, 星山別曲, 將進酒歌, 車天輅の江村別曲, 蘭雪軒の閨怨歌, 失名氏の春眠曲等を載せ, 又其の前には支那の辭賦歌曲──歸去來辭・采蓮曲・襄陽歌・桃源行・赤壁

賦・竹枝詞の如き──十四を載せてある. 朝鮮の歌を凡て諺文混りで書いてあるのは勿論であるが, 此の本の特色は, 他の本が歌を音調や曲に依つて分類してゐるに對し, 歌の内容に依つて短歌二百四十八首を夫々分類してゐることである. 此の分類は朝鮮古歌の一般的傾向を知る上に於て必要であるから次ぎにそれを紹介する.

短歌は人倫・勸戒・頌祝・貞操・戀君・慨世・寓風・懷古・歎老・節序・尋訪・隱遁・閑適・讌飲・醉興・感物・艶情・閨怨・離別・別恨の二十目に分類し, 長歌は蔓横淸類としてゐる. 仲々考へた分類であるが, 私は此の外に諧謔・好色の二目を加へたら現存古歌の大體の傾向を此の分類種目に依つて示し得るものと考へてゐる.

此の寫本は淺見倫太郎博士の所藏に係るものであるが, 著者 (七十翁) 自身の筆に成つてもので他に寫し本もないらしいから, 前間先生の云はれるやうに, 恐らく天下唯一本しかない珍寶であらう. 短歌や長歌に作者の名を記入してないのは何より遺憾であるが, 他の寫本に於て發見することの出來ない數十首の歌も載つてゐる.

「歌詞六種」──一冊の寫本. 此も淺見博士の所藏に係り, 漢諺文交りで玉樓宴歌, 農家月令歌, 春眠曲, 車天輅の江村別曲, 李賢輔の漁夫辭, 失名氏の老人歌と云ふ六種の歌詞が載せられてゐる. 原本は表題がない故, 前間先生とも相談の結果, 假に「歌詞六種」と名付けたのである. 時調の部類に屬すべき短歌も長歌も載つてないが, 農家月令歌の如きは朝鮮古歌の中の最大傑作で今日の人には少しも知られてないものである. 其の中の歌には百十年か百二十年位前のもの, 百四五十年前のものなどがあるが, 寫成したのは淸の道光年間, 今を去る約百年前であらうとの前間先生の考證である. 大體それに相違なからうと思はれる. 此も朝鮮の學界では未だ誰も知らない本で, 珍本であらう.

「歌曲源流」──一冊の寫本. 元前間先生の所藏で今は東洋文庫の所藏

に係るものと，巴里東洋語學校に一部，朝鮮總督府圖書館に一部，朝鮮の學者崔南善氏に一部所藏されてゐると聞く．民間には案外隱埋されてゐるかも知れぬ．

この書の選集が何時出來たかは，はつきり判らないが，東洋文庫本の寫成が今から七八十年前であつたことは間違いない．諺文と漢文の混り文で，短歌四百五十二首を音調や曲に依つて分類配置してゐる．讀み人の傳はる歌の下に，その名と極めて簡單な傳記を記入してゐるのが有難い處で,「青丘永言」と共に古歌研究上貴重な文獻である．此の本の名は他の何れの傳本よりも，最も一般に知られてゐるから，或は存外古くから歌曲源流と云ふ本が存在し，それが傳承流布の後，今日傳はつてゐるものは後人の追補等によつて多少の相違を生じてゐるのであるかも知れぬ．が，それは諸傳本を比較研究して見なければ云へないことである．

「青邱永言」──一冊の寫本．崔南善氏の所藏に係るもので，私は未だ原本を見る機會を得なかつたが，京城の延禧專門學校の文科學生達に依つて謄寫版刷りにした複寫本を見ると，これも近代の作家が澤山現はれてゐて，恐らく歌曲源流と同時代に寫成したものと推定される．矢張り諺漢文混りであるが，所收歌の數は驚くべき多量に達し，短歌六百八十七首,長歌二百九十五首，都合九百九十六首の歌が載せられてゐる．他の傳本に見えない多數の歌と，殊に好色類の多くの歌が見える．量に於ては第一の文獻である．歌曲源流の如く聲調や曲に依つて分類され，讀み人の傳はる歌の前又は下に作家の名を記し，簡單な傳記が書き入れてある．矢張り珍本で，貴重な研究資料たる價値を失はぬ．長歌には好色・諧謔に關するもの多く，表現の技巧も實に佳境に入つたもので，これらの歌にこそ朝鮮人本來の一種の姿が現はれてゐるものであるが，他の傳本には餘り長歌が傳はつてゐない．しかるに此の本には三百に近い數を載せてゐるから，限り無く有難いものである．

卷末に，相思曲，春眠曲，勸酒歌，白鷗詞，軍樂，觀燈歌，襄陽歌，歸去來辭，漁父詞，還山別曲，處士歌，樂貧歌，江村別曲，關東別曲，黃鷄歌，梅花歌等が附錄されてゐる．襄陽歌，歸去來辭の外は何れも朝鮮人の創作に係る歌曲である．本書に譯載したのは此の中の觀燈歌，還山別曲，梅花歌の一節である．

　「南薰太平歌」――一冊の版本．一八六三年版にされたのがあるが，今は容易に發見されない．私の見たのは現在東洋文庫所藏本で，此は前間先生が京城在職中版本を複寫せしめられたものである．　諺漢文混りで二百二十二首の歌（內短歌百八十首，長歌中型歌合せて四十二首）を曲や音調に依つて分類配置してある．卷末に雜歌篇と歌詞篇を附し，雜歌篇には小春香歌，梅花歌，白鷗詞を入れ，歌詞篇には春眠曲，相思別曲，處士歌，漁夫辭等が收めてある．此は專ら妓生の敎科書として編んだものらしいが，一般にも善く知られてゐる名である．他の傳本に見えない數十首の歌もあり，分類も一寸變つてゐるから，古歌研究資料として大切な文獻である．此には作家の名が記されてない．又下出「歌謠」の如く短歌末句の一部が省畧されてゐる．

　「女唱歌謠集」――一冊の寫本．　前間先生の所藏に係り，純朝鮮文（諺文）で書かれてゐる．妓生のテキストとして用ゐたものらしい．卷末に雪峰と云ふ妓生が自筆で「庚午仲春望間雪峰試」と云ふ文句を書き込んで居るから，寫成が一八七〇年以前であることは明かである．短長歌取り混ぜ百八十二首が曲に依つて分載されてゐる．作家の名の記されてないのは勿論，他の傳本に見えない歌の如きも發見されないが，音譜を記してゐるのが此の本の價値のある所である．音譜を記してゐるのは他の傳本に見えない處で，、、、、、、ロ｜レノしケの如き譜號で音の高低長短を現はしてゐる．此の音譜を有する一點に於ても貴重な文獻たる價値を失はぬ．

「歌謠」———一冊の寫本.今は東洋文庫の藏に入つてゐるが,前間先生が
京城在職中(三十年前)或る朝鮮人に托して民間で歌はれてゐる時調を
採收せしめたもので,只短歌九十九首が雜然と諺漢文混りで書き並べら
れてゐるのみである.卷末に相思別曲,春眠曲,白鷗詞が附記されてゐる.
大した價値はないが,此の本の特色は「南薰太平歌」の如く短歌末句の
一部が省略されてゐることである.本來朝鮮古歌は末句が七字以上から
成つてゐる.けれども,それを歌ふ時には———近世になつてからの變化
であらうと思ふが———末句の四字だけしか歌はない.例へば短歌の末章
が「恐らく江湖の樂みは,これのみであらう」と云ふ風になつてゐるとす
れば,末句の「これのみ」までしか歌はないのである.而して「歌謠」と
「南薰太平歌」に於ては凡て「であらう」を省略し,これのみと云ふ處ま
で書いてある.つまり末章の末句を凡て四字しか取つてないのが此の二
本の特色である.末句を四字しか歌はないことは「女唱歌謠錄」にも明
らかに示してゐるが———四字以下には音譜を付けてない———斯る意味
に於て此の本は一種の古歌文獻として存在の價値を有するであらう.

×   ×   ×   ×

此の外に,崔南善氏は「女唱類聚」と云ふのを所藏してゐると云ふけ
れども,私は未だそれを拜見したことがないから茲に其に就いて紹介
することは出來ない.

(又,大正二年京城の新文館から出した崔南善氏の「歌曲選」や,今年
京城の漢城圖書株式會社から出した崔南善氏の「時調類聚」と云ふのが
あるけれども,此等は在來の傳本に依つて一般向きに編纂したもので
あるから,文獻として茲に紹介する必要はあるまい.けれども「時調類
聚」は今日傳はる殆んど大部分の古歌を收集分類したもので,定價も一

圓五十錢であるから，通俗向きには極めて便利な本である）．

八，本書に於ける歌の配置に就いて

　原本に於ける歌の分類配列は前述の如く，聲調に依つて大別され，曲に依つて細別されてゐるのが最も普通で，内容に依つて分類したのは「古今歌曲」あるのみである．又後者は前に短歌を分類配載し，次きに長歌を收録してある．聲調に依る分類には一作者の名が飛び〰〰に散見されたり，同じ聲調に屬する各種の型式の歌が錯綜したりするので，本の體裁が惡くなる許りで無く，本書には少しも聲調に依る分類を必要としないから，此は取らないことにした．次ぎに内容に依る分類も面白いが，此も長歌と中型歌を短歌とが類似した内容を持つた場合と，甲の作と乙丙の作が同じ傾向を有した場合には，本の體裁上にも，一つの名が飛々に見えるのも見苦しいと思つて止めた．加之，歌は讀者に依つて感興と解釋を多少異にするであらうから，私が型を拵へて與へる必要はあるまい．

　そこで一切の前例を破り，最初に長歌（殆んど全部が作者・時代共に不明）を置き，次ぎに中型歌（これも殆んど全部が作者・時代共に不明），續いて作者時代共に不明な短歌，歴朝作家の短歌，最後に時代不明な作家の短歌と妓生の短歌とを配置した．歴朝作家の短歌が時代順に配列されてゐることは勿論である．

　これで，一つの作家に就いて其の歌風を窺ひ知る便利を得るであらう．又，作者不明な諸歌は，成る可く其の思想的傾向に依つて，同じ傾向のものは夫々一所に集めて置いた．似寄つた歌が餘り續いて出て讀者の感興を害ふかも知れぬが，只漫然各種の歌を散載するよりは何かの役に立つであらうとも思はれたからである．

長歌や時代・作者共に不明な歌を前に置いたのは，それらの中に固有朝鮮の姿——支那的思想や感情の衣に依つて蔽はれてない——が最もよく現はれてゐるから，それらを先づ讀者の目に訴へたかつた外，何等の意味もない．それらは多く謠に近い内容を有し上流作家の上品な作風と好對照をなしてゐる．

九，譯歌の量と質に就いて

　本書に譯載した歌は，短歌四百二十三首，長歌百三十五首，都合五百五十八首であつて，原歌の約四分の一に過ぎない．甚だ物足りないと思ふ方々があるかも分らないが，私としては譯載の價値ある歌々は殆んど譯した積りである．元來朝鮮の古歌には漢文臭が堪へ切れぬ程ある．漢詩に朝鮮の吐（テニヲハのこと）を附けたもの，支那の人物や景色を中心に作られたもの，唐詩の模作等，今日の我々から見れば何等の創造性を持たない，平々凡々な構想で歌つたものが大部分を占めてゐる．時調の發達を歷史的に研究する人に取つては，其れ等のくだらないものも役立つ筈であるが，本書の立場は朝鮮人の本來の姿を一般の日本人に紹介しようとするにあるから，其の選擇にも自ら歌として價値のあるものを取らねばならなかつたのである．だから，朝鮮人らしい構想や感情をもつてうたつた歌は大部分譯載されてゐる譯である．しかし，中にはとても齒の立たないものが數十首あつたし，又殆んど相類してゐる歌も少からずあつたので，それらは總て省略した．又房中のことを甚だしく露骨に歌つた若干首の歌を省いた．古人は平氣で歌つたのであらうし，また當時の人の情緒を解するに，これ等はやはり缺くべからざるものと信じたから忠實に初めは四首許りを譯して見たが，飜つて又餘り原始的で讀者の嫌忌を惹く結果となるやうに考へたから，書院の方々の御意見

も斟酌して，それはみな省いてしまつた．それで結局，斯るいかがはしいものを除いては，歌としてはつまらないものでも或る意味や傾向を有するものまでを大體譯載して置いたから，本書に依つて朝鮮古歌の大體の傾向は必ず紹介されてゐるものと信じてゐる．只，私の譯語のまづいのが何よりも殘念である．

一〇，二三の用語に就いて

歌人達に依つて「君」と云ふ言葉は種々な意味に使はれてゐる．戀人の意味に用ゐられたのが最も普通ではあるが，國王を指す場合も數多あれば，祖先や親を指す場合も二三ある．又，國王の歌の中には支那の天子を指して云つたらしいのもあるし，外に父母を指した場合もあるかも知れぬ．又國王が臣下を指した場合もある．其の一々の場合に於ける區別は稍々困難であるが，歌の内容が俗的であるものは大體戀人を指したのであらうし，作者が高官であり歌の内容が上品であるものは大體國王を指したものであらう．又愛國的な歌には祖先を指したとこもある．元昊が端宗のために歌つたものの如きは内容は俗的であるが，明かに國王を指してニムと云つたものであるから，作者不明な場合に於ける此の種の歌には區別が困難である．どちらを取つても善い場合はそれで善いが，どちらか一方を取らないと原作者の意を汲み得ない場合もあるから，成る可く歌を讀む前に其の作者の略傳を一度讀んで戴きたいものである．

それから隱語のことであるが，花を女の意味に使つたり，月や墨を女に例へたのもある．此等は解説の必要もあるまい．

男の局部を桔梗や人蔘，目明し，坊主，蟹などに托して歌つたもの，その女の方を，田，畑，井戸，大事な器，小松林などと云つたのも，又それと大方推讀せられるが，時々は露骨な言も用ゐてある．此等の譯出に

は當惑したが，種々苦心の末，成るべく穩かな語を用ゐて飜譯した．

こゝで序に御斷りしたいのは，此の性慾關係のものに就いて，上にいつたやうに，歌の飜譯を控へたり，丸出しの譯語を避けたやうな遠慮深い態度に對して，不滿を漏らす方々もあらうけれども，此の書は日本文である點から御諒承を願ひたい．朝鮮文の讀める方々には，今年京城で出版された崔南善氏の「時調類聚」を紹介して置く．通俗本ではあるが，露骨な歌も伏字を用ゐず，全部原文の儘，刷られてゐる．

十一，古歌の槪觀

以上の諸節に於て，一通り朝鮮の古歌に就いての紹介をした積りであるが，それには思想上から見た紹介が缺けてゐるから，此處に更めて極く簡單な槪觀を書かせて戴くことにしよう．

先づ外觀から見ると，それには支那の臭が夥しくある．今日傳はつてゐる二千數百首の中，支那の人物，思想，景色，文章等を歌の中に織り込んでゐないものは，恐らく三分の一にも達すまいと思ふ．支那のそれらを織り込んでゐても，それが朝鮮人の情緒に依つて歌はれてゐる以上，朝鮮人の歌でないとは云はれないが，古代の支那を餘り知らず藝術に於て鄕土美を愛する今日の我々に取つて，それらの歌は決して面白いものではない．

古朝鮮人が好んでその歌の中に織り込んだのは，劉伶や李白の酒，陶淵明・白樂天・蘇東坡・杜子美の詩や風采，舜や曾子・王祥の孝，龍逢・比干・屈原・伯夷・叔齊の忠，諸葛亮の智略，蘇秦や張儀の辯舌，蘇父・許由・嚴子陵の隱遁，西施・虞美人・王昭君・楊貴妃の美と離別の恨み，曹操の狡猾，劉玄德の德，項羽の浮虚な覇業，關羽・張飛・趙子龍の勇，張良の奇計，石崇の富，蘇武の雁，楚襄王の巫山雲雨の夢，蓬萊・瀛洲の

仙境，瀟湘・洞庭・峨眉・赤壁の風景，黄鶴樓・姑蘇臺・鳳凰臺の壯觀，洛陽の風物，采石江・汨羅水の傳説，漢の文物，漢武帝の偉業，羲皇・堯・舜時代の太平，禹・湯・文・武の治と孔・孟・顏・曾の聖賢，西王母の仙桃，漢武帝の承露盤や不死の藥，老子の仙丹，莊子の胡蝶夢，司馬遷の文章，王逸少の筆法 …… 一々擧げたら限りがないが，大體こんなものである．斯るものが無暗に歌の中へ織り込まれてゐて，吾々に大した感興を與へる筈はない．けれども，古人はそんなものが入つてゐればこそ上品な歌であると云つたのである．加之，それらの事柄は，彼等の理想とする君子の國，禮儀の邦を組み立てる上の大切な役目を勤めるものであつたから，當時の人々はそれに依つてこそ感興が湧いたものである．けれども，今日の我々は漢・唐・宋などの文化と結付けてでないと，それらの名にさへ感興を發見する事は困難である．

　斯の如き支那臭のある歌を取り除けば，眞の朝鮮人の情緒や思想を現はしてゐるものは，ひいき目に計算しても千首を越すことはあるまい．而して其の千首の中から，此は一寸面白いと思はれるのは僅か四五百首位にならう．私が「譯歌の質と量」の中に於て，本書に載せた歌に依つて朝鮮古歌の大體の傾向は必ず紹介されてゐると信ずる，と書いたのも此の意味からである．

　次に內容に就いて云ふと，古歌傳本の一つである「古今歌曲」の著者七十翁が，朝鮮の古歌を思想的に分類して，人倫・勸戒・頌祝・貞操・戀君・慨世・寓風・懷古・歎老・節序・尋訪・隱遁・閑適・讌飲・醉興・感物・艷情・閨怨・離別・別恨の二十目にしてゐることは傳本紹介の中に於て述べた．そして此の外好色・諧謔の二目を附加したら大體の傾向を此の種目に依つて示し得るだらうと云ふ私見も書いた．これらの中でも，讌飲・歎老・閑適・好色・戀君・諧謔等が最も著しい潮流で，慨世・尋訪・隱遁・別恨の如きが其の次ぎに來るべき潮流であらう．そし

てそれらの歌の內容に就いては私が此處に愚見を述べる必要はあるまい．拙譯に就いて觀賞して戴き度いものである．

　　　　一九二九年四月一日　　　　　譯 者 識 す[37]

서　설

1. 머 리 말

　일본의 만요(萬葉)나 고킨(古今和歌)에 들어맞는 옛노래를, 조선에서는 흔히 시조라고 한다. 이때껏 전해진 (편)수는 한 2천 수백 수쯤이며, 꽤 오래전부터 만들어온 듯하다. 백년 전쯤 사본(寫本)에 실려 전해진 이야기로는 고구려 고국천왕 때 국상(國相) 을파소(?-203)가 지은 작품이 가장 오래되었다지만, 이는 뒷사람이 만든 가짜 작품[擬作]이다. 3세기 초나 2세기 말에도 고구려 사람들의 노래는 마땅히 있었겠으나 요즈음의 시조와는 아무런 연관이 없어 보인다. 기록을 보면 고구려 사람이 불경이나 스님과 함께 한문을 들여와 학교를 세운 것은 4세기 중반 뒤부터라서, 을파소가 읊었다고 하는 범려[38]에 관한 노래는 한문이 (고구려에) 들어오기 200년도 앞서서 을파소가 오월(吳越)의 이야기를 알고 있었다는 셈이 되니, 도무지 사리(事理)에 닿지 않는다.

　다음으로 오래된 노래로 찾은 것이, 백제 마지막 무렵 충신 성충[39]이 지었다고 하는 두 수의 노래다. 그 가운데 한 수는 "선사(禪師)여, 묻노

---

37 손진태의 서설. 1-35쪽. 새 쪽번호를 붙였다.
38 范蠡(B.C.536-448). 지나 춘추 말기 정치가, 책략가. 초나라 사람으로, 오자서(伍子胥, ?-B.C.484)를 피해 월나라로 가 구천(勾踐; 재위 B.C.496-464)을 보필하여 오나라를 멸망시킨다. 한의 장량(張良, B.C.250-186)과 함께 토사구팽(兔死狗烹)을 피한 몇 안 되는 인물.
39 扶餘成忠(605-656). 남부여 좌평, 정치가

라. 관동풍경 이제 어떠한가, 명사십리에 해당화 붉고, 동해 바닷가(遠浦)에 쌍쌍히 나는 갈매기(兩兩白鷗)는 빗속에 노니누나"이다. 이는 한 300년 앞 군지(郡誌) 『수성지(水城志)』—수성은 오늘날 강원도 간성(杆城)[40]—에 (쓰인 내용을) 따르면, 분명히 고려 스님 선원(禪垣)이 지은 작품의 번역이다. 이 책 잡기(雜記)에 "고려 승 선원은 일찍이 양양과 간성간을 다니다가 '고운 모래벌판 십리에 해당화 붉고, 쌍쌍히 나는 흰 갈매기 성긴 빗속에 노니네(飛疎雨)[41]'라고 한 구절을 읊었다. 이 구는 영동의 바닷가를 살아 움직이듯 드러낸 한 토막 글이다. 뒤에 흉내내 쓴 글은 모두 이보다 뛰어나지 않다(高麗僧禪垣, 嘗遊襄·杆間, 有一句云, 鳴沙十里海裳紅, 兩々飛鷗飛疎雨, 及嶺東海汀一段生色書也, 後來募寫, 皆不出此)"라 한 (방점을 친) 구절의 번역이다. 광서(光緖)[42] 때의 필사본으로 보이는 『파수록〔破睡錄〕[43]』(雜抄本)에도 『동국시화』[44]라는 책에서 따와 "선원은 곡성사람이다. 그해 이른 봄에 시를 짓기를, ……, 또 영동에 유람할 때 '고운 모래벌판 십리에 해당화 붉고, 흰 갈매기 쌍쌍이 성긴 빗속을 날아가네'라는 시를 지었다. 어떤 이가 막 관동 유람을 하려다 원이 지은 이 구절을 듣고 가로되, 이미 다 얻었으니 다시 가볼 일이 없다 하였다(禪垣, 谷城人,其早春詩曰,云云, 又遊嶺東詩曰, 明沙十里海棠虹, 白鷗兩々飛疎雨, 有人將遊關東, 聞坦此句曰, 已得之矣, 遂撤

40 현 강원도 고성군(高城郡)의 옛 땅이름. 군청은 간성읍(杆城邑)에 있다.

41 비소우: 부슬부슬 내리는 빗속을 훨훨 날아다니다. 여기서는 '飛'자가 중복되어 '노니네'로 번역한다.

42 청(淸) 덕종(德宗) 대 연호(1875-1907). 조선에서는 고종(高宗) 즉위년(1863)부터 32년(1896)까지 사용

43 조선 중기 이후에 나온, 옛날 선비들이 공부하다 지칠 때나 심심풀이로 읽던 야담집(野談集). 작가·간행연도 미상

44 『東國詩話彙成』. 전 22권 7책. 18세기 초 洪重寅이 편찬한 것으로, 단군시대부터 조선 영조 때까지의 시와 일화를 모아 엮은 시화집. 담은 인물을 시대별·신분별로 나누어 각각 인적 사항을 밝히고, 그들이 지은 시나 일화 등을 모아 엮었다.

行)"고 적었다.[45] 더군다나 백제 성충이 강원도의 경치를 노래함은 지리적으로 봐도 몹시 터무니없는 이야기이다. 두 번째 수는 굴원을 빌려[46] 지었지만, 이도 마찬가지로 뒷사람이 만든 가짜다. 이처럼 가짜 작품을 만드는 일은 고려나 조선의 인물들에게도 저질러진다. 이러한 작품에도 어떤 뜻을 담고 있음이 틀림없겠지만, 그 비판을 하거나 또 다른 작품 하나하나에 대해 그 작자를 밝혀내는 것은 거의 끝도 없는 일이므로, 이 책에는 전해 내려온 사본 그대로 을파소의 작품도 성충의 작품도 그렇다 치고 뽑아 담았다.

그렇지만, 이들 작품이 뒷사람이 만든 가짜 작품이라고 함이, 바로 그 시대—7세기 말보다 앞—에는 노래가 없었다는 뜻은 아니다. 7, 8세기쯤의 신라에서는 한창 이른바 '향가'가 불렸고, 지어졌음이 사실이기 때문이다. 그러한 향가가 오늘날의 옛노래와 어떤 모양의 관계를 가지는지 하는 쪽은 다른 연구로 넘기고, 뼈대만 말하면, 기원 6, 7세기쯤에는 오늘날 전해지지 않은 옛노래의 본디 모습이라 할 노래를 조선말로 지어 부르지 않았을까 생각되므로 조선의 나라노래인 이 시조의 역사도 꽤 길다고 봐야 한다. 그러므로 그 수도 엄청났음이 틀림없지만, 아쉽게도 이때껏 제대로 그 숨이 이어진 것은 앞에서 말한 바처럼 기껏해야

---

45 박효관(朴孝寬, 1803-?)·안민영(安玟英, 1816-?)이 편찬한 가곡집 『歌曲源流』(1876)에는 이 시조를 작자 미상으로 하여 담았다. 원문은 "뭇노라 저 禪師야 關東風景 엇더터니/ 明沙十里에 海棠花 불것ᄂᆞ듸/ 遠浦에 兩兩白鷗ᄂᆞ 飛疎雨를 ᄒᆞ더라". 또한 김교헌(金喬軒)이 편찬한 활자본 가집(歌集) 『大東風雅』(1908)에는 신위(紫霞 申緯, 1769-1847)의 한시 "釋子相逢無別語/ 關東風景近何許/ 明沙十里海棠花/ 兩兩白鷗飛疎雨"(스님을 만나니 다른 말 없고/ 관동의 경치가 요즈음 어떠한가 하신다/ 고운 모래벌판 십리에 해당화 피어 있고/ 쌍쌍이 흰 갈매기 성긴 빗속을 날아간다)로 되어 있다. 김택영(滄江 金澤榮, 1850-1927)이 『경수당집(警修堂集)』을 중편한 『申紫霞詩集』에도 "公自留守江華時 始作此詩"(공이 강화유수로 있을 때 비로소 이런 시를 짓기 시작했다)라는 주가 있다.
46 "묻노라 汨羅水야 屈原이 어이 죽다터니/ 讒訴에 더러인 몸 죽어 묻힐 따이 없어/ 蒼波에 骨肉을 씻어 魚腹裏에 藏하니라."

2천 수백 수 안팎에 지나지 않는다. 하지만 조선말로 짓고 조선의 사상과 감정을 드러내는 조선의 옛 문학이라고 세상에 자랑할 만한 것이 있다면, 이 시조를 제쳐 두고는 달리 찾기 힘들다. 그런데도 이 시조가 나라 밖으로는 조금도 알려지지 않았다. 이것이 이따금 말버릇이 고약한 다른 나라 사람이 "조선에는 국민문학이 없다"고 말하는 까닭이다. 그러나 빼어난 국민문학이 있고 없음은 그 민족이 타고난 능력뿐 아니라 넓은 의미로 역사적 환경에 말미암기도 한다. 조선은, 문화적으로 보면, 얼마 전까지 거의 지나의 일부였다 해도 괜찮을 정도였다. 곧, 지식층은 모두 지나 문자를 쓰고, 지나 문학을 읽고, 지나 사상을 익혔다. 과거 역사에서 늘 문화의 지지자였던 지식층이 지나에 물든 이들이었기에 조선문화도 대체로 지나스러워야만 했다. 그런 까닭에 조선에서는 나라 글자(國字)가 먼 뒷날에야 만들어졌다. 나라 글자를 만들어야 한다는 움직임은 오래전부터 있었지만, 지식층에게 있어 나라 글자 만듦(의 필요성)이 그다지 뼈에 사무치게 느껴지지 않았기 때문이다. 나라 글자가 없는 나라에서 국민문학이 발전할 까닭이 없다. 조선에서 조선말로 소설을 쓰기 시작한 것은 기껏해야 200년쯤 앞부터이다. 이는 역사적 영향 탓이지, 조선의 민족성이 비문학적이었기 때문은 아니다.

그러나 이러한 환경에서 시조가 잘도 숨을 이어오고, 훌륭한 틀까지 갖춰 나아갔음은, 무엇보다 먼저 조선문학을 위해 기뻐해야 할 일이다. 시조는 소설만큼 많은 글자를 필요로 하지 않는 까닭에 나라 글자가 나오지 않았을 때에도 이른바 이두문—한자음을 빌려 조선말을 드러냄—으로써 이어져 내려왔다. 간추리면, 시조는 조상들이 우리에게 물려준 큰 보물의 하나이고, 조선문학사에 있어 가장 중요한 자리를 차지할만한 것이다.

×   ×   ×   ×

나는 이 귀중한 시조를, 적어도 일본사람에게라도 알게 하고 싶다는 바람을 8년 전부터 가지고 있었다. 그때 나는 와세다대학 제1고등학원에 다니고 있었는데, 구보타 우츠보〔窪田空穗〕 선생께 낼 글짓기 과제를 궁리한 끝에 조선의 옛노래에 대해 무언가 써볼까 생각했다. 그래서 가장 번역하기 쉬운 10여 수를 번역하고, 거기에 내 생각을 조금 덧붙여 냈다. 다음 학기 초가 되어 그 글짓기를 되돌려 받았을 때, (과제) 끝에 선생의 평이 써 있었다. 그 가운데 "번역은 좋지 않다고 할 수밖에 없지만, 이것을 읽어서 만들어, 일본에 잘 알도록 설명할 의향은 없는가? 그건 큰 의미가 있으리라"는 뜻의 글귀가 있었다. 내가 이 번역을 진심으로 해보려 한 것은, 우츠보 선생의 이 말씀에 자극받아서였다. 아마 다이쇼 11년 (1922)이었다고 생각하는데, 그해 여름방학에 나는 200여 수의 노래를 글말체로, 게다가 본디 글에 크게 치우쳐 얽매인 모양새로 번역하여 우츠보 선생께 보여드렸다. 글말체로 번역한 까닭은 본디 글이 옛말인 데다가 예스러운 느낌을 드러내기에는 그것이 가장 걸맞다고 여겼기 때문이다. 선생은 내 번역을 보시고 "자네, 이건 아직 일본말이 되지 않았네"라고 하셨다. 그리고는 "자네는 본디 글에 충실하게 했다고 말하지만, 일본 글로도 얼마쯤 살아있어야 한다"고 타일렀다. 나는 마음이 상하지 않을 수 없었지만, 이번엔 번역의 태도를 바꿔보자고 다짐하고, 앞서의 번역 글을 다 버린 다음 새로운 마음가짐으로 번역에 손을 대었다.

2. 번역어에 관하여

그것은 입말체, 의역이라는 자세이다. 글말체, 의역도 좋겠지만 솔직히 나는 (일본말) 글말체가 마음먹은 대로 되지 않는다. 더군다나 장형(長型)의 노래라면 악기 반주에 맞춰 부르는 노래(歌)라기보다 반주 없이 부르는 노래(謠; 徒歌)[47]에 가까운 내용이 되어버려, 이를 글말체로

번역하면 도리어 딱딱해져 새삼 어색해진다. 또, 짧은 노래(短歌)라도 지나(支那) 정서가 들어 있지 않은 노래는 마찬가지로 입말체 번역이 본디 노래(原歌)의 맛을 잘 드러낼 수 있음을 알았다. 당시(唐詩)를 본 뜨거나 그 감화를 받은 정서·감흥으로 지은 노래는 마땅히 글말체로 함이 걸맞겠지만, 그렇게 하면 어떤 것은 글말체, 어떤 것은 입말체로 번역하게 되어 모두에 일관성이 없어진다. 그래서 나는 한쪽을 내놓더라도 언어는 입말체로 (하기로) 정했지만, 막상 의역은 아무래도 내 성향으로 받아들이기가 힘들었다. 그런 까닭에 되도록 본디 글(原文)에 충실하게, 하지만 일본말로 살릴 수 없는 곳은 의역하기로 했다. 예컨대 강산풍월(江山風月)이라든가, 만경창파(萬頃蒼波)라든가, 태산준령(泰山峻嶺), 강호(江湖), 만강(滿江), 선자(船子), 추월(秋月), 춘풍(春風), 건곤(乾坤), 사창(紗窓), 송풍(松風), 명월(明月)이라든지 하는 말은 대개 본디 말 그대로 살려서, "설월만정(雪月滿庭)에 있어"는 어쩔 수 없이 "눈, 뜰에 가득한 달밤에"로 의역하고, "앙천대소(仰天大笑)했다"는 "하늘을 우러러 보며 크게 웃었다"로 직역하고, "달 밝고(月明) 서리 찬(霜冷) 밤에"는 말의 가락(語調)가 나빠 "서리 추운 달밤에"로, "양양백구〔兩兩白鷗〕"는 "한 쌍의 흰 갈매기"로 했다. 또 "배 붙다"고 하면, 조선에서는 배가 고파서 뱃가죽이 등에 붙었다는 뜻임을 한 마디로 헤아릴 수 있지만 일본말로는 그대로 받아들이기 힘들므로, 애써 "배가 등에 붙어버리다"로 번역했다. 사나이를 뜻하는 '대장부'를 '마스라오(ますらを)'[48]라 가나(假名, かしめい)로 음을 달고, '장안(長安)'을 '서울'로 직역하고, '초당(草堂)'을 '구사야(草屋, くさや)'라 가나를 단 것 등의 까닭을 따로 되풀이해 밝힐 필요는 없으리라. 또한 지나친 한문투 구절은

---

47 『시경(詩經)』에서 나누는 방식이다. "악기 연주와 함께 부르는 노래를 가(歌)라 하고, 악기 연주 없이 부르는 노래를 요(謠)라 한다(曲合樂曰歌 徒歌曰謠)"

48 '사내'를 뜻하는 일본의 옛말

아주 그것을 헐어 보통 (쓰는) 말로 직역한 곳도 적지 않다. 곧, '만경창파'를 곳에 따라 '넓고 푸른 바다'로 바꾼 정도는 괜찮지만, '궁상각치우(宮商角徵羽)'를 '땡땡 찰랑찰랑(てんてんしゃんしゃん)'으로 어쩔 수 없이 직역한 곳도 있다. 미주알고주알 하자면 끝도 없지만, 이들은 모두 본디 노래의 뜻을 크게 달라지게 하진 않았다. 그런데 긴 노래(長歌) 가운데 호색(好色)에 관한 노래는 사소한 부분이지만 아주 다른 뜻이 되어버린 곳도 있다. 이는 말이 달라 어쩔 수 없는 조치였다. 결코 생각 없는 오역이 아니다. 소리는 비슷하나 뜻이 다른 말을 양쪽에 걸어 외설스러운 해학이나 시시한 익살을 부린 것이라서 다른 (나라) 말로 그것을 그대로 옮기기는 아예 어려운 까닭이다.

또, 아무리 찾아봐도 모르겠는 물건 이름(物名)을 일부러 빼버리거나, 어울릴만한 다른 이름으로 바꿔서 넣은 곳도 몇 군데 있다.

나아가, 본디 글 그대로는 아무리 해도 뜻을 알기 어려운 노래에는 몇 글자나 한 행쯤의 풀이를 엇비슷하게 맞춰 넣은 곳도 있다. 이런 것들은 모두 전해 내려온 책(傳本)에 흠이 있는 까닭으로, 갈피를 못 잡고 읽으면 오늘날의 문장처럼 (그 뜻이) 바로 머리에 들어오지 않는 노래가 아주 많다. 몇 번 또는 수십 번 되풀이해 읽어야, 아하 이건 이런 뜻으로 읊은 게로구나, 하고 끄덕이게 되는 노래도 결코 적지 않다. 아무튼 노래하는 소리대로 적어 내려온 책(傳本)이 많아 글월(文章)로는 몹시 엉망진창인 곳이, 긴 노래 등에는 거의 한 수마다 몇 개씩 나올 만큼 된다. 그래서 먼저 내가 작품을 차세히 읽어(熟讀) 참된 뜻을 깨달은 다음, 맞춰서 붓을 들어야만 했다. 이런 류의 노래는 꽤 얽매이지 않고 번역했다. 만약 직역했다면 도무지 글월이 되지 않았을 터이다.

끝으로, 옛노래를 담아 내려온 책에 기록된 작품에는 같은 노래가 사본(寫本)마다 제각기 얼마쯤 구절이나 자구(字句)를 달리 하는 것이 많다. 그런 때에는 되도록 재미있는 쪽을 골랐다. 또 둘을 아울러 짜 맞춘 작품도 있다. 노래 전체의 맛을 살리기 위해 본디 노래의 한 행쯤을 일부러 빼기도 했다.

이러한 자세로, 어쨌든 일단 번역을 마무리했다. 뒤에 나온 바와 같이, 이 원고는 이다음으로도 몇 차례 수정을 거쳤지만, 이 방침(方針)을 지키며 번역했다. 그러므로 내 번역이 본디 글(原文)의 노예가 아님은 사실이지만, 지나친 의역도 아니라고 스스로는 믿고 있다.

×   ×   ×   ×

그런데 여기서 꼭 한마디 남기고 가야 할 것은, 이 책의 번역에 있어 우츠보 선생과 마에마 선생께 드려야 할 내 감사의 말씀이다.

3년 전 여름, 내가 우츠보 선생의 책상 위에 다시 (원고를 싼) 보자기를 펼쳤을 때, 선생은 "그래, 이번엔 꽤 잘 됐다"고 하셨다. 그 말씀 하나로 나도 차츰 기력이 났지만, 그러나 선생은 (원고의) 곳곳을 지우고 정정하셨다. 선생은 아직 마음에 차지 않은 듯하셨으나 너무 고쳐도 뜻이 안 좋아진다 싶으셨는지, 그럭저럭 됐군, 이라는 느낌으로 승인하여 주셨다. 그리고 선생의 그 첨삭을 보며 깨달은 점이 매우 많았다.

그 뒤로 나는 오랫동안 다른 볼일 때문에 노래 원고를 책상 한구석에 넣어 두어야 했다. 올여름에서야 묵혀둔 원고를 꺼내봤는데, 놀랍게도 몇 해 앞의 번역 거의가 마음에 들지 않았다. 지나친 오역도 있었고, 본디 글에 충실하고자 한 방침을 떠받들다 아주 서툰 번역을 했음이 내 스스로도 부끄러웠기에 몇 번이고 붓을 잡아 거의 모두를 고쳤다. 또한 올봄에 처음으로 보게 된, 마에마 선생과 아사미 박사[49]께서 소장한 (조

---

49 아사미 린타로(淺見倫太郎, 1869-1943). 한국복심원 차관으로 한국에 와 판사로 활동하다가, 후에 총독부 판사로 임명된 일본 법조인. 1918년까지 판사로 활동하면서 한국 고미술품과 고서적을 수집, 소장한다.

선의) 전해져 내려온 책(傳本)에서 수십 수의 새로운 노래를 모아서 번역하고, 또 다른 사본에서도 새로 수십 수를 뽑아 넣었다. 그렇게 아쉬운 대로 원고 쓰기를 마치고, 마지막 교열(校閱)을 받으러 마에마 선생께 모든 원고를 가져갔다.

학자로서 마에마 선생은 세상이 잘 알다시피 조선학의 대가(大家)시지만, 그 일상의 자질구레한 곳에 이르기까지 박식하신 데에는 그저 놀랄 수밖에 없었다. 선생께서 조선어를 마음대로 말씀하고, 마음대로 읽고, 더욱이 옛말(古語)에 밝음은 나도 이미 알고 있었지만, 조선의 상말〔卑語〕, 시골말〔野語〕, 신소리〔洒落〕, 변말〔隱語〕들부터 조선 백성의 요리 이름은 말할 것도 없고 조리법까지 거의 모르는 게 없음에는 우리 조선사람조차도 엎드려 고개를 숙이지(平身叩頭) 않을 수 없었다.

내가 한 오역은 하나하나 선생께 지적받아서, 내가 선생께 원고를 돌려받았을 때에는 정말로 백여 장의 찌지〔符箋, memo paper〕가 붙어 있었다. 그리고 특별히 내게 "자네의 애씀에는 탄복했지만, 이 글이 창작이 아닌 바에야 본디 글의 형용사 하나라도 모호한 마음가짐으로 다루는 건 삼가야 한다."고 말씀하셨다. 나는 부끄럽기도 하고 기쁘기도 하여, 그저 "고맙습니다"를 거듭할 수밖에 없었다. 핑계 같지만, 조선 옛노래라고 한마디로 말해도 이것은 일본으로 말하면 만요(萬葉)이니, 상세한 풀이가 없이는 결코 쉽게 읽을 수 없다. 그런데도 이제껏 어떤 연구도 풀이도 없는 이 시조를 나처럼 아는 바가 적고 생각도 깊지 못한(淺學短見) 이가 얼토당토않게 번역하려고 나선 것은 매우 힘에 부친 일이였을지도 모르겠다. 그렇지만 다행스럽게도 마에마 선생의 꼼꼼한 교열 덕택에 가까스로 부끄럽지 않은 번역을 마무리했음은 기쁘기 짝이 없는 일이다.

이렇게 하여 오역만은 바로잡게 되었으나, 내 표현이 서툴러서 내가 번역한 글을 그대로 세상에 내보이자니 몹시 망설일 수밖에 없었다. 그래서 다시 한번 구보타 선생을 귀찮게 하러 선생의 문을 두드렸지만,

아무래도 바쁘신 까닭에 차마 말을 하지 못하고 우물쭈물하게 되었다. 선생께서는 바로 내 마음을 헤아리고는 다시 한번 보자고 말씀하셨다. 그때의 도타운 선생의 말씀은, 뭐라 말해야 좋을지 모를 정도로, 정말 기쁜 것이었다.

이렇게 다시 한번 구보타 선생을 귀찮게 해드렸고, 이시다 미키노스케 선생도 얼마쯤 자구(字句)를 바로잡아 주셨기에, 나는 마음 편히 이 책을 내놓게 되었다.

3. 이름에 관하여

조선의 옛노래를 한마디로 시조라 말해 왔지만, 좀 더 전문적으로 말하면 이는 잘못된 방법이다. 조선의 옛노래—민요나 속요를 제쳐놓고—를 전통적 개념으로 아주 대충 나눠보면, 그것은 시조와 노래(歌)가 된다. 노래(歌)에는 이 책에 실린 긴 노래(長歌)가 모두 들어감은 물론이고, 짧은 노래(短歌) 가운데 계면조로 된 모든 노래도 넣는다. 또 이 책 부록에 실은 「환산별곡(還山別曲)」, 「백구사(白鷗詞)」와 같이 무슨무슨 곡(曲), 무슨무슨 노래(歌), 무슨무슨 사(詞)—이들은 특히 가사(歌詞)라고 일컫는다—들과 훌륭한 제목 이름(題名)을 단 작품—보통의 노래에는 딸린 조(調) 이름이나 곡(曲) 이름은 있어도 제목 이름은 없다—도 이 노래의 갈래에 놓는다. 가사(歌詞)라 일컫는 것은 거의 보통의 노래보다 글귀〔文句〕가 길다.

노래(歌)라는 말에는, 우리나라의 '절(節)'을 붙여 부르는 노래, 곧 속가(俗歌)라는 뜻이 있어 시조보다 조금 품격이 낮은 노래로 여긴다. 다만 그 가운데 가사는, 앞에서 말했듯이 훌륭한 제목 이름이 있으며 글귀〔辭句〕가 긴 까닭에, 조금 윗길로 두어 보통의 노래와는 갈라놓는다. 시조는 이들 가운데 가장 윗길로 삼고 있지만, 이 또한 고전 가곡(歌曲)

이나 궁궐 등에 이어진 당악(唐樂)과 향악(鄕樂)의 고전에 견주어 그 가락(曲調)에서도 스스로 품격의 높낮이를 둔다. 그래서 시조라는 이름 은 이들 고전 곡조에 견주어 '이 시대(當世)의 가락'으로 부른 노래, 또 는 '요즈음(up-to-date)의 가락'으로 부르는 노래라는 뜻으로 쓰여온 듯하다. 그러므로 시조란 평조(平調)·우조(羽調)·계면조(界面調)처 럼 한정된 하나의 음조(音調)를 말함이 아니라 얼마쯤 보편적인 뜻으로 쓰인다. 평조·우조는 지나의 악부(樂府)에도 있는 음조인데, 조선에서 는 이를, 평조는 웅숭깊고 부드럽게(雄深和平), 우조는 높고 장하고 씩 씩하게(淸壯澈勵)[50]라 하고 있다. 간추리면, 이는 소리를 내는 방도를 가리키는 말이다. 그리고 평조의 웅숭깊고 부드러운 소리 가락(聲調)과 우조의 높고 장하고 씩씩한 소리 가락은 계면조의 목메도록 슬프고 처량 한(哀怨悽帳) 소리 가락에 견주어 얼마쯤 윗길이기도 하고, 따라서 고 전적이기도 하다. 그 때문에 오늘날 옛노래판의 소리꾼(唱者)이나 기생 (妓生)들도 평조와 우조만을 시조의 안에 두고, 계면조는 노래(歌)라 하는 듯하다. 노래의 내용이나 글귀(辭句)의 품격이 높고 낮음에 따라 시조와 노래를 가르지 않고 소리 가락(聲調)을 따라 판가름하니, 같은 노래라도 평조나 우조로 부를 수 있으면 시조가 되고, 계면조로 부를 수 있으면 노래라 하는 까닭이다. 또 실제 그런 관습이 있다.

그러므로 조선 옛노래를 한데 묶어 시조라고 하기에는 이치에 어긋남 이 적잖다. 그런데 이러한 전문적 이론이나 전통적 개념이 요즘의 보통 사람들에게는 통 알려져 있지 않다. 아주 똑같은 형식(型式)을 가진 시 조도 있고 노래도 있으니 그런가 싶다가도, 어디에 넣으려 해도 어처구 니없이 긴 형식(型式)도 있는데, 거기에는 계면(界面)[51]이라든지 농

---

50 이 둘과 뒤의 '哀怨悽帳'은 모두 국악에서 악상(樂想) 표현(감정 표현)과 관련하여 사용하 는 어귀이다. 다른 말로 각각 '正大和平', '淸澈壯勵', '嗚咽悽帳'이라고도 한다.
51 계면조. 한국 음악에 쓰이는 조의 하나. 오음계 라(la) 선법으로, 슬프고 처절한 감을 주는

(弄)[52]이라든지 소용(騷聳)[53] · 만횡(蔓橫)[54] · 편삭(編數)[55] · 대엽(大葉)[56] 따위의 아무리 해도 글자에 매달려서는 알 수 없는 조 이름과 곡 이름이 붙어 있기에, 옛노래를 읽고 즐기려 하는 오늘날의 사람들—옛날에는 오로지 노래를 부르기 위해 지었음과 달리—이 이 때문에 도리어 번거로워하거나 몸서리칠지도 모르겠다는 걱정이 있다. 하지만, 요사이 서양식 가곡이 들어오고 나서 이러한 옛노래를 하나로 묶어 어떻게든 일컬어야 할 필요가 다급해진 까닭에, 누가 먼저 나서서 말한 건 아니지만, 옛노래를 죄다 시조라고 이르게 되었다. 다만 여기에 이른바 가사는 아직 넣지 않았다. 노래(歌)라는 이름이 받아들여지지 않은 까닭은 뚜렷한데, '노래(ノレ)'라는 말은 넓은 뜻의 노래(歌)라는 보통명사〔概括名詞〕로 써왔던 터라 서양식 노래(歌)도 노래고 속요나 민요도 노래

음조로, 서양 음악의 단조(短調)와 비슷하다

52 국악에서 멋들어지게 흥청거리는 소리로 부르는 가곡. 계면조의 '언롱(言弄)'과 '평롱(平弄)', 우조의 '우롱(羽弄)'의 세 곡조가 있다.

53 소용이(騷聳伊). 전통 성악곡인 가곡의 하나. 삼뢰(三雷). 소용이는 시끄럽게 솟구치며 떠들썩하고 높다는 뜻. 남창으로만 불리며, 우조와 계변소의 두 가지가 있다. 끝내는 음은 다른 가곡들과 달리 그 끝음을 들어 올리는 듯한 독특한 형태. 『가곡원류』에 "暴風驟雨 飛燕橫行(사나운 바람 불고 소나기 몰아치는 하늘에 번개처럼 오가는 제비와 같다)"이라고 곡태(曲態)를 표현. 매우 활기차고 후련한 느낌을 자아내는 곡

54 전통 성악곡인 가곡의 하나. 언롱(㫒弄·諺弄·言弄), 반지기(半只其), 반자기, 반죽이라고도 한다. 순수한 것에 이질적인 것이 섞인 상태인 두 가지의 창법이 사용되고, '지르는 낙시조'·'지르는 편(編) 잦은 한잎'이라는 이름과 같이 처음을 높은 소리로 질러내는 특징을 가지고 있다. 곧 머리는 삼삭대엽(三數大葉)과 같고 그 다음은 농(弄)이 되는 창법으로, 처음을 높이 질러내되 삼삭대엽과 같이 무겁고 근엄하게 부르고 2장 이하는 흥청거리는 두 가지의 창법적 특징을 지니고 있다. 원형이 농에서 변화된 곡으로, 높지도 낮지도 않은 평출(平出)의 뜻을 지닌 평롱(平弄)은 여기서 파생된 곡인 언롱과 맞맞이다. 여창 가곡에는 없고 남창에만 있다. 『가곡원류』에 곡태를 "여러 선비들이 말다툼하듯 변화무궁하다"고 하였다. 흥청거리고 여유 있게 흔드는 멋이 있는 곡

55 전통 성악곡의 하나. 장단을 촘촘히 엮어 나가는 노래

56 우리나라의 전통적인 음악 형식. 8엽의 하나로, 5엽(五葉)과 함께 길이가 가장 길다. 독립된 곡 이름으로도 쓰였다. 다섯 개의 지(旨)와 여음(餘音)으로 되어, 후대의 가곡(歌曲)처럼 시조시를 사설로 썼다고 추정한다.

라 함으로, 그렇다면 옛노래만 남달리 일컫는 고유명사[特稱名詞]로는 알맞지 않았던 탓이다. 처음에는 짧은 형태의 노래 곧 짧은 노래(短歌) ──여기에 시조와 노래(ノレ)가 있다──만을 시조라 하였다. 이는 옛노래에 긴 노래(長歌)가 매우 많음을 사람들이 너무 몰랐던 때문이다.──아무튼 담아 내려온 책(傳本)을 그다지 찾을 수 없었고, 찾았다 해도 보통 사람들은 그것을 볼 수 없었다. 게다가 보통 사람들 사이에서 불린 얼마 되지 않는 옛노래는 모두 시조로서 짧은 노래뿐이었기 때문이다. 그렇지만 요즈음 2, 3년 동안 지식인 사이에서 한창 옛노래가 문제가 되었고, 긴 노래도 관심을 두고 보면 민간에서 부르는 짧은 노래보다 조사(措辭)가 얼마쯤 시적(詩的)이니, 그것을 하나로 뭉뚱그린 집합명사[總稱名詞]가 나와야 했지만 끝내는 이것도 꼭 같이 시조로 매듭짓듯이 어느새 끝나버렸다. 물론 여기에도 굳이 말하자면 나름의 까닭은 있다. 긴 노래에 낙시조(樂時調)[57], 언락시조(旀叱樂時調)[58], 편락시조(編樂時調)[59], 사설시조(辭說時調)[60]라는 곡 이름이 있기 때문이다.

---

57 낙(樂). 가곡(歌曲) 곡조 이름 중 하나. 계락(界樂)·우락(羽樂)·언락(言樂, 旀叱樂)·편락(編樂)의 통칭. '좌조(左調)'라고도 한다. 개념은 시대의 변천과 더불어 조금씩 바뀐다. 본디 조선 초기 어느 악조에서 쓰인 기본음 또는 중심음의 높낮이를 표시하는 조 이름(調名)이었으나, 임진왜란 이후 한때 평조(平調)와 같은 의미의 선법 이름(旋法名)으로 쓰다가 이제는 쓰이지 않는다.

58 언락(言樂·旀叱樂·旕樂). 전통 성악곡인 가곡의 하나. 지르는 낙시조. 우락(羽樂)의 파생곡으로, 우락과는 맞맞이다. 우락은 처음을 낮은 음으로 시작하는데, 언락은 처음을 높은 음으로 질러내는 점이 특징. 여창 가곡에는 없고 남창으로만 불린다. 『청구영언』에는 곡태를 "花含朝露 變態無窮(꽃이 아침이슬을 머금은 듯 변화가 무궁하다)"고 하였다. 비교적 담담하면서도 흐르는 물같이 치렁치렁한 멋이 있는 곡

59 편락(編樂). 전통 성악곡인 가곡의 하나. 촘촘히 엮어 나가는 낙시조, 곧 엮는 낙이라는 뜻. 남창으로만 불린다. 『가곡원류』에는 곡태를 "春秋風雨 楚漢乾坤(봄가을의 비바람과 초한의 하늘과 땅)"으로 표현. 시끄럽고 변화무쌍한 곡

60 조선후기 민간에 유행했던 산문적이며 서민적 내용을 담은 시조. 편시조(編時調)·엮음시조. '사설'은 입말이나 노랫말, 아니리(일정한 주제를 가지고 口演에 적합하도록 잘 엮인 입말)의 뜻. 특히 편삭대엽(編數大葉)의 착사(着辭) 방식을 따른다.

이렇게 하여 전문가가 보면 참으로 어색한 이름이 조선 옛노래에 붙게 되었다. 그렇지만 옛노래에 보편적 이름이 필요한 이때에 훈고적(訓詁的)인 이치에만 사로잡혀 보편적 생각을 업신여길 수는 없다. 예전에 시조라 말하던 것이 어떠한 뜻으로 쓰였던간에, 자구(字句)나 물건 이름에 대한 생각이 시대에 따라 달라진 예는 여럿 있으니 그대로 썼을 때 문제가 되지 않는다면 보편적 경향을 따라야만 한다. 그래서 나도 옛노래를 한마디로 시조라 한 것이다. 다만, 앞에서 말했듯이 가사만은 시조에 넣지 않았다.(이 책에도 가사는 2단으로 편집하여 〈부록1〉에 담았다.)

그다음, 시조라는 이름이 언제쯤부터 있었는가 하는 문제인데, 이에 관해서는 거의 답변할 길이 없다. 여러 기록(소설·수필류)을 보면 그냥 짧은 노래, 긴 노래, 노래(謠) 등으로 말한 데도 있고, 통틀어 가사(歌詞) 또는 가사(歌辭)라 하고, 옛 기록에는 향가(鄕歌)라 일컫고 있을 뿐, 시조라 말하는 글귀는 찾을 수 없다. 짧은 노래, 긴 노래라 하지만 그것이 정말로 짧은 형식 노래와 긴 형식 노래의 집합명사였을까는 의문이다. 오늘날 가사라고 일컫는 것을 흔히 긴 노래라 적었음을 보면, 시조 가운데 내가 말하는 긴 노래가 예전에는 긴 노래라 불리지 않았음에 틀림없고 또한 내가 말하는 짧은 노래 모두가 짧은 노래로 불리지는 않았으리라고 본다. 그저 형식(型式)의 길고 짧음에 따라 어렴풋이 이렇게 불렀으리라 생각한다. 또 짧은 노래라는 고유명사를 가진 제법 긴 노래가 오늘날에도 따로 남아 있다. 그러니까 기록에 있는 대로 정리해 보면, 시조라는 이름은 『가곡원류(歌曲源流)』나 『청구영언(靑丘永言)』 등 전해 내려온 책(傳本)에 적힌 것이 처음이라, 결코 백년보다 더 거슬러 올라갈 수는 없다. 하지만 조선처럼 이 방면의 기록이 드문 나라에서는 꼭 그렇게 딱 잘라서 말하기도 조심스러운 일이다.

이건 여담으로, 조선사람들 사이에 시조가 시절가(時節歌)란 뜻이라는 이야기도 있지만 이는 그저 속설(俗說)이며, 시조 가운데 철[時節]과

연관된 것은 매우 드물다. '시(時)'자가 같다고 그렇게 갖다 붙였으리라. 시절가라 내세우는 이는 철(계절)에 맞춰 봄이라면 봄의 노래, 가을이라면 가을과 연관된 노래를 부르던 곳에서 나온 이름이 뒷날에 와 시조로 잘못 전해져 굳은 거(轉訛)라 하는 모양이지만, 상식적으로 가치 없는 이야기다. 조선의 옛노래는 늘 소리 가락(聲調)을 따라 이름을 붙이지, 철과 같은 내용을 따라 이름 붙일 리 없다. 시절가라는 게 따로 있었을지 모르지만, 그건 아주 다른 이야기다. 게다가 폭넓은 삶의 문제를 다루는 옛노래가 철 따위의 더없이 한정된 조건에 맞춰 두루 쓰이는 이름(汎稱)을 할 리 없다. 옛사람의 생각 방식을 여럿 살펴봐도 아무래도 시절의 조(時節調; 바로 그 시대의 가락)가 아닐 수 없다.

다음으로, 『청구영언』이라는 전해 내려온 책(傳本)에서는 시조(詩調)라 하여, 시조(時調)와 같은 뜻으로 섞어 쓰고 있다. (나는 한때 여기에 무언가 뜻이 있으리라고 어떤 잡지에서 잠깐 생각을 주고받은 적이 있는데, 이는 완전히 그 책에 잘못 적은 것으로, 두 글자가 같은 '시(シ)' 음이라서 무심코 섞어 썼을 뿐임을 나중에서야 알았다.)

4. 노래 종류에 관하여

사본(寫本)에 남겨진바, 시조 곧 조선의 옛노래는 소리 가락(聲調)을 따라 크게 나뉘고, 다시 곡조(曲)를 따라 잘게 갈라짐—특히 여자 소리로 불러야 알맞은 노래를 모아놓은 「여창가요록(女唱歌謠錄)」도 있는데, 이는 남자가 부르는 노래와 맞맞이라 해야 할 듯싶지만 여자가 부르는 노래는 차라리 각별한 것이다. 옛노래가 흔히 남자가 부르는 노래(男唱), 여자가 부르는 노래(女唱)로 나뉘져 있지는 않다.—이 보통으로, 내용으로 나눔은 『고금가곡(古今歌曲)』에 보일 뿐이다. 그것은 시조가 본디 오늘날의 자유시처럼 소리 내어 읽는(朗讀) 것이 아니라 악기에 맞추어

불렀던 까닭이다. 곧 시조는 평조·우조·계면조로 크게 나뉘며, 계면조는 다시 소용(騷聳)·만횡(蔓橫)·농(弄)·우락(羽樂)[61]·언락(旀叱樂)·계락(界樂)[62]·편삭대엽(編數大葉)[63]·언편(旀叱編)[64]과 같은 곡이 딸려붙고, 우조도 다시 많은 곡으로 잘게 갈라진다. 또 음악적으로 따져서, 앞에서 말했듯이 평조는 '웅숭깊고 부드럽고(雄深和平)', 우조는 '높고 장하고 씩씩하며(淸壯激勵)', 계면조는 '목메도록 슬프고 처량하다(哀怨悽悵)'고 하고, 다른 곡에 대해서도 하나하나 밝히고 있다. 그렇지만 아쉽게도 여기서 읽는이에게 음악적 운율까지 밝혀드릴 수는 없어 모조리 빼야만 했다. 더구나 평조·우조·계면조 따위를 말해도 처음 (듣는) 읽는이로서는 도무지 그 뜻을 모를 터이기에, 나는 이 책에서 시조를 크게 긴 노래(長歌)와 짧은 노래(短歌)로만 나누었다. 긴 노래란 노래 형식(歌型)이 긴 것, 짧은 노래란 노래 형식이 짧은 것을 가리키며, 이는 내 멋대로 붙인 게 아니라 옛사람이 그렇게 가른 예를 따랐다. 이 틀에서 벗어나 중간 (길이) 형식(中間型)이라고 두었지만, 이는 어쩔 수 없어서

---

61 손진태의 착오로, 우락은 계면조가 아니라 평조이다. 우락은 우조(羽調) 곧 평조(平調)에 의한 낙시조(樂時調). 흥청거리는 농(弄)에 비해, 담담하면서도 흐느적거림이 있는 곡조. 『가곡원류』에는 우락을 "堯風蕩日 花欄春城"이라고 했는데, 이는 담담한 듯하면서도 마냥 즐겁기만한 가락이라는 뜻. 담담하면서도 흐르는 물과 같이 치렁치렁한 멋이 있는 곡태

62 전통 성악곡인 가곡의 하나. 계면조 음계에 의한 계락시조(界樂時調)의 약칭으로, 우락시조(羽樂時調)의 우락과 맞짝이다. 『가곡원류』에는 곡태를 "요임금의 바람과 당임금의 햇살 아래 꽃이 만발한 봄동산 같다"고 표현. 담담하면서도 흐르는 물 같은 치렁치렁한 멋과 즐거운 기분을 가진 곡

63 전통 성악곡인 가곡의 하나. 편 잦은 한잎. 편(編)은 엮음·사설과도 통하며, 징단을 촘촘히 엮어 나가는 데서 붙여진 이름. '언편(言編)'과 맞짝이로, 언편을 '지르는 편잦은한잎'이라고 하듯이 언(엇)의 형태는 처음 시작을 높은 소리로 질러 내지만, 편수대엽은 높지도 낮지도 않은 소리로 시작한다. 『가곡원류』에는 "大軍驅來 鼓角齊鳴(많은 군사가 말을 달리고, 북과 피리가 한 가지로 울리는 듯한)" 힘찬 곡태로 표현

64 전통 성악곡인 가곡의 하나. 지르는 편 잦은 한입, 얼편(乻編). 엇(旀)은 '지른다', 곧 소리를 높여 고음(高音)으로 시작하고, 편은 "엮는다" 곧 장단이 촘촘하다는 뜻. 곡태는 「편삭대엽」과 같고, 쾌활하고 호탕한 기분을 준다.

내가 짜낸 생각이다. 평조·우조는 거의 짧은 형식이고, 계면조에는 짧은 형식(短型)과 함께 긴 형식(長型) 노래도 섞여 있으며, 소용(騷聳)·만횡(蔓橫)·농(弄)·우락(羽樂)·언락(於叱樂)·계면락(界面樂, 界樂)·편삭대엽(編數大葉)·언편(於叱編) 따위는 통상 긴 형식이다. 하지만 어수선함은 치워두고, 읽는이는 그냥 시조에 짧은 노래와 긴 노래가 있음만 알아주시기 바란다. 그리고 이제까지 남아 내려온 시조에는 짧은 노래가 가장 많음도 알아두셨으면 한다.

또 이 책 〈부록1〉에 2단으로 넣은 노래와 같은 류의 노래도 꽤 되지만, 이들은 모두 한문투가 짙은 노래다.

5. 본디 노래(原歌)의 형식(型式)에 관하여

짧은 노래는 모두 3장(章)으로 이루어져 있다. 그리고 짧은 노래의 1장은 흔히 2구(句)로 나뉜다. 그래서 나는 이 책에 실은 짧은 노래를 모두 6행(行)으로 했다. 본디 책(原本)은 초장(初章)·중장(中章)·말장(末章)―이를 3장이라 한다―의 틈새에 따로따로 한 글자(一字) 만큼의 사이를 두고 서로 장을 가르고 있을 뿐, 옛글의 통례대로 '콤마(comma)'도 없고, '피리어드(period)'도 없으며, 행을 바꿔 장을 가르지도 않는다. 그러므로 짧은 노래를 주로 6행으로 함은 틀을 갖추기 위함이지만, 고려 시대에도 그렇게 한 예가 있고―『균여전(均如傳)』 서문과 향가(鄕歌) 참조―, 요즘의 시조 짓는이도 대개 각 장을 두 행으로 나누어 적고 있다. 그러니 읽는이도 짧은 노래의 첫 두 행을 초장, 다음 두 행을 중장, 마지막 두 행을 말장―또는 종장(終章)―이라 알아주셨으면 한다.

중간 (길이) 형식의 노래도 3장으로 되어 있는데, 이런 노래는 중장이 긴 것이 보통이다. 이를 6행으로 하기도 힘들뿐더러 말투〔語調〕도 몹시 괴이(怪異)해지는 까닭에, 나는 대개 8행으로 번역해 두었다. 본디 노래의 글자 수(字數)도 결코 한결같지 않기에, 내가 번역한 노래에는 원칙에서 벗어나 7행이나 9행으로 나눈 것도 있다.

긴 노래는 5장으로 이루어짐이 보통이지만, 쓸데없이 긴 장도 있고 글자 수도 들쑥날쑥하다. 이는 이른바 '가락을 붙여 이야기하는' 방식의 노래인 때문이다. 그래서 나는 융통성을 부려 긴 노래의 한 장을 2행에서 4행, 6행까지 나누어 번역하기도 했다.

가락[調子]에 따라 짧은 노래의 초장 첫 번째 행은 보통 3·4조(또는 3·5조), 두 번째 행은 3·4조 또는 4·4조다. 따라서 초장의 두 행은 보통 7·7조로 이루어진다. 중장은 좀 한결같진 않지만, 보통 5·7, 5·8, 7·8, 6·8조 따위로 되어 있고, 말장은 5·7, 6·7조 따위로 짠다. 이처럼 글자 수가 들쑥날쑥한 까닭은, 곡이 매우 느릿느릿한 탓이다. 속요와 달리 '타임(time)'이 길다. 일본의 오이와케(追分)[65]처럼 한 글자와 다음 글자 사이의 타임이 매우 길다. 그러므로 그 틈새에 한두 자 정도를 더 넣고 불러도 거리낌이 없기 때문이다.

긴 노래의 가락은 아주 어지러워서(亂調) 통계적으로 가락을 자세히 살피기조차 딱한 일이지만, 대체로 7·7조나 8·8조 따위가 뿌리가 되는 듯하다.

짧은 노래, 긴 노래에 드러난 가락의 특색은, 말장 처음에 '(그만) 두어라'든지 '아희야(아이야)'라든가, '어즈버(아아아)' 따위의 석 자—보통 감탄사이다—를 붙이는 것과 초장 처음이 석 자로 되어 있다는 것이

---

65 おいわけぶし(追分節). 일본 민요의 하나. 일반적으로 제목은 '(땅 이름)+追分'으로 되어 있다. 본디, 중산도(中山道, なかせんどう)의 추분(追分, おいわけ; 長野県 남쪽 지명) 역참에서 불렀던 애조를 띤 마차꾼의 노래로, 후에 여러 지역에 전해져 변화했다. 뚜렷한 장단이 없고 박자를 치기 어려운 곡으로, 음역이 넓다. 또한 한 글자를 아주 길게 노래할 경우도 있다. 매우 부르기 어려운 노래로 알려져 있다.

다. 곡(曲)에서도 이 석 자는 거듭되는 뜻이 있다.

6. 노래 지은(作歌) 때에 관하여

엄밀하게 보면, (지은) 때가 알려진 노래는 매우 드물다. 무명씨〔作歌
不明〕뿐 아니라 지은이가 밝혀진 노래라도, 그 노래를 정말 언제 지었는
지는 도무지 헤아릴 수 없다. 그냥 아무개가 지었다고 전해 내려오니
그가 살았던 시대를 살펴 대충 몇 세기 중반이나 말에 지었으리라 어림할
뿐이지, 틀림없는 때를 알지는 못한다. 옛적 예술작품의 (지어진) 때가
뚜렷하지 않은 것은 어느 나라나 마찬가지다. 다만 어떤 남다른 사실을
노래했거나 어떤 역사적 사건에 대해 노래했다면 얼마쯤 고증(考證)해서
거의 맞는 때를 찾을 수 있을 테지만, 그나마 아직 조금도 연구되어 있지
않다. 지난날 조선의 지식층은 모두가 지나문화를 모방하고 숭배했기에
자기 나라 문화에 관해서는 거의 연구하지 않았다. 조선의 시조는, 결코,
일본의 만요(萬葉)처럼[66] 위아래 모두에게 존경받지 못했다.

7. 본디 책(原本)에 관하여

조선 옛노래 문헌으로 오늘날 전해진 건 매우 적어, 이 책들은 모두
드물고 귀한 책(珍書)이다. 정말 찾기 쉬운 책이 아니다. 또 거의 사본
(寫本)이기에 그 필사연대나 그 밖의 소상(昭詳)한 고증은 조금 어렵지
만, 아래에 하나씩 하나씩 간략하게 설명해 보겠다.

　『송강가사(松江歌辭)』——2권 1책 판본(版本). 송강 정철[67]의 시가집

---

66 '만요(萬葉)와는 달리'의 뜻
67 鄭澈(1536~1594). 조선 중기 시인이자 학자, 정치인(서인의 영수). 1551년(명종 6) 원자(元
　子) 탄생 기념으로 아버지가 특별 사면된 후 온 가족이 할아버지 산소가 있는 전라도 담양

(詩歌集)으로, 조선에서 개인 시가집으로는 오직 하나밖에 없다. 17세기 말쯤 송강의 후손 정호[68]가 한 번 간행한 적이 있다고 하나 자구(字句)의 잘못이 아주 많았다. 정철의 현손 정천[69]이 이를 못마땅하게 여겨 1698년 완전한 사본을 얻어 새로운 판을 간행하려 했으나 끝내지 못하고, 1747년에 이르러 그 5대손 성주목사 정관하[70]의 손으로 처음 완전한 판을 내었다. 판으로 되어 있기에 세상에 알려지지 않은 것도 있겠지만, 내가 본 것은 마에마 교사쿠 선생이 소장한 1747년 판이다. 상권에는 널리 알려진 「관동별곡」, 「사미인곡」, 「속미인곡」, 「성산별곡」, 「장진주사」 등을 담았고, 하권에는 「경민16가」[71]를 비롯한 모두 78수의 짧은 노래를 실었다. 옛노래 문헌 가운데 가장 오래된 것이다. 한자와 한글이 섞여 있는데, 한자 아래 하나하나 언문(諺文) 음역을 달았다. 꽤 드물고 귀한 책(珍籍)으로, 조선 학계에는 아직 이 가집이 알려지지 않았을 정도이다.

『고금가곡(古今歌曲)』——1책 사본(寫本). 겉표지 제목(表題) 글자 모양(字形)이 다 떨어져 나가(剝落) 그 세 번째 글씨 자리에 거의 보이지 않을 정도의 흔적만 남은 까닭에 원래 이름이 무엇이었는지는 알 수 없지만, 책 끝에 덧붙인 글쓴이의 자작(自作) 노래에 "늙으니 벗이 없고, 눈 어두우니 글 못 볼세, 고금가곡을 모두어 쓰는 뜻은, 여기나 흥을 부쳐

군 창평으로 이주하여 계속 이곳에 살게 되었는데, 이곳 지곡(芝谷) 성산(星山) 기슭의 송강(松江)을 자신의 호로 삼았다. 목판본 『송강가사』는 〈황주본(黃州本)〉, 〈의성본(義星本)〉, 〈관북본(關北本)〉, 〈성주본(星州本)〉, 〈관서본(關西本)〉 등 다섯 종이 있었다 하나, 그 중 〈의성본〉과 〈관북본〉은 현새 전하지 않는다.

68 鄭澔(1648-1736). 송강의 4대손

69 鄭洓(1659-1724). 송강의 4대손

70 鄭觀河(1685-1757). 『송강가사』 〈성주본〉의 편자

71 훈민가(訓民歌)·경민가(警民歌)·권민가(勸民歌)라고도 한다. 송나라 신종(神奈) 때 진양(陳襄)이 지은 「선거권유문(仙居勸誘文)」을 바탕으로 창작되었다고 한다. 1519년(중종 14) 김정국(金正國)이 편찬한 『경민편(警民編)』을 1656년(효종 7)에 이후원(李厚源)이 번역하여 『경민편언해』를 간행할 때 이 작품을 부록으로 덧붙임으로써 널리 유포되었다.

소일코자 하노라"라는 뜻의 글월이 있어 마에마 선생과 의논하여 임시로 〈고금가곡이라〉 이름을 붙였다. 마에마 선생이 꼼꼼하게 고증한바, 이 책은 1764년에 필사한 것으로『송강가사』보다 17년 뒤이다. 담은 노래는 다른 텍스트를 필사하지 않고 모두 스스로 모은 것으로, 긴 노래 31수, 짧은 노래 265수—이 가운데 14수는 자작—이다. 그 앞에 이현보[72]의 「어부사(漁夫辭)」 9장, 상진[73]의 「감군은(感君恩)」 4장, 이황[74]의 「상저가(相杵歌)」, 정철의 「관동별곡」·「사미인곡」·「속미인곡」·「성산별곡」·「장진주가」, 차천로[75]의 「강촌별곡江村別曲)」, 난설헌[76]의 「규원가(閨怨歌)」, 무명씨의 「춘면곡(春眠曲)」 등을 실었고, 또 그 앞에는 지나의 사(辭)·부(賦)·가곡(歌曲)—「귀거래사(歸去來辭)」·「채련곡(采蓮曲)」·「양양가(襄陽歌)」·「도원행(桃源行)」·「적벽부(赤壁賦)」·「죽지사(竹枝詞)」와 같은—14수를 실었다. 조선의 노래는 모두 언문(諺文)을 섞어 썼음은 말할 것도 없다. 이 책이 남다른 점은, 다른 책이 노래를 음조(音調)와 곡(曲)으로 나눔과 달리 노래 내용으로 짧은 노래 248수를 저마다 가르고 있다는 점이다. 이 나눔은 조선 옛노래의 보편적 성향을 알기 위해서도 필요하니, 아래에 적는다.

짧은 노래는 인륜(人倫)·권계(勸戒)·송축(頌祝)·정조(貞操)·연군(戀君)·개세(慨世)·우풍(寓風)·회고(懷古)·탄로(歎老)·절서(節序)·심방(尋訪)·은둔(隱遁)·한적(閑適)·연음(讌飮)·취흥(醉興)·감물(感物)·염정(艶情)·규원(閨怨)·이별(離別)·별한(別恨)의 스무 갈래로 나누고, 긴 노래는 만횡청류(蔓橫淸類)[77]라 했다. 꽤 생

---

72 李賢輔(1467-1555). 조선 중종 때의 문신, 학자
73 尙震(1493-1564). 조선 명종 때의 문신
74 李滉(1502-1571). 호는 퇴계(退溪). 조선 명종 때의 학자. 성리학의 대가
75 車天輅(1556-1615). 조선 명종·광해군 때의 문인. 서경덕(徐敬德, 1489-1546)의 제자
76 蘭雪軒 許氏(1563-1589). 본명 초희(楚姬). 조선 선조 때 시인, 화가.
77 『진본청구영언』 끝부분에 실린 116수의 노랫말들을 포괄하는 이름으로, '만횡청 노래의

각한 나눔이지만, 나는 이밖에 해학(諧謔)·호색(好色)이란 두 갈래를 더하면 오늘날 (우리가) 가진 옛노래의 보편적 성향을 이 갈래를 따라 나눌 수 있다고 여긴다.

이 사본은 아사미 린타로 박사가 소장하고 있다. 글쓴이(일흔 늙은이) 스스로가 붓으로 베꼈으며 다른 사본도 없다고 하니, 마에마 선생이 말씀하신 대로 아마 세상에 단 하나밖에 없는 책으로 귀한 보배(珍寶)이다. 짧은 노래나 긴 노래에 지은이 이름을 적지 않았다는 점이 무엇보다 아쉽지만, 다른 사본에서 보지 못한 수십 수의 노래도 실려 있다.

『가사6종(歌詞六種)』——1권 사본. 이 책도 아사미 박사 소장본으로, 한문과 언문(漢諺文)을 섞어 「옥루연가(玉樓宴歌)」, 「농가월령가(農家月令歌)」, 「춘면곡」, 차천로의 「강촌별곡」, 이현보의 「어부사」, 실명씨(失名氏)의 「노인가(老人歌)」라는 6종의 가사를 담았다. 원본은 겉표지 제목이 없기에 마에마 선생과 의논하여 임시로 『가사6종』이라 하였다. 시조로 나눌 수 있는 짧은 노래도 긴 노래도 싣지 않았다. 「농가월령가」 같은 노래는 조선 옛노래 가운데 가장 뛰어난 작품(傑作)인데, 요즈음 사람들에게는 이제껏 알려지지 않았다. 실린 노래에는 110년 또는 120년쯤 앞선 작품, 140-150년 앞선 작품들도 있지만, 베껴 적은 때는 청(淸) 도광(道光)[78] 시기, 대충 100년쯤 앞으로 어림할 수 있다고 마에마 선생이 고증했다. 대체로 거기서 다르지 않으리라 본다. 이 책도 조선 학계에서는 아직 누구도 알지 못하는 책으로, 드물고 귀한 책(珍本)이다.

『가곡원류(歌曲源流)』——1책 사본. 본디 마에마 선생 소장본이었지만 이제는 동양문고에 소장되었다. 파리 동양어학교에 1부, 조선총독부

부류'라는 뜻. 자유로운 내용의 가사를 농·락·편 등 치렁치렁 늘어지는 곡조로 부르는 노래

78 청 8대 황제인 도광제(道光帝; 재위 1820-1850) 시대의 연호로, 1821년부터 1850년까지 쓰였다.

도서관에 1부, 조선 학자 최남선 씨가 1부 소장하고 있다고 들었다. 일반인들이 뜻밖에 몰래 감추고 있을지도 모른다. 이 책의 선집(選集)이 언제 이루어졌는지는 알 수 없지만, 동양문고본의 필사가 대충 70-80년 앞이었음은 틀림이 없다. 언문과 한문을 섞어 쓴 글로, 짧은 노래 452수를 음조와 곡을 잣대로 하여 갈라놓고 있다. 지은이가 알려진 노래는 밑에 그 이름과 아수 단줄한 전기(傳記)를 적어주어서 고맙다. 『청구영언』과 함께 옛노래 연구에 소중한 문헌이다. 이 책 이름이 다른 어느 전해 내려온 책(傳本)보다 가장 잘 알려져 있음을 볼 때, 어쩌면 뜻밖에 예전부터 『가곡원류』라는 책이 있었고 그 책을 이어받아 널리 퍼지게(傳承流布) 된 뒤, 이제 남겨진 책은 뒷사람이 다시 덧붙여 나간(追補) 탓으로 얼마쯤의 다른 점을 보일지도 모르겠지만, 그것은 여러 전해 내려온 책(傳本)들을 견주어 연구해 본 다음에야 알 수 있겠다.

『청구영언(靑邱永言)』——1책 사본. 최남선 씨 소장본으로, 나는 아직 본디 책(原本)을 볼 틈을 얻지 못했다. 경성 연희전문학교 문과 학생들이 등사판으로 인쇄한 복사본을 보니, 여기에도 근대에 글쓴이가 많이 나타나 아무래도 『가곡원류』와 같은 때 필사한 책이라 어림한다. 마찬가지로 언문과 한문을 섞어 썼는데, 실은 노래의 숫자가 놀라울 정도로 많아서 짧은 노래 687수, 긴 노래 295수, 모두 996수의 노래[79]를 담았다. 다른 전해 내려온 책에서 찾을 수 없는 여러 노래와, 남달리 호색류(好色類) 노래가 많이 보인다. 양(量)으로는 첫손 꼽을 문헌이다. 『가곡원류』처럼

---

[79] 〈육당본〉이라면 모두 999수여야 하는데, 담은 작품 숫자가 맞지 않는다. 『청구영언』은 1728년(영조 4), 고려말부터 나온 시조와 가사를 담아 김천택(南坡 金天澤, 1687-?)이 엮은 가곡집이다. 이제껏 밝혀진 『청구영언』 이본은 7종이다. 이 중 〈오창환본〉은 시인 오장환(吳章煥, 1918-1951)이 소장하였다가, 뒤에 통문관(通文館)에서 소장하던 것을, 오한근(吳漢根)이 조선진서간행회(朝鮮珍書刊行會, 1948)에서 간행한다. 이 책은 시조 580수를 엮었다. 참고로, 최남선(崔南善, 1890-1957)이 소장하였다가 한국전쟁 때 소실된 〈육당본〉은 시조 999수, 가사 16편을 싣고 있다. 〈육당본〉은 경성제대(京城帝大, 1930)에서 인쇄하고, 다시 조선문고본(朝鮮文庫本, 1939)·통문관 신문고본(通文館新文庫本, 1946)으로 나온다.

성조나 곡을 따라 나누고 있고, 지은이가 알려진 노래의 앞이나 밑에 글쓴이의 이름을 넣고 단출한 전기를 적었다. 마찬가지로 드물고 귀한 책(珍本)이며, 귀중한 연구 자료로 가치를 잃지 않는다. 긴 노래에는 호색·해학에 관한 것이 많고, 표현 기교도 참으로 볼수록 더욱 재미나다. 이러한 노래야말로 조선사람 본디의 어떤 태도를 보여주지만 전해 내려온 다른 책에는 긴 노래가 그다지 전해지지 않는데, 이 책에는 300수가 조금 안 되는 노래를 싣고 있으니 너무나 고마운 일이다.

책 끝에 「상사곡(相思曲)」, 「춘면곡」, 「권주가」, 「백구사(白鷗詞)」, 「군락(軍樂)」, 「관등가(觀燈歌)」, 「양양가」, 「귀거래사」, 「어부사」, 「환산별곡(還山別曲)」, 「처사가(處士歌)」, 「낙빈가(樂貧歌)」, 「강촌별곡(江村別曲)」, 「관동별곡」, 「황계가(黃鷄歌)」, 「매화가(梅花歌)」들이 덧붙어(附錄) 있다. 「양양가」, 「귀거래사」를 내놓고는 모두 조선사람이 지은 가곡(歌曲)이다. 이 책에 번역하여 담은 노래는 여기서 「관등가」, 「환산별곡」, 「매화가」의 1절이다.

『남훈태평가(南薰太平歌)』——1책 판본. 1863년판이 있지만, 이제는 쉽게 찾을 수 없다. 내가 본 것은 이제 동양문고 소장본(이 된 책)인데, 마에마 선생이 경성에 재직할 때 판본을 복사하신 것이다. 언문과 한문을 섞어 쓰고 있고, 222수의 노래—짧은 노래 180수, 긴 노래와 중간 형식 노래를 한데 모아서 42수—를 곡이나 음조를 따라 갈라놓았다. 책 끝에 〈잡가편(雜歌篇)〉과 〈가사편(歌詞篇)〉을 덧붙이고, 〈잡가편〉에 「소춘향가(小春香歌)」·「매화가(梅花歌)」·「백구사」를 붙였고, 〈가사편〉에 「춘면곡」·「상사별곡(相思別曲)」·「처사가」·「어부사」들을 담았다. 이 책은 오로지 기생(妓生)의 교과서로 엮은 듯싶지만, 일반에게도 잘 알려졌다. 전해 내려온 다른 책에 보이지 않는 수십 수의 노래도 있고, 나눔도 조금 별난 데가 있어, 옛노래 연구 자료로 소중한 문헌이다. 여기에는 (노래를) 지은이 이름이 적혀 있지 않다. 또 뒤에 설명한 『가요(歌謠)』와

똑같이 짧은 노래 끝 구(末句)의 한 부분이 빠져 있다.

『여창가요집(女唱歌謠集)』——1책 사본. 마에마 선생 소장. 순수한 조선 글(언문)로 적어, 기생의 텍스트로 쓴 듯싶다. 책 끝에 설봉(雪峰)이라는 기생이 자필로 "경오년 음력2월 보름 설봉이 쓰다(庚午仲春望間 雪峰試)"라는 글귀(文句)를 적었으니, 필사한 때가 1870년보다 앞섬은 뚜렷하다. 짧고 긴 노래를 뒤섞어 182수를 곡(曲) 대로 나눠 실었다. (노래를) 지은이 이름을 적지 않음은 물론 전해 내려온 다른 책에 보이지 않는 노래 따위도 없다. 하지만 악보〔音譜〕를 적고 있는 점은 다른 책에서 보지 못한 것으로, 、 、、 、、、 ㅁㅣㄴㅗㄴㄴㅩ과 같은 음자리표(譜號, clef)로 음의 높고 낮음과 길고 짧음(高低長短)을 나타내고 있다. 이 악보가 있다는 한 가지 점으로도 귀중한 문헌이라는 가치를 잃지 않는다.

『가요(歌謠)』——1책 사본. 이제 동양문고에 소장되어 있지만, 마에마 선생이 경성에 재직할 때(30년 앞) 어떤 조선사람에게 맡겨 보통 사람들 사이에서 부르고 있는 시조를 모아 거둔 책으로, 그냥 짧은 노래 99수를 어수선하게 언문과 한문을 섞어 적어 늘어놨을 뿐이다. 책 끝에 「상사별곡」, 「춘면곡」, 「백구사」가 덧붙어 있다. 큰 가치는 없지만, 이 책의 남다름은 『남훈태평가』처럼 짧은 노래 끝 구의 한 부분이 빠져 있다는 점이다. 본디 조선 옛노래는 끝 구가 일곱 자보다 위로 이루어져 있지만, 그것을 부를 때는—근대에 와서 달라졌다고 여기지만—끝 구의 네 자밖에 부르지 않는다. 예를 들어 짧은 노래의 말장이 "아마도 강호지락(江湖之樂)은 이뿐인가 하노라"라는 식으로 되어 있다고 하면, 끝 구의 '이뿐인가'까지밖에 부르지 않는다는 말이다. 그래서 『가요』와 『남훈태평가』에서는 모두 '하노라'를 빼고 '이뿐인가'까지만 적고 있다. 다시 말해 말장의 끝 구를 모두 네 자밖에 쓰지 않음이 이 두 책의 남다름이다. 끝 구를 네 자밖에 부르지 않음을 『여창가요록』에도 밝히고 있지만—네 자 밑으로는 악보를 붙이지 않았다— 이 점에 있어 이 책은 어떤 옛노래 문헌으로 존재 가치가 있다.

×   ×   ×   ×

이밖에 최남선 씨가 『여창유취(女唱類聚)』라는 책을 소장하고 있다 하지만, 내가 아직 보지 못해 여기서 그에 대해 말씀드릴 수는 없다. (또, 다이쇼 2년(1913) 경성 신문관(新文館)에서 낸 최남선 씨의 『가곡선(歌曲選)』[80]이나, 올해 경성 한성도서주식회사에서 낸 최남선 씨의 『시조유취(時調類聚)』[81]라는 것이 있지만, 이 책들은 예전부터 있던 전해 내려온 책(在來傳本)을 일반용으로 엮은 것이라 문헌으로 여기에 알릴 까닭은 없을 터이다. 하지만 『시조유취』는 이제껏 내려온 거의 모든 옛노래를 모아 갈라놓았고, 정가도 1원 50전이기에, 널리 보기에 매우 손쉬운 책이다.)

8. 이 책에 넣은 노래의 배치에 관하여

본디 책(原本)에서 노래를 나누어 놓는 방법은, 앞에서 말했듯이 소리 가락(聲調)으로 크게 나누고 곡으로 잘게 가름이 가장 흔하다. 내용으로 나눈 것은 『고금가곡』뿐으로, 앞에 짧은 노래를 나눠 놓고 다음에 긴 노래를 실었다. 소리 가락으로 나누면 같은 지은이의 이름이 이리저리 흩어지거나 같은 소리 가락에 든 여러 틀(型式)의 노래가 뒤섞이거나 한다. 책의 됨됨이(體裁, style)가 나빠질 뿐 아니라, 이 책에는 조금도 소리 가락으로 나눌 까닭이 없으니, 하지 않기로 했다. 다음으로 내용으

---

80 新文館, 1913.6.5.
81 발간연도 착오. 『시조유취』 초판은 한성도서주식회사에서 1928년(1928.4.30)에 나온다. 이 책의 재판은 손진태가 이 「서설」을 쓰고 난 뒤(1929.5.15)에 나온다.

로 나눔도 재미있지만, 이도 긴 노래와 중간 형식 노래와 짧은 노래가 비슷한 내용일 때나 갑(甲)의 작품과 을(乙)이나 병(丙)의 작품이 같은 성향일 때, 책의 됨됨이로도 같은 이름이 여기저기 있는 것은 볼꼴 사납 다 싶어 그만두었다. 더욱이 노래는 읽는이마다 흥취와 풀이가 얼마쯤 달라지는 까닭에 내가 틀을 맞춰줘야만 할 까닭도 없을 터이다.

그래서 이미 해온 모든 방식을 버리고, 맨 앞에 긴 노래—거의 모두 지은이·때가 밝혀지지 않음—를 두고, 다음으로 중간 형식 노래—이도 거의 모두 지은이·때가 밝혀지지 않음—, 이어 지은이·때가 밝혀지지 않은 짧은 노래, 역대(歷代) 왕조별 지은이의 짧은 노래, 끝으로 때를 알 수 없는 지은이와 기생의 짧은 노래를 놓았다. 역대 왕조별 지은이의 짧은 노래를 시대순으로 두었음은 물론이다.

이로써 어떤 지은이의 노래 특성(歌風)을 엿보아 알기가 손쉬울 터이 다. 또 지은이가 밝혀지지 않은 여러 노래는 되도록 그 사상적 성향대로 같은 성향의 작품은 따로따로 한곳에 모아 두었다. 비슷한 노래가 너무 이어져 나와 읽는이의 흥취를 좀먹게 할지 모르지만, 그저 되는대로 여러 가지 노래를 흩어놓기보다는 무언가 도움이 되리라 여겼기 때문이다.

긴 노래와 때·지은이 모두 밝혀지지 않은 노래를 앞에 둠은, 그 노래 속에 본디(固有) 조선의 모습—지나 사상이나 감정의 껍데기로 가려지 지 않았다—이 가장 잘 들어 있다 봤기에, 이런 점을 먼저 읽는이의 눈에 띄도록 하고자 한밖에 아무런 뜻도 없다. 이들 노래는 거의 노래(謠)에 가까운 내용이라 뛰어난 작가의 좋은 작품이 (보여주는) 수법(作風)과 좋은 비교가 된다.

9. 번역한 노래의 양과 질에 관하여

이 책에 번역해 실은 노래는 짧은 노래 423수, 긴 노래 135수로 모두

558수인데, 본디 노래의 4분의 1쯤 된다. 몹시 미흡하다 할 이들이 있을지 모르나, 나로서는 번역하여 실을 가치가 있는 노래는 거의 번역하여 담았다. 본디 조선의 옛노래는 한문투가 견딜 수 없을 정도이다. 한시에 조선의 토(토씨[助詞])를 붙이고, 지나의 사람이나 경치를 바탕에 두고 만들거나, 당시(唐詩)를 그대로 본떠서 만드는 따위, 오늘날 우리가 보면 아무런 창의성도 없는 흔한 생각으로 노래한 작품이 거의 다다. 시조의 발달을 역사적으로 연구하려는 이들에겐 이런 하찮은 노래라도 도움이 될 테지만, 이 책을 내는 뜻은 조선사람 본디의 모습을 보통 일본사람에게 알리고자 함에 있으니, (작품을) 고를 때에도 나름 노래로서 가치 있는 작품을 고르지 않으면 안 되었다. 그래서 조선사람다운 생각이나 감정으로 부른 노래는 거의 번역하여 실었다 할 수 있다. 하지만 그 가운데는 끝끝내 (번역을) 해낼 수 없었던 노래도 수십 수 있었는데, 아주 비슷한 노래도 없었기에 이 노래들은 모두 빼버렸다. 또 방 안 일을 지나치게 드러낸 노래 몇 수도 뺐다. 옛사람들은 아무렇지도 않게 노래했다 싶고, 또 그때 사람의 감정을 알려면 이런 노래도 빠트릴 수 없다 여겨 꼼꼼히 처음에는 네 수쯤 번역해 보았지만, 달리 보면 또 너무 원시적(原始的)이며 읽는이가 싫어하고 꺼릴 수도 있다는 점도 따져봐야 했기에, 출판사(刀江書院) 분들의 생각도 헤아려, 이런 작품들은 다 빼버렸다. 그리하여 마침내 이러한 것을 제쳐 두고 노래로서는 하찮다 싶어도 어떤 뜻이나 성향을 보이는 작품은 거의 번역하여 실어 두었기에, 이 책이 조선 옛노래의 대체적 모습은 거의 일러두었다 여긴다. 다만, 내 번역어가 좋지 않음이 무엇보다 아쉽다.

10. 두세 개 용어에 관하여

시인(歌人)들은 '군(君; 님)'이라는 말을 여러 뜻으로 쓰고 있다. '사

랑하는 이'라는 뜻으로 쓰는 것이 가장 흔하지만, 임금을 가리키는 때도
수두룩하고, 조상이나 어버이를 가리키는 때도 두셋 된다. 또 임금의
노래 속에서는 지나 왕(天子)을 가리켜 말하는 듯한 것도 있고, 바깥의
어버이를 가리키는 때도 있다. 또 임금이 신하를 가리키는 때도 있다.
그걸 하나하나 가리기는 조금 어렵지만, 노래 내용이 상스러우면 흔히
사랑하는 이를 가리키고, 지은이가 높은 벼슬을 하는 이고 노래 내용이
격조 있다면 흔히 임금을 가리킬 터이다. 또 나라를 사랑하는 (마음을
담은) 노래에서는 조상을 가리키기도 한다. 원호[82]가 단종[83]을 그리며
지어 부른 노래[84]는 내용은 상스럽지만 뚜렷이 임금을 가리켜 님이라
했으니, 지은이를 모른다면 이런 류의 노래에서는 헤아리기 힘들다. 어
떻게 받아들여도 좋다면 괜찮겠지만, 어느 한쪽을 고르지 않으면 본디
글쓴이(原作者)의 뜻을 알 수 없는 때가 있으니 되도록 노래를 읽기에
앞서 지은이의 단출한 전기(略傳)을 한 번 읽는 게 좋겠다 싶다.

　그리고 변말[隱語]로 꽃을 여자라는 뜻으로 쓰거나, 달[月]이나 먹
(墨)을 여자로 빗대는 것도 있다. 이는 풀이할 필요도 없으리라.

　남자 생식기를 도라지나 인삼・똘마니(捕吏, 구실아치)・민대가리・
게(蟹) 따위에 빗대 노래하고, 여자쪽을 논・밭・우물・소중한 그릇・
잔솔밭 따위로 부르는 것도, 또 대충 미루어 읽을 수 있지만, 가끔은
그대로 드러낸 말을 쓰기도 한다. 이런 말을 번역할 때는 어찌할 바 몰랐
지만, 여러 모로 애쓴 끝에 되도록 부드러운 말을 써서 번역했다.

　여기서 내처 해두고 싶은 말이 있다. 이런 성욕(性慾) 관련 노래는,
앞에서 말했듯이, 노래 번역을 하지 않거나 그대로 드러내는 번역어를

82　元昊(1397-1463). 조선 단종 때 문신, 학자. 생육신(生六臣)의 한 명
83　端宗(재위 1452-1455). 조선 제6대 왕
84　"간밤의 우던 여흘 슬피우러 지내여다/ 이제야 생각하니 님이 우러 보내도다/ 저 물이
　　거스러 흐르고저 나도 우러 보내도다"를 말하는 듯하다.

피하는 따위로 삼가기로 했다. 이에 관해 불만을 가지는 분들도 있겠지만, 이 책이 일본 글이라는 점을 헤아려 너그럽게 받아주시기 바란다. 조선 글을 읽을 수 있는 분들에게는 올해 경성에서 나온 최남선 씨의 『시조유취』(가 있음)을 알린다. 대중서적이지만 그대로 드러내는 노래도 복자(伏字)를 쓰지 않고 모두 본디 글(原文) 그대로 인쇄하고 있다.

11. 옛노래 개관

앞의 여러 절(節)에서 얼추 조선 옛노래에 관해 알렸다고 여기지만, 거기에는 사상(思想)으로 본 설명이 빠져 있어서, 여기에 새삼 아주 단출하게 개관을 쓰기로 한다.

먼저 겉모습에서 보면, 조선 옛노래에는 지나 영향이 매우 짙다. 오늘날 전해진 2천 수백 수 가운데 지나의 인물·사상·경치·글월 따위를 노래에 얽어 넣지 않은 노래는 아마 3분의 1도 안 되지 싶다. 지나의 그것들을 얽어 넣었더라도 조선사람의 감정으로 노래한 바에야 조선사람의 노래가 아니라 할 수는 없겠지만, 옛 지나를 잘 모르고 예술에서 자기가 나고 자란 땅의 아름다움(鄕土美)를 사랑하는 요즈음의 우리에게 그런 노래는 결코 재미있지 않다.

옛 조선사람이 즐겨 그 노래에 얽어 넣은 것은 유령[85]과 이백의 술, 도연명·백락천·소동파·두자미의 시와 겉모양(風采), 순(舜)·증자·왕상[86]의 효, 용봉[87]·비간[88]·굴원·백이·숙제의 충(忠), 제갈량의 지략(智略), 소진·장의의 변설(辨說), 소보·허유[89]·엄자릉[90]의 은둔, 서

---

[85] 劉伶(221-300). 지나 삼국시대 위(魏)와 서진(西晉)의 시인. 죽림칠현(竹林七賢)의 한 사람
[86] 王祥(185-269). 지나 삼국시대 위와 서진의 관료
[87] 關龍逢(?-?). 지나 하(夏)나라 말년 걸왕(桀王)에게 간언하다 죽은 충신
[88] 比干(?-?). 지나 상(商)나라 후기의 현인. 주왕(紂王)에게 간언하다 죽은 충신

시·우미인·왕소군·양귀비의 아름다움과 이별의 한, 조조의 교활(狡猾), 유현덕의 덕, 항우의 마음이 들떠 미덥지 못한(浮虛) 패업(覇業), 관우·장비·조자룡의 용(勇), 장량의 기계(奇計), 석숭의 부, 소무[91]의 안, 초 양왕의 무산 운우지몽(雲雨之夢), 봉래산·영주산의 선경(仙境), 소상강·동정호·아미산·적벽의 풍경, 황학루·고소대·봉황대의 장관, 낙양의 풍물, 채석강·멱라수의 전설, 한(漢)의 문물, 한 무제의 위업, 의황[92]·요·순 시대의 태평, 우왕·탕왕·주 문왕·주 무왕의 정치, 공자·맹자·안자·증자의 성현, 서왕모의 선도(仙桃), 한 무제의 승로반(承露盤)이나 불사약(不死藥), 노자의 선단(仙丹), 장자의 나비 꿈(胡蝶夢), 사마천의 문장, 왕일소[93]의 필법(筆法) …… 하나하나 들면 끝이 없지만, 대충 이러하다. 이런 것이 무턱대고 노래에 들어가 있으니, 우리에게는 이렇다 할 흥취를 자아내지 못하게 된다. 하지만 옛사람은 그런 것이 들어가 있어야만 윗길(上品)의 노래라 여겼다. 게다가 그러한 일들이 자신들이 이상으로 하는 군자의 나라, 예의의 나라를 세우는데 있어 중요한 역할을 하기에, 그때 사람들은 그래야만 흥취가 솟았던 것이다. 그러나 요즈음의 우리는 한·당·송들의 문화와 서로 연관되지 않으면, 그런 이름에서 흥취를 느끼기란 쉽지 않다.

　이처럼 중국투가 있는 노래를 제쳐놓으면, 정말로 조선사람의 감정과 사상을 드러내는 노래는 좋게 생각해서 따져봐도 천 수를 넘어가지 않을 터이다. 그리고 그 천 수 가운데 이건 좀 재미있다 느낄 노래는 기껏해야

---

89 蘇父(巢父)와 許由는 지나 요(堯)나라에 살았던 은둔지사(隱遁之士)
90 子陵 嚴光(B.C.39-A.D.41). 지나 동한(東漢)의 은둔지사. 동한 광무제 유수(劉秀)의 절친한 친구
91 蘇武(B.C.140-B.C.60). 지나 전한(前漢)의 관료. 무제(武帝)의 명으로 흉노에 갔다가 내란에 연루돼 억류, '안서(雁書)'의 계책으로 풀려나 귀국한다.
92 羲皇. 태호 복희씨(太皥伏羲氏). 지나 고대 삼황(三皇)의 하나
93 逸少 王羲之(303-361). 동진(東晉)의 정치가이자 시인, 서예가

4, 5백수쯤이리라. 내가 「번역한 노래의 질과 양」에서 "이 책에 실은 노래로 대충 조선 옛노래의 성향을 거의 일러두었다 여긴다"고 쓴 것도 이런 뜻에서 한 말이다.

　다음으로 내용에 관해 말하면, 옛노래를 전해 내려온 책(傳本)의 하나인『고금가곡』의 글쓴이 일흔 늙은이(七十翁)가 조선 옛노래를 사상으로 나눠 인륜(人倫)·권계(勸戒)·송축(頌祝)·정조(貞操)·연군(戀君)·개세(慨世)·우풍(寓風)·회고(懷古)·탄로(歎老)·절서(節序)·심방(尋訪)·은둔(隱遁)·한적(閑適)·연음(讌飮)·취흥(醉興)·감물(感物)·염정(艶情)·규원(閨怨)·이별(離別)·별한(別恨)의 스무 갈래로 나눴음은 담아 내려온 책을 알릴 때 이야기했다. 그리고 이밖에 호색(好色)·해학(諧謔)이란 두 갈래를 더하면 (옛노래의) 대략의 성향을 이 갈래를 따라 보여줄 수 있겠다는 내 개인 의견도 밝혔다. 이들 가운데서도 연음·탄로·한적·호색·연군·해학들이 가장 두드러지는 흐름으로, 개세·심방·은둔·별한들이 다음에 올 흐름이리라. 그리고 그러한 노래의 내용에 관해, 여기서 내 생각(愚見)을 말할 필요는 없겠다. 서투른 번역(拙譯)을 보며 즐겨주시기를 바란다.

1929년 4월 1일　　　　　　　번역자 씀

附錄歌詞三種に就いて

　朝鮮の古い歌の中には, 所謂時調の外, 序説の中で述べたやうに型式の長い, そして立派に曲名や題名の如きな有するものがあつて, 記録の上ではよく長歌と云はれてゐるが, 俗には大部分歌詞と稱されてゐる. それらの數も數十あるが, 古來有名なのは鄭澈の關東別曲,思美人曲, 續

美人曲, 星山別曲, それから宋純の俛仰亭歌 (不傳),車天輅の江村別曲,
李賢輔の漁父辭, 李珥の樂貧歌 (李滉の作とも云はれてゐる),作者不明
なものには玉樓宴歌, 春眠曲 老人歌, 處士歌, 黃鷄歌, 梅花歌, 想思別
曲, 閨怨歌, 老處女歌等々で, 此處に譯載した白鷗詞, 還山別曲の如きも
勿論有名なものである. けれども此等の歌は何れも漢文臭か濃厚で餘り
に智識的である.創造性に乏しいので今日の人々には好かれないし,飜
譯の必要も認めなかつたので殆んど總てな省略した. 只鄭澈の作歌は後
世の文人金萬重に依つて東國の離騷とまで云はれたもので今日の我々
が讀んでも興味のあるものであるが, 日本語に移すと變なものになるの
で諦めた. そえで結局, 白鷗詞と還山別曲だけな探ることになつた.

　以上の諸歌は何れも歌ふために作られたものであるが,農家月令歌の
みは朝鮮に於ける「讀むために作られた歌」の唯一の大作であらう. 私
は昨春初めて此の歌の存在な發見したのである. そして雜誌「東洋」の
昨年八九兩月號に譯載したこともあるが, 前間恭作先生の御校閲に依つ
て大分改削補正が施されてゐる.[94]

부록가사 3종에 관하여

조선의 오래된 노래에는 이른바 시조를 제쳐 두고도, 〈서설〉에서 말했
듯이 형식이 길며, 훌륭한 곡 이름이나 제목 이름이 있어 기록으로는
곧잘 긴 노래라고 하지만 흔히 거의 가사라 일컫는 노래가 있다. 그 수도
수십 가지로, 예부터 널리 알려진 가사는 정철의 관동별곡·사미인곡·
속미인곡·성산별곡, 그리고 송순의 면앙정가(전하지 않음), 차천로의
강촌별곡, 이현보의 어부사, 이이의 낙빈가──이황의 작품이라고도 한다

---

94 〈附錄一〉 간지 뒷면에 넣어, 〈附錄一〉에 수록한 가사 3수에 대해 설명한 글. 460쪽.

一, 지은이가 알려지지 않은 옥루연가·춘면곡·노인가·처사가·황계
가·매화가·상사별곡·규원가·노처녀가들이다. 여기에 번역하여 넣
은 백구사·환산별곡 같은 가사도 물론 널리 알려져 있다. 그런데 이
노래들은 모두 한문투가 짙고, 지나치게 지적(知的)이다. 창의성이 없
어서 요즈음의 사람들에게는 좋은 느낌이 없고, 번역의 필요도 알지 못
해서 거의 모두 빼놓았다. 다만 정철이 지은 노래는 뒷날 문인 김만중[95]
이 '우리나라의 이소[96]'라고까지 일컬은 작품으로 오늘날의 우리가 읽어
도 감흥이 있지만, 일본말로 옮기면 이상스럽게 되기에 그만 두었다.
그래서 마침내 백구사와 환산별곡만 뽑게 되었다.

위의 모든 노래는 다 부르기 위해 지었지만, 농가월령가만은 조선에
서 '읽으려고 지은 노래' 가운데 오직 한 수의 뛰어난 작품이다. 나는
작년 봄에 처음 이 노래가 있음을 알았다. 그래서 잡지『동양』작년 8월
호와 9월호에 번역해서 실은 적이 있는데, 마에마 교사쿠 선생께서 교
열하여 꽤 고치고 다듬어 채우고 바로잡아 주셨다.

作家略傳に就いて

所謂時調の作家を傳へる原本は「歌曲源流」,「青丘永言」あるのみで
あるが, それらの傳本中に書き込まれた作家の傳記は極めて簡單なもの
である. それ故に私は他の記錄に依つて此の略傳な編んだ. 作家が有名
な人物である場合は「三國史記」,「高麗史」,「海東雜錄」,「燃藜室記述」,

---

95 西浦 金萬重(1637-1692). 조선 숙종 때의 정치가, 소설가
96 지나 초나라의 굴원이 지은 부(賦). 조정에서 쫓겨난 후의 시름을 노래한 것으로 초사 가운
   데 으뜸으로 꼽힌다.

「海東名臣錄」,「海東名將傳」,「國朝人物志」等々を參酌して難なく編み得たが一生仕宦もせず單に歌人として過ごしたと思はれる人々や, 餘り名の無かつた作家, それから妓生の如きに至つては, 詩話小說隨筆類の書物中より其の名を拾ひ出すより方法が無かつたので, 種々の雜書を漁つて讀んだけれども滿足な效果は得られなかつた. 又私は作家の性格や逸話, 奇しき生活等を主として此の略傳な編まうとしたが, それも思はしくゆかなかつた. 略傳中に現はれる作家の宦位は其の人の生前に於ける最高の位であり, 何處そこの貴族としてあるのは其の人一族の本貫地を指したもので其の人の出生地とは必ずしも一致しはしない. 所謂貫鄉は其の人の素性を示すだけで, その住地は有名な人物でない限り突きとめて知ることは今では一寸困難である. 李朝以降の人々は現住地を差措いて, 社會に對して本貫を名乘る例であつた. それは何處の何氏と云ふ一豪族としての榮譽と血族とを重んずる傳統があつたからである. 作家の貫鄉などを紹介する必要はなかつたかも知れぬが, それを懇望する方もゐたので, 必ずしも無駄なことではあるまいと思つて書き入れた次第である.

작가 약전에 관하여

이른바 시조 지은이를 전하는 본디 책은 『가곡원류』, 『청구영언』뿐이지만, 그러한 전해내려온 책에 써있는 지은이의 전기는 매우 단출하다. 그래서 나는 다른 기록을 보고 이 약전을 엮었다. 지은이가 널리 알려진 사람일 때는 『삼국사기』, 『고려사』, 『해동잡록』, 『연려실기술』, 『해동명신록』, 『해동명장전』, 『국조인물지』들을 이리저리 찾아서 어렵지 않게 엮을 수 있었지만, 평생 벼슬살이도 하지 않고 그저 시인으로만 지내왔다 싶은 이들이나 그다지 이름 나지 않은 지은이, 또 기생 같은 이들에

이르면, 시화·소설·수필류 책에서 이름을 뽑아내는 수밖에는 방법이 없었기에 갖가지 잡서를 뒤져서 읽었지만 만족스러운 결과를 얻을 수는 없었다. 또 나는 지은이의 성격이나 일화, 기이한 삶따위를 바탕으로 이 약전을 엮으려고 했으나, 그도 뜻대로 되지 않았다. 약전에 적은 글쓴이의 벼슬은 그이의 삶에서 가장 높은 벼슬이고, 어디어디의 양반이라 함은 그이 가문의 본관지를 가리킴이라 그이가 태어난 곳과 꼭 들어맞지는 않는다. 소위 관향은 그 사람의 집안을 알려줄 뿐, 그 사는 곳은 널리 알려진 사람이 아니고는 밝혀내기가 이제는 조금 힘들다. 조선 시대에 들어와 사람들은 지금 사는 곳을 내버려 두고, 사회에서 본관 이름을 대곤 했다. 이는 어디의 무슨 씨라는 한 호족으로서의 명예와 친족을 중요하게 여기는 전통이 있었던 까닭이다. 글쓴이의 관향 따위를 알릴 필요는 없었을는지 모르나, 그걸 간절히 바라는 분도 있어서 꼭 쓸데없는 일은 아닐 거라고 생각하고 적어 넣었다.

朝 鮮 古 歌 謠 集 後 序

　孫君とわたくしが知りあつてからもう四年の餘にもなるだらうか. その間孫君は殆ど每日根氣よく東洋文庫へ通つて來て頻りに勉強に沒頭してゐた. その專攻は朝鮮の原始宗教といふことであつたが, 土俗一般にも深い興味を持つてゐて專らこの方面に關する文獻上の資料を蒐集し, 又傍ら之が取扱ひの上に參考とすべき西洋の書物を讀破するのが君の日課であつたらしい. 段々話を聞いて見ると早稻田に在學の時代から夏休みなどには必ず國へ歸つて田舍步きを試み, 土俗·民風の採訪に努めると共に, まだ文字に錄されてゐない歌謠·民譚の記錄などをかな

り丹念にやつてゐるといふ. 成程そのノートや寫眞などを見せて貰ふと, いづれも first-hand な貴重な材料で而も大分澤山集つてゐる. 西洋の本の讀みぶりなどを見ても非常に筋のいゝものを順序よく讀んでゐる. 更にその卒業論文やなほ二三の書かれたものを一閱してその造詣と手際とにかなり感心した. わたくしも朝鮮の古俗に就いては相當に興味を持つてゐるので, 時に孫君と資料を檢討し, 議論を上下して隨分益を得たことも少くない. 其後或る義理合ひからわたくしは孫君の研究に就いて少々面倒を見なければならぬことになつた. 然し假にも人の指導などは全くわたくしの柄にないことで, 今迄より稍々頻繁に孫君と顏を合はせるやうになつたものゝ, 學問上得をしたのは却つてわたくしの方ではなかつたかとさへ思ふくらゐである.

そんなことで度々往來してゐるうちに君の好學と熱心とには私かに敬服したものであるが, どこ迄も君は宗敎學・土俗學の研究者とのみ思ひ込んでゐた. 所が或日雜誌「東洋」や「短歌雜誌」に君の載せた朝鮮の古歌や童謠の類の翻譯と解說とを讀んで君の趣味が又別個の方面にも存するのを知つた. 考へて見れば古歌謠なども古俗研究の一資料には相違ないから, 孫君がこの方面にも手を伸ばしてゐることは尤もなことではあるが, 然しこの際に於ける君の意圖はむしろ朝鮮の國民文學に斯くの如き忘れられた一面があるといふことを強調するに存したものと思はれる. これは固苦しく云へば文學史家としての立場に立つた仕事であるが, わたくしはこの種のものゝ譯出紹介も有意義なことであり, 孫君の才と學とが又それに不適當でないことを知つたのであつた. 一日わたくしは孫君に慫慂するに之を蒐輯彙類して何かに發表せんことを以てしたところ, 君は夙にその志があつて既に稿を改むること數次に及んでゐるといふ. 越えて數日, 君はその稿本を齎してわたくしに譯文の措辭其他に就いて改削を加へよとのことであつた. 然しこれはお門違ひ

の甚しいものである．　わたくしは詩歌の詞章に筆を加へ得る如き賦才を持たぬ．況や原文たる朝鮮の語言には全く通ぜぬものなるに於いて尚更である．そこでわたくしは孫君に宜しく我が朝鮮學の耆宿たる前間恭作先生の門を叩いてその教を請ふべき旨を勸め，　一方同先生に孫君の爲に垂教を各まれざらんことを御願ひした．━━━それから先きのことは孫君の自序に明かであるから茲に記するを須ゐないが，君が前間先生に就いて請益甚だ多く，非常に先生を徳としてゐたことはわたくしも共に喜とする所である．ただ先生にはかなり御迷惑であつたかも知れないが，　御蔭で孫君の學問が著しく進んだことに免じて必ず之を諒として下さること〻思ふ．

　翻譯に就いては孫君も隨分苦心はしてゐるやうだ．これも君自ら卷頭に縷述してゐるからわたくしが改めて申添へる必要を見ない．その翻譯の態度は大體に於いて穩當と思はれる．すべての翻譯が原文に忠なるべきは言を俟たないが，さればとて徒に逐字逐語の直譯を以て必しも原文に忠なるものとは云はれない．ロセッティはその伊太利古詩の英譯に序して詩歌翻譯の眞諦が奈邊に在るかを論じ，Poetry not being an exact science, literality of rendering is altogether secondary to this chief aim. I say *literality*—not fidelity, which is by no means the same thing. と云ひ，literality 必しも fidelity に非ざるを説いた．ロ氏はなほ云ふ，When literality can be combined with what is thus the primary condition of success, the translator is fortunate, and must strive his utmost to unite them.[97] と．Literality と fidelity とが一致したならばそれに越すことはない．又

---

[97] Dante Gabriel Rossetti,「Preface to The Early Italian Poets from Ciullo D'Alcamo to Dante Alighieri(1100-1200-1300」(1861) in The Original Metres Together with Dante's Vita Nuova

さう努むべきであらう. 然しこれ程事實むつかしいことはない. 今孫君の譯筆が果してこゝ迄來てゐるか否かはわたくしにも分らない. ただ詩歌の譯出は難中の難事である. かの「東行西行雲眇々, 二月三月日遲々」[98]を「とざまに行きかうざまに, 如月(きさらぎ), 彌生(やよひ)[99]日うらうら」と譯したのは神樣のこと, 而も丁度譯し易い詩句だつたからであらう. 若い學徒としての孫君の, 最初の嘗試としてのこの譯が, こゝ迄漕ぎつけたことはむしろ大いに多とすべきことゝ考える.

わたくしはまだ人の書に跋する程の資格を缺くものである. 然し孫君の請ひを退け難く, 其任でないことを十分承知しつゝ敢てこの一文を草した. ともかく孫君のこのまじめな勞作に依つてほんたうの朝鮮の一角を知り, ほんたうに朝鮮の人の一面を知らうとする人が色々の益を受くべきことを信じ, 一言孫君紹介の辭を述べてこの書の後序に代へる.

昭和四年五月下浣

石 田 幹 之 助[100]

조 선 고 가 요 집 후 서

손군과 내가 알고 지낸 지 이제 4년 남짓이나 되려나. 그사이 손군은

---

98 당 시인 백거이(白居易, 772-846)의 「北窓三友」의 한 구
99 야요이 시대. 야요이 시대(彌生, B.C.300-A.D.250)는 일본에서 조오몽 시대(繩文時代, B.C. 14,000-B.C.300) 다음의 시대를 일컫는 말이다. 이때 들어 이제까지의 채취경제에서 벗어나 B.C.5세기에 한국에서 전해진 벼농사를 중심으로 한 생산경제로 전환하면서 안정된 생활을 하게 된다.
100 책 뒤에 붙인 후서. 1-4쪽. 새 쪽번호를 붙였다. 이시다 미키노스케(Ishida Mikinosuke, 1891-1974)는 일본 역사학자, 동양학자

거의 날마다 꾸준히 동양문고를 다니며 열심히 공부에 몰두했다. 그의 전공은 조선의 원시종교라는 것이었지만, 풍속에도 두루 깊은 흥미를 보여 한결같이 이 분야에 관한 문헌상의 자료를 모으고, 또 한편으로는 이것을 다루기 위해 참고해야 할 서양 책을 읽는 것이 군이 날마다 한 일이었다. 때때로 이야기를 들어보면, 와세다에 다닐 때에도 여름방학 등에는 반드시 자기 나라로 가 시골을 돌아다니며 풍속·민속을 찾아 연구자료를 그러모으고 아직 문자로 써있지 않은 노래·민담을 기록하는 일 등에 꽤 애썼다고 한다. 참으로 그의 노트나 사진 등을 보면 모두 손수 (모은) 귀한 자료로, 그토록이나 많이 모아놓았다. 서양 책 읽는 투를 봐도 아주 질(내용) 좋은 것을 차례대로 보고 있다. 더욱이 그의 졸업논문과 그 밖의 두세 편을 언뜻 훑어보며 그 깊이 있는 앎과 다루는 (글)솜씨에 꽤 놀랐다. 나도 조선의 옛 풍속에 매우 흥미가 있어서, 가끔 손군과 자료를 따져보고 의견을 주고받으며 퍽 얻은 것이 적지 않다. 그뒤 어떤 까닭이 있어서, 내가 손군의 연구를 도와야 할 일이 있었다. 그렇지만 다른 이를 이끈다는 따위는 내게 맞지 않는 것이고, 이제까지 보다 자주 손군을 만나게 되었으니, 학문에 있어 득을 본 것은 오히려 내가 아니었을까 싶다.

이렇게 자주 오가면서 (알게 된) 군의 학문에 대한 열의에 나는 경복 (敬服)하게 되었지만, 어디까지나 군을 종교학·풍속학 연구자로만 여기고 있었다. 그렇지만 어느 날 잡지 『동양』이나 『단가잡지』에 군이 실은 조선의 옛노래와 동요류 번역, 해설을 읽고는 군의 흥미가 다른 분야에도 가 있음을 알았다. 생각해보면 옛노래 등도 옛풍속 연구의 한 자료임은 틀림없으니 손군이 이 분야로도 손을 뻗음은 마땅한 일이지만, 이즈음 군의 본뜻은 차라리 조선의 국민문학에 이처럼 잊혀진 곳이 있음을 힘주어 드러내려 함에 있지 않았을까 싶다. 이는 엄격하게 말하면 문학사 연구자의 태도로 한 일이지만, 나는 이런 식으로 번역해서 알림도 뜻있는 일이며 손군의 재주와 배움이 또한 그에 걸맞음을 알게 되었다. 어느 날 나는 손군을 쑤석거려 이를 모으고 갈라서 어딘가에 드러내 알리기를 부추겼더니, 군이 벌써부터 그런 뜻을 두고 이미 원고를 여러 차례 다듬고 있다고 했다. 며칠 뒤, 군이 그 초고를 가져와서 번역문의 문장 따위를 첨삭(添削)해 달라고 했다. 하지만 이는 내가 잘 하는 일이 아니었다. 나는 시구(詩句)에 붓을 덧붙일 만큼의 재주는 없다. 하물며 원문인 조선 말에 대해서는 아무것도 몰랐다. 그래서 나는 손군에게 아무쪼록 조선학의 대가인 마에마 교사쿠 선생을 찾아뵙고 배움을 청해야 한다는 뜻을 밝히는 한편, 마에마 선생에게는 손군에게 가르침을 아끼지 말아달라는 바람의 말씀을 드렸다.――이다음의 일은 손군이 자시(自序)에서 밝혔기 때문에 여기에 적지 않겠지만, 군이 마에마 선생에게 배움이 매우 많아서 몹시 선생에게 고마워하고 있음을 나도 함께 기쁘게 여긴다. 오직 선생께는 꽤 폐가 되었을 터이나, 덕분에 손군의 학문이 두드러지게 나아갔음을 보아 반드시 이를 너그러히 받아주셨으리라 여긴다.

번역에 손군이 퍽 애쓴 듯하다. 이 점도 스스로 책 앞머리에서 자세하게 이야기하고 있기에 내가 거듭 더할 까닭이 없다. 그 번역 태도는 대체로 마땅하다 싶다. 모든 번역이 원문대로여야 하지만, 그렇다고 해서 한 글자 한 글자를 글자 그대로 번역하는 것만이 꼭 원문에 걸맞다고 할 수는 없다. 로제티[101]는 그 이탈리아 옛시 영역(英譯) 서문에서, 시가(詩歌) 번역의 실상〔眞諦〕이 어디에 있는가를 말하면서, "시는 정확한 과학이 아니므로, 번역의 문자성은 이 주된 목적의 부차적인 것이다. 나는 글자 그대로라고 말하지만, 충실하지 않다고 말하는데, 그것은 결코 같은 것이 아니다."고 하고, 글자 그대로(literality)가 꼭 박진성(迫眞性; fidelity)은 아니라고 말했다. 로씨(로제티)는 이어서 말한다.

---

101 Dante Gabriel Rossetti(1828–1882). 영국 로만파 화가이자 시인

"글자 그대로가 성공의 1차 조건과 들어맞게 되려면, 번역자는 운이 좋아야 하고, 둘을 맞추기 위해 정성을 다해야 한다."고. '글자 그대로'와 '박진성'이 들어맞으면 그보다 더 좋을 수는 없다. 또는 그렇게 (되도록) 애써야 한다. 하지만 이만큼 정말 어려운 일이 없다. 이제 손군의 번역 글이 과연 여기까지 왔는지 아닌지는 나도 모른다. 다만 시가의 번역은 어렵고도 어려운 일이다. 저 "東行西行雲眇眇, 二月三月日遲遲"를 "이리 저리 오가는 모습에 (음력)2월 야오이 날은 화창"이라고 번역[102]함은 신의 솜씨이며, 더구나 마침 번역하기 쉬운 시구(詩句)였기 때문이리라. 젊은 학생인 손군이, 처음 해본 이 번역에서, 여기까지 (어려움을) 헤치며 온 것은 매우 뜻 깊은 일이라 여긴다.

　　나는 아직 남의 책에 발문(跋文)을 쓸 자격이 없는 사람이다. 그렇지만 손군의 청(請)을 물리치기 어려웠기에, 그 일에 알맞은 이가 아님을 잘 알면서도 주제넘게 이 글을 썼다. 어쨌든 손군이 성실하게 애써서 만든 이 책(勞作)이, 조선의 한 모퉁이를 참되게 알고 조선인들의 한 면을 참되게 알고자 하는 이들에게 많은 도움이 되리라 믿는다. 한 마디 손군을 소개하는 말로써 이 책의 후서를 갈음한다.

　　쇼와 4년 5월 하순

　　　　　　　　　　　이시다 미키노스케

---

102 앞에서 로제티의 서문을 인용하여 개진한 번역론과 여기에 있는 백거이 시 번역은 모두, 上田敏(Ueda Bin, 1874-1916)이 프랑스 고답파와 상징주의 시인 29명 57편을 번역한 시집 『海潮音(かいちょうおん)』(本郷書院, 1905.10)의 「序」에서 우에다가 쓴 것을 밝히지 않고 그대로 반복한 것이다. 우에다는 이 「序」에서 시의 격조와 그 향기를 제대로 전하기 위해, 일본어의 7·5조를 채택한다. 또한 직역은 핍진한 번역이 아니라고 하면서, 백거이의 한시 번역에서 보듯 한시를 일본 고유어로 번역한 예를 들고 있다.

40. 金素雲 日譯, 『朝鮮民謠集』

김소운(1908-1981)[1]이 일본어로 번역 출간한 민요집(東京: 泰文館, 1929.7.30; 東京: 岩波書店, 1933.8.5).

136×188㎜. 324쪽. 장정은 일본 근대화가 岸田劉生(Kishida Riusei, 1891-1929). 김소운을 제외하고 序(北原白秋)·譜(山田耕作)·跋(中村恭二郎)·裝·刻(伊上凡骨)에 참여한 이가 모두 일본인이라는 점이 특기할 만하다. 표지 왼쪽 상단에 두 줄 세로쓰기로 "朝鮮/ 民謠/ 集/ 金素/ 雲譯/ 著"라는 표제를 두었다. 오른쪽 중간부터 아래에 걸쳐 세로쓰기로 "借問酒家何處杜/ 牧童遙指杏花村"[2], 그 한 줄 건너 왼쪽에 '劉生'이라는 낙관을 찍어 세로쓰기 작은 글씨로 적은 "童子傀儡國/ 爲金君劉生/ 寫"라는 글, 그 옆 오른쪽에 류세이가 '日本畫(Nihonga; 19세기말 서양미술과 접목된 일본 스타일 그림)' 기법으로 그린 일본풍 아기옷을 입은 어린아이가 일본 춤옷을 입은 꼭두각시를 줄로 매달아 노는 채색 그림을 넣었다. 「序」 앞 쪽에 山田耕作(Yamada Kosaku, 1886-1965)이 채보(採譜)한 〈Iuccia Paighi〉를 악보와 함께 넣었고, 본문 곳곳에 한국의 민속을 상징적으로 보여주는 사진 6매(市·麥打ち·豊年踊·板跳ね·機織り·洗濯)를 넣었다.

한국의 구전민요를 일본어로 번역하여 출간한 최초의 민요집. 이 민요집의 출간에는, 속표지에서 "金素雲譯著" 표기 앞에 "北原白秋 閱"이라고 병렬해 표기한 데에서도 짐작하듯, 한국 구전동요에 관심이 있었던 일본 시인 北原白秋(Kitahara Hakushū, 1885-1942)의 도움이 컸다. 체일(滯日)하면서 한국인 노동자에게서 직접 채록한 구전민요 148수를 〈民謠篇(一)〉(43수), 〈民謠篇(二)〉(40수), 〈民謠篇(三)〉(7수), 〈童謠篇〉(36수), 〈婦謠篇〉(22수)의 5부로 나누어 엮고, 일본어 자전 순서로 찾을 수 있게 정리하여 민요집 끝부분에 〈冠句索引〉을 붙였다. 또한 이 민요집에 수록한 구전민요에 대해 나름대로 정리하여 설명한 「朝鮮民謠に就いて」속에 4종류 아리랑(경기아리랑·서도아리랑·강원아리랑·영남아리랑)의 가사와 함께 해당 곡보를 더했다. 수록한 민요는 지역별로 분류하지 않았고, 대부분 출처가 불분명하다. 구전에서 보이는 율격의 맛은 사라졌지만, 원형을 크게 손상하지 않으면서 충실하게 번역하였다. 이후 한국 민요를 일본어로 번역하는 김소운의 작업은 『諺文 朝鮮口傳民謠集』(東京: 第一書房, 1933.1.20; 永昌書館, 1950.4.20. 재판) 등으로 이어진다.

---

1 본명 김교중(金敎重), 광복 후 김소운(金素雲)으로 개명. 호는 삼오당(三誤堂)·소운(巢雲).

序・　　　　北　原　白　秋

　幼い頃，私たち筑後柳河の童子は朝鮮のことを單に韓^{から}と呼んでゐた．もとよりかの耶馬臺の故士である故,韓土との交通が上代より既に殷盛であつたにちがひない．私たちには東京といふ言葉よりも韓^{から}といふ名がより親しく懷かしまれた．つい海の向ろだといふ氣がしてゐたのである．私の村にも鮫鰊組といふ一團の遠洋漁業隊があつて,片々たる小舟に乘じては,毎春秋釜山から元山津あたりの沿海までも稼ぎまはつてゐた．不知火の筑紫潟から五島，平戶，對州を經て，飛石づたひに渡つたものである．古老の夜話にも韓^{から}のことがよく語られもすれば，漁師の女房たちにも降つて湧いたやうな韓^{から}の子の母に對する嫉妬沙汰もよく起つた．

　考へて見ると，私なぞは古代日本と朝鮮，支那，南洋，或は阿蘭陀文化の雜種のやうなものである.さうした混淆した土俗傳說言語の間に育

부산 절영도(絶影島, 현 영도)에서 태어나, 어린 시절 부모를 잃고 친척집을 전전하며 자랐다, 진해 사립 대정학교(1914.5-1915), 김해공립보통학교(1915) 1년 편입, 부산 절영도 사립 옥성보통학교 2년 편입, 중퇴(1916-1919)하고 13세 무렵(1920) 부산에서 오사카행 화물선을 타고 종형을 따라 도일하여 도쿄 가이세이중학교에 입학, 간사이대지진으로 중퇴(1921-1923.9), 이듬 해 귀국. 〈제국통신〉 경성지사(소재지 명동) 입사(1924.5). 시 「가을」, 「信條」(『時代日報』, 1923)로 등단. 이후 『조선일보』 부산지사 통신원(1925)을 하다, 다시 도일(1926)하여 도쿄 인근 조선 노동자 대상으로 구전민요 채집. 귀국하여 그해 『매일신보』 학예부원(1929.10-1931)으로 근무. 이후 국내외를 떠돌다가 광복 지전(1945.6) 귀국. 주간지 『靑驢』 발행(1948). 〈베네치아 국제예술가회의〉 한국대표로 참석(1952). 『아사히신문』 기자와 인터뷰(1952)한 내용이 '설화(舌禍)'가 되어 입국 거부, 이후 13년간 체일(滯日)한 뒤 영구 귀국(1965.10). 민요·동요·동화·현대시 등을 일본에 번역 소개한 것으로 유명하다.

2　당나라 말기 시인 두목(杜牧, 803-852)의 7언 절구 「淸明」의 3-4행. "借問酒家何處在(혹은 有) 牧童遙指杏花村"(주막이 어디에 있는지 물으니/ 목동이 살구꽃 핀 마을 가리키네)의 오기. 이 민요집에 실은 김소운의 「朝鮮民謠에 就いて」에는 "借問酒家 何處在, 牧童遙指杏花村."(257쪽)으로 정상 표기하고 있다.

てられて，かへつて同じ日本の東北地方とは縁が遠い私たち兒童であつた．ただ江戸期の民謠童謠が本格的に（幾分の訛りはあつても）傳唱されて，普遍的な俚謠の正調を將來したのは，大名の參勤交替と時代の交通とが廣く影響したのである．兎も角，柳河の純然たる方言のみを用ゐて，若し私がその郷土の民謠を初め，他の歌謠を成したとしたら，おそらく九州以外の人々には十分に理解できまいと思はれる．であるから，私の民謠なるものも多くは日本の標準的な歌謠語調への飜譯である．幸に私が日本人である故に，文語にも歌謠語にも，日本民族としての精神と傳統との薫習を身に體するにさまでの困難は無かつたのである．

　之と比較すると朝鮮の青年としての金君の場合はちがふ．たとへ幼より日本語の教育を受け，日本文學に親しく通ずるものがあつてつたとしても，第一に國民性，第二に言語の懸隔が甚しい．その朝鮮の民謠をこの日本の歌謠調に飜譯することの難事は凡そに推察されよう．それをしも金君は易々と仕上げてゐる．あまりにも日本化されたほど，日本の語韻，野趣といふものをその詩技の上に渾融せしめてゐる．特には小面憎くさへ感ぜしめる「持ち味」の中にまで滲透して來るものがある．柳河の童子であつた私には，この親しい韓の國の青年の業績を見て，さして不思議でないやうな氣もしたり，またよく考へて，これは稀有のことだとも驚かれる．よくこれまでに飜譯の功を收めたと思ふ．率直に言へば現代日本の民謠作家の間にも日本の語韻に對してこれほどの理解力と驅使力を持つ鍛錬の士は尠い．私の知る限りに於て，朝鮮或は琉球出身の若い詩人たちは日本語感に對して格別尖鋭であるやうに思はれる．日本内地の詩人たちは泰西の詩風を追ふには急であつても，ともすると日本本來の傳統に就いては鈍感になりがちであるが，かうした譯著の示唆するところは，果して何であるかといふことを熟慮し反省する要があらう．

　朝鮮の民謠は國情國性の然らしむる幾多の理由に於て，日本のそれら

より以上の辛辣な皮肉と譏笑とに惠まれてゐる．悲痛味も多い．表面的
の儀禮と語彙とに於ては寧ろ支那の影響から禍され過ぎてゐる．ただ純
粹の童謠に於ては兒童性の天眞流露と東洋的風體とを通じて日本のそ
れらと極めて近似關係にある．童謠は殆ど東西軌を一にしてゐるが，所
謂韓の兒童生活と感情とは筑後柳河の私たち童子に殊に親しみ深く交
流するものがあつて，それらは愈々私の微笑を豊かにしてくれる．

　此の朝鮮民謠集の出版に就いては，並々ならぬ苦勞が金君に續いた．
初めから知悉してゐた私にとつては，今や肩の一荷を下したやうに思ふ．
此の韓の青年は當然にその酬はるべきものを此の日本に於て酬はれる
であらう．金君の喜びを私も喜びとし得ることを愉快に思ふ．

　今後，金君は昂然と己れの立つ詩壇の地点を見出すであらう．私の祝福
も，此の金素雲の名の上に投ずる一握の花束であることを進んで言へる．

　　　昭和四年七月　　　　　　世田ヶ谷　若林にて[3]

　어린 시절, 우리 치쿠고 야나가와(筑後柳河)의 어린이들은 조선을 단
순히 '카라〔韓〕'라고 불렀다. 원래 옛 야마타이(耶馬臺)[4]의 땅이었기에
카라와의 왕래는 이미 상대(上代)[5]부터 자주 있었다. 우리에게는 '도쿄

3　1-6쪽. 〈目次〉 앞에 넣은 서문. 이 민요집의 서·발문과 〈冠句索引〉는 각각 별개의 쪽번호
　를 붙여, 이후의 구전민요 채록분과는 쪽번호를 달리 하였다.

4　옛날, 중국 사람이 일본을 일컫던 말. 3세기 경, 왜국의 여왕 히미코(卑彌呼, 180?-247)가
　지배 통일하고 있던 땅. 히미코는 『古史記』나 『日本書紀』에는 일절 언급이 없으나 중국역
　사(『三國志』「魏志」倭人傳)에 가장 먼저 등장하는 왜왕으로, 227년 왜국대란을 평정코자
　여왕으로 추대된다.

5　일본사에서 '상대'란 문자전래 이전 시대부터 아스카(飛鳥) 일대에 도읍이 있었던 야마토
　(大和)와 헤이조쿄(平城京; 현 奈良)에 도읍을 두었다가(710) 헤이안쿄(平安京; 현 교토)로
　천도(794)하기까지의 나라(奈良) 시대를 말한다. '上古' 혹은 '古代'로 명명하기도 한다.

(東京)'라는 말보다 '카라'라고 하는 이름이 더 친숙하고 그립다. 바로 바다 건너라는 생각이 들었던 것이다. 우리 마을에도 '아귀대(鮫鱇組)'라는 한 무리의 원양어업대가 있었는데, 작은 배로 매해 봄·가을에 부산에서 원산진(元山津) 부근 연해까지 다니며 돈을 벌었다. 바다 신기루(不知火)[6]로 알려진 츠쿠시가타(筑紫潟)에서 고도(五島), 히라도(平戶), 다이슈(對州)[7]를 거쳐, 징검다리로 건너간 것이다. 이때 할아버지, 할머니가 밤에 해준 이야기 가운데 '카라'에 관한 이야기도 많았고, 또 어부의 아내들이 느닷없이 남편이 데려온 카라 아이의 어머니에 대해 질투하여 일어나는 사건도 자주 있었다.

생각해 보면, 나는 고대일본과 조선, 지나, 남양(南洋)[8], 또는 오라다(阿蘭陀)[9] 문화의 잡종과 같은 존재이다. 그처럼 뒤섞인 토속전설 언어 가운데에서 커, 오히려 같은 일본 도호쿠(東北) 지역하고는 인연이 우리는 별로 없었다. 다만 에도(江戶)시대[10]의 민요·동요를 본격적으로 (약간의 사투리는 있어도) 전해져 부르게 되고, 보편적인 민요의 정통 창법을 알게 된 것은, 다이묘(大名)의 산킨코타이(參勤交替)[11]와 시대의 교통에 큰 혜택을 입은 것이다. 어쨌든, 야나가와(柳河) 지역의 순수한 사투리만을 써서, 만약 내가 그 향토 민요에서 시작해서 다른 가요 등을 만든다면, 아무래도 규슈(九州) 이외 지역 사람들은 그 노래를 충분히 이해하지 못하리라 생각한다. 그래서 내가 하는 일은 많은 민요를 일본의 표준 가요 어조로 번역하는 것이다. 다행히 나는 일본인이기 때

---

6 여름밤 바다 위에 무수한 불빛이 깜박이는 신기루 현상

7 쓰시마[対馬]

8 なんよう. '남태평양'의 준말로, '동남아시아'를 뜻한다.

9 オランダ. 포르투칼어 'Holanda'(Holland; Netherland)의 음역. 和蘭, 和蘭陀.

10 에도 막부가 정권을 잡은 시기(1603-1868). 도쿠가와 시대[德川時代]. '에도(えど)'는 도쿄 [東京]의 옛 이름

11 참근교체: 에도막부가 다이묘들을 교대로 일정한 기간씩 에도에 와 머무르게 한 제도.

문에, 글말이든 노래 언어든, 일본민족의 정신과 전통을 몸에 배도록 체득하고 있어서 큰 어려움은 없었다.

이와 비교하면 조선 청년 김군의 경우는 다르다. 설사 어려서부터 일본어 교육을 받고 일본 문학과 친숙한 면이 있다고 해도, 첫째로 국민성, 둘째로 언어의 벽이 높다. 조선민요를 일본 가요조로 번역하는 어려움은 쉽게 짐작할 수 있다. 그것을 김군은 큰 어려움 없이 마무리하고 있다. 제대로 일본화되었다고 느낄 정도로, 일본말의 음조[語韻]와 소박한 맛[野趣]을 그 시의 기법[詩技] 안에 잘 녹여 넣었다. 특히 얄미울 정도로 감칠맛 나게 그 민요 '본딧맛'을 잘 살리고 있다. 야나가와 어린이로 자란 나로서는, 이 친한 카라(韓)의 나라 청년의 업적을 보면서 그다지 낯설지 않은 느낌도 있고, 한편으로는 아주 드문 일이라고 놀라기도 한다. 정말 지금까지 대단한 번역 작업을 해냈다고 생각한다. 솔직히, 현대 일본 민요작가라도 일본말의 음조에 대해 이 정도의 이해력과 구사력을 가진 사람은 많지 않다. 내가 아는 한, 조선이나 오키나와(琉球) 출신 젊은 시인들은 일본어에 대한 감각이 특히 예민하다. 일본 본토[內地] 시인들은 서양 시풍을 좇는데 바빠 자칫하면 일본이 본디 가지고 있던 전통에 대해 둔감하기 쉬운데, 이러한 번역서가 시사하는 바는 과연 무엇일까 깊이 생각하고 반성할 필요가 있다.

조선의 민요는 국내 상황이나 국민 성격 등 수많은 영향으로, 일본의 민요보다 더한 신랄한 풍자(sarcasm)와 비꼬는 웃음(snicker)이 풍부하다. 비통한 표현도 많다. 겉으로 드러나는 예식[儀禮]과 어휘는 오히려 지나의 영향을 많이 빌고 있나. 다만 순수한 동요가 지닌 어린이의 천진난만함과 동양적 겉모습은 일본 동요들과 매우 유사하다. 동요는 거의 동양과 서양이 하나의 형태를 가지고 있지만, 이른바 카라(韓) 어린이의 생활과 감정은 치쿠고 야나가와(筑後柳河)의 일본 어린이들의 그것과 정말 비슷하고 공감할 수 있는 부분이 있어서, 더욱 나는 흐뭇한

웃음〔微笑〕을 자주 짓게 된다.

이 조선민요집의 출판에 있어 이만저만한 고생이 김군에게 있었다. 처음부터 잘 알고 있었던 나는 이제야 어깨에 있던 짐을 내린 듯하다. 이 카라(韓) 청년은 당연히 받아야 할 보답을 여기 일본에서 받으리라. 김군의 기쁨이 나의 기쁨임을 기꺼워한다.

앞으로 김군은 당당하게 스스로 자기가 설 시단의 위치를 찾게 될 것이다. 나의 축복도 이 김소운의 이름 위에 드리는 한 줌의 꽃다발임을 말하고 싶다.

1929년 7월　　　　　세타가야 와카바야시에서[12]

＊最も純粋なる口傳民謠中，田植唄，ヂョングジ（草取唄）ユクチャベギ（六字伯）アリラング（阿里蘭）等を併せ譯して「民謠篇（一）」に收む.

＊名稱，地名等註記を要する個所は，全卷を通じて主なる一句にのみ加へ，凡て簡潔を旨とせり.[13]

＊가장 순수한 구전민요 중, 모내기소리, 김매기소리[14] 육자배기 아리

12　원문은 일본어로 되어 있어, 이곳에 한글 번역을 더한다. 번역문에서 '[ ]'로 표시하거나 '( )'로 설명을 덧붙인 부분은 읽는이의 이해를 돕기 위해 역자가 보충한 것이다. 아래의 번역도 이와 마찬가지다.

13　2쪽.〈民謠篇(一)〉표제지 다음 쪽에 있는 일종의 '일러두기' 성격의 글. 서·발문 등과 구별하여 구전민요 채록분은 별도의 새 쪽번호를 붙였다.

14　'ヂョングジ'가 지칭하는 단어가 무엇인지 확인할 수 없었으나, 병기한 '草取唄'를 살려 여기서는 '김매기소리'로 번역한다.

랑 등을 함께 번역하여 「민요편(1)」에 수록함.

* 명칭, 지명 등 주석이 필요한 곳은 이 책 전체에서 주된 한 구절에만 추가한다. 이는 간명하게 하기 위함이다.

.

* 短き謠句にて一首をなせる短章を別け撰びて, 「民謠篇(二)」をつくれるも, 種類, 情緒, を通じては (一) に異ることなし.
* 篇末に添へる 「思ひ出すかよ」 等數章は必ずしも連歌體たるべきにあらず, 便宜上一題に括り置けるまでなり.[15]

* 짧은 노래 구절로 한 수가 되는 짧은 시가를 골라서 「민요편(2)」로 엮었다. 종류, 정서는 (1)과 다름이 없다.
* 묶음 뒤에 덧붙인 「생각나느냐」 등의 몇 장은 꼭 메기고 받는 노래 형식〔連歌體〕이라고 할 수는 없다. 편의상 하나로 묶었을 뿐이다.

----

* 本質に稍遠きものを集めて 「民謠篇(三)」 となせり.
* 「思親歌」は漢詩にも見まはしき頑くななる歌にて民謠とは呼び難ければど, 歌詞によりて傳俗民風を窺ひ得べく尚「思親歌」より引ける謠句の朝鮮民謠に多ければ譯し添へて參考となせり.[16]

---
15 52쪽. 〈民謠篇(二)〉 표제지 다음 쪽에 있는 일종의 '일러두기' 성격의 글
16 82쪽. 〈民謠篇(三)〉 표제지 다음 쪽에 있는 일종의 '일러두기' 성격의 글

＊ 본질에서 다소 벗어난 것을 모아서 「민요편(3)」이라 하였다.

＊ '어버이 그리는 노래[思親歌]'는 한시에서도 볼 수 있는 완고한 노래로 민요라고 하기는 어렵지만, 가사를 보면 전해 내려온 민속을 느낄수 있으며, '어버이 그리는 노래'에서 인용되는 노래 구절이 조선민요에 많아 번역해서 덧붙였으니 참고해 주시기 바란다.

＊ 兒童謠の重なるものより純情謠, 遊戲謠, 諧謔謠を選びて「童謠篇」を編めり. 資料は多く彰文社版「朝鮮童謠集」に求めたれど畏友孫晋泰氏並びて鄕里の安昌海君に負ふ所尠らず. 童謠の獨立性なき雜徭, 言草謠は蒐めて篇末に添へ置けり.[17]

＊ 어린이 노래와 겹치는 순진한 마음을 담은 노래[純情謠], 놀이 노래[遊戲謠], 익살맞은 노래[諧謔謠]를 선택하여 「어린이 노래 묶음[童謠篇]」으로 엮었다. 많은 자료를 창문사판 『조선동요집』[18]에서 얻었지만, 외우 손진태 씨와 고향의 안창해 군에게 힘입은 바도 적지 않다. 어린이 노래와 차별성 없는 잡요, 말놀이 노래[言草謠]는 모아서 이 묶음 뒤에 붙여 두었다.[19]

───────
17 124쪽. 〈童謠篇〉 표제지 다음 쪽에 있는 일종의 '일러두기' 성격의 글
18 엄필진, 『朝鮮童謠集』(彰文社, 1924.12.15)
19 '잡요'라 하여 27수를 묶었다.

＊専ら婦女に歌はるるものを括りて「婦謡篇」とせり.

＊勞作謡, 純情謡, 母謡等の他, 童謡に屬すべきもの二三あれど, 細別の煩を避け凡て一つに加へ置けり.[20]

＊오로지 여자가 부른 노래를 묶어서 「여자 노래 묶음〔부요편〕」이라 하였다.

＊일 노래〔勞作謡〕, 순진한 마음을 담은 노래, 어머니 노래〔母謡〕 등은, 어린이 노래〔童謡〕로 분류해야 할 것이 두세 가지 있지만, 따로 나누는 번거로움을 피해 모두 하나로 묶었다.

朝鮮民謡に就いて

＊領　　域
＊歌はれざる民謡
＊「線」の情緒
＊「チョンジ」[21]と「ユクチャバギ」

＊「アリラング」の律調
＊童謡について
＊婦　　謡
＊「韓國の謡」其他

領　　　　域

世界何れに民謡の萌ぐまぬ國土があり, 民謡を糧とせぬ民衆があらう.

---

20 192쪽. 〈婦謡篇〉 표제지 다음 쪽에 있는 일종의 '일러두기' 성격의 글

21 본문의 소제목에는 'ヂョングジ'로 되어 있다. 또한 본문에서 'ヂョングジ'와 'ヂョンジ' 표기가 혼재하고 있다. 둘 다 동일한 것을 지칭하는 것으로 생각하여 우리말 번역은 '김매기소리'로 한다.

然も朝鮮はこの定則に加はるだけで滿足しない．其は情緒的要素の秀でて多きを誇るよりも民謠の必存性を擧げることに由り說明される．他の民衆にとつて生活の伴奏と樂しまるべき民謠も，朝鮮に在つては生活の櫓であり帆柱であつた．民謠を育くみ培ふよりは民謠に寄りすがつて活きた．伴奏なき生活も或はあらう．櫓なくして進む舟は遂にあり得ない．

しかし，これは量を意味する言葉ではない．碩學崔南善氏は曾て某誌に寄せて，「民謠は朝鮮民衆文學の最大分野であり，朝鮮は民謠を通じての文學國である」と論ぜられた．眞に心强い次第ではあるが，これ等の民謠を果して何處に尋ね得よう．自分は埋もれた歷史の蔭に優れた民謠の存在した事實を否むものではないが，今は滅びて僅かに形骸を留むるに過ぎず，これに由つて朝鮮民謠の領域を判斷する等は冒險とせねばならない．

儒教文化の迎合は識者階級の歌謠たる「歌詞」「時調」の發達を促し，民謠は久しい間その地位を無視されて來た．よしや民衆の守護によつて「古き囊に絶へず新らしき酒が盛られた」としても，それは民謠の眞實なる發達を意味するものではない多くは紅燈綠酒のほとりに迎へらるべき俗曲の類に他ならなかつた．

岩にひしがれて，小草の尙枯れぬ如く，斯かる不利に抗つて生れ出づるものが，たま〰〰あつても，漢詩にも見まほしき頑くなな謠句は隨所に現はれてその純粹を傷づけずには置かなかつた．

借間酒家　何處在，

牧童遙指　杏花村．

これが鋤負ふ農夫の口づさむ民謠であるとしても朝鮮に在つては是非ないことである．

儒教文化の輸入こそは，朝鮮民謠の呪ふべき敵! 情緒的要素の豊かな

るに背き朝鮮民謠がより純粹な發達を遂げ得なかつたは，一にかゝつて
この災ひに由ると云はねばならない．

歌はれざる民謠

時調の如き古歌の發達に引きかへて，久しく民謠が顧られざる卑きに
あつたは上述の如くであるが，こゝに尙一つ見遁せぬ事實は，時調の形
式に由る古歌のうちに多くの民謠情緒を見受くることで，恰も萬葉に東
歌を見る如きものであるが，萬葉のそれとも異り，純粹民謠□[22]選ぶな
きまで生々しき香趣を盛りながら，しかも決して民謠でないことは奇
とするに足らう．

うちの黑奴は小癪な犬だよ．
好いた若衆が忍んで來れば
無闇矢鱈に　吠え猛り，
厭な男の來たときは
尻つぽ　振り〰　じやれかゝる．
釜のおこげが　山ほど出よと，
何んで　お前に　食はさりよか．

＊

さあさ　買ひやれ　暑さが揃ろたよ．
持ち越し暑さに　早稲や晩蒔（むくて）や，

---
22 한 글자가 누락된 것으로 보인다. '을'로 추측.

揃ろた暑さも　かず〜ござれど.

五月　六月　暑さ盛りを

夜の涼みに　ことよせて,

思ひ焦れた若い同士が

月を憚る　粋な逢曳き,

さても　玉なす　汗の滴よ

息の荒さよ, 胸くるしさよ.

まつた　雪積む　冬の夜長に

好いた二人が　ぬんさぬんさと

からみ合うたる　○²³の中,

二つ體を　一つに○せ,

○し仕草も　暫しの間,

息は火のごと, 咽喉さ<ruby>渇<rt>かば</rt></ruby>き

枕元なる　水引きよせて,

ごくり〜と　呑み干す暑さ,

若い盛りの　娘御たちが

好きでかなはぬ　暑さでござる.

<ruby>もうし商人<rt>あきうど</rt></ruby>　その暑さなら

人にはやらぬ, われに賣れ.

これ等を民謡と呼ぶに躊躇するものが誰あらう, しかも決して歌は

---

23 정확히 표기하면 미풍양속을 해친다고 본 탓인지, 여기에 인용한 민요에는 성(性)과 관련된 몇 글자를 '○'로 가려놓았다.

るゝことなき民謡である．機智の冴えは別として，その情緒の斯くまで素朴なるに拘らず，　特殊形式による時調語で彩り匠むことを忘れてゐない．儒教文化の蔭にゐて，尚本然の「謠ひ慾」を棄て切れぬヂレンマが斯かる畸形謠を生んだと觀るは，必ずしも臆説であらうか．

　傳唱民謡の蒐集が難澁を極むるに比し，造られたる此種の歌は（主として情痴謠であるが）數千の量を文獻の上に遺してゐる．これが民衆の領分であつたらと愚痴を漏すのも僕一人ではあるまい．情緒を通じては，いづれも優れた民謡であり乍ら古歌の衣を纏うたばかりに，あたら本質より遠ざかり，僅かに有識輩の戯文として殘されたは惜むべきである．

　「民謡國朝鮮」の名がもしあるとしても，それは決して量を誇るに用ふべき言葉ではない，民謡に就いて誇るべきものがあれば，それは如上の不利に抗ひ通した最後のものの「質」であらう．殘された最後のものこそ，　出でざるべからざる必存性の下に生れ出でたものと自負したい．ひとり朝鮮民謡を民族情緒の全焦點を名指す所以もこゝにある．

「線」の 情 緒

　支那の「形」日本の「色」に對して朝鮮を「線」の國と呼ぶのは主として造型藝術を通しての概念であるが，これは單に美學的抽象語たるに留まらない．迂回曲折多き山河の風景，あふるゝばかりの線を溢へて底く建つ藁葺家，或は婦女の頭髮に或は衣服の長く垂れる結び紐に，あらゆる自然風俗を通じて「線の朝鮮」を見かけぬことはない．しかも自づからなるこの調和は民族情緒の焦點たるべき民謡の內在律にも亦よく合致する．げに「線」こそ，有形無形を超越したあらゆる意味に於ける朝鮮の旗印である．

多少理窟めくが，これは朝鮮民謠の情緒的方向を突き止める上に缺かされぬ概念とならう．香りも形も歪められたこの飜譯民謠集を手にする方に，これは特に記憶願はねばならない．

　尚，謠意の露骨による無味を避けて，民謠に隱語の用ひられるは，いづれの國も同樣であるが，隱語の對象は，必ずしも共通すると云ひ難い．またその用ひやうも區々で，彼我を詮索比較すれば興味の淺からぬものがあらう．たとへば──，

　　庭に花植ゑ　その花のびりや，
　　垣の上まで　葉が繁る．
　　けふもけふとて　道行く人は，
　　花に焦れて　日を暮らす．

　いふまでもなく深窓の乙女を指したものであるが，日本民謠に比して，疑法がより直截であると云へまいか．「娘島田に蝶々が止まる，止まる筈だよ花ぢやもの」この程度であれば，註は寧ろ駄足である．

　　誰を待つのか　主ない舟が，
　　南江の流れに　浮いてゐる．
　　どうせ待つとて　來ぬ主ならば，
　　わしを乗せてけ　あの沖に．

　隱語としての「花」は敢へて奇とするに足らぬが，未通女を「舟」に見立てた民謠は，蓋し朝鮮のみであらう．程よく理解されてこそ隱語の效果も現はれるもの，大膽に過ぎた用ひやうは，時に花を花とし，舟を舟とする恐れなしとせぬ．隱語の意義を助けるべく註を省いた個所も尠く

ない，よろしく味讀を乞ふ次第である．

「チョングジ」と「ユクチャバキ」

　南朝鮮一帶に亘り最も廣く歌はれた農謠に，チョンジがある．舊暦の三月過ぎ，麥畑や丘の邊りに三々五々打ち群れては糸の縺れを爭ふ村童の凧揚げ姿ももはや見られぬ頃は，野良仕事の疲れを忘れて互に調子を取り合ふチョンジが，ゆるやかに餘韻をひいて，野のこゝかしこより響いてくる．

　　春が來ました　つばめに從いて，
　　しろが　忙しや　苗代が――．
　　植ゑろ　植ゑろよ，水田にや苗を，
　　親の墓所にや　松の木を．

　見渡すかぎりの廣い田野に流れ寄り縺れ合ふ朗らかな歌聲は，水田に立つ農夫等の胸にも春の夢を蒔いてゆく．田植ゑの樂しさもチョンジあつてのこと，田毎に並んだ植子の一組が聲を揃らへて上の句を歌へば，待ち構へた次の組がすかさず下を歌ひ受ける．かうして一渡り順が巡ると，今度は一度に聲を罔はして「イフ、、…………」と息を吐く，それは唄の隙を埋めた明るい拍子でもあり，かがむだ腰を起しての巧みな呼吸調節でもあるのだ．田植ゑが過ざて三度の阜取りが終るまで，チョンジは野良に働く農夫にとつて無くてならない歌である．

　四四四四調に續く長閑な律調をこゝに移す術はないが，せめては拙き譯筆が内在情緒の一端を傳へ得ればと願ふ．

　チョンジに劣らぬ本質民謠にユクチャバキがある．これも南朝鮮より出

でゝ全國に聞えた代表的民謠であるが，情緒を通してはヂョンジに比して特に異るところはない．しかし律調に於いては相異る特色を支へてゐて，ヂョンジの哀切柔和なるに比し，ユクチャバキは飽まで雄渾である．

蒐集し得た資料には，各道に亘り他にも幾種の民謠を含んでゐるが，多くはこの二種を基礎として譯した．これは譯者が鄕里を南朝鮮に有つことが，蒐集その他に便宜あらしめたにも由るが，西北朝鮮の民謠たるべき「愁心歌」「寧邊歌」等に對し本質的に民謠と名指す確信を未だ捉へ得なかつたのも理由の一つである．

「アリラング」の律調

アリラングの名は日本に於いても旣に新らしくない．景福宮修築の砌り，全國より徵集された賦役人によつて始めて廣められたといふから，決して古い民謠ではないが，歌詞に見る近代的なデカタンスと，所謂亡國的と呼ばれる哀調とが遠く日本にまで知られた主因のやうである．とまれ　現在の朝鮮民謠中，量的に最も豊かなは事實で，京城を中心に殆んど及ばぬは無いまで廣く歌はれてゐる．しかも地方毎に律調を異にし，それぞれ明瞭な特徴を支へてゐて，同一種の民謠とは思へぬほどである．

微細に區別しては際限ないが，特に個性の鮮明な幾つかを擧げれば，京城を中心とする京畿地方のもの，西部朝鮮を主としたもの，江原アリラングと稱し江原道附近に歌はるゝもの，及び，釜山などで聞く南朝鮮のそれ等である．この他にも全羅道に特異なアリラングのあるを聞いたが，詳しくは深め得なかつた．しかし，かうした雜然たる區別は寧ろ概念に過ぎぬもので，事實は相混流して地方別など成立つたものではない．

最近の消息によれば，江原アリラングが遠く慶南地方に流行されてゐるとのことで，何れも一つの根源より出でたものに相違ないが，各々の

地方に移されるに及びいつかその地の歌謡形態に随流して幾つかの異つた特色を生んだものと思へる．但しこれはアリランの如き分布の廣汎な民謡に限ることで，朝鮮民謡が日本のそれにも増して頑固な地方色を保持してゐるはいふまでもない．

アリラング(1)

京畿アリラング(譜一)

　ムンギヨング峠　樫の木，
　きぬた削るに　皆伐られる．
　　アリラング　〜〜　アラリーヨー，
　　アリラング　トウイヨラ（跳べよ）遊んでけ．

　京畿地方のものであるが，始め高く切り出してなだらかに運ぶ調子など，アリラングの一特色である．變化も面白く，京城で歌はれるだけにアリラングとしては先づ最初に數へられるべきであらう．情緒も極く穩かで，民謡篇(1)の「砧」などをこれに續く謡句と見れば大體肯づかれよう．

譜に添へた譯は凡て原謠の音數に合せたもので，無理でもそのまゝ歌
へるわけである．

アリラング (2)

西道アリラング(譜二)

　途は遠く　夕陽も暮れるに，
　手綱捉へて　君は　すゝり泣くよ．
　　アリラング　〜　アラリガナンネ，
　　せめて　アリラング　峠まで ——．

　南朝鮮の民謠が男性的「雄渾」を帶ぶるに比し，西鮮地方のそれは凡
て哀傷に終始してゐる．これは朝鮮民謠を語るものゝ等しく口にする所
であるが，アリラングもその概評に漏れず，哀愁をこめた緩るやかな律
調を引いてゐる．謠句にも別離を歌つたものが多く，情緒の深さは愛戀
の歌として名高い「愁心歌」にも似て，アリラングに似合はしからぬも

のがある.

アリラング(3)

江原アリラング(譜三)

　植ゑた豆は　生らいで.

　アジユクカリ　柊拍　なぜ生る.

　　アリラング　〳〵　アラリーヨー,

　　アリラング　オルシゴ(ホイコラ)　遊んでけ.

　京畿，西道の二種とは全く調子を異にしたもので，この民謡の瓢軽な
一面を明るく現はしてゐる. こゝに來ればアリラングも決して「亡國的」
と呼ばれる民謡ではない. 民謡篇(二)の「柊柏」などこの類謡で，アリ
ラングの全種類を通じて廣く歌はれる謡句である.

嶺南アリラング(譜四)

買うてやるのけ　やらんのけ,
十二名出し合うて　蚊帳の裳.

　ウング　～　ウングへや　さうだとも,
　せめて　五百は　暮らしたや.

　思ひ切つた卑俗,露骨な諷刺,これが嶺南アリラングの全部であらう.
それでゐて律調には比較的に隠かなリズムを引いてゐるが, しかし, 何
處か潰れ落ちるやうなデカタン[24]の餘韻は見遁せない. 不完全な樂譜
を通して理解を強いても無理であらうが, 自分にとつては最も縁りの
深いせゐか, アリラングの分岐を一つに締め括つたものにさへ思へる.
輕い氣持ちを云へば, 京畿で生れ西道に外れて, 乙に澄ましたアリラン

───
24 'デカダン'의 오식

グが，江原の諷刺に味をしめて嶺南に走り，こゝで手に負へぬ惡太郎に
なりおほせたともいふべきで，これは至つて大まかな概念に過ぎぬが，
アリラングの放つ近代的惡臭は南朝鮮に來て始めて見るところである．

　これは主に謠句の氣分を云つたので，律調の上に斯ほど明瞭な判別が
利く譯でないが，釜山の如き世紀末的要素の濃厚な都會に歌はれるを思
へば，その經路の不自然でない所以が肯づかれよう．謠意は註釋するま
でもなく，蚊帳ほどにも粗末な下着を娘に贈るに十二名が出し合うたこ
とを嗤つたもので，如何にもアリラングに適はしい皮肉である．これ等
の類謠には鼻持ちならぬ卑俗なものが多く，なか〜〜に「亡國的」どこ
ろの，しほらしさではない．

　　　スルチビ
　　酒幕　むすめ　こゝ開けろ，
　　お前の　おふくろ　逢ひに來た．
　　　　　　＊
　　おつかの間夫は　わしや知らぬ，
　　　わし
　　妾と　寝るなら　開けてやろ．
　　　　　　＊
　　　　　　　　　　ばた
　　一貫　もらうて　麥畑行けば，
　　タンソコツ（腰卷の類）夜露に　皆濡れた．
　　　　　　＊
　　齡は十二でも　カルポ（白首）はカルポ，
　　　　　　　　　　　　くび
　　ただぢや取らさぬ，　この手頸．
　　　　　　＊
　　うちの婿は　造幣局よ，
　　機械かければ　錢が出る．

＊

セビリ（背廣）着込んで　髯生やかして，

田舎むすめが　乗るはずよ．

＊

俺か，お前か，どつちが偉い

なんの，紙幣が　偉いだけ．

　アリラングの近代臭はこの程度で充分に窺はれよう．これ等は未だよい部類で飜譯に忍びぬほど惡どいものもあり，朝鮮民謡の特質を正しく受け繼いだものとは云い難い．

　面白いのは，アリラングの歌詞に渡日勞動者や農村の悲哀を露骨に歌も込んだものゝあることで，不貞腐れなら，皮肉なら，一切こちとらの領分だとばかり，アリラングのデカタンスは何處までも徹底してゐる．

　遠い日本が　憎うてならぬ，

　花の嫁御が　悲れ死ぬ．

＊

鬼の○○　呪はにや置かぬ，

畑とられて　また別れ．

＊

何を怨もか　國さへ○ぶ，

家の○ぶに　不思議ない．

＊

書いて下さい，またあの鬼に，

稲もそつくり　取られたと．

＊

どうせ穫れても　食はれぬ米よ,

まゝよ　旱で　稲枯らせ.

　　　　＊

龜裂が入るとて　何騷ぎやる,

いらぬ豊年よりや, 氣が休む.

　　　　＊

なさけ知らぬか　聯絡船は,

鳴らす氣笛が　うらめしい.

　　　　＊

運ぶばかりで　返しちや吳れぬ,

聯絡船は　地獄船.

　朝鮮民謠の特質とされた呑氣な快朗性も, こゝまで變貌されては言葉
がない. 時代の色調が然らしむるとは云へ, 曾ては「好讓不爭」と評さ
れた朝鮮民族に「夢」の歌ならぬこの民謠が出でたことは, たしかに一
つの驚異であらねばならぬ.

童謠 について

　民謠の方向を探むるためには一度は是非とも童謠の林に分け入ら
ねばならない. 童謠は, 民謠のいま一つ古い姿であり, 成育の母胎で
もある.

　概括して云へば, 朝鮮童謠は民謠の傾向とは異り, 生活の理想や憧憬
を歌つたものが多い.「父うさん, 母あさん, 迎へ來て, 千萬年も暮らし
たい」等は隨所に現はれる句で, 全體の氣分も特殊な幾つを除いては殆
んど明るい單純なもののやうである.

情緒は日本に近く, 螢唄やとんぼ押への言ひ草は區別なきまでに相似寄つてゐる.

　　からす 〰 ,
　　水に溺れたお前の子,
　　上げてやらうに出して呉れ,
　　この目の塵を　出しとくれ.

　これは目にごみの入つた時唄へる言い草であるが,　日本の子供も似たことを云ふ

　　からす 〰 寒三郎,
　　目のごみう　金の棒で　突つつき出せ.

　調子こそ異れ, 烏を塵運びの名人と見たは偶然の符合ながら, どちらも一致してゐる. しかし, 金, 銀, 佳, 等の財寶や, 婚禮に對する華かな概念を多く見受けることは朝鮮童謠の特異點であらう.

　　通り歩いて　鎌一丁拾ろた,
　　拾ろた　鎌をば　ひとにはやらぬ,
　　　草でも　刈ろう.
　　刈つた　飼料^{もぐさ}　ひとにはやらぬ,
　　　馬でも　肥そ.
　　肥した馬を　ひとにはやらぬ,
　　　婿を乗せよ.
　　乗せた娘　ひとにはやらぬ,

お嫁に　きめよ.

　これは強ち, 小ましやくれたものと咎むべきでない. 寧ろ, 微笑まし
き概念と見られよう. 支那に似て, 最大幸福としての婚禮に對する憧憬
が, より深いだけに, これは尤もな現象とされねばならぬ. 前例の他,
童謠篇の「青い鳥」「水車」婦謠篇の「桑摘み」等, 飲食や衣服を通して,
いづれもこの事實を覗かせてゐる.

　諧謔謠は譯筆の奇驕が, 原謠に見る自然なユーモアを著しく傷づけて
ゐて「蝦蟆聲」等は, 新童謠かと問はれたほどであるが, 忠實に逐語譯
を施したが最後, 義理にもほゝゑまれるものではなく, 語尾の連續等に
特殊な意味を持つこの種の童謠に在っては, 冒瀆を承知で若干の技巧を
弄するも餘儀ない次第である.

　篇末に添へた雜徭は, それぞれ獨立した童謠よりも兒童生活に一層接
近したものであり, 取りやうでは兒童性を窺ふ上に多少參考の便となら
う. 全卷を通じて飜譯難の苦澁を最も辛く嘗めたは童謠篇で, 殆んど手
中の資料を八分までそのまゝ殘し置くべく餘儀なくされた. しかも殘さ
れた八分こそ, 眞に特異な香趣を傳ふべきものであることは, 惜んで及
ばぬ恨みである.

　假りにも手近な例に就いて察して頂きたい.

　　蜜柑　金柑　酒のかん,
　　親の折檻　子が聞かん,
　　その子が痺疳で　目が開かん.

婦　　謠

　豊かならぬ朝鮮民謠の分野に，獨り長足の發達を遂げてゐるのは「婦謠」である．これは取りも直さず，因襲の虐げが，抑へられた感情のはけ口を「歌」に求めさせた結果と見られるが，中でも結婚の悲哀を訴へたもの等は叙事風の長い婦謠に數多く見受けるところである．「烈女不敬二夫」の誡命は，ときに十五六の少女をして寡婦としての痛ましい生涯を送らせることさへあり，顔も見知らぬ夫のために若き身を喪服にくるんで亡き人の父母に仕へる極端な事實さへ，　昔は珍らしくなかつたといふ．夫の死別は彼女等にとつて悲しみであるよりも，恐怖であつたらう．因襲の生贄として生涯を閉される悩みに較べては，夫に先き立たれたなど僅かな悲しみであつたと云へよう．

　勞作謠のうち摘茶唄，機織の唄等の他，紡ぎ唄の幾つかは，譯の形式に由り民謠篇に加へた．婦謠が必ずしも憂鬱なものばかりでないことは，若き日のよろこびを盛った純情謠の例に就いて知られたい．

　全卷を通じて大略かうした分類が擧げられる．　嚴密に詮索すれば限りはないが，ほんの輕い氣持ちで參考として頂きたい．

　淋しくも自分は云い得る．詩歌の飜譯は眞に藝術的潔癖あるものゝ成し得る業ではないと．殊に，情緒謠句を通じて飽まで香趣の特異なるべき民謠にあつては一層その感を深くする．所詮これは無暴に屬すべき愚擧，何を語るにも書き移された文字が目當てでは致しやうもない次第で，この點については，偏へに讀者の同情と理解を俟つ次第である．

「韓國の謠」其　他

　明治四十年，本郷書院より出ている前田林外氏の「日本民謠全集續篇」に「韓國の謠」として朝鮮民謠が十首ばかり譯されてゐる．文獻とすべきものの絕へて無い朝鮮民謠にあつて，これは嬉しくも珍らしいことである．他にそれらしいものでは與謝野寬氏の「東西南北」（明治二十九年・明治書院）に「韓謠十首」として收められたものと「新撰朝鮮語會話」（明治二十七年・博文館）より轉載した「日本民謠大全」の「韓國の部」の數首等があるが，與謝野氏の方は朝鮮の古歌たる「時調」を旅のつれづれに譯された程度のもので，民謠として扱ふべき筋合でなく，「大全」の方は資料こそ民謠であるが，譯は全然信賴の措けぬもので，問題とするにも足りない日本に於ける朝鮮民謠の紹介はやはり前田氏の「韓國の

謠」を以つて嚆矢をされやう

　こゝにその全章を移して，感謝を讀者と共にしたい．（組方は原文の
まま）

韓國の謠

　　　　　○
君に似たやうな麓ばら，
朝は東へ，夜は西へ，
小牛追ひ交ふ牧童よ
杖にするなら柴を伐れ.
傷(き)つちやならぬぞ，若竹を
婆やが養(そだ)てる其竹は
なるぞい，ぢいやの釣竿と，
やんれ──己(お)れさへ柴を刈る.

萬　壽

萬壽の山の
　　　萬壽の洞に，
つきぬ萬壽の
　　　いづみがあるよ.

其清水で
　　　濁酒を釀り，
萬壽の杯に

満々充たし．

好いた肴で
　　　　夜毎を飲まば，
萬壽無疆の
　　　　身とならう──．

　　　　　○

里の森
　　　　風が吹いてか
　　　　樹の葉は搖れた．
萬壽山
　　　　雨が降るのか
　　　　雲，興に入る．

　　　　　○

　ちよう<ruby>草<rt>や</rt></ruby>や，ちよう<ruby>草<rt>や</rt></ruby>や，
　ぶルろ<ruby>不老草<rt>ちよう</rt></ruby>や，
　いろみ<ruby>名は住くて<rt>ちようわそ</rt></ruby>，
　ぷルろ<ruby>不老草と云ふか<rt>ちよひんがア</rt></ruby>．

　　　　　○

遊べよ，遊べ，

若いときや遊べ，

花に十日の紅はなく

老たら軀さへ，辛うなり，

月も滿ちたら，缺けそむる．

　　　人生一場春夢

遊んで逕れ　こと日ごと．

○

明沙十里海棠花は

風に散れても悲しみますな，

明けの春には，復咲くなれど，

ゆかばかへれで，花にも劣り

憫れなるぞい，此の身の生命．
　　　　　　　　　　いのち

四　　季

花にまがひた春の椽

暮れどき急いて顔洗ろて
　　　せ

あくび可笑しうした　小猫，

げやあオと母に呼ばれて

爐端に膝を折り寄せる，

夜業はお乳の呑み乾しか．
よなべ

夏

夕陽の低い草の海
右へ左へゆらゆらり
舟と思ふてながめたら.

衣は白うてせは高うて
二尺あまりの長煙管,
桿とし,主は酔ふて來る.

秋

いざり火焚いて　沖へ出て
鯛さ釣らずに何してた.

情け知らない冷風も,
曇る空をもいとはねど.

妻が杵音のういほどに,
楫を早めて歸て來た.

冬

風は吹うが雪降うが
主さん建てた石の室.
雪は降うが火はとぼが

風が吹うが雪降うが，
みやれわしらの荒け閨
濁酒は甕に充ちてゐる．

坊や見えたか

奇い巖の塵拂ふて
拂ふて腰をさおろしたが，
主さの舟が見えないに
海の面は碧うなるし．

あれさ，あれ〜〜 あの島の
坊や，見えたかあの島の，
影來る白帆はと一樣の
安堵せいとの手まねき．

妾らが待つと察したか，
こちらが胸の迷ふてか，
みれば視る程，思ふ程，
楫の運びは早うなる．

底にや情けのあらうもの
憎くや，汐風夕さむく，
主さんの舟が着かぬうち
海のおもては黯うなる．

「韓國の謠」はこゝで了り「在韓の佐々木愛湖氏が譯して寄せられたるものなり」と註記されてゐる．二三疑義の餘地も無いではないが，大體に於いて資料も確實で譯もほどよくこなされてあり，朝鮮に於いてすら殆んど顧られることなきこれ等の民謠が，これだけの眞面目さで，しかも二十餘年前に海を越えた日本へ紹介されてゐることは自分にとつて言ひやうのない喜びで，愛し兒を外國に巡り會うた感慨がある．與謝野氏の譯された「韓謠十首」は先にも述べた如く朝鮮の和歌とも稱すべき「時調」の意譯で「韓謠」の語意を嚴密に詮索されては與謝野氏も迷惑であらうが，三十年前の記録としては兎も角尊重すべきものであり，これが所載の「東西南北」は林外氏の「日本民謠全集」と共に稀觀書に加へられ，今では定價の十數倍を以つてして，なほ手に入れ難き有様である．

　こゝにその一部を拔いて參考に供する傍ら，朝鮮の固有文學たるの「時調」の輪廓を朧ろげながらお目にかけたい．「時調」の譯とは云へ，かうして書き移されて見ると民謠的情緒の豊なものがあり，こだはらぬ輕い氣持で讀まれるならば，なまじ下手な民謠の譯よりは讀みごたへがあるかも知れない．

「韓 謠 十 首」

　　　　こはもと韓語を以つて綴りたる，かの國の歌謠にして，か
　　　　の國人士の酒間，つねに行はるゝもの，以つて韓謠の一班
　　　　を窺ふに足らむかと，戲れにこゝにその十首を譯出す．

（一）春　思

啼くうぐひすを梭にして，
柳の枝に織り得たる

春の錦を　人間はば
われは露けき袖二つ.

（二）早　別

ひがしの窓のしらめるに
起してなどか歸しけむ,
見れば　まだ夜は明けやらず
しろきは月の影なりき.
ながき山路をただひとり
かへれる君はいかにぞと,
思へば心も身にそはず,
思へば心も身にそはず.

（三）恨　別

離別の二字を作りけむ,
蒼頡こそは恨みなれ.
始皇書をば焚きし時,
いかに逃れて　世にのこり,
にくやこの二字　今も猶
いくその人を泣かすらむ.

（九）失　題

蜘蛛はすがたも愛なきに,
そのなすわざの憎きかな.

ふくれて見ゆる腹わたの
糸ひきのべて網はりて
花の木の間に來てあそぶ
春の胡蝶を捕ふらむ.

—— 畢 ——[25]

조선민요에 관하여

*영　역	*'아리랑'의 선율
*부르지 못하는 민요	*어린이 노래에 대해
*'선'의 정서	*여자 노래
*'김매기소리'와 '육자배기'	*'한국의 노래' 그 밖에

영　　　　역

　세계 어디에 민요가 나지 않은 땅이 있고, 민요를 전하지 않는 민중이 있을까. 그러나 조선은 같은 논리로만 만족할 수 없다. 정서적 요소가 두드러지게 많음을 자랑하는 것이 아니라 민요의 필연적 존재 이유를 들어야 하기 때문이다. 다른 나라 민중에게는 삶의 반주이자 즐기는 것이 민요이지만, 조선에서는 삶을 헤쳐나가는 노이며 돛대였다. 민요를 기르고 가꾼다기보다는 민요에 매달려 살아왔다. 반수 없는 삶노 있을 수 있다. 노를 잃어버리고 가는 배는 어느 경우에도 있을 수 없다.
　하지만 이것은 양(量)을 의미하는 말이 아니다. 석학 최남선 씨는 일찍이 어떤 잡지에 "민요는 조선 민중문학의 가장 큰 갈래고, 조선은 민요

---

25 253-300쪽.

를 근간으로 한 문학 나라이다."라는 글을 실었다.[26] 참으로 마음 든든한 바이기는 하나, 이와 같은 민요를 과연 어디서 찾을 수 있을까. 나는 묻힌 역사의 그늘에 뛰어난 민요가 존재했다는 사실을 부정하지는 않지만, 지금은 죽어 약간의 잔해만 남은 것에 지나지 않아서, 이를 보고 조선민요의 영역을 판단하는 등은 위험한 일이라 할 것이다.

유교문화와 뜻을 맞춤으로써 지식층의 가요인 '가사'와 '시조'는 계속 발전했지만, 민요는 오랫동안 그 자리마저 무시되어 왔다. 설령 민중이 지켜나가 "오래된 주머니에 끊임없이 새 술을 담았다" 할지라도, 이는 민요의 진실한 발전을 의미하는 것이 아니다. (여전히) 대부분 유흥가〔紅燈綠酒〕 근방에서나 환영받는 질 낮은 노래〔俗曲〕의 하나로 여겨졌다.

바위에 짜그라져도 잡초는 여전히 시들지 않는 것처럼 이러한 불리함에 항거해서 생겨나는 것이 간혹 있다 해도, 한시에나 있을 법한 고루한 노래 구절이 곳곳에 드러나서 그 순수함이 이지러지지 않을 수 없었다.

주막이 어디에 있는지 물으니〔借間酒家 何處在〕

목동이 살구꽃 핀 마을 가리키네〔牧童遙指 杏花村〕

이것이 쟁기질하는 농부가 흥얼거리는 민요라 해도 조선에서는 어쩔 수 없는 일이다.

유교문화의 유입이야말로 조선민요가 저주해야 할 적! 정서적 요소가 풍부하면서도 조선민요가 더욱 순수한 발달을 하지 못한 것은, 오로지 이 재앙으로 인한 것이라고 할 수 있다.

---

26 최남선, 「朝鮮民謠の槪觀」(『眞人(しんじん)』 5권 1호, 1927.1)

부르지 못하는 민요

시조와 같은 옛노래〔古歌〕의 발전과 달리 오랫동안 민요가 관심을 받지 못한 채 하찮게 여겨졌음은 앞서 말한 바와 같지만, 여기에 더해 간과할 수 없는 사실은, 시조 형식을 취한 옛노래 안에 민요의 정서가 많이 내재하여 있다는 점이다. 이는 마치 만요(萬葉)의 아즈마우타(東歌)[27]를 보는 듯하지만, 만요슈(萬葉集)와는 달리, 순수민요를 가려 뽑지 않아도 생생한 (민요의) 향취를 담고 있으면서도 결코 민요가 아닌 것은 신기할 정도다.

우리 집 검둥이는 밉살맞은 개.
고운 님 찾아오면
함부로 마구 짖어대고,
미운 놈 찾아올 땐
꼬리를 훼훼치며 반겨 내닫고.
솥에 누룽지 산더미같이 난들,
너 먹일 줄 있으랴.

＊

자아～ 사시오 온갖 더위 다 있어요.
묵온 더위 이른 더위〔무稻〕 늦은 디위〔晚蒔〕,
갖은 더위 숱하게 있지만.

---

27 『万葉集(まんようしゅう)』는 759년 이후에 성립한 현존하는 일본 최고(最古) 가집이다. 편자 미상. 전 20권으로 약 4,500수의 노래를 담았다. 이 중 「아즈마우타(東歌)」는 제14권에 실렸다. 동국(아즈마) 지역의 서민생활 속에서 생겨난 민요로, 주로 노동이나 소박한 성애(性愛)의 내용이다.

오뉴월 복더위에
밤바람 쐰다는 핑계로,
애타게 그리던 젊음들이
달빛 피해 신명난 밀회,
사뭇 구슬같은 땀방울이여
헐떡거림이여, 가슴앓이여.

고대하던 눈 쌓인 겨울 긴긴 밤에
그리던 님과 함께 굼실굼실
서로 얽힌 이불(?) 속,
두 몸이 한 몸 되어(?),
○한 몸짓도 잠시,
숨〔息〕 뜨거워, 목구멍 탈 적에
베갯머리 물〔水〕 가져다,
벌떡벌떡 들이키는 더위,
한창때 아가씨들이
좋아 죽는 더위로다.

여보 장사야 그 더위라면
남 주지 말고 내게 파시오.

　이러한 것을 민요라고 부르기에는 망설여지는 점이 누구나 있을 것이
다. 더구나 결코 부르지 못하는 민요이다. 재치의 뛰어남과는 별개로,
그 정서가 이처럼 소박하면서도, 독특한 형식의 시조말〔時調語〕로 꾸미
는 것을 잊지 않고 있다. 유교문화 그늘에서도 여전히 본연의 '노래하고
싶은 욕망'을 버릴 수 없었던 딜레마(dilemma)가 이처럼 다른 형태의

노래를 만들었다고 보는 것은, 과연 그저 우기는 말일까.

전해 내려온 민요를 모으려면 매우 고생해야 하는 데 비해, 지어내는 이런 류의 노래는(주로 치정〔癡情〕 노래지만) 수천여 편을 문헌에 남기고 있다. 이것이 민중의 영역이었으면 좋겠다고 푸념하는 것은 나 혼자만이 아닐 것이다. 정서상으로는 모두 우수한 민요이지만, 옛노래의 옷을 입는 바람에 아쉽게도 본질에서 멀어져 간신히 배운 자들〔有識輩〕이 장난처럼 쓴 글〔戱文〕로 남은 것은 아쉬워할 일이다.

'민요의 나라 조선'이라는 이름이 만약 있다 하더라도, 그것은 결코 양을 자랑하는 데 쓸 수 있는 말이 아니다. 민요에 관하여 자랑할 것이 있다면, 그것은 위에서 말한 불리함에 대한 저항을 통해 마지막까지 남은 '질'이어야 할 것이다. 남겨진 마지막 것이야말로, 생길 수밖에 없는 필연적 존재 이유〔必存性〕 아래 나온 것이라고 믿고 싶다. 내가 조선민요를 민족 정서의 모든 초점이라 말하는 까닭도 여기에 있다.

'선(line)'의 정서

지나의 '형(form)', 일본의 '색(color)'에 대비해서 조선을 '선(line)'의 나라라고 하는 것은 주로 조형예술에서 나온 개념[28]이지만, 이것을 단지 미학적 추상어라고만 할 수는 없다. 겹겹이 굽어지고 꺾어짐이 많은〔迂回曲折[29]〕 산천(山川) 풍경, 흘러내릴 듯한 선이 넘쳐 바닥에 닿도록 지은 초가집, 또는 여인의 머리카락이나 옷에 길게 늘어뜨린 매듭끈, 온갖 자연과 풍속에서 '선의 조선'이 드러나지 않는 데가 없다. 게다가

---

28 이것은 경성제국대학 창립위원회 간사(1923), 경성제국대학 조선어조선문학과 교수(1926-1940), 〈朝鮮學會〉 창립회원이자 부회장을 역임한 다카하시 도루(高橋亨, 1878-1967)의 생각을 그대로 받아들인 것이다.

29 우회곡절: 우여곡절(迂餘曲折)

자연스러운 이 어우러짐은 민속 정서의 초점이어야 할 민요에 내재하는 운율에도 또한 잘 맞는다. 참으로 '선'이야 말로 유형·무형을 초월한 모든 의미에서 조선의 깃발〔旗幟〕이다.

약간 억지를 부리자면, 이는 조선민요의 정서적 방향을 밝혀내는 데 없어서는 안 되는 개념이다. 향도 모양도 일그러져버린 이 번역 민요집을 손에 쥐는 분들은 이 점을 특히 기억해주시기를 부탁드린다.

여전히, 민요의 뜻을 노골적으로 드러내면 맛이 없어짐을 꺼려 민요에 은어(隱語)를 사용하는 것은 어느 나라든 같지만, 은어의 대상마저 반드시 똑같다고 말하기는 어렵다. 또한 그 쓰임도 가지가지라서, 그것들을 세세하게 따져 비교하면 적지 않은 재미가 있을 터이다. 예를 들어…,

　　뜰에 심은 꽃　그 꽃 자라,
　　담장 위에　잎이 무성하네.
　　오늘은 꼭 하며　지나다니는 이들,
　　꽃에 안달 나　하루를 보내네.

두 말 할 필요 없이 규중처녀를 가리킨 것인데, 일본민요에 비해 수사법〔疑法〕이 보다 간명하달까? "아가씨 묶음머리〔娘島田〕[30]에 앉은 나비, 움직이지 않네 꽃이니" 이쯤 되면, 풀이〔註〕는 도리어 군더더기다.

　　누굴 기다리나　주인 없는 배,
　　남쪽 강물에　떠 있네.
　　어차피 기다려도　안 오실 님이라면,

---

30 '島田'은 '시마다 상투(島田髷, しまだまげ)'의 준말이다. 시마다 상투는 일본 미혼 여성이나 화류계 여성이 하는 가장 일반적인 전통 속발(束髮; 묶음머리, 상투) 형태로, 에도(江戶) 시대 초기에 본격적으로 등장한다.

나나 태워다고 저 먼바다에.

은어로 사용할 때 '꽃'은 전혀 특이할 것이 없지만, 숫처녀를 '배'에
비유한 민요는 아마도 조선뿐이리라. 적당히 이해할 수 있어야 은어도
효과를 보는 법. 너무 지나치면 때로 꽃을 꽃으로, 배를 배로 여기는데
망설이지 않게 된다. 은어의 뜻을 살리고자 풀이를 생략한 곳도 적지
않다. 충분히 음미하면서 읽어주기[味讀]를 바란다.

'김매기소리'와 '육자배기'

삼남[南朝鮮][31] 일대에 걸쳐 가장 널리 부르는 농요로, 김매기소리[32]
가 있다. 음력 삼월이 지나, 보리밭이나 언덕 주변에 여기저기 서넛이
무리 지어 연싸움하는 마을 아이들의 연 날리기도 보이지 않을 때, 농사
일의 고단함도 잊고 서로 장단을 맞춰 부르는 김매기소리가 느긋하게
여운을 남기며 논밭 여기저기서 들려온다.

봄이 왔네 재비 따라,
사리가 바빠 못자리가──.
심어라 심어, 논에 모를,
어버이 산소에 소나무를.

탁 트인 넓은 논밭으로 흘러들어 한데 얽히는 밝은 노랫소리는 논일

---

31 이 글에서 '남조선'은 대개 '영남(嶺南)'을 지칭하는 것으로 보이지만 다소 모호한 경우도
   있어, 여기서는 남쪽 지방을 뜻하는 '삼남(三南)'으로 번역한다.
32 이 항목에서 사용하는 '김매기소리(草取唄)'는 '모심기소리(田植唄)'와 섞어 사용하고 있는
   부분이 많지만, 우리말 번역에서는 일단 원 표기를 존중한다. 내용상 대부분 '모심기소리'
   와 연관됨을 염두에 두고 읽기 바란다.

하는 농부들 마음에도 봄 꿈을 심는다. 모내기의 즐거움도 김매기소리와 함께 할 때 나는 법. 논마다 늘어선 모꾼들 한 패가 소리 맞춰 메김소리〔先唱〕를 하면, 기다리던 다음 조가 곧 뒷소리(받는소리)로 받는다. 이렇게 한 차례 돌고, 이번에는 한차례 소리를 낮춰 "후~ 후~ ……" 하며 숨을 내쉰다. 이것은 노래 사이의 빈 곳을 채우는 익숙한 박자이기도 하고, 구부렸던 허리를 펴게 하는 능숙한 호흡 조절이기도 하다. 모내기 이후 세 번의 김매기를 마칠 때까지, 김매기소리는 들에서 일하는 농부에게 없어서는 안 될 노래이다.

4·4·4·4조(調)로 이어지는 평온〔長閑〕한 선율을 여기에 옮길 재주는 없지만, 하다못해 서투른 번역이나마 내재(內在)한 정서의 한 끝이라도 전할 수 있기를 바란다.

김매기소리에 뒤떨어지지 않는 밑바탕 민요로 육자배기가 있다. 이것도 삼남에서 나와 전국으로 퍼져나간 대표적인 민요이지만, 정서에 있어 김매기소리와 특별히 다른 점은 없다. 그러나 선율은 서로 다른 특색을 드러낸다. 김매기소리는 구슬프고 누긋한〔柔和〕 데 비해, 육자배기는 어디까지나 웅장하고 막힘이 없다.

(여기에) 모은 자료는 각 도에 있는 그 외의 몇 가지 민요를 포함하고 있지만, 대부분은 이 두 종류의 민요를 바탕으로 하여 번역했다. 이는 역자의 고향이 삼남이라 (자료의) 모음을 비롯하여 여러 가지 편리함이 있었기 때문이지만, 서북 민요인 「수심가」, 「영변가」 등이 밑바탕 민요라는 확신이 없었던 데에도 이유가 있다.

'아리랑'의 선율

아리랑이라는 이름은 일본에도 이미 낯설지 않다. 경복궁 중건 때 전국에서 징집된 부역자들이 불러 널리 퍼졌다고 하니 결코 오래된 민요는 아니지만, 가사에 드러나는 근대적인 데카당스(décadence)와 이른바 망국적이라 하는 구슬픈 가락〔哀調〕으로 인해 멀리 일본까지 알려지게 되었다. 어쨌든 오늘날 조선민요 중 양(量)으로 가장 많은 것이 사실이며, 경성(京城)을 중심으로 하여 거의 없는 곳이 없을 정도로 널리 불린다. 게다가 지역마다 선율이 다르고 저마다 분명한 특징을 띠고 있어, 같은 류의 민요라 생각할 수 없을 정도다.

자세히 나누자면 끝이 없지만, 특히 개성이 뚜렷한 몇 가지를 들자면, 경성을 중심에 둔 경기 지역의 것, 서도(西道) 지역에서 주로 부르는 것, 강원아리랑이라 하여 강원도 부근에서 부르는 것, 그리고 부산 등에서 들을 수 있는 삼남(여기서는 영남)의 것 등이 있다. 이 밖에도 전라도에 특이한 아리랑이 있다고 들었지만, 소상히는 모르고 있다. 그렇지만 이렇게 어수선하게 나누는 것은 일반적 지식일 뿐이고, 사실 서로 섞여서 지역마다 따로 이루어진 것은 아니다.

요즘에 듣기론 강원아리랑이 멀리 경남 지역에서 유행하고 있다는데, (아리랑은) 모두 하나의 뿌리에서 나왔다고 할 수 있지만 저마다의 지역으로 옮겨지면서 어느새 그 지역의 노래 형태에 따라 몇 가지 다른 특색을 띠게 된 것이라 생각한다. 다만 이것은 아리랑처럼 널리 퍼진 민요에 한한 것으로, 조선민요가 일본민요보다 더욱 완고한 향토성을 가지고 있음은 물론이다.

경기아리랑(보1)[33]

| 문경새재　떡갈나무 | 문경새재　박달나무 |
| 다듬다가　모두 깎아나간다 | 홍두깨방망이로　모두 다 나간다 |

---

33 왼쪽은 본문의 원문을 번역한 것이고, 오른쪽에 제시한 것은 대조를 위하여 악보에 표기된

아리랑　아리랑　아라리—요—　　　아리랑　아리랑　아라리요——
아리랑　띄여라　(뛰여라)　노세　　아리랑　띄여라　노다노다가게

　경기 지역 노래로, 처음에 높게 시작한 뒤 완만하게 흐르는 가락 등이
아리랑의 한 특색이다. 변화도 재미있고 경성에서 불리는 만큼 아리랑
중에서도 첫 번째로 꼽아야 할 것이다. 정서도 아주 부드러우며, 민요편
(1)의 「다듬이돌」 등이 여기에 이어지는 노래 구절이라고 보면 대체로
이해할 수 있을 것이다.
　악보에 붙인 번역은 다 원 노래의 음절 수에 맞춘 것으로, 억지이긴
하지만 그대로 부르면 된다.

─────
것을 옮긴 것이다. 이하도 마찬가지다. 이 글에서 제시한 경기아리랑은 흔히 알려진 것과는
다르다. 흔히 알려진 〈경기아리랑(本調아리랑)〉의 가사는 다음과 같다. "(앞소리) 아리랑
아리랑 아라리요/ 아리랑 고개로 넘어간다/ 나를 버리고 가시는 님은/ 십리도 못가서 발병
난다// 청천 하늘에 별도 많고/ 우리네 살림살이 말도 많다// 풍년이 온다네 풍년이 와요/
이 강산 삼천리 풍년이 와요// 산천에 초목은 젊어나 가고/ 인간에 청춘은 늙어가네//
문전에 옥답은 다 어디로 가고/ 동냥의 쪽박이 웬말인가"
이 곡은 영화 〈아리랑〉(1926.10)에 들어간, 제작자 나운규와 단성사(團成社) 음악대(감독,
변사, 작곡가 김영환)의 창작곡이다. 가사는 나운규의 창작이며, 가락은 나운규의 어릴
적 들었던 철도노동자들의 노동요에서 따왔다고 한다.(「아리랑等 自作 全部를 말함」, 『三
千里』81호, 1937.1)
김소운이 기록한 가사는 오히려, 이상준(李尙俊, 1884-1948)이 동시대에 유행한 민요와
창가를 모아 서양식 5선 악보로 기록하여 편찬한 악곡집 『朝鮮俗曲集』(1914?)에 수록한
〈아르렁타령〉(京토리)의 가사, "문경새재 박달나무/ 홍두개 방망이로 다 나간다/ 아르렁
아르렁 아라리오/ 아르렁 띄여라 노다 가게// 남산우에 고목나무/ 나와 갓치만 속썩는다/
아르렁 아르렁 아라리오/ 아르렁 띄여라 노다 가게"와 비슷하다.
또한, 조선 말 고종의 외교 고문 헐버트(Homer Hulbert, 1863-1949)가 펴낸 영문 월간지
『The Korean Repository(조선유기)』(1896.2)에 5선 악보와 함께 수록한 〈Korean Vocal
Music〉(京토리)의 영어 알파벳 표기 가사 "아라릉 아라릉 아라리오 아라릉 얼싸 배 띄워라
문경새재 박달나무 홍두깨 방망이 다 나간다"와도 비슷하다. 참고로, 『The Korean
Repository』는 구전되던 한국의 민요를 채록하여 서양식 악보로 처음 소개한 책이다.

서도아리랑(보2)

길은 멀고   날도 저문데,   석양은 저물고   네 갈길은 천리로세
고삐 잡고   너는   훌쩍훌쩍 울어.   친구는 부여잡고—— 낙루 낙루만
                                         하누나
   아리랑 아리랑 아라리가 났네,   아리랑   아리랑   아라리가 났네——
   하다못해 아리랑 고개까지.   아리랑   고개로 날 넘겨주소

삼남 민요가 남성적이고 '웅혼(雄渾)'함을 띠는 데 비해, 서도 지역
민요는 모두 '슬픔[哀傷]'으로 일관하고 있다. 이것은 조선민요를 말하
는 이라면 누구나 하는 말이지만, 아리랑도 그 개략적 평가[槪評]에서
벗어나지 않아, 시름[哀愁]을 담은 완만한 선율이 주가 된다. 노래 구절
에도 이별을 노래한 것이 많고, 정서의 깊음은 (사랑의) 그리움[愛戀]
을 담은 노래로 유명한 「수심가(愁心歌)」와 닮아서 아리랑에는 어울리
지 않는다는 느낌이 있다.

강원아리랑(보3)[34]

심은 콩은   날것 같은데,   열라는 콩팥은   아니 열고——
아주까리 동백   왜 여는가.   아주까리 동백은   왜 여는가
   아리랑   아리랑   아라리—요,   아——리랑 아리랑 아라리—요——
   아리랑 얼씨고(어이쿠나) 놀아라.   아리랑   얼씨고 노다——가게

경기, 서도의 아리랑과는 아주 가락을 달리 하는 것으로, 이 민요의

---

34 악보에 붙인 가사는 현재 알려진 〈강원도아리랑(자진아라리)〉의 2절과 유사하다. 〈강원도아
리랑(자진아라리)〉은 다음과 같다. "(앞소리) 아리아리 쓰리쓰리 아라리요/ 아리아리 고개
로 넘어간다/ 아주까리 정자는 구경자리/ 살구나무 정자로만 만나보세// 열라는 콩팥은
왜 아니 열고/ 아주까리 동백은 왜 여는가// 아리랑 고개다 주막집을 짓고/ 정든 님 오기만
기다린다"

익살스러운 한 모습을 분명하게 드러내고 있다. 이쯤 되면 아리랑도 결코 '망국적'이라 할 민요가 아니다. 민요편(二)의 「동백」 등이 이 부류로, 모든 아리랑을 통틀어 (가장) 널리 불리는 노래 구절이다.

영남아리랑(보4)

사줄 거나 말 거나,	아리랑 아리랑 아라리—요
열두 명 꺼내 모아 모기장 치마.	아리랑 고개다 노다 가세
웅 웅 웅헤야— 그렇고 말고,	해주면 해주고 말려면 말지
그런대로 오백은 살아야지.	열두 놈 물로 모기장 치마〔裳〕
	웅 웅 웅헤야— 그렇고 말고
	한오백년 살자는네 웬 성환고

과감한 상스러움〔卑俗〕, 숨김없이 드러내는 풍자, 이것이 영남 아리랑의 전부다. 그러면서 선율에서는 비교적 차분한 리듬으로 이끌어 나간다. 하지만 어딘가 엉망이 되어버리는 데카당(décadent)한 뒷맛〔餘韻〕을 놓칠 수는 없다. 불완전한 악보를 놓고 굳이 이해해 달라는 게 억지겠지만, 나와 가장 인연이 깊어서 그런지, (영남아리랑은) 아리랑의 갈래를 하나로 묶은 것이라 생각한다. 단순하게 말하자면, 경기에서 나서 서도로 나가 별스레 새침을 떼던 아리랑이, 강원의 풍자를 맛보고 영남으로 달려가, 거기서 손댈 수 없는 장난꾸러기가 되어버렸다고나 할까. 이는 매우 범박한 생각일 뿐이지만, 아리랑이 풍기는 근대적 악취는 삼남에 와서 처음 드러나게 된다.

이것은 주로 노래 구절의 느낌을 말한 것이다. 선율로는 이처럼 분명하게 판별할 수 없지만, 부산과 같이 세기말적 요소가 짙은 도시에서 불리는 것을 생각하면, 그 경로가 부자연스럽지 않음을 받아들일 수 있을 것이다. 노래의 뜻은 풀이할 필요도 없다. 모기장만큼이나 변변치 않은 속옷을 딸에게 선물하려고 열두 명이 내논 걸 모았음을 비웃는 내용으로, 정말이지 아리랑에 어울리는 빈정거림이다. 이러한 류의 노래에는 역겹고 상스러운 것이 많아, 여간해서는 '망국적'이니 할 만큼 얌전하지 않다.

> 술집   애기야   이제 열어라,
> 네   에미   만나러 왔다.
>   *
> 잠깐 동안의 샛서방을   나야 모르지,
> 저와   자겠다면   열어주지요.
>   *
> 한 꿰미〔一貫〕   받아서   보리밭 가니,
> 단속곳(속치마의 하나) 밤이슬에   다 젖었네.
>   *
> 나이는 열둘이라도   갈보(매춘부)는 갈보,
> 거저 잡혀 줄 수 없는   이 손목.
>   *
> 내 신랑은   조폐국,
> 기계에 걸면   돈 나오네.
>   *
> 양복(신사복)[35] 입고   구레나룻 길러서,
> 촌색시   탈〔乘〕 거야.
>   *
> 나야, 너야, 누가 잘났어.

---

35 'セビロ'의 오식. 'civil clothes' 또는 'Savile Row'(런던 양복점 거리 이름)에서 나왔다는 설이 있다.

이러니저러니, 돈〔紙幣〕이   잘났지.

아리랑의 근대 냄새는 이 정도로도 충분히 엿볼 수 있겠다. 이것들은 아직 괜찮은 갈래로, 번역을 할 수 없을 만큼 나쁜 것도 있어 조선민요의 특질을 올바르게 계승한 것이라고 말하기 어렵다.

재미있는 건, 아리랑 가사에 일본에 건너간 노동자나 농촌의 슬픔을 그대로 드러내는 노래도 들어 있다는 것으로, 지르퉁하거나 빈정거리는 모두가 우리 것이라고 하니, 아리랑의 데카당스는 어디까지나 빈틈이 없다.

먼 일본이   미워서 못 견디는,
꽃다운 새댁이   슬픔에 겨웠네.
      *
귀신의 ○○   저주 안 할 수 없어,
밭을 빼앗겨   또 헤어지네
      *
무엇이 원통하랴   나라조차 ○는데,[36]
집의 ○이   이상치도 않아.
      *
써 주세요,   또 저 귀신에게,
벼를 죄다   빼앗겼다고.
      *
어차피 거둬와도   먹지 못할 쌀인데,
에라   가뭄으로   말라버려라.

---

36 탈자가 된 부분. '없는데'로 보인다.

　　　　　*

(가뭄으로 논이) 갈라진다고　왜 난리야,

쓸데없는 풍년보다, 마음 편하네.

　　　　*

인정머리 없는　연락선아,

울리는 기적소리도　밉살맞네.

　　　　*

나르기만 하고　실어오진 않누나,

연락선은　지옥선.

　조선민요의 특질로 여기던 것이 느긋한 유쾌함이지만, 이쯤 되면 할
말이 없다. 시대의 추세가 이렇게 만든다고는 하지만, 예전부터 "양보하
기 좋아하고 서로 다투지 않는다〔好讓不爭〕"[37]고 일컬어지던 조선 민족
에게 '꿈'의 노래가 아니라 이러한 민요가 나옴은 하나의 놀라움이라 할
만하다.

어린이 노래(동요)에 대해

　민요의 향방(向方)을 살피기 위해서는 한 번은 꼭 어린이 노래〔童謠〕
의 숲을 헤치고 들어가야만 한다. 어린이 노래는 민요의 또 다른 오래된
모습이고, (민요가) 자랄 수 있는 밑바탕이기도 하다.

　간추려 말하자면, 조선 어린이 노래〔朝鮮童謠〕는 민요의 흐름과는 달
리 삶의 이상이나 바람을 노래한 것이 많다. "아버지 어머니 모셔 와,
천년만년 살고 싶네" 등은 곳곳에 보이는 구절로, 전체의 느낌도 특별한

---

37 『산해경(山海經)』 「해외동경(海外東經)」에서 고조선을 지칭하여 기술한 내용

몇 가지를 젖혀두면 대부분 밝고 단순하다.

정서는 일본과 비슷해서, 반딧불이나 잠자리에 관한 말놀이는 가르기 어려울 정도로 서로 닮았다.

까마귀야　까마귀야,
물에 빠진　네 아이,
건져 내줄게,
이 눈의 티끌　꺼내다오.

이것은 눈에 티끌이 들어갔을 때 부르는 노래인데, 일본 아이들도 비슷한 노래를 부른다.

까마귀야 까마귀야　칸시로[38]
눈의 티끌　금 방망이로　내쫓아라.

가락은 다르지만 까마귀를 티끌 빼주는 대가(大家)로 보는 것은, 우연히도 둘 다 똑같다. 그렇지만 금, 은, 가(佳) 등의 재물이나 혼례에 관한 화려한 생각을 자주 볼 수 있음은 조선 어린이 노래의 남다른 점이다.

지나가다　낫 한 자루 주웠다,
주운　낫을　남에게 주진 않아,
　풀이나　베자.
벤　사료(쑥)　남에게 주진 않아,
　말이나　살 찌우자.

---

38 かんしろう. 추위에 들어선 지 나흘째 되는 날. 일본 속담 "彼岸太郎, 八専次郎, 土用三郎, 寒四郎"의 한 구절로, 이 날 날이 개면 그 해는 풍년이 든다는 의미

살진 말[肥馬]을   남에게 주진 않아,
　사위를 태우자.
태운[乘] 딸자식   남에게 주진 않아,
　아내로   삼자.

이는 굳이 잡상스럽다고 나무랄 일이 아니다. 차라리 하뭇한 생각이라 할 수 있다. 지나와 비슷하게, 혼례가 가장 행복한 날이 되기를 바라는 마음이 더 깊은 만큼 이는 당연한 현상이라 할 것이다. 앞에서 든 것 외에 어린이 노래 묶음[童謠篇]의 「파랑새」와 「물레방아」, 여자 노래 묶음[婦謠篇]의 「뽕따기」 등에서, 먹거리나 옷을 통해 이런 실정을 엿볼 수 있다.

익살맞은 노래[諧謔謠]는 번역이 이상하고 제멋대로라서, 본디 노래[原謠]의 자연스러운 유머(humor)를 티나게 망가뜨린 「청개구리 소리[蝦蟆聲]」 등은, 새로운 어린이 노래[新童謠]냐는 말까지 들었을 정도였다. 충실히 직역[逐語譯]했지만 그뿐, 헛웃음이나마 지어줄 수 있는 게 아니었다. 어미의 이어짐 등에 특별한 뜻을 지닌 이런 류의 어린이 노래는, 욕됨을 무릅쓰고라도 얼마쯤의 기교를 부릴 수밖에 없었다.

(이) 묶음 뒤에 붙인 잡요는 따로따로의 어린이 노래가 아니라 어린이 삶에 한결 가까운 것으로, 다루기에 따라 어린이의 성품[兒童性]을 들여다보는 데 가끔 참고가 될 수 있겠다. 이 책에서 번역의 어려움을 가장 힘들게 겪었던 곳이 어린이 노래 묶음이었기에, 가지고 있는 자료 가운데 거의 8푼(80%)을 (실지 못하고) 그대로 남길 수밖에 없었다. 더욱이 (이렇게) 남긴 8푼이야말로 짜장 남다른 향기를 느끼게 해 줄 수 있는 것이었음은 너무나 안타까운 일이다.

가짜로 만든 것이지만, 비슷한 예를 보면서 헤아려 주시기 바란다.

밀감 금감 술감(술통),

어버이 엄한 꾸지람 아이 알아들음,

그 아이 비감[39]으로 눈이 뜨남.[40]

여자 노래(부요)

넉넉지 않는 조선민요 영역에서 홀로 빠르게 나아간 갈래가 '여자 노래'이다. 이는 곧, 낡은 풍습[因襲]의 괴롭힘으로 인해 억눌린 감정을 내뱉을 수 있는 출구 역할을 '노래'가 맡았음을 뜻한다. 그 가운데서도 혼인(이후 삶에서 겪는)의 서글픔을 하소연하는 (내용의 가사) 등은 서사체의 긴 여자 노래에서 흔히 볼 수 있다. "절개가 높은 여자는 두 지아비를 섬기지 않는다[烈女不敬二夫]"는 규정으로 말미암아, 때로는 열대여섯 살 어린 여자가 홀어미가 되어 가엾은 한평생을 지내기도 했다. 얼굴도 못 본 지아비를 위해 젊은 몸을 상복에 싸매고 죽은 이 부모(시부모)의 시중을 드는 터무니 없는 일도 예전에는 드물지 않았다 한다. 지아비와의 사별은 그이에게는 슬픔이기보다는 두려움으로 다가온다. 낡은 풍습의 희생양으로 한평생을 마무리해야 하는 애탐에 비하면, 지아비가 먼저 세상을 뜨는 것은 조금의 슬픔일 뿐이라고 말할 수 있다.

일 노래[勞作謠] 가운데 나물 노래[摘菜唄], 베틀(베짜기) 노래 등과 물레질(실 뽑기) 노래 몇 개는 번역 형식으로 인해 민요편에 넣었다. 여자 노래라고 꼭 서글픈 노래만 있는 것은 아님을, 젊은 날의 기쁨을 담은 순수한 마음을 담은 노래[純情謠]의 보기를 들어 말해두고자 한다.

---

39 어린아이에게 생기는 소화 기관 질환. 젖이나 음식 조절을 잘못해 비위가 손상되어 나타난다. 얼굴이 누렇고 핏기가 없으며 헛배가 부르고 구역질을 하며 식욕이 없어짐

40 억지로 맞춰보려 했으나, 한글 번역으로는 더 이상 하기는 어려웠다. 김소운이 지어낸 이 노래는 일본어로 낱말의 뒷소리(-かん)를 힘들게 맞춘 것이다. "みかん きんかん さかのかん,/ おやのせっかん こがきかん,/ そのこがヒカンで/ めがひらかん"

(분류표⁴¹ 생략)

이 책을 통틀어 대충 어림잡아서 (위의 분류표와 같이) 나눠 봤다. 자세히 파고들면 끝이 없지만, 그저 가볍게 살펴봐 주기 바란다.

안타깝지만 털어놔야겠다. 시가(詩歌) 번역은 참으로 예술적 결벽이 있는 이가 할 일이 아니라고. 특히 감정이 담긴 노래 구절〔情緒謠句〕을 통해 짙게 묻어나오는 향기가 남다른 민요에서는 더더욱 그런 점을 깊게 느낀다. 아무래도 이것은 무모함에 빠진 어리석은 짓이니, 무엇을 말하든 써서 옮기는 글자가 목적(번역)이라면 어쩔 수 없는 일이다. 이에 대해서는 오로지 읽는이가 딱하게 여겨 양해해 주기를 바랄 뿐이다.

'한국의 노래' 그 밖에

메이지 40년(1907), 혼고쇼인(本鄕書院)에서 나온 마에다 린가이(前田林外) 씨의 『일본민요전집 속편』에는 「한국의 노래」라 하여 조선민요를 10수 정도 번역하여 넣었다. 문헌(文獻)으로 삼을 것이 아예 없는 조선민요이기에, 이것은 기쁘고 드문 일이다. 그 밖에 이렇다 할 것으로는, 요사노 히로시(與謝野寬)⁴² 씨의 『동서남북』(메이지 29년〔1896〕, 메이지쇼인)에 「한국 노래 10수」로 담은 것과 『신찬 조선어회화』(메이지 27년〔1894〕, 하쿠분간)⁴³에서 옮겨 실은 『일본민요대전』「한국 장」

---

41 362-363쪽 참조 바람

42 '요사노 뎃칸(與謝野鉄幹)'의 오기

43 훗날 관립 한성고등학교 교장, 평택군수를 역임한 홍석현(洪錫鉉)이 도쿄의 하쿠분간(博文館)에서 낸 책(미국 하버드대학교 한국연구소 소장)으로, 책 이름은 『新撰朝鮮會話』. 조선어 단어와 회화 등을 일본어로 소개한 이 책은 같은 해 10월, 3판이 출판될 정도로 일본에서 인기가 있었다. 이 책에는 우리나라 최초로 아리랑(인천아리랑)의 가사가 들어있다. 참고

의 몇 수 등이 있다. 요사노 씨 쪽은 조선 옛노래인 '시조'를 여행의 심심풀이 삼아 번역한 정도라 민요로서 다룰 수 있는 상태가 아니고, 『대전(大全)』 쪽도 자료는 민요가 맞지만 번역은 전혀 믿을 수 없어서 문제삼을 것도 못 된다. 일본에서의 조선민요 소개는 역시 마에다 씨의 「한국의 노래」가 처음이라 할 수 있다.

여기에 그 전체를 옮기고, 읽는이와 함께 고마운 마음을 보낸다. (짜임은 본디 글 그대로)

한국의 노래

○

당신을 닮은 듯한 산기슭 가시나무,
아침엔 동쪽으로, 밤에는 서쪽으로,
송아지 몰고 다니는 목동아
지팡이 삼으려면 섶(땔나무)을 베라.
꺾지 마라, 새로 난 대나무
할미가 키운 그 대나무
된단다, 할아버지 낚싯대,
어이쿠── 나도 섶나무 베야지.

오래 삶

만수산

로, 〈인천아리랑〉의 가사는 다음과 같다. "인천 쳬밀이(제물포) 사, 살긴 죠와도/ 왜네 할가에 나 못사라 흥// 이구 딕구 흥 셩하로다 흥/ 단두랜 사쟈나/ 이구딕구 흥 셩하로다 흥// 아라란 아라, 란 아라리오/ 아라란 알션 아라리아// 산도 실고 물도 실은데/ 루굴 바라고 여긔 완나// 아라란 아라란 아라리오/ 아라란 알션 아라리야"

만수 동굴
그지없는 만수의
　　샘이 있어

그 맑은 물
　　막걸리 빚어,
만수 잔에
　　가득가득 따라.

좋은 안주와 함께
　　밤마다 마시면,
만수무강
　　하리라——.

　　　　　○

마을 숲
　　바람이 일어선가
　　나뭇잎 나부끼네.
만수산
　　비가 내리려나
　　구름, 흥에 겹다.

　　　　　○

초(풀)야, 초(풀)야,

불로초~야
이름이 좋아
불로초라 하나.

○

노세, 노세,
젊어서 놀아.
꽃은 열흘 붉지 않고,
늙으면 몸도, 힘이 드네,
달도 차면, 기우나니.
　　　삶은 한바탕 봄꿈
놀며 보내세 날이면 날마다.

○

명사십리 해당화
바람에 흩어져도 슬퍼하지 마라,
새봄이면, 다시 피려니,
가면 오지 못하니, 꽃보다 못하네
가엾다, 이내 목숨.

사　　철

꽃으로 뒤덮인 봄의 서까래
저물녘 서둘러 낯 씻고

하품 우스꽝스러운 새끼고양이,
야옹 하고 어미가 불러
화롯가에 무릎을 접네,
밤에는 젖 먹을 일뿐.

여름

지는 해 내려앉은 풀숲
좌우로 흔들흔들
배〔舟〕인가 하고 보았네.

흰 옷에 큰 키
두 자 가량의 장죽(長竹)
작대기 삼고, 님이 취해서 오누나

가을

화톳불 피워놓고 먼바다 나가
도미도 낚지 않고 뭐했어.

인정머리 없는 찬 바람도,
흐린 하늘도 미디히지 않지만.

아내가 절구소리 들을 정도로
노를 빨리 저어 돌아왔네.

겨울

바람이 불든 눈 내리든
님 지은 돌집.
눈이 내리든 불이 날리든
바람이 불든 눈이 내리든.
보아라 우리의 조촐한 방안
막걸리는 항아리 가득 찼네.

아가야 보이니

기묘하게 생긴 바위의 먼지를 닦고
돈을 내고 허리를 굽혀 엎드렸지만,
님의 배 보이지 않네
바다는 푸르기만 한데.

저기야, 저기 저기 저 섬의
아가야, 보이니 저 섬의,
허깨비처럼 들어오는 흰 돛의 모습은
걱정 말라는 손짓.

아내들이 기다림을 알아챘을까,
우리 마음이 성가셔서일까,
보면 본 만큼, 생각한 만큼,
노 젓기가 빨라지네.

마음속 그리움이 사무치지만

미워라, 갯바람 부는 저녁 쌀쌀하고,

님의 배는 아직도 오직 않았는데

바다는 검푸러만 가네.

「한국의 노래」는 여기서 끝맺음하면서 "한국에 가있는 사사키 아이코〔佐々木愛湖〕씨가 번역해서 보내준 것이다"라고 덧붙인다. 두세 군데 의심스런 풀이가 없지는 않지만, 대체로 자료도 틀림없고 번역도 잘 된 편이다. 조선에서도 거의 살펴보지 않던 이러한 민요가, 이토록 성실하게, 더구나 20여 년 전에 바다 건너 일본에 소개되고 있음을 나는 말할 수 없이 기뻐하며, 소중한 자식을 외국으로 떠돌다 만난 듯한 느낌을 받았다. 요사노 씨가 번역한 「한국 노래 10수」는 앞에서도 말한 바와 같이 조선의 와카〔和歌〕라고도 할 수 있는 '시조'의 의역으로, '한국 노래'라는 뜻을 찬찬히 살피면 요사노 씨에게도 폐가 되겠지만, 30년 전의 기록이니 어쨌든 존중해야 마땅하다. 이것을 실은 『동서남북』은 린가이〔林外〕씨의 「일본민요전집」과 마찬가지로 희귀본(稀貴本)이어서, 요즘은 본디 값의 수십 배가 되어버린 터라 쉽게 얻기 어려운 형편이다.

여기에 그 일부를 가려뽑아 살필 수 있도록 내놓는 한편, 조선 고유문학인 '시조'의 겉모양이나마 어슴푸레라도 보여주고 싶다. '시조'를 번역했다고는 하지만, 이렇게 써서 옮기면 민요적 정서가 넉넉히 드러나는 것도 있어서, 굳이 얽매이지 않고 가볍게 읽으면 어설픈 초짜의 민요 번역보다 읽을 만할 것일 수도 있겠다.

「한국 노래 10수」

이것은 본디 한글로 쓴 그 나라의 노래로, 그 나라 사람

들이 술자리에서 늘 부르는 것이다. 그것으로 한국 노래
를 조금이나마 엿볼 수 있다. 심심풀이로 여기에 그 10
수를 번역한다.

(1) 봄 생각

지저귀는 소리를 북〔杼〕 삼아,
버들가지로 짜서 만든
봄 비단 사람들 여유
나는 헤어진 소매만 둘(二).

(2) 이른 헤어짐

동창(東窓)에 날이 밝아
일어나 가시려나,
(다시) 보니 아직 날이 밝지 않아
흰 기운은 달빛이네.
먼 산길 그저 홀로
돌아갈 님은 어떨까 싶어,
생각하면 마음도 몸 떠나고,
생각하면 마음도 몸 떠났네.

(3) 원통한 헤어짐

이별이란 두 글자를 만든,
창힐(蒼頡)이 정말 밉구나.

시황(始皇)이 책 불사를 때도,
어찌 벗어나 세간에 남았는고,
미워라 이 두 글자 여태도
가버린 그 사람은 눈물지을까.

(9) 잃어버린 제목

거미는 모습조차 곱지 않지만,
그 하는 짓도 미울까.
불룩해 보이는 배 창자로
실을 자아 그물〔網〕 쳐놓고
꽃나무 틈에 와 노니는
봄 나비 잡지 마라.

—— 맺음 ——

朝鮮民謠集 の後に

今年の春, 電車の中で偶然にも金素雲君に再會しました. 小生も金君
も相前後して, 白鳥省吾氏と結んだ詩社を退いてから, 互に心に懸けつゝ
その消息を聞く暇さへなかつたのでしたが.

その時, 金君はペンキで汚れたブルーズを着て, 微笑して小生の前に
立ちました. その健やかな姿を見て, 小生は心から重荷の下りた氣待[44]
ちになつて, しつかり彼れの掌を握つたのでした. 多忙極まる生活の間

---

44 '氣持'의 오식

にあつて，金君の生死の程を絶えず氣遣つてゐたのですが．金君はそれ程の數寄な道を歩んでゐることを，小生は見聞きしてゐたからです．

これだけの立派な仕事をした人が——小生には，あたかも愛蘭土文藝復興運動に伴なつた努力と，輝かしい成功とを想起させるのですが——まだ二十五になるかならぬ，異國の青年であることを知つた讀者は驚かれることだらうと思ひます．

金君は，まれに見る美しい容貌と鋭い頭腦を備へた青年ですが，それと正反對に生れ落ちてから，この人ほどに小說的な激しい運命をたどつて來たのも，あまり他に聞かぬ所です．彼れの嚴父が，親日派の一巨頭としてその同胞の爲に射殺されたそのことからして既に，此の沈鬱な青年の．今日まで歩いて來た艱難の道を推し量ることが出來るのですが，更に，此の悲劇的な挿話に加へて，現在此の青年が，彼れの祖國の爲に殉じ樣とする志士の一人であることを知るならば，誰れしも一種の感慨を禁じ得ないでありませう．

故國を後に見知らぬ國に流離して以來，幾度も自殺を決しかけた樣な，暗憺たる生活と精神上の危期に直面して，然もなほ，今日まで切り拔けて來た唯一の望みが愛する祖國の文化を傳ふべき此書の出版に懸つてゐたことを思へば，小生はまことに涙なしにゐられぬのです．

數年前，ある會合の席上で金君と相知つてから，兩名はしばしば夜更けまで，彼の故國に關する熱心な談話を交しました．そして小生が彼れに囑し，彼れもまた期する所は，その獨自な文化の紹介と，發達への寄興でありました．今や昔日の約を踏んで，その仕事の一部が完成されるに當り，著者の志す所が狹い日本詩壇にはなくて，世界の人々の心に呼びかけてゐることを知つて頂き度いと思ひます．金君の此仕事の價值が，凡そどれ位のものであるかは，序文の中に盡されてあつて，小生の言を必要としないのですが，日本語に於てさへ，かくも流麗に生かされた此

翻譯が，もし歐美諸國に通ずる廣い言葉でなされるなら，確かに東洋に於ける此の愛蘭土の，文藝復興の先驅として，世界の視聽を集めるに足りることでありませう．

「……今度歸郷を前に，も一度だけ意地を棄てゝ當つて見たつもりのことが，案外話に纏つて，血のにじむ様な苦い記憶を負ふ朝鮮民謠集が，世に出ることになつたのです．しかし恥ぢます．これがそれ程苦んだことを自慢に出來る種類のものかとただこれだけのことは詭辯でなしに云へます，この本を除外して──僕の滿身の力を注ぎ込んだ，あの人間一人の眞摯なあがきが──それだけを二圓の詩として賣つても或ひは許されはすまいか，と．これでは言葉が足りませんが兎も角もこの氣持だけはぜひ通させて下さい．これは民謠集でなしに，僕の碑銘です……．

……就いてはこの民謠集でない民謠集に中村恭二郎の名を頂けませんか．半枚の原稿で足ります．偉いことを仕上げたとほめられたいのではない，この說明出來ぬ氣持ちをどんな形式にでも僕に代つて代辯してほしいのです．それをあなたにして頂けば僕は始めて沈默出來ます．」

金君からは右様の極めて謙遜な手紙が送られました．前後の事情から云つて，金君の爲に筆を執るのは，小生の義務であることを信じ，心から喜んで書き出したのでしたが，むしろ，この手紙の一節そのまゝが，直接に讀者諸賢の胸に呼びかけるものであることを思ひかへした次第です．

此處に，素雲君の片鱗と素志の一端を御傳へして，謹んで筆を擱きます．

　　　昭和四年 七月一日

　　　　　　於東京・目白臺・　　中 村 恭 二 郎[45]

조선민요집 뒤에

올봄, 전차 안에서 우연히 김소운 군과 다시 만났습니다. 저도 김군도 거의 비슷한 때에 시라토리 세이고[46] 씨와 함께 하던 시사(詩社)[47]에서 나오고 나서, 서로 마음은 있으면서도 동정을 살필 겨를이 없었습니다.

그때 김군은 페인트 묻은 블라우스[48]를 입은 채 제 앞에 나타났습니다. 그 건강한 모습을 보고, 저는 마음 속 묵직한 짐을 내려놓은 듯해 그의 손을 꽉 잡았습니다. 너무나 바쁜 삶을 사는 가운데서도 김군의 생사를 끊임없이 걱정했었습니다. 김군이 그만큼 힘든 길을 가고 있음을 제가 보고 듣고 있었으니 말입니다.

이토록 훌륭한 일을 한 사람이——제게는 마치 아일랜드 땅의 문예부흥운동을 위한 노력과 빛나는 성공을 떠올리게 합니다만——채 스물다섯 살도 되지 않은 남의 나라 젊은이임을 안 독자들은 놀라리라 생각합니다.

김군은 보기 드문 잘생긴 얼굴의 똑똑한 청년이지만, 그런 것과는 전혀 달리, 태어난 이래 이 사람처럼 소설같은 세찬 운명을 겪었다는 이는 이제껏 좀처럼 들어보지 못했습니다. 그의 아버지가 잘 알려진 친일파 중 한 명으로 같은 겨레에게 사살된 사실[49]만 봐도 이미 이 슬픔에 젖은

---

45 1-5쪽. 본문 뒤 〈冠句索引〉 다음에 붙인 발문. 다시 새 쪽번호로 시작한다.

46 白鳥省吾(1890-1973). 일본 시인

47 세이고가 주재한 시 잡지 『地上樂園』(1926. 창간)을 말하는 것으로 보인다. 김소운은 두 번째 도일(1926.8)했을 때 도쿄 인근 한국노동자에게서 구전민요를 채집하고, 이를 토대로 『지상낙원』에 본명 김교환(金教煥)으로 평론 「朝鮮の農民歌謠」를 6회 연재(2권 1호-6호, 1927.1-6)한다. 『지상낙원』 동인들 입회로, 도쿄 正則英語學校를 나온 아홉 살 연상의 영문학도 오가와 사즈코(小川靜子)와 결혼(1927.9)하는 등, 동인들과의 관계가 밀접했던 것으로 보인다.

48 ブルーズ(blouse)

49 김소운의 아버지는 구 한국 탁지부(度支部) 관리 김옥현(金玉顯)으로, 김소운이 태어난 이듬해(1909) 친일파라는 죄목으로 의병들에게 피살된다.

청년이 이제까지 걸어온 힘든 나날을 헤아릴 수 있습니다. 더욱이 이 비극적 토막 이야기와 함께 지금 이 청년이 자신의 조국을 위해 목숨을 바치려는 지사(志士)임을 알게 된다면 누구든지 어떠한 감동을 느끼지 않을 수 없을 것입니다.

고국을 두고 낯선 나라로 떠돌 때부터, 몇 번이나 자살하려고 마음먹었던 깜깜한 삶과 정신적 위기를 맞이하고도, 그러면서도 이때까지 그 고비를 넘기며 오로지 하나의 꿈을 사랑하는 조국의 문화를 전하기 위한 이 책의 출판에 걸었던 점을 생각하면, 저는 참으로 눈물을 흘리지 않을 수 없습니다.

몇 년 전, 어느 모임에서 김군과 알게 된 뒤, 우리는 자주 밤이 이슥할 때까지 그의 고국에 관해 골똘히 이야기를 나누었습니다. 그리고 제가 그에게 당부하고 그 또한 기약한 바는, 그 독자적 문화를 소개하고 발전에 이바지하자는 것이었습니다. 이제 예전 약속대로 그 일의 일부를 이루어, 지은이가 좁은 일본시단을 떠나 세계 사람들의 마음에 간곡히 알리는 데 뜻을 두고자 함을 알아주셨으면 합니다. 김군이 한 이 일의 가치가 대충 어느 정도인가는 서문에 있기에 제 말을 (더할) 필요는 없습니다만, 일본어를 이토록 유려(流麗)하게 살린 이 번역이 행여 서양 여러 나라에서 두루 쓰이는 말로도 될 수 있다면 틀림없이 동양에서 아일랜드 땅의 문예부흥과 같은 선구로서 세계의 주목을 받기에 모자람이 없을 것입니다.

"……이번 귀향하기에 앞서 다시 한번 고집을 버리고 부딪쳐 보고자 한 것인데, 뜻밖에 약속이 얽혀서 몹시 고생했던 언짢은 기억을 안고 조선민요집을 세상에 내놓게 되었습니다. 하지만 부끄럽습니다. 이것이 그렇게 힘들었다고 떠들 만한 것인가 싶지만, 그냥 이것만은 궤변이 아니라고 말하겠습니다. 이 책을 빼놓고—내 모든 힘을 기울인, 저 사람 하나의 진지한 발버둥이—그것만을 2엔짜리 시(詩)로 팔아도 혹시 되지 않을까, 라고. 이 정도론 부족한 말이지만 어떻든 이 마음만은 아무쪼록 알아주셨으면 합니다. 이건 민요집이 아니라, 제 비석에 새긴 글〔碑銘〕입니다…….

……그러니 이 민요집이 아닌 민요집에 나카무라 교지로(中村恭二郎)의 이름을 주시면 안 되겠습니까? 반 장의 원고면 넉넉합니다. 대단한 일을 해냈다고 칭찬받고 싶은 게 아니라, 이 설명할 수 없는 마음을 어떤 형태로든 제 대신 대변해 주셨으면 합니다. 그대가 그리 해주시면, 저는 비로소 입을 다물 수 있겠습니다."

김군이 이처럼 아주 겸손한 편지를 (제게) 보냈습니다. 앞뒤 상황을 알고는, 김군을 위해 붓을 드는 것이 제 직분임을 믿고 마음을 다해 기쁘게 써냈지만, 차라리 이 편지의 한 구절 그대로가 바로 읽는 분들의 가슴에 호소하는 것임을 생각하게 되었습니다.

여기에 소운 군에 (관한) 아주 작은 이야기〔片鱗〕와 늘 품고 있던 생각〔素志〕의 일부분을 전하면서 삼가 붓을 놓습니다.

쇼와 4년(1929) 7월 1일

도쿄·메지로다이에서·　나카무라 교지로

.

校正を了へて――

貧しい仕事を世に送るに當り，改めて北原先生に厚く感謝を申上げます．御勵ましによつて抱負の新らしくされたことを告白せねばなりません．

我儘な性癖から，いく度か書肆を更へ，版を毀ち，いきほひ迷惑のかぎりを周圍に及ぼしています．それ等の清算に充てるべく，結實のあまりに乏しいことを，恥ぢるばかりです．

　中村兄の尊き友情には謝すべき言葉もありません．任せ盡して悔ひぬ知己を得て，僕も倖せです．

　滿鮮旅行の佐々木秀光君より土俗寫眞の豐富な資料を送られましたが，僅かの違ひで間に合はず，折角の厚意を無にして殘念に思ひます．

　採譜に就いて山田耕作氏に一方ならぬ御面倒をかけました．歌ひ手はユクチヤバギの本場に育つた黄自淵君で，稀に見る素直な聲の持ち主です．なほ，朝鮮レコード等につき銀座の日東支店からいろ〳〵厚意を寄せられました．記して謝意を表します．

　岸田劉生氏に裝幀を煩はしました．貧しい仕事には立派すぎる衣です．無駄をつくらぬ意味で，表紙の紙は朝鮮から手漉きを取り寄せました．箱など，しぶ過ぎたかも知れませんが，別に深い思惑に由るものではありません．

　この本の上梓を持つて幾年ぶりかに一度歸つて來ます．老いた祖父が喜んで呉れませう．僕の新らしい仕事はこれから始まるのです．

素　雲　生

교정을 마치고

　변변찮은 책을 세상에 내놓으면서 다시 한번 기타하라 선생님에게 깊이 감사를 드립니다. 선생님의 북돋음으로 꿈을 새롭게 할 수 있었음을 털어놔야겠습니다.

　제멋대로인 성품이라 여러 번 출판사를 바꾸고 인쇄판을 부수어, 쓸데없이 주윗분들을 그지없이 성가시게 했습니다. 그런 잘못을 되돌릴 수 있는 성과가 몹시 적어 부끄러울 따름입니다.

나카무라(中村) 형의 우정에 고마움을 전할 알맞은 말이 없습니다. 맡겨 두고 후회하지 않을 지기〔知己〕를 얻어서 저도 행복합니다.

만선(滿鮮) 여행 중인 사사키 히데미츠(佐佐木秀光) 군이 많은 민속 사진 자료를 보내 주었지만, 조금 어긋나 제때 받지 못했습니다. 애써준 마음을 헛되게 해 아쉽게 생각합니다.

채보(採譜)를 맡아준 야마다 고사쿠(山田耕作) 씨에게 적잖은 폐를 끼쳤습니다. 노래를 부른 이는 육자배기 본바닥에서 자란 황자연 군으로, 드물게 보는 곧은 목소리 소유자입니다. 또한 조선레코드 등에 대해 긴자(銀座)의 닛또지점(日東支店)에서 여러 가지 도움을 받았습니다. (여기에) 적어 고맙다는 뜻을 밝힙니다.

기시카와 류세이(岸川劉生) 씨에게 장정(裝幀)으로 번거롭게 했습니다. 변변찮은 책에 비해 너무나 훌륭한 옷입니다. 아끼려고 표지 종이는 조선에서 한지를 가져왔습니다. 상자 같은 건 너무 지나쳤을지 모르겠지만, 별다른 생각이 있어서 한 것은 아닙니다.

출판된 책을 쥐고 몇 해 만에 한번 돌아갑니다.[50] 늙으신 할아버지가 기쁘게 맞아 주실 겁니다. 저의 새로운 일은 이제부터 시작입니다.

소　운　생

---

50 김소운의 2차 도일은 1926년으로, 1929년 10월에 귀국할 때까지 도쿄 인근 한국 노동자들에게서 구전민요를 모으고, 이를 바탕으로 『조선민요집』을 출간한다.

41. 李光洙·朱耀翰·金東煥, 『詩歌集』

이광수(1892-1950)[1]·주요한(1900-1979)·김동환(1901-1958?)의 합동시가집(三千里社, 1929.10.30; 1930.1.20. 재판; 1934.3.26. 3판).

4·6판(130×195㎜). 본문 204쪽. 표지 상단에 큰 글씨로 "詩歌集"이라는 표제를 넣고, 밑줄을 그은 후 그 밑에 작은 글씨로 "李光洙·朱耀翰·金東煥作"이라고 적었다. 가운데 돔 모양의 틀을 그리고 7명의 청년이 환한 해가 떠오르는 대지에서 같은 자세로 곡괭이를 들고 내려치는 모습의 스케치를 넣었다.

〈李光洙詩篇〉, 〈朱耀翰詩篇〉, 〈金東煥詩篇〉의 세 부분으로 나누어 모두 161편의 시를 담았다. 각 부는 밑줄 그은 작은 글씨로 좌상단에 적은 각각의 부 표지와 함께 시인의 사진을 넣은 쪽을 시작으로, 다음 두 쪽에 걸쳐 〈目次〉를 넣고, 그 다음 쪽에 표제시와 함께 그와 어울리는 비화(扉畫)를 붙이는 형태를 취한다. 이 합동시가집은 전체를 대표하는 서문이나 서시를 두지 않았다.

〈李光洙詩篇〉은 〈詩歌〉(12편), 〈默想錄〉(30편), 〈時調〉(13편), 〈譯詩歌〉(3편)[2]로 분리하여, 모두 58편을 담았다.[3] 〈朱耀翰詩篇〉은 〈詩歌〉(25편), 〈時調〉(17편), 〈譯詩〉(4편)[4]로 나누어 46편이다. 〈金東煥詩篇〉은 〈詩歌〉(26편), 〈小曲·民謠·俗謠〉(31편)로 구분[5]하여 57편을 묶었다. 각 부의 비화(扉畫)는 춘원의 경우 한국화가 이상범(靑田 李象範, 1897-1972)이, 표지 비회(扉繪)를 비롯한 나머지 비화는 안석주(夕影 安碩柱, 1901-1950)가 그렸다. 흔히 『三人詩歌集』으로 부른다.

---

1 자는 보경(寶鏡), 호는 춘원(春園), 필명은 고주(孤舟)·외배·올보리·장백산인(長白山人)·춘원생(春園生)·경서학인(京西學人)·노아자닷뫼당백·Y생 등, 일본명은 가야마 미쓰로(香山光郞). 평안북도 정주군 갈산면 신리 940번지 익성동에서 태어났다. 콜레라로 부모를 잃고(1902) 고아가 된다. 천도교 입교(1903) 후 박찬명 대령 집에 기숙. 어릴 때 얻은 폐렴과 결핵은 가난으로 인해 치료시기를 놓쳐 평생 고질이 된다. 〈一進會〉 유학생으로 도일(1905.8)하여 타이세이 중학교(大城中學) 입학(1906.3). 학비 문제로 중퇴 후 일시 귀국(1906.12), 복학(1907.3), 메이지학원(明治學院) 보통부 3년으로 편입(1907.9.10-1910.3)하여 홍명희(洪命熹, 1888-1968)·최남선(崔南善, 1890-1957)과 교유. 논설 「情育論」(『皇城新聞』, 1907.12), 단편 「奴隷」(1909.11.7), 일본어 단편 「사랑인가」(『白金學報』 12호, 1909.11.18; 명치학원 교지) 발표로 등단. 최남선이 설립한 〈新文館〉에 참여, 「검둥의 설움」(「엉클 톰스 캐빈」 번역본) 간행(1913). 홍명희·문일평(文一平, 1888-1939)·안재홍(安在鴻, 1891-1965) 등과 〈少年會〉 조직, 회람지 『少年』(1908.11.1-1911) 발간. 귀국(1910.3) 후 계몽단체 〈光文會〉회원(1910), 비밀 독립운동단체 〈조선학회〉 활동, 오산학교 교사·학감

(1910.3-1913.11, 1914.8-1915.9)(이승훈 추천, 金素月 담임). 도쿄 와세다 대학(早稻田大
學) 고등예과 편입(1915.9), 본과 철학과 입학(1916.9-1919). 장편『無情』연재(『每日申報』,
1917.1.1-6.14). 도쿄에서 〈2·8독립선언〉(1919) 주도, 〈2·8독립선언서〉 기초. 3·1운동
전후 상하이로 가서 新韓靑年黨과 상하이 대한민국 임시정부 참여(1919.4). 임정 사료편
찬위원회 및 기관지『獨立新聞』(1919.8.21-1943.7.20) 초대 사장 겸 편집국장·주필, 신한청년
당 기관지『新韓靑年』 주필 역임. 잡지『獨立』 발행(1919-1925, 통권 189호). 〈興士團〉
가입(1920). 상하이로 찾아온 허영숙(許英肅)과 함께 귀국(1921.3), 재혼. 경성학교, 경신학
교 영어 교사(1922). 〈修養同盟會〉 조직(1922).『東亞日報』논설위원·편집국장(1923.5-
1933.8.29),『朝鮮日報』부사장 겸 취체역(이사)·편집국장·학예부장·경리부장 겸임(1933.
8.28-1934.5). 경성제국대학 법문학부 입학(1926.3-1930.1; 제1호 학생, 중퇴). 〈조선문필
가협회〉 발기인 및 집행위원(1932.7.30). 〈修養同友會 사건〉으로 투옥(1937.6-1938.1)·
병 보석 출감 후, 친일. 친일어용단체 〈朝鮮文人協會〉 회장(1939.10), 〈임시특별지원병제도
경성익찬회 종로위원회〉 실행위원(1943.11), 〈決戰態勢卽應 在鮮 文學者 總蹶起大會〉의
장, 〈大和同盟〉 준비위원 겸 이사(1945.2), 〈조선언론보국회〉 명예회원 및 〈大義黨〉 위원
(1945.6) 등 친일활동. 광복 이후『白凡日誌』교정·윤문, 안창호 일대기 집필. 〈반민특위〉
기소(1949). 한국전쟁 때 납북되어 자강도 강계군 만포면 고개동에서 폐결핵으로 병사
(1950.10.25)

2 영국 로만주의 시인 워즈워드(William Wordsworth, 1770-1850)의 시 「외로운秋收軍」,
쎄라시모프의 시 「十月(그마멧節」, 중국 당나라 시인 杜子美(杜甫, 712-770; 子美는 두보
의 字)의 시 「美村」을 번역하였다.

3 〈李光洙詩篇〉의 〈目次〉에는 〈詩歌〉(40편), 〈時調〉(13편), 〈譯詩歌〉(3편)로 나누고 있고,
〈默想錄〉 부분은 없어 편집의 난맥을 보인다. 여기서는 각 부분 서두에 적힌 목차와 시집
내부의 각 항목 분류명이 다를 경우 후자를 따라 표기한다. 〈묵상록〉 부분에는 시(21편)와
짧은 산문시(9편)가 섞여 있는데, 이 중 후자는 사실 산문시로 보기 어려운 수필 정도의
글에 불과하다.

4 스코틀랜드 로만주의 시인 번즈(Robert Burns, 1759-1796)의 시 「모든바람중에」, 「옛날친
구」, 「내맘잇는곳은」과 미국 초월주의 시인 휘트먼(Walt Whitman, 1819-1892)의 시 「사공
이여, 우리사공이여」 - 시의 제목은 「O Captain! My Captain!」으로, 링컨(Abraham Lincoln,
1809-1865)에 대한 추모시이다. 영화 〈Dead Poets Society〉(Peter Weir 감독, 1989)에서
키팅 선생을 떠나보내지 않기 위해 책상 위로 학생들이 올라가면서 외치는 구호로 사용하였
다. - 를 번역하였다. 번즈의 경우 번역시 앞에 "「라바트 번-즈」는 스코틀란드의 민요시인
으로 그 노래의 소박하고 순진한 것으로 유명하다 여긔 번역한 것은 그 지방사람의 항상
노래로 부르는 것들이다"라는 짧은 소개글을 넣었다.

5 〈金東煥詩篇〉〈目次〉에는 〈小曲·民謠〉와 〈俗謠〉로 구분하고 있지만, 시집 내부에서는
〈小曲·民謠·俗謠〉로 나누고 있다. 이 중 '俗謠'에 해당하는 것은 「봄이오면」을 비롯한
12편이다.

님 네 가 그 리 워

형제여 자매여
문허지는 돌탑밋헤 꿀어안저
읍저리는 나의 노래ㅅ소리를
듯는가──듯는가.

형제여 자매여
째어진 질 향로에 썰리는 손이
피우는 자단향의 향내를
맛는가──맛는가.

형데여 자매여
님너를 그리워 그 가슴ㅅ속이 그리워,
성문밧게 서서울고 기다리는 나를
보는가──보는가.[6]

북 그 러 움

뒷 동산에 옷 캐러
언늬 싸라 갓더니
솔가지에 걸니어

---

6 〈李光洙詩篇〉〈目次〉 뒤에 붙인 표제시. 표제시 위에는 무너진 돌담 앞에 꿇어앉아 먼
   곳을 바라보는 청년의 모습을 담은 비화가 있다.

당홍 치마 씨젓슴네.
                ×
누가 행여 볼가하야
즈름길로 왓더니
오늘짜라 새 베는 님이
즈름길에 나왓슴네.
                ×
쏭밧 녑헤 김 안매고
새 베러 나왓슴네.[7]

봄 이 오 면

一

봄이오면 산에들에 진 달 래 피 네
진달래쏫 피는곳에 내 마 음 도 펴,
건너마을 젊은處子 쏫싸라오거든
쏫만말고 이마음도 함 쩨 싸 가 주.

二

봄이오면 하늘우에 종 달 새 우 네
종 달 새 우는곳에 내소리도우러,
나물캐기 아가씨야 저소리듯거든
새만말고 이소리도 함 쩨 드 러 주.

---

7 〈朱耀翰詩篇〉목차 뒤에 붙인 표제시. 표제시 위에는 꽃을 한아름 든 처녀가 찢어진 치마를
   부끄러워하며 종종걸음하는 모습을 담은 비화를 그렸다.

三

나 는 야 봄이오면 그대그립어
종 달 새 되 여 서 말부친다오,
나 는 야 봄이오면 그대그립어
진 달 래 쏫 되 어 우서본다오.[8]

---

8 〈金東煥詩篇〉목차 뒤에 붙인 표제시. 표제시 위에는 바구니에 진달래꽃을 따 넣는 아가씨
   의 모습을 그린 비화를 넣었다.

42. 黃錫禹, 『自然頌』

황석우(1895-1959)의 첫 시집(朝鮮詩壇社, 1929.11.19; 1929.12.20, 재판). B5판(125×185㎜). 본문 174쪽. 〈조선시단사〉는 황석우가 편집 겸 발행인으로 있던 곳. 표지 상단 1/3지점에 "自然詩小曲/ 黃錫禹詩集/ 自然頌"이라는 표제를 3줄 오른쪽 가로쓰기, 첫 줄을 가운데에 맞추고 이후 한 줄씩 내려갈 때마다 한 자씩 내어쓰기하면서 자형을 크게 하는 방식(세 번째 줄의 시집명은 왼쪽으로 치우쳐 있다.)으로 적고, 2/3지점에 붉은 색으로 상자와 작은 화분을 겹쳐 놓은 작은 도형을 넣은 디자인으로 되어 있다.

주로 천체나 자연에서 제재를 취한 작품 151편을 담고 있다. 이 중 동요 3편을 포함하여 9편은 일문시이다. 수록시 중에는 우리말 어법에 서툰 부분이 여러 군데 보이고('아침노을', '시뻘건火' 등), 작품의 질도 별로 좋지 않고, 특별히 회자되는 시가 없다는 점에서 예술적 평가는 낮은 시집[1]이다.

自然을사랑하라. 自然을사랑하지못하는者는사람도

사랑할참된길을아지못한다   사랑을배호는洗禮는

自然을사랑하는曠野우에서밧어라[2]

---

1 이 시집이 발간된 직후부터 주요한(「'自然頌'과自家頌―黃錫禹君의詩集을讀함」, 『동아일보』, 1929.12.5-6)과 정노풍(「己巳詩壇展望」, 『동아일보』, 1929.12.9-10) 등의 비판이 있었다. 주요한은 몇몇 우수한 구절은 있지만 나머지 대부분은 '시의 모독'이라고 하고, "동화로 생각하고 썼다 하면 그 표현의 졸교(拙巧)는 막론하고 감상가의 재고를 요할 제재가 많을지도 모르겠다."고 비판한다. 정노풍도 기존에 보았던 상징미는 거의 사라졌지만 여전히 상징적 경향이 이 시집의 기조인데, "우리의 생활과는 훨씬 유리된" 애송할 맛이 없는 시들이라고 평가한다. 이에 대해 황석우는 「自然頌'에對한朱君의評을跪讀하고서」(『동아일보』, 1929.11.24-25)를 통해 반박한다.

2 '차례' 다음 쪽에 적은 일종의 경구

―――――――――――――――――――――――――――

――이詩集을眞卿누이에게――

나에게는 어머니가둘이잇엇다 하나는나를나어주고임의고인이되여바
린어머니쏘하나는나를길너나로하여금오늘날의이詩集이잇게해준어머
니다 그는곳나의단하나의누이되는「眞卿」이다

나는이詩集을나를길너주기에남이용이히쌀으지못할모든눈물겹운불
행한운명과싸와온眞卿누이와쏘는간난한생애가운데恨깁게돌아간亡母
의고적한령전에업대여밧친다[3]

―――――――――――――――――――――――――――

序

文藝特히詩歌藝術에對한何等의素養을갓지못한나로서남의詩集에對
하여序文을쓴다는것은如干큰潛越[4]이안인줄안다 그러나이詩集의作者되
는黃君이詩集을내임에當하여나에게一言의序를붓처줌을간곤히바람으
로나는之再之三[5]躊躇하다가마ㅅ춤내   멧마듸를記錄하는拙筆을
들기로되엿다

나는여러가지의呶々한말을避하기로하고 다못이詩集은비록朝鮮안에
서朝鮮사람의손에서生긴者이나그는「自然詩」라는일홈붓흔詩集으로서
는彼워쯔워쯔[6]의田園詩가잇은뒤로는世界에서처음낫하나는作品인것을

―――――

3 '경구' 다음 쪽에 적은 헌사
4 잠월: 주제넘다
5 지재지삼: 두 번 세 번. 여러 차례

말해둔다 이러한意味에在한詩集이朝鮮新詩壇을創設한自由詩의開祖天才
兒黃君의손에서낫하나나오게된것은더욱반가운일이다 나는이詩集의出
現에依하여將次世界에내보낼天才한사람을엇은듯십허君의精力과그才
能이새삼스럽게놀나와짐을깨달엇다 黃君은우리들의平素붓허기다림이만
튼才能閥의한사람이엿다 黃君은果然우리들의기다림에어기지안엇든사
람이다 黃君아 君은今後를一層努力奮鬪하여朝鮮民族의큰자랑거리를일
우워라   아울너이黃君을갓은朝鮮사람들은黃君을더욱々々鞭撻하며
그를愛護하야黃君의才能으로하여곰그詩로하여금全世界에雄飛케하여라

　　　己巳年九月二十二日夜

　　　　　　　　　　　　　　　咸　興　　金　基　坤[7]

自　文[8]

　나는본래政治靑年의한사람이엿엇다 나의어렷슬때붓허의모든修養의길
은法律과政治科學이엿엇다 나는곳政治家로서서려하는것이나의立身의最
高目標이엿다 그러나나는詩를쓰지안을수업는어느큰설흠을가슴가운데뿌
리깁게안어왓다 그는곳나의어렷슬때붓어밧어오든모든現實的虐待와쏘는
나의간난한어머니와나를爲하여犧牲되야앗던나의不幸한누이의運命에對
한설흠이엿다 그는맛츰내나로하여금남몰으게嘆息해울고쏘는성내여現實
을社會를呪咀하면서더욱々々내누이를울녀가면서모든周圍의誘惑과輕
蔑과싸와가면서詩를쓰게하엿다 나의詩를쓰는環境은實노괴로윗엇다 그

6　워즈워드(William Wordsworth, 1770-1850). 영국 로만주의 시인
7　1쪽. '헌사' 다음 쪽. 김기곤에 대해서는 약력 및 경력이 밝혀진 바 없다.
8　'차례'에는 '自序'로 표기되어 있다.

는宛然히地獄以上이엿다 나는일부러모든無理를犯해가면서이詩集을읽는
다 이詩集은나의十餘年間의만흔詩篇에서自然詩만을골나낸것이다 人生
에對한詩篇들은또한篇을달니하여世上에내노려한다 그러나이것들은모다
나의社會運動以前곳大正九年[9]以前과또는滿洲放浪時代에된作들이다

　近作은大部分이어느傾向色彩를갓은思想詩들이다　나는爲先이詩集을
나의지낸날의生活記錄의一部分의斷片塔으로서내노코또뒷날을約束해
둔다

　끗으로나에게書齋를提拱해준東京時代의옛친구金基坤兄에게一言의
禮를올닌다

己巳年九月二十四日

咸興書齋에서　　　（著　　　者）[10]

9　1920년. 황석우는 일본 도쿄에서 박열·김약수·정태성 등과 함께 〈재일고학생동우회〉(1920)
　결성을 시작으로, 이후 〈흑로회(黑勞會)〉(1921.4 경성)와 〈흑도회(黑濤會)〉(1921.11. 도쿄)
　등에 가담하여 아나키스트로 활동한다.

10　2쪽

참여 필진 (가나다 순)

김영미 (공주대 교수)

김정훈 (한경대 강사)

김찬기 (한경대 교수)

김희주 (고려대 강사)

노　철 (전남대 교수)

박은미 (건국대 강사)

이상원 (조선대 교수)

이혜진 (세명대 교수)

조현서 (한밭대 교수)

1900-1920년대 시집 서·발문

2020년 12월 30일 초판 1쇄 펴냄

편저자 김정훈·김영미·김찬기·김희주·노철·박은미·이상원·이혜진·조현서
발행인 김흥국
발행처 도서출판 보고사

책임편집 이순민
표지디자인 손정자

등록 1990년 12월 13일 제6-0429호
주소 경기도 파주시 회동길 337-15 보고사 2층
전화 031-955-9797(대표),
      02-922-5120~1(편집), 02-922-2246(영업)
팩스 02 922 6990
메일 kanapub3@naver.com / bogosabooks@naver.com
http://www.bogosabooks.co.kr

ISBN 979-11-6587-126-0 93810
ⓒ 김정훈·김영미·김찬기·김희주·노철·박은미·이상원·이혜진·조현서, 2020

정가 32,000원